판타지
스토리텔링
사전

Fantasy Storytelling Dictionary

판타지 스토리텔링 사전

야마키타 아쓰시 지음 | 유태선 옮김

창작자에게 영감을 줄 신화, 고전, 법칙 110

요다

들어가는 글

이야기 창작은 인류가 문자조차 가지지 못했던 시절부터 존재한 행위입니다. 사람은 그런 시대부터 픽션을 생각했고 당시에는 문자가 없었기에 입에서 입으로 전해져왔습니다. 현대는 이야기를 남기는 것이 중요했던 시대와 180도 달라졌으며, 전부 소비하지 못할 정도로 많은 이야기를 즐기고 있습니다.

그러나 그것들은 오늘날 당연하게 생겨난 것이 아닙니다. 현대의 이야기는 재미있게 만드는 기본 패턴과 대중에게 먹힐 만한 주인공의 성격 등 이전 시대 이야기 창작자들의 유산을 이어받음으로써 성립했습니다. 그리고 오랫동안 살아남은 고전 명작과 구전되어온 신화 등은 그 가치에 어울리는 이야기 창작의 정수를 남겼습니다.

이 책은 고전과 신화에서 이러한 정수를 끄집어내려는 시도에서 탄생했습니다. 이 고전은 왜 높게 평가되고 사람들에게 사랑받는가. 이 신화는 왜 사라지지 않고 남았는가. 이야기가 사랑받고 살아남는 이유는 다양합니다. 그중에서 각 이야기의 특징이라고도 할 수 있는 요소를 하나씩 끄집어내어 개별로 해설한 것이 이 책입니다.

여러분이 이야기를 창작할 때 이 책이 힌트가 된다면 좋겠습니다.

이 책의 개요

이 책은 여섯 개의 장으로 구성되어 있습니다. 각 장에서는 고전 명작과 신화 등을 특징짓는 요소를 추출해 그 의미가 무엇이고, 그 특징을 다른 창작에 어떻게 끌어다 쓰면 좋을지를 설명합니다. 우선 각 이야기의 줄거리와 특징을 다루고, 거기서 도출되는 범용적인 방법론을 정리합니다.

주인공에 대한 고찰(1장, 2장)

1장에서는 주인공의 인물상에 대해 고찰합니다. 주인공은 어떤 성격을 가져야 독자에게 사랑받는지, 어떤 능력을 갖춰야 스토리 전개에 어울릴지, 어떤 콤플렉스를 가져야 이야기를 끌고 가기 쉬울지 등 주인공의 특징에 관한 장입니다.

예를 들어, 헤라클레스를 소재로 한 작품에서 주인공이 활약하게 된 동기의 정당성과 아폴론과 아르테미스를 참고한 쌍둥이를 등장시킬 때 캐릭터의 차별화에 대해 생각합니다.

2장은 주인공의 활약에 관한 내용입니다. 이야기의 주인공은 무엇을 함으로써 주인공이 되는지, 어떤 성장을 보여줘야 할지 등 주인공에게 어울리는 행동에 대해 생각하는 장입니다.

안드로메다가 사랑에 빠진 과정부터 연애가 어떻게 시작되는지, 셜록 홈스를 소재로 지적인 인물의 매력을 전하는 방법 등을 다룹니다.

조연에 대한 고찰(3장, 4장)

3장은 조연에 관한 내용입니다. 조연은 주인공처럼 독자에게 꼭 사랑받을 필요는 없기에 주연보다 수상하게 설정하기 쉽습니다. 따라서 캐릭터로서 사랑받거나 독자를 기쁘게 할 뿐만 아니라 독자를 실망시키거나 미움받는 역할도 가능합니다.

예를 들어 현실에서 알렉산더 대왕은 주인공급 인물이지만, 유럽풍에서 페르시아풍 왕족으로 변모시키면 이야기에서 주인공보다는 주인공을 거만하게 대하는 왕 캐릭터가 됩니다. 이 예시를 3장에서 소개합니다. 물론 랜슬롯처럼 사랑받는 조연이나 로젠크로이츠처럼 수수께끼를 남긴 달인 등에 대해서도 이야기합니다.

4장에서는 조연 중에서도 특히 중요한 적 역할을 다룹니다. 적 역할은 괴상하거나, 몹시 얄밉거나, 아예 멋있는 모습으로 등장해 독자의 시선을 끕니다. 그중 어떤 적 역할이 재밌을지를 고찰하는 장입니다.

아무리 생각해도 얄미운 적밖에 될 수 없는 피사로 같은 비겁자도 있고, 괴도 뤼팽처럼 주인공도 어울리고 적 역할로 등장해도 좋은 만능 캐릭터도 있습니다. 실제로 '아르센 뤼팽' 시리즈는 뤼팽이 주인공인 작품이 대부분이지만, 그가 적으로 등장하고 소년 탐정이 활약하는 『기암성』 같은 작품도 있습니다.

이야기의 모티브에 대한 고찰(5장)

5장은 다양한 이야기의 모티브를 생각하는 장입니다. 등장인물이 행동하게 된 계기가 되거나 사람이 모여들게 하는 이야기의 패턴을 소개합니다.

지혜로 위기를 모면하는 『알라딘』부터 카인과 아벨 같은 형제의 다툼까지 다양합니다. 모두 현대에 통용되는 모티브입니다. 예를 들어, 형제의 다툼 등은 도스토옙스키의 『카라마조프가의 형제들』에도 사용된 영원히 사랑받는 주제 중 하나입니다.

단체 이름의 변주(6장)

6장만 그 성격이 다소 다릅니다. 이야기에 등장하는 다수가 한 세트를 이루는 단체에 관한 이야기입니다. 세계에는 3인조, 4인조, 5인조 등 다양한 인원으로 구성된 단체가 있습니다. 심지어 『수호전』에는 108명으로 구성된 단체가 나옵니다.

이야기에 여러 명으로 이루어진 단체(악의 조직이라든지 스파이, 영웅 단체 등)가 등장할 때, 멤버가 단체의 유래에 어울리는 코드 네임으로 불리기도 합니다. 그런 단체를 만들 때 참고하도록 인원 수에 따른 단체 이름의 예시를 소개합니다.

이러한 아이디어를 여러분이 작품을 만들 때 활용했으면 합니다. 작품의 소비자는 게임이라면 플레이어, 소설이라면 독자, 영상이라면 시청자가 되겠지요. 다만 이 책에서는 기본적으로 가장 짧고도 친숙한 단어인 '독자'로 통일하고 있습니다. 따라서 본문에는 '독자'로 되어 있지만 자신이 만들고 싶은 작품에 어울리는 소비자로 바꿔서 이해해주시기 바랍니다.

CONTENTS

1장 ♦ 주인공의 인물상

2장 ♦ 주인공의 행동

3장 ♦ 조연은 괴짜들의 모임

4장 ♦ 매력적인 적

5장 ♦ 이야기의 모티브

6장 ◆ 단체의 이름

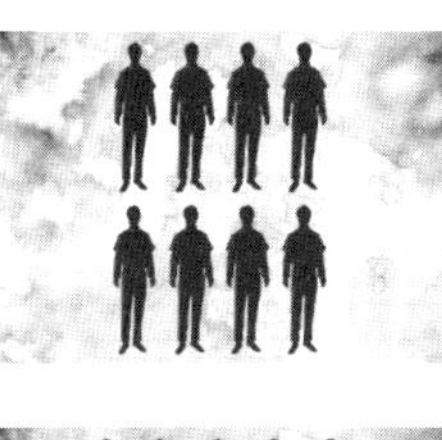

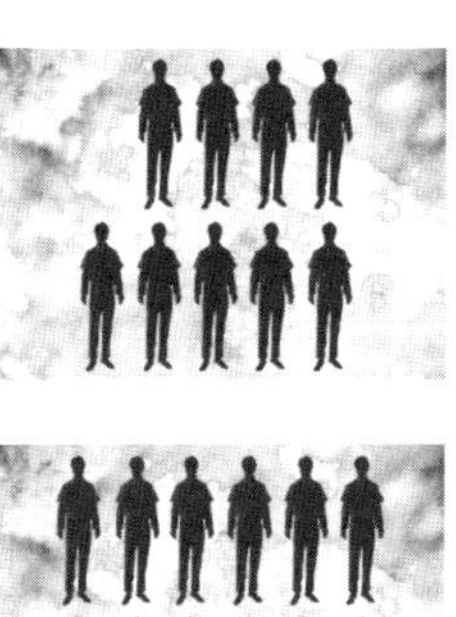

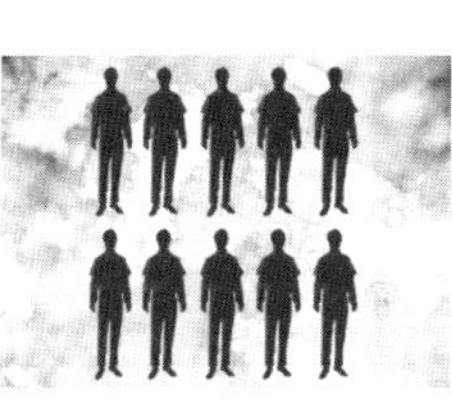

주인공의 인물상

이야기의 매력은 가장 먼저 주인공에 의해 결정됩니다. 주인공이라고 해서 반드시 강한 영웅이나 정의의 편에 설 필요는 없습니다. 하지만 어딘가 공감을 불러일으키는 요소가 있고 사랑받는 인물상이어야 합니다. 이 장에서는 주인공에게 어울리는 모습에 대해 생각해봅니다.

001 헤라클레스의 열두 가지 난제

TWELVE LABOURS OF HERACLES

◈ 속죄에서 시작되는 어려운 수행

인간은 힘든 일을 싫어합니다. 어지간한 일이 아니면 어렵고 힘든 수행에 도전하지 않으려 합니다. 그러나 속죄를 위해서 어렵고 힘든 수행에 굳이 도전하기도 합니다. 그리고 이 속죄가 혹독할수록 마음은 편안해집니다.

그리스 신화의 영웅 헤라클레스는 뛰어난 육체를 가졌지만 마음은 보통 남자였습니다. 주신 제우스가 바람을 피워 태어난 헤라클레스를 탐탁지 않게 여기던 제우스의 본처 헤라는 훌륭한 용사가 된 헤라클레스의 머리에 광기를 심어 넣습니다. 그래서 헤라클레스는 자신의 아이 세 명과 쌍둥이 동생의 아이 두 명을 불길에 던져 죽입니다. 그 후 헤라클레스의 아내 메가라도 슬픔에 빠진 나머지 자살합니다. 제정신으로 돌아온 그는 속죄를 위해 아폴론의 신탁을 받습니다. 미케네 왕을 섬겨 그가 부여하는 열 가지 임무를 수행하라는 것이었습니다.

생각해보면 나쁜 건 헤라클레스가 아닙니다. 헤라클레스가 나쁜 짓을 하긴 했지만 헤라가 그를 조종했기 때문이죠. 나쁜 것은 헤라이고 헤라클레스는 아이를 죽이도록 강요받고 그로 인해 아내까지 자살한 피해자입니다. 그러나 주위에서 아무리 위로해줘도 헤라클레스가 품고 있는 죄책감은 결코 사라지지 않습니다. 그는 고난을 겪을수록 조금이라도 속죄한 것 같아서 마음이 편안해집니다.

그렇기에 원래대로라면 자신의 것이 되었을지도 모르는 미케네 왕좌를 빼앗은 왕의 트집을 헤라클레스는 묵묵히 따릅니다. 미케네 왕은 헤라클레스를 괴롭히듯 차례차례 난제를 제시합니다. 그렇게 헤라클레스의 이름을 높이는 열두 개의 난행이 실행됩니다.

열두 개의 난제	내용
네메아의 사자	절대 흠집이 나지 않는 가죽을 두른 불사신 사자를 곤봉으로 때려죽이고 가죽을 벗겼다.
레르네의 히드라	머리가 일곱 개 달린 구렁이. 목을 베어도 다시 자란다. 헤라클레스가 자른 목 단면을 조카가 불로 태워서 쓰러뜨렸다. 조카의 도움을 받았기 때문에 헤라클레스의 공적으로 인정되지 않았다.
케리네이아의 사슴	인근을 휩쓸고 다니는 사슴을 1년이나 뒤쫓아 생포했다.
에리만토스의 멧돼지	마을에 해를 끼치는 멧돼지를 보금자리 밖으로 불러낸 다음 뛰쳐나온 순간 그물을 던져 잡았다.
아우게이아스의 가축우리	오랫동안 청소되지 않은 우리의 분뇨 때를 알페이오스강의 물줄기를 끌어들여 흘려보냈다. 그러나 자신의 힘이 아닌 강물의 도움을 받았으므로 공적으로 인정되지 않았다.
스팀팔로스의 괴조	청동 날개를 단 새를 노래로 위협하여 날아오르게 하고 히드라의 독화살로 사살했다.
크레타의 황소	황소를 손으로 눌러 생포했다.
디오메데스의 식인 말	비스톤인들의 왕이 기르는 식인 말에게 왕의 고기를 먹여 얌전해졌을 때 붙잡았다.
아마존의 여왕 히폴리테의 허리띠	여왕이 선물한 것이지만 헤라 여신이 아마존들에게 여왕이 끌려가는 것으로 오해하게 했다. 그래서 헤라클레스는 여왕과 아마존들을 죽이고 띠를 빼앗았다.
게리온의 소	스페인 서쪽에 있는 환상의 섬에서 기르는 소를 데려왔다.
헤스페리데스의 황금 사과	천공을 지탱하는 아틀라스의 역할을 대신하는 조건으로 헤스페리데스가 가진 사과를 받았다.
저승의 케르베로스	저승의 신 하데스의 지하 세계 입구를 지키는 케르베로스를 맨손으로 붙잡아 데려갔다.

◈ 고난을 향한 여행길

인간이 스스로 고난의 길을 걷는 이유는 속죄하기 위해서만은 아닙니다. 자신을 단련하기 위한 수행이나 어려운 소원을 이루기 위한 기도 등 그 목적은 다양합니다. 다만 수행 목적이라면 수행에 도움이 되지 않는 고난은 피하는 등 모험을 대하는 태도도 달라질 것입니다.

어쨌든 고난에 맞서는 모습은 감동을 불러일으킵니다. 그렇기 때문에 작가는 다양한 이유로 주인공에게 고난을 안겨줍니다. 그리고 주인공이 고난을 견디는 이유는 독자가 납득할 수 있어야 합니다.

002 앨리스의 모험

ALICE IN ADVENTURE

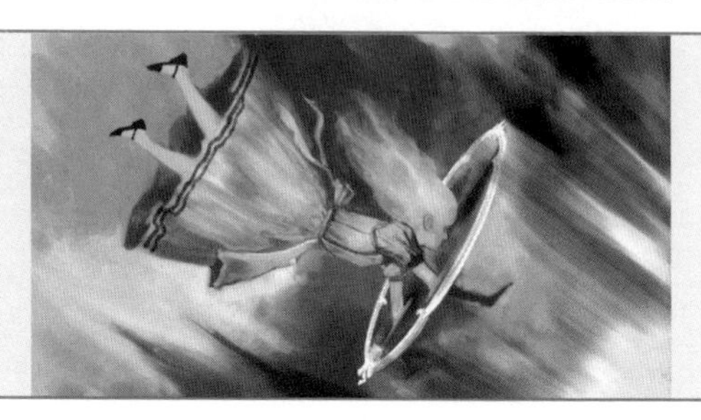

◆ 동기 없는 모험

모험의 계기는 다양합니다. 어떤 때는 작은 계기로 휘말려버리기도 합니다.
루이스 캐럴의 『이상한 나라의 앨리스』에서 앨리스는 둑에 앉아 지루해하던 중 약속에 늦었다면서 서두르는 흰 토끼를 발견하고 쫓아갑니다. 그리고 구멍에 뛰어들면서 이상한 나라로 가버립니다.

속편 『거울 나라의 앨리스』에서는 벽난로 앞에서 새끼 고양이와 놀고 있다가 문득 벽난로 위에 있는 거울로 들어갈 수 있을 것 같은 기분이 들어서 시도했더니 정말 그 안으로 들어가게 됩니다. 그리고 거울 너머에 있는 거울 나라에서 모험을 시작합니다.

두 경우 모두 앨리스가 모험을 떠날 필연성은 없습니다. 왠지 모르게 신경이 쓰였다거나, 문득 해보았다는 별거 아닌 동기에서 시작되어 엉뚱한 일에 휘말린 것입니다. 약간의 호기심, 약간의 모험심에서 시작된 일이 어느새 큰 사건이 된다는 설정은 많은 명작에서도 사용됩니다.

『반지의 제왕』에서도 주인공 프로도는 친척 빌보에게 반지를 건네받으면서 세계의 명운을 건 싸움에 휘말립니다. 반지는 마법사 간달프의 충고에 따라 전혀 사용되지 않은 채 방치되고 있었습니다. 존재조차 잊고 있었음에도 불구하고 반지를 위해 필사의 모험을 떠나게 됩니다.

『보물섬』의 소년 짐 호킨스는 부모님이 운영하는 여관에 묵고 있던 나이 많은 뱃사람의 유품에서 보물 지도를 발견하고 보물섬으로 여행을 떠납니다. 보물 지도를 찾았다고 해서 꼭 모험을 떠날 필요는 없습니다. 하물며 짐은 아이니까요. 하지만 소년은 호기심에 사로잡혀 보물섬으로 가는 배에 오릅니다.

그 밖에도 수많은 걸작에 뚜렷한 각오가 없는 동기나 우연에 불과한 계기로 모험을 떠나는 주인공이 등장합니다. 그 예시를 들어보겠습니다.

작품명	동기 · 계기
『오즈의 마법사』	토네이도로 집이 날아가 낯선 나라 오즈에 도달해 돌아가는 길을 찾고 있다
〈스타워즈〉	우연히 주운 로봇이 도움을 청하는 공주의 영상을 보여주었고 그녀를 돕기로 한다
『알라딘과 요술 램프』	마법사의 꼬드김에 넘어가 동굴에 갇혔고 그곳에서 마법 램프를 얻는다
「알리바바와 40인의 도적」	도적이 '열려라, 참깨'라고 외치는 모습을 우연히 보고 보물을 손에 넣는다
『아서왕』	사촌이 검을 부러뜨리는 바람에 다른 검을 찾다가 시간이 늦어서 근처 바위에 꽂혀 있던 검을 뽑아보았다
『흡혈귀 카르밀라』	마차 전복 사고를 당한 소녀를 집에서 돌봤는데 알고 보니 흡혈귀였다

◆ 모험의 동기는 문제가 아니다

모험의 계기가 별거 아니라고 해서 모험 자체가 시시한 것은 아닙니다. 처음에는 연약하던 등장인물이 모험을 통해 성장하여 마지막에 위대한 결과를 만들어내는 이야기도 많습니다.

다만, 그 경우에 처음의 의욕이나 호기심은 큰 모험을 완수할 만한 원동력이 되기에는 부족합니다. 도중에 도망치지 않도록 등장인물의 정신적 성장이 요구되며 이야기 도중에 각오를 다지고 의지를 분명히 하기 위한 사건이 필요합니다. 이 과정은 여러 번 있어도 괜찮습니다. '이벤트→각오→큰 사건→큰 각오→더 큰 사건→더 큰 각오'와 같이 단계적으로 성장하는 일도 가능합니다.

물론 예외도 있습니다. 주인공이 전혀 성장하지 않았음에도 잘 풀리는 모험도 있습니다. 『이상한 나라의 앨리스』에서 앨리스는 끝까지 위기감 따위는 품지 않지만 그래도 모험은 제대로 마무리됩니다. 다만 앨리스의 경우는 정말 예외일 뿐으로 따라 하기 어렵겠지요.

003 아서왕과 유서왕

KING ARTHUR AND KING UTHER

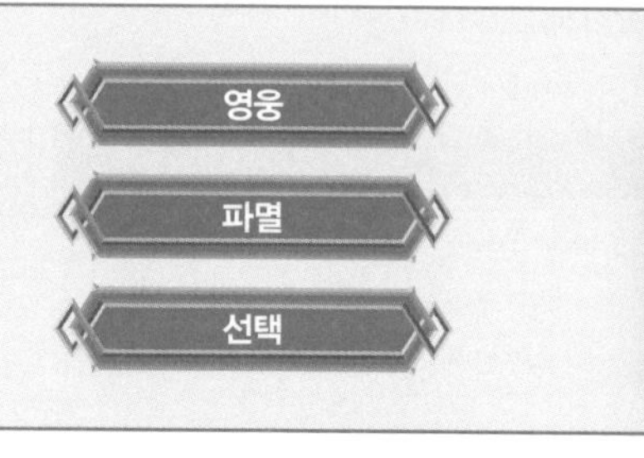

◆ 보통 사람에서 영웅으로

보통 사람인 줄 알았는데 뜻밖의 힘을 발휘해 영웅으로 우뚝 서는 이야기가 있습니다. 어린아이는 자기가 사실 유력자(왕 등)의 자식이지만 사정이 생겨서 현재 사는 집에 맡겨졌다고 몽상을 하곤 합니다. 또한 사실 나에게는 영웅의 힘이 잠들어 있고, 어떤 계기로 그것이 깨어난다고 생각하기도 합니다. 그런 꿈은 어릴 적 누구나 꾸기 마련입니다. 이것은 사춘기에도 일어나고 현대에는 '중2병'이라고 하는데, 사실은 옛날부터 있어왔습니다.

그런 꿈의 체현자로 가장 유명한 사람이 아서왕입니다. 아서는 선대 브리튼 왕 유서 펜드래곤의 아들이지만 그것을 숨기고 자랐기 때문에 기사의 시중을 드는 종자로만 여겨졌습니다. 애초에 아서의 어머니 이그레인은 콘월 공작 골로이스의 아내이지만, 그녀에게 첫눈에 반한 유서가 마법사 멀린의 도움으로 골로이스로 둔갑한 뒤 동침하여 낳은 아이가 아서입니다. 그 후 어떻게든 이그레인을 빼앗고 싶었던 유서는 전쟁을 벌여 골로이스를 죽이고 이그레인을 왕비로 삼았습니다.

유서는 아서를 부하 기사에게 맡기고 자신의 아이라는 사실을 숨긴 채 키웁니다. 그리고 죽기 전 바위에 검을 꽂고 다음 왕은 이 검을 뽑는 자라고 예언합니다. 그 예언대로 검을 뽑아 든 유일한 인물이 아서입니다.

이렇게 해서 아서는 새로운 브리튼의 왕이 됩니다. 물론 갑자기 나타난 왕을 따르는 제후만 있는 것은 아니기에 아서는 자신의 말을 거역하는 제후들을 토벌하느라 고생합니다.

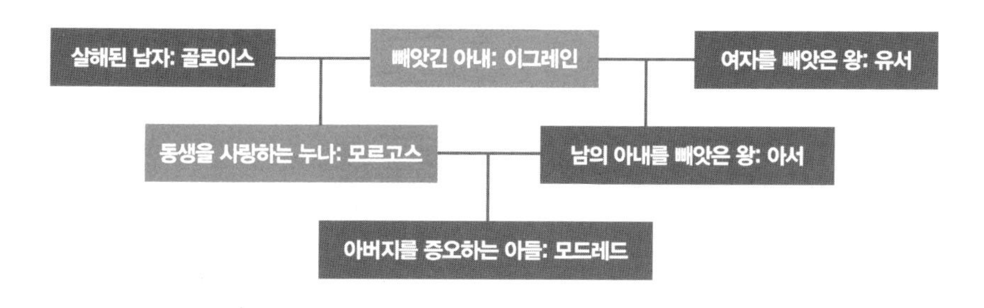

하지만 왕으로서 아서는 위대합니다. 브리튼 왕임에도 불구하고 로마를 공략하여 점령합니다. 물론 이것은 이야기이며 실제로 그런 일은 없었지만 로마가 쳐들어와서 점령당했던 브리튼인들의 속이 후련해졌을 것입니다. 브리튼인에게는 로마의 속령이었다는 사실이 굴욕이기 때문입니다.

아서의 가장 큰 고난은 절친한 친구인 기사 랜슬롯과 아내 기네비어의 불륜(051 「랜슬롯과 기네비어」)과 아들 모드레드의 반란입니다. 모드레드는 아서와 이복 누나인 모르고스의 근친상간으로 태어난 아이로 아서가 랜슬롯 토벌에 나선 틈을 타 본국에서 반란을 일으킵니다.

이후 아서는 모드레드와 맞붙다가 치명상을 입습니다. 반죽음 상태가 된 아서는 배를 타고 아발론섬으로 향했고 그곳에서 죽어 묻혔다는 이야기도 있습니다. 또한 섬에서 상처를 치유했고 언젠가 브리튼이 위기에 빠지면 다시 왕이 되어 돌아온다는 설도 있습니다.

◆ 영웅의 실현, 고난, 죽음

아서왕은 이야기에서 '시련을 딛고 위대한 자가 된다', '평범한 아이에게 사실은 위대한 자의 피가 흐르고 있었다', '보통 사람이 다른 사람에게 없는 힘을 가지고 있었다'라는 3대 영웅의 조건을 모두 실현한 인물입니다. 심지어 '영웅이 민족의 원한을 풀어준다'는 것까지 이뤄냅니다.

게다가 위대한 영웅임에도 불구하고 친한 친구와 아내에게 배신당하고 마지막에는 아들이 일으킨 반란에 죽음을 맞이하는 '영웅은 비극적으로 죽는다'라는 조건도 구현하고 있습니다. 그리고 마지막에 '언젠가 구세주가 나타날 것'이라는 예언까지 남겼습니다. 인기가 있는 것도 당연하다고 할 수 있겠네요.

004 돈키호테

DON QUIXOTE

◆ 우스꽝스러운 영웅

사람들이 영웅을 항상 동경의 눈빛으로 바라보지는 않습니다. 영웅의 행동이 익살스럽게 보일 때도 있습니다. 영웅이 어리석은 탓일까요, 아니면 민중의 성품이 안 좋은 탓일까요, 영웅이 시대에 맞지 않은 탓일까요. 『돈키호테』는 그것을 희화화해서 우리에게 보여줍니다.

알론소 키하노라는 하급 귀족은 기사도 이야기(기사가 수련을 위해 여행하는 중 다양한 모험을 만나고 사랑을 하며 사람을 구하는 이야기)를 너무 많이 읽다가 자신이 전설의 기사 돈키호테 데 라만차라고 믿게 됩니다. 그리고 삐쩍 마른 말에 로시난테라는 이름을 붙이고 여기저기 떠돌아다닙니다. 현실 세계는 그가 믿는 기사도 이야기와는 다릅니다. 그곳에 사는 이들은 지극히 평범한 사람에 지나지 않지만 돈키호테 눈에는 그들이 기사도 이야기의 등장인물처럼 보입니다. 거기에서 큰 괴리가 생겨나 보통 사람의 눈에는 돈키호테가 정신이 나간 듯이 보입니다.

기사에게는 사랑하는 귀부인이 필요하다고 생각한 돈키호테는 알돈사 로렌소라는 시골 처녀를 둘시네아 델 토보소라고 부르며 숭배하기로 합니다(그렇다고 해도 그녀는 이름만 나올 뿐 실제로 등장하지는 않습니다). 싸구려 여관에 묵으면서 숙소를 성, 숙소 주인을 성주로 믿고 그가 자신을 기사로 서임하기를 바랍니다. 여관 주인은 그를 비웃지만 마부가 그에게 두들겨 맞는 광경을 보고 바보 취급을 한 것이 들킬까 봐 무서워 가짜 서임식을 거행합니다.

돈키호테의 가장 유명한 행위는 풍차를 향한 돌격입니다. 풍차를 거인으로 착각한 돈키호테는 돌격을 감행하지만 풍차 날개에 날아가버립니다. 그는 마법에 걸린 거인이 풍차로 변신했다고 믿습니다.

이 작품은 메타픽션 수법의 시조이기도 합니다. 후편에는 전편을 읽고 돈키호테의 팬이 된 공작 부부가 등장하거나 가짜 속편을 소재로 한 패러디가 들어가는 등 현대 창작물 이상으로 자유로운 메타픽션입니다.

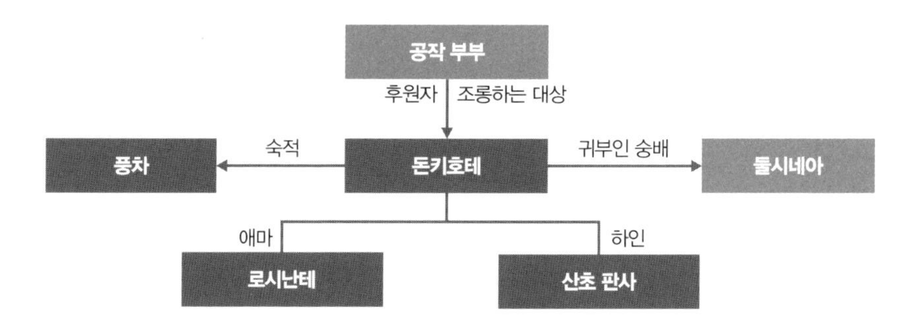

◈ 희극인가 비극인가

『돈키호테』에 대해서는 다양한 해석이 이루어져왔습니다. 가장 먼저 돈키호테의 어리석은 모습을 웃음거리로 만들기 위한 골계 문학이라는 평입니다. 이 책이 발표될 당시에는 우스꽝스러운 책으로 명성을 얻었습니다. 사람들은 돈키호테를 비웃음의 대상으로 바라봤습니다.

그다음에는 풍자 문학으로 평가되었습니다. 낡은 기사의 도덕 등을 웃음거리로 삼아 타도하고 새로운 시대로 나아가야 한다는 사상의 표현으로 여겨졌습니다. 돈키호테는 비웃음의 대상은 아니지만 풍자를 위한 재료에 불과했습니다.

이어서 돈키호테를 시대에 맞지 않는 비극적인 인간으로 보는 해석이 있습니다. 고상한 마음이 반드시 높은 평가를 받지는 않는다는 것은 누구나 알고 있지만, 고상한 마음을 업신여기는 것을 좋아하는 사람은 없습니다. 이제 독자들도 비로소 돈키호테 자체를 보게 된 것입니다. 이 해석에서 그는 비극적인 사람입니다.

최근에는 돈키호테를 돌파자로 보기도 합니다. 가로막힌 상황을 타파하기 위해서는 주위에서 아무리 비웃어도 신경 쓰지 않는 광기와 같은 열의가 필요하다는 생각입니다. 여기서 돈키호테는 오직 한마음으로 돌진하는 진짜 영웅입니다.

이렇게 다양한 해석을 할 수 있는 것이 지금도 『돈키호테』가 명작으로 계속 읽히는 이유입니다.

005 오딘의 수행

ASCETIC PRACTICES OF ODIN

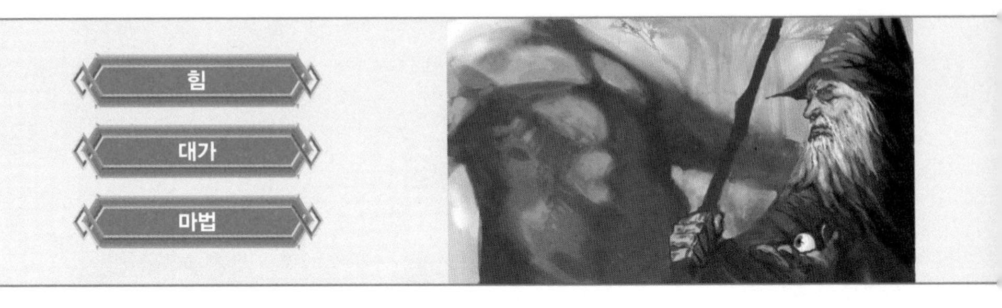

◈ 힘과 대가

이야기에서는 주인공이 새로운 힘을 얻으려고 시도할 때가 있습니다. 하지만 쉽게 얻어서는 힘의 고마움을 알지 못합니다. 따라서 어떠한 노력이나 대가 등을 통해 비로소 힘을 얻을 수 있도록 해야 합니다.

북유럽 신화의 주신 오딘은 주신이라고는 하지만 그다지 강하지 않았습니다. 무력으로는 무적의 토르 등을 이길 수 없으며, 거인들에게도 맞서지 못했습니다. 그래서 오딘은 힘을 얻을 방법을 찾아 나섰고, 눈여겨본 것이 지혜와 마법입니다. 오딘이 지혜를 얻은 방법은 다음과 같습니다.

세계수 위그드라실의 세 뿌리 중 하나는 지혜와 지식이 숨겨진 미미르샘으로 뻗어 있습니다. 이 샘의 주인인 미미르라는 서리 거인은 샘물을 걀라르호른이라는 뿔잔에 담아 마시면서 매우 지혜로운 존재가 되었습니다. 오딘은 미미르에게 샘물을 한 모금 마시게 해달라고 말했습니다. 하지만 공짜로는 마실 수 없다고 하자 자신의 한쪽 눈을 내어주고 겨우 한 잔 얻어 마셨습니다. 오딘은 한쪽 눈을 잃더라도 지혜를 얻고자 했습니다. 참고로 오딘의 한쪽 눈은 지금도 미미르샘 안에 있다고 합니다.

다음으로 마법(룬의 비밀)을 손에 넣기 위해 오딘이 선택한 방법입니다. 오딘에 따르면 "나는 바람 부는 아홉 밤 동안 창에 찔린 채 오딘, 즉 나 자신에게 내 몸을 바쳐 아무도 그 뿌리를 알지 못하는 나무에 매달려 있던 것을 기억한다. 나는 빵도 뿔잔의 물도 얻어먹지 못하고 아래를 살폈다. 나는 룬 문자를 읽고, 신음하면서 읽고, 그러고 나서 아래로 떨어졌다"고 합니다.

오딘은 주신이기 때문에 자신보다 아래의 신들에게 제물을 바치는 것은 의미가 없고, 자신보다 상위의 신은 존재하지 않습니다. 그래서 어쩔 수 없이 자신에게 제물을 바칩니다. 게다가 그 제물은 자기 자신입니다. 자신에게 창을 꽂고 9일 동안이나 목을 맨 채 매달린 것입니다. 이렇게까지 하지 않으면 마법을 손에 넣을 수 없었습니다.

그 대가로 오딘은 지혜와 마법의 힘을 얻었습니다. 육체적 불완전함은 우두머리에게 마이너스 요소이지만 한쪽 눈만 남았음에도 신들의 가장 높은 자리에 앉았습니다.

그 밖에도 북유럽 신화에는 목적을 위해 대가를 치르는 신이 많습니다. 티르는 펜리르 늑대를 사슬로 묶기 위해 한 손을 희생합니다. 늑대를 속여서 쇠사슬로 묶을 때 나중에 풀어주겠다는 증표로 늑대 입에 손을 집어넣습니다. 그리고 속았다는 사실을 알게 된 늑대는 티르의 한 손을 삼켜버립니다. 이 때문에 티르는 한쪽 팔의 전사로, 혹은 은색 의수를 한 모습으로 그려집니다.

프레이는 아름다운 거인의 딸 게르즈를 손에 넣기 위해 자신의 하인을 거인 나라에 심부름꾼으로 보냈고, 그에 대한 포상으로 승리의 칼을 선물합니다. 이후 프레이는 검 대신 사슴뿔로 싸우게 되고 라그나로크(신들의 최종 전쟁)에서 패배합니다.

이처럼 신들조차 그에 상응하는 대가를 치르지 않으면 목적을 이룰 수 없습니다.

◈ 대가가 있기에 힘을 소중히 여긴다

대가 없이 얻은 힘은 당사자가 감사함을 느끼지 못합니다. 그렇기 때문에 안이하게 사용해버리거나 소홀히 하여 잊어버리기도 합니다. 대가가 클수록 능력을 중요하게 여깁니다. 그럼 대가는 어떤 게 있을까요? 몇 가지 예를 들어보겠습니다.

대가 리스트	내용
능력	자신의 어떠한 능력(지적·육체적·미적)이나 수명 등을 잃는다
인간	자신에게 소중한 사람이 죽거나 사라진다
인간관계	소중한 사람과의 관계가 깨진다
사회적 위치	지위·직업·호적 등을 잃어 사회에서 설 자리가 없어진다
경제	금전적 손실을 보거나 파산한다
전생	현세에서는 대가를 치르지 않지만, 전생에 이미 대가를 치렀다

006 방황하는 유대인

THE WANDERING JEW

◆ 불로장생의 불행

불로장생은 인간의 소망 중 하나이지만 원하지 않는 자에게는 괴로울 뿐입니다. 하물며 그것이 저주에 의한 것이라면 말이지요.

기독교에는 '방황하는 유대인'의 이야기가 전해집니다. 때는 그리스도가 십자가에 못 박히던 시대로 거슬러 올라갑니다. 성경 『마태복음』 16장 28절에서 십자가에 못 박히는 예수는 이렇게 말합니다. "분명히 말해두겠다. 여기에 있는 사람 중에 인자(예수 자신을 이르는 말이다-옮긴이)가 그 나라(하나님 나라)와 함께 오는 것을 볼 자가 있다."

그러나 하나님의 나라는 아직 오지 않았습니다. 예수의 말이 맞는다면 당시에도 살아 있었고 아직까지 죽지 않은 자가 있다는 뜻입니다. 그 자리에 있던 사람들은 일부 로마인 병사를 제외하고 모두 유대인이었습니다. 그래서 기독교인들은 예수의 말처럼 죽지 않고 계속 살아가는 유대인이 있다고 생각했습니다. 그렇지만 예수를 숭배하지 않았던 유대인이 은혜를 받아 장수하는 것은 이상하기 때문에 그 긴 수명은 분명히 저주라고 생각했습니다.

이 방황하는 유대인 전설을 바탕으로 여러 작품이 쓰였습니다. 그 집대성이라고 할 수 있는 에드거 키네의 「방황하는 유대인-아하스베루스-」에서 인용해봅시다.

그리스도	목이 마르구나. 네 샘물 좀 주지 않겠느냐.
아하스베루스	내 샘물은 텅 비어 있다.
그리스도	술잔을 들어보아라. 넘쳐흐를 것이다.
아하스베루스	술잔은 깨졌다.

그리스도	제발, 부탁이다. 나를 도와다오. 이 험준하고 좁은 길을 십자가 지고 오르는 나를.
아하스베루스	나는 네 십자가가 아니다. 사막의 그리핀을 부르는 게 좋겠다.
그리스도	너희 집 문간에 있는 의자에 앉게 해다오.
아하스베루스	의자는 내가 쓰고 있다. 다른 사람을 앉힐 여유는 없다.
⋮	
아하스베루스	무슬사여, 내 그림자 밖으로 나가라. 너의 길은 앞에 있다. 걸어라, 걸어라.
그리스도	잘도 그런 말을 하는구나. 아하스베루스, 너야말로 마지막 심판의 날까지 천년이 넘는 시간 동안 계속 걷게 될 것이다.

그리하여 아하스베루스는 고향을 잃고 영원히 방황하게 됩니다. 그는 몇 년이 지나도 외모가 변하지 않기에 같은 곳에서 계속 살 수 없습니다. 또한, 친구나 연인이 생긴다 해도 그들은 보통의 인간이기 때문에 언젠가는 죽고 맙니다. 영원한 고독이야말로 예수를 홀대한 죄에 대한 벌입니다. 불로불사가 벌로 내려졌기 때문에 불로불사라는 인류의 꿈을 실현한 인물임에도 부럽지 않은 것입니다.

아쿠타가와 류노스케도 이것이 흥미로웠는지 「방황하는 유대인」이라는 단편을 썼습니다. 이 작품에서 방황하는 유대인은 전국 시대 일본에 도달합니다. 그리고 프란치스코 하비에르와 만납니다.

이런 역사의 공백을 '만약에if'로 메우는 작품은 한번 빠져들면 매우 재미있습니다.

◆ 능력과 벌칙

이야기에서 등장인물이 특별한 힘을 가진 경우가 있습니다. 이것은 인물의 특징을 명확히 하고 활약을 위해서도 효과적인 수단입니다. 하지만 너무 편리하거나 쉽게 얻을 수 있는 능력이라면 이야기가 매우 시시해집니다.

이럴 때 대책은 두 가지가 있습니다. 하나는 벌칙이 따르는 능력으로 만드는 방법입니다. 불로장생 등과 같이 너무 편리한 능력은 아무런 벌칙 없이 주어져서는 안 됩니다. 그런 점에서 「방황하는 유대인」의 불로장생은 저주이며, 친한 사람과 헤어져 고독하게 세상을 떠돌아야 하는 벌칙이 뒤따릅니다.

또 하나는 그 능력에 대항하거나 그것을 뛰어넘는 힘을 적이 갖는 것입니다. 다만, 이것은 힘의 단계적 확대가 일어나기 쉽고, 작가는 차례차례 새로운 능력을 생각해야만 합니다. 발상력이 뛰어난 작가가 아니라면 머지않아 막히겠지요.

007 아폴론과 아르테미스

APOLLO AND ARTEMIS

◆ 강인한 누나와 연약한 동생

현실과 마찬가지로 이야기에서도 형제·자매는 자연스럽게 등장합니다. 그런데 쌍둥이라면 이야기가 좀 다릅니다. 현실에서 쌍둥이는 드물지만, 이야기에서는 훨씬 높은 확률로 쌍둥이가 등장합니다.

세계에서 가장 유명한 쌍둥이 캐릭터는 아폴론과 아르테미스일 것입니다. 그들은 그리스 신화의 주신 제우스와 여신 레토 사이에서 태어났습니다. 이들은 쌍둥이지만 상당한 차이점이 있습니다. 출산 당시 먼저 오르튀기아섬에서 아르테미스가 태어납니다. 갓 태어난 아르테미스는 어머니의 손을 끌고 델로스섬으로 이동해 산파로서 아폴론의 출산을 돕습니다. 아르테미스는 태어날 때부터 튼튼하고 아폴론은 그녀의 도움을 받는 역할입니다. 둘의 공통점과 차이점은 다음과 같습니다.

특징	아폴론	아르테미스
성별	남신	여신
지배하는 것	태양신	달의 여신
다른 권능	시와 음악	활과 사냥
성애	남녀 상관없이 다수의 애인	처녀
성격	내성적이고 잔혹한 행위를 후회한다	거역하는 자에게 격렬하게 벌을 내린다
능력	우수함	
무기	활과 화살	

이 대비로 인해 아폴론과 아르테미스는 쌍둥이임에도 불구하고 한 묶음으로 볼

수 없고 각각 독립된 캐릭터로 받아들여집니다.

그리스 신화에는 또 한 쌍의 특징적인 쌍둥이가 등장합니다. 스파르타 왕의 아내 레다와 제우스가 잠자리를 가진 뒤 태어난 카스토르와 폴룩스입니다. 그런데 폴룩스는 제우스의 피를 이어받아 불사의 몸이지만 카스토르는 스파르타 왕 틴다레우스의 피를 이어받아 유한한 생명을 가졌습니다.

어느 날 이다스 형제와 싸우다가 카스토르가 창에 찔려 사망하자 폴룩스는 둘이서 함께 있을 수 있게 해달라고 제우스에게 부탁합니다. 그래서 제우스는 두 사람을 섞어 반으로 나누고 각각 반신으로 만듭니다. 그리고 하루는 저승, 하루는 올림포스에서 살 수 있도록 해줍니다. 사이좋은 쌍둥이의 이상적인 모습으로 그려져 있습니다.

쌍둥이에게는 '교체'라는 패턴이 있습니다. 주변 사람들이 꼭 닮은 두 사람을 헷갈려서 잘못 본다거나 쌍둥이가 닮은 것을 이용해서 서로인 척하는 패턴입니다. 사람들이 둘을 헷갈려하는 설정으로 알려진 가장 오래된 작품은 플라우투스의 희극 『메내크무스 형제』일 것입니다. 셰익스피어가 『실수 연발』이라는 작품으로 리메이크하기도 했습니다. '교체'의 대표적인 예로는 에리히 캐스트너의 『로테와 루이제』가 있습니다. 또한 쌍둥이를 둘러싼 문제로는 왕가 등의 계승권 문제가 있습니다. 대표적인 예가 알렉상드르 뒤마의 『철가면』입니다. 루이 14세가 쌍둥이이고 동생은 철가면을 쓰고 몰래 살아간다는 내용입니다.

◈ 이야기에 어울리는 쌍둥이

이야기 소재로 쌍둥이가 자주 사용되는 이유는 인물의 특징이 뚜렷하기 때문입니다. 쌍둥이니까 닮은 부분이 많은 건 당연합니다. 그렇기에 두 사람의 차이점이 더욱 돋보입니다. 쌍둥이로 설정함으로써 두 사람의 차이를 명확히 하고, 독자에게 각각의 캐릭터에 대한 인상을 강하게 심어줄 수 있습니다. 당연하게도 쌍둥이가 외모뿐만 아니라 성격이나 행동까지 정말 똑같다면 굳이 둘을 등장시킬 필요가 없습니다. 어디까지나 별개의 인물이라는 데 의미가 있습니다.

정말 똑같이 생겨서 세트로 등장시켜 강한 인상을 주는 기술도 있지만, 이 경우에는 '쌍둥이'라는 특징을 가진 1인분의 캐릭터로 기능합니다. 두 명을 등장시켜 활약하게 하는 수고에 비해 한 명의 캐릭터가 등장하는 정도의 효과밖에 줄 수 없기 때문에 효율적이지 않습니다. 그러니 많이 사용하는 기술은 아니겠죠.

008 조니 애플시드

JOHNNY APPLESEED

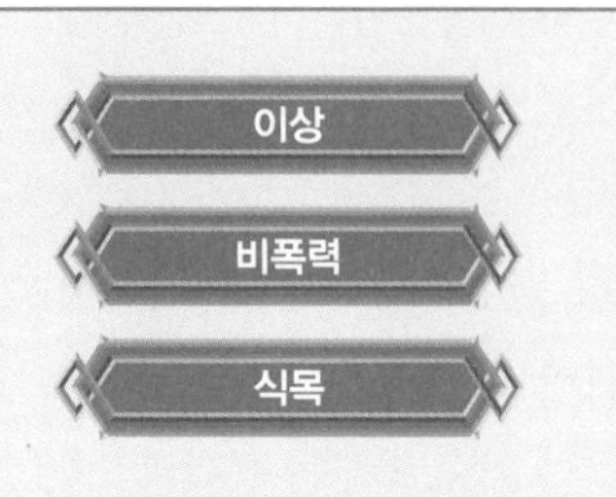

◆ 친숙하고 온화한 전설적 인물

영웅이라고 해서 항상 싸우는 것은 아닙니다. 싸우지 않는 영웅도 있습니다. 미국에는 조니 애플시드라는 전설의 인물이 있습니다. 애플시드라는 애칭(애플=사과, 시드=씨)처럼 개척 초기의 미국에서 전 국토에 사과씨를 심어 황야를 녹색으로 물들인 영웅입니다. 본명은 존 채프먼(1774~1845)으로 실존 인물이지만 그의 업적은 입에서 입으로 퍼져나가 어느새 전설적 인물이 되었습니다.

애플시드는 모자 대신 냄비를 쓰고 구멍이 뚫린 원두 봉투로 옷을 만들어 입은 몸집이 작은 인물입니다. 당시 미국은 총과 완력이 모든 것을 좌우하는 거친 세계였고, 말을 듣지 않는 사람을 폭력으로 다스리는 난폭한 놈들로 가득했습니다. 그러나 그만은 폭력을 사용하지 않고 온화하게 나무를 늘리는 활동을 합니다. 게다가 백인 대부분은 아메리카 원주민을 야만인으로 취급했지만, 그는 원주민 상대로도 태도를 달리하지 않았습니다.

당시 서부(개척 초기 서부란, 펜실베이니아나 오하이오 같은 현재는 동부의 여러 주로 분류되는 지역을 말합니다)에는 제대로 된 도로도 없었고, 그는 노숙하면서 각지를 돌아다녔다고 합니다.

이처럼 검소한 모습과 온화한 태도로 애플시드는 사람들에게 사랑받았고 현재도 미국 개척자의 온화한 면모를 나타내는 인물로 그림책이나 소설 등에서 거론됩니다.

실제로 존 채프먼은 미국 초기 정착민이자 과수원 경영자였습니다. 그는 사과나무 모종판을 만들어 묘목을 인근 주민들에게 나눠주고 이들이 과일나무를 키울 수 있도록 지도했습니다. 씨앗을 심어 자라난 사과는 대개 신맛이 나기 때문에 그대로 먹기보다는 사과주나 애플잭(사과를 원료로 한 브랜디) 등의 원료로 사용됐습니다. 당시 서부 정착민들에게 이것들은 귀중한 현금 수입원이었습니다.

실제 채프먼은 방랑자가 아니라 자선 활동을 하는 사업가였습니다. 그래서 그는 나무 한 그루당 불과 몇 센트이지만 돈을 받았습니다. 못 내는 사람한테는 물물 교환으로, 그것도 어려운 사람한테는 이후에 줄 것을 약속받았습니다. 사람들이 무료로 받은 물건은 소중히 여기지 않는다고 생각했을지도 모릅니다. 그리고 사업가였기 때문에 3천만 헥타르나 되는 땅에 과일나무를 키울 수 있었던 것입니다.

이름	조니 애플시드	존 채프먼
직업	방랑자	과수원 경영자
집·본거지	없음	있음
활동	사과씨를 각지에 심음	사과 육성 지도
모습	깨진 냄비 모자, 원두 봉투로 만든 옷, 맨발	일반 옷과 신발
목적	과일나무를 심고 정착민을 돕는 것	

◆ 이상과 매력의 균형

이상을 가진 캐릭터는 매력적이지만 조심하지 않으면 얄팍한 이상을 늘어놓기만 하는 캐릭터가 되어버립니다. 특히 비폭력주의 영웅은 공상적 이상주의에 치우친 불안정한 느낌의 캐릭터가 되기 쉽습니다. 하지만 그렇기 때문에 조니 애플시드가 매력적인 것도 사실입니다. 어린아이들을 위한 영웅은 그림책 주인공처럼 이해하기 쉬워야 하기 때문이지요.

또한 실존 인물 존 채프먼은 현실을 내다보고 행동하는 사업가였습니다. 이쪽은 이쪽만의 다른 매력이 있습니다. 이상을 가지고 있으면서 그것을 현실 사회에서 실현할 수 있는 지혜를 가진 어른 캐릭터입니다. 이런 인물은 이해하기는 조금 어렵지만 어른에게 감동을 주는 영웅이 됩니다.

창작 작품에 등장하는 영웅은 이 둘 사이의 어딘가에 놓이게 됩니다. 캐릭터의 알기 쉬움을 중시할지 공상이 아닌 현실적인 중후함을 중시할지는 독자에 맞게 균형을 맞출 필요가 있습니다.

009 토르의 용감함

BRAVENESS OF THOR

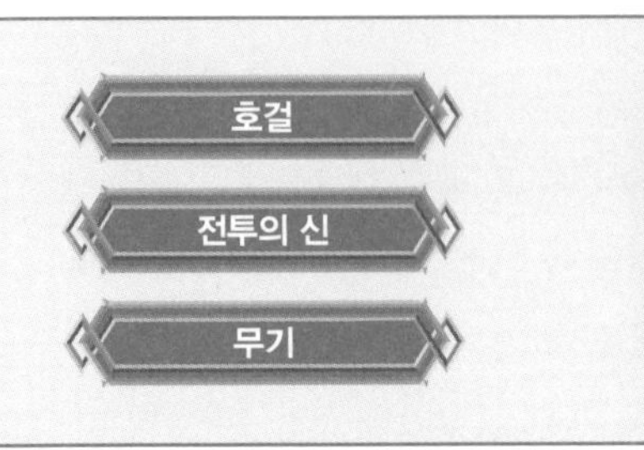

◆ 북유럽 신화 최강의 신

토르는 북유럽 신화에서 가장 인기 있고 강한 신입니다. 옛날에는 '쏠'이라고 발음했다고 합니다. 토르는 전쟁의 신이자 천둥의 신이며 농경의 신이기도 합니다. 붉은 머리, 붉은 수염의 덩치 큰 남자로 영웅치고는 드물게 묠니르라는 망치를 들고 싸웁니다. 전쟁의 신으로서 토르는 압도적입니다. 정면으로 싸워 토르에게 승리할 사람은 아무도 없습니다. 담대함도 엄청납니다.

토르는 신이긴 하지만 충동적이고 솔직합니다. 거인 건축가에게 아스가르드 성벽의 수리를 요청하면서 신들은 거인에게 여신 프레이야를 아내로 삼게 해주겠다고 약속합니다. 그러나 막상 성벽이 완성되자 약속을 지키지 않으려 했습니다. 그리고 마침내 토르가 분노에 사로잡혀 거인에게 덤벼듭니다. 신으로서 맺은 계약조차 무시하고 상대방을 때려죽이는 토르는 야만인이라고밖에 할 수 없습니다.

이런 사려 깊지 않고 솔직한 인물은 생각지 못한 공격에 매우 약합니다. 토르가 거인 우트가르드 로키의 집을 방문했을 때 마법에 걸려 웃음거리가 된 적이 있습니다. 먼저 거인의 장갑을 오두막으로 착각하고 거기서 휴식하는 것으로 시작하여 차례차례 거인들의 시험에 듭니다.

첫 번째 시험은 마시기 대결이었는데, 토르는 술 한 잔을 다 마실 수 없었습니다. 사실 술잔은 바다와 연결되어 있었으니 아무리 토르라도 다 마실 수 있을 리가 없지요. 다음은 고양이 들어 올리기였습니다. 토르는 한쪽 다리밖에 들어 올릴 수 없었습니다. 사실 고양이는 미드가르드의 구렁이였습니다. 마지막으로 노파와 씨름을 하다가 한쪽 무릎을 꿇어서 지고 맙니다. 사실 노파는 '흐르는 세월' 그 자체였기에 아무리 토르라도 이길 수 없었습니다.

하지만 바닷물을 눈에 보일 정도로 들이켜고 미드가르드 구렁이를 일부나마 들어 올리며 흐르는 세월과 좋은 승부를 겨루는 토르의 저력은 대단합니다. 토르를 웃음거리로 만들었던 거인들도 그의 무시무시함에 두려움을 느끼고 마법이라는 사실을 밝힌 뒤 다시는 토르와 맞서지 않겠다고 선언하고 자취를 감춥니다.

장난을 좋아해서 트릭스터라고도 해야 할 로키이지만, 토르와는 사이가 좋았던 듯합니다. 로키의 장난에 화를 내는 것도 그렇지만, 화가 가라앉으면 금방 다시 친구로 돌아가는 것도 토르답습니다. 토르의 아내 시브는 멋진 금발을 자랑했는데, 로키는 그녀의 머리카락을 잘라 빡빡머리로 만들어버립니다. 물론 토르는 화가 나서 로키를 쫓아갑니다. 하지만 로키가 그녀의 머리 못지않은 금발을 드워프에게 만들게 하겠다고 약속하자 화를 거두고 친구로 돌아옵니다. 참고로 이 시브의 금발을 만들면서 드워프끼리 기술 대결을 벌이게 되었고, 신들은 묠니르 망치와 드라우프니르 팔찌, 궁니르 창 등의 보물을 손에 넣을 수 있었습니다.

또한 묠니르의 망치를 도둑맞고 거인이 프레이야를 신부로 보내라고 하자 토르는 프레이야로 둔갑해 신부 의상을 입고 거인 나라로 갑니다. 그리고 묠니르를 되찾아 거인들의 머리를 일격에 부수고 돌아옵니다. 이때 로키가 신부의 시녀로 둔갑해 함께 가서 거인들을 잘 속여 묠니르를 가져오게 도와줬습니다.

◆ 주인공의 성격과 조력자의 성격

토르는 그다지 깊이 생각하지 않는 충동적인 성격입니다. 이런 성격을 가진 인물은 주인공에 어울립니다. 약간의 동기만 주어지면 바로 행동하기에 이야기를 이끌어가기 쉽습니다. 하지만 이런 유형은 예상치 못한 공격에 엄청나게 취약해 쉽게 함정에 빠져 이야기가 끝날 수도 있습니다.

그래서 자신을 도와줄 만한 머리 좋고 책략을 쉽게 알아채는 인물이 함께하면 좋습니다. 토르와 로키의 사이가 좋다는 설정은 그런 의미에서 드라마를 만들기에 매우 좋습니다. 이 둘은 성격과 능력이 정반대이기 때문에 오히려 좋은 콤비가 됩니다. 실제로 많은 작품에 이런 콤비가 등장하고 있습니다.

또한 이러한 조력자 캐릭터가 적으로 돌아섰을 때 주인공은 매우 고생하게 됩니다. 주인공의 성장을 그리고자 한다면 이러한 전개도 괜찮습니다.

010 브라다만테와 루지에로

BRADAMANTE AND RUGGIERO

◆ 여기사는 옛날부터 존재했다

적대하는 남녀의 사랑은 장벽이 높을수록 불타오릅니다. 르네상스 이탈리아의 서사시 『광란의 오를란도』에서도 그런 사랑이 그려집니다. 바로 브라다만테와 루지에로의 사랑입니다.

브라다만테는 샤를마뉴 휘하의 여기사입니다. 고명한 기사 리날도의 여동생으로 본인도 뛰어난 기사였습니다. 루지에로는 마법사 아틀란테의 양아들로 트로이 헥토르의 피를 이어받은 용감한 기사였습니다. 브라다만테가 적과 결투하던 중에 루지에로가 나타났고 그렇게 두 사람은 만났습니다. 그때 샤를마뉴군은 패주하는 중이었기 때문에 루지에로는 결투를 멈추고 서둘러야 그들을 따라잡을 수 있다고 충고합니다. 그리고 말을 타고 가려는 브라다만테를 결투 상대가 쫓으려 하자 대신 싸워주었습니다. 그 정정당당한 모습에 감탄한 그녀는 자신의 이름을 말해줍니다.

그 후 루지에로가 마법사에게 잡혀갔다는 말을 들은 브라다만테는 그를 구하러 가기로 결심합니다. 마법사에게 잡힌 것은 남자 쪽이고, 여기사가 그를 구하러 갑니다. 하지만 바로 떠날 수는 없었습니다. 그녀는 도중에 우연히 맞닥뜨린 원수의 집 기사에게 속아서 동굴로 떨어지는데 그것마저도 운명적인 사고였습니다. 그곳은 마법사 메를리노의 무덤으로 브라다만테는 그에게 루지에로를 구할 방법을 배웁니다. 루지에로와 브라다만테가 결혼하면 조국(이탈리아인 것이 의문이지만)을 구할 영웅이 태어날 것이라는 예언이 있었기 때문입니다.

악녀 안젤리카가 가지고 있던 모든 마법을 무효화하는 반지를 손에 넣은 브라다만테는 그 반지를 들고 마법사의 성으로 향합니다. 그러자 천을 씌운 방패를 든 마법사가 히포그리프를 타고 나타나 그녀를 가로막습니다. 그 방패는 방패의 빛을 받은 자를 기절시키는 마법 방패였습니다. 그러나 그녀는 메를리노에게서 그 방패에 대한 대책을 이미 들은 상태였습니다.

마법사가 방패 천을 걷어내자 브라다만테는 픽 쓰러집니다. 그것을 보고 기절했다고 생각한 마법사는 방심하고 그녀를 성으로 납치하려고 다가갑니다. 그때 브라다만테가 목에 검을 들이대고 항복하라고 말합니다.

항복한 마법사 아틀란테는 자신이 루지에로의 양아버지이며 점을 통해 루지에로가 기독교인으로 개종하면 음모에 의해 죽는다는 운명을 읽었다고 말합니다. 의붓아들의 죽음을 막기 위해 아버지는 성을 쌓고 그곳에서 나가고 싶지 않을 정도로 비싼 물건들로 가득 채웠던 것입니다. 이에 그녀는 자신의 운명조차 읽지 못한 당신이 과연 다른 사람의 운명을 읽을 수 있겠느냐며 설사 그런 운명일지라도 그를 위해 내가 운명을 바꿔 보이겠다고 선언합니다. 그야말로 영웅다운 대사입니다.

이렇게 해서 루지에로는 해방됩니다. 하지만 운명은 연인에게 여전히 가혹한 시련을 안겨줍니다. 아틀란테의 기마인 히포그리프에 루지에로가 올라타자 히포그리프는 날개를 펴고 어디론가 날아가버립니다.

◆ 여전사의 수요는 영원하다

현실 세계에 여전사는 거의 없었습니다. 그러나 이야기 세계에서는 이처럼 16세기 작품에도 강하고 아름다운 여기사가 등장합니다. 특히 브라다만테는 이름하여 '순백의 여기사'라고 불리는 강한 여기사로 예의 바른 미녀입니다. 게다가 좋아하는 남자를 위해서라면 운명마저 바꿔 보이겠다고 선언하는 강한 마음도 지녔습니다.

브라다만테는 현대 라이트 노벨 등에 등장하는 여전사의 원형이라고 할 수 있는데,『광란의 오를란도』가 완성된 것은 1532년입니다. 이런 시대부터 강하고 미인에 멋있으면서 마음도 강인하고 남자(게다가 루지에로는 작품 속에서 몇 번이고 납치되는 등 한심한 면도 많습니다)를 사랑하는 여전사가 존재했습니다. 게다가 이 이야기가 수백 년이나 명작으로 남았으니 독자에게 굉장히 수요가 높다는 말이겠지요.

여전사 같은 건 없고 다 새빨간 거짓말이라며 쓴소리를 하는 사람은 알지 못합니다. 새빨간 거짓말이라도 독자들이 원한다면 이야기로 나와도 충분하다는 걸 말이죠.

011 잔 다르크와 활약하는 미소녀

JEANNE D'ARC AND BEAUTIFUL GIRLS

◈ 이야기 속 남녀 비율에 관한 문제

이야기를 화려하게 만들기 위해서는 남자뿐만 아니라 아름다운 미녀, 가련한 미소녀의 활약이 필요합니다. 물론 여자만 있는 것보다 남녀 캐릭터가 함께 존재하는 편이 시각적으로도 좋고, 인간관계에 변화를 주기에도 수월합니다. 그들을 활용하면 연애나 삼각관계, 실연 등 만들어낼 수 있는 에피소드는 배가 됩니다.

그러나 액션물이나 전쟁물과 같은 육체적 능력이 중요한 이야기에 미녀나 미소녀를 등장시킨다면 현실성이 있을까요? 예를 들어, 자기 키보다 큰 검을 휘두르는 미소녀 검사는 시각적으로는 빛나지만 진지하게 생각하면 현실성이 떨어집니다.

그렇다면 시골 농가 소녀에 불과했던 잔 다르크는 어땠을까요? 그녀는 갑옷을 입고 군을 이끌고 승리했는데 어떻게 그런 일이 가능했을까요? 사실 그 당시의 전쟁이었기에 가능했던 일입니다.

우선 당시의 전쟁은 기사와 기사의 일대일 싸움이 동시다발적으로 일어나는 형태였습니다. 그리고 일대일 전투는 사기가 승패를 크게 좌우합니다. 즉, 잔 다르크가 전하는 신의 말씀이 기사의 사기를 크게 진작시켰던 것입니다.

실제로 잔 다르크는 검을 휘두른 것이 아니라 주로 깃발을 들었다고 전해집니다. 이는 경건한 그녀가 사람 목숨을 빼앗는 일을 좋아하지 않았기 때문이라고 전해지지만, 실제로 무술 훈련을 해본 적 없는 잔 다르크가 유능한 전사였다고는 생각하기 어려우므로 그 역할이 맞습니다. 신의 축복을 받은 소녀가 아군의 깃발을 들고 있으니 군사들의 사기가 올라가 무슨 일이 있어도 군의 깃발(당연히 장수가 있는 곳에 있습니다)을 지키려 할 것입니다.

또한 농가의 딸인 잔 다르크는 당연히 고된 농사에 종사하고 있었기에 갑옷을 입고 행군하는 정도는 할 수 있었다고 합니다. 연약한 귀족 아가씨라면 어렵겠지만 잔 다르크라면 가능했던 것입니다.

◆ 미소녀가 활약하는 세계

액션물이나 전쟁물 등에서 현실성을 가지고 여성이 활약하기 위해서는 몇 가지 조건이 필요합니다. 통상적으로는 육체적으로 우세한 남성이 활약하기 쉽고, 여성은 아무래도 활약하기 어렵습니다.

물론 그런 것을 신경 쓰지 말고 필요한 배역에 미녀나 미소녀를 배치하면 된다고 말하는 사람도 있습니다. 실제로 이것에 개의치 않고 재미있는 이야기를 만들어 내는 작가도 존재합니다. 그러나 많은 작가가 현실성을 높이기 위해 독자가 납득할 만한 이유를 마련합니다.

- **여성에게도 육체적 능력이 있는 세계:** 마법이나 초능력, 기 등으로 육체적 능력이 크게 좌우되는 세계. 이런 세계라면 그 능력치만 높으면 남녀 상관없이 활약할 수 있습니다.
- **육체적 능력이 활약을 좌우하지 않는 세계(특수 능력의 세계):** 초능력이나 마법으로 싸우는 세계입니다. 그렇기에 육체적 능력은 (물론 있으면 좋겠지만) 중요하지 않습니다.
- **육체적 능력이 활약을 좌우하지 않는 세계(보통 능력의 세계):** 카리스마나 지적 능력으로 활약하는 세계입니다. 예를 들면, 군사는 행군에 동행할 수 있다거나 질병 등으로 쉬지 않는 등 최소한의 육체적 능력만 있으면 나머지는 지성에 달렸기 때문에 남녀 관계없이 활약할 수 있습니다.
- **여성에게만 특별한 능력이 있는 세계:** 여성만 마법을 사용할 수 있는 등 남성이 할 수 없는 일이 있습니다. 이 때문에 여성이 더 활약하는 세계가 됩니다.
- **여주인공에게만 특별한 능력이 있는 세계:** 여주인공에게 특별한 능력이 있기 때문에 남성들로만 가득한 싸움의 세계에 배치할 수 있습니다.

이러한 여성의 활약을 위한 설정은 이야기 배경을 설정할 때 귀찮아진다는 단점도 있습니다. 독자는 이야기 속에서 설정에 대해 구구절절 설명하는 것을 좋아하지 않습니다. 그러니 가능한 한 간결하게 해야겠지요.

012 혼블로워와 해양 모험 소설

HORNBLOWER AND SEA STORY

◈ 평범한 사람의 성공 이야기

주인공이 다양한 체험을 통해 인격적으로 성장해가는 소설을 교양소설bildungs-roman이라고 합니다. 이 방법론을 대중문학에 활용하여 언뜻 보기에 무능력한 인간 혹은 극히 평범한 인간이 노력하고 성장해나가는 이야기가 있습니다. 평범한 주인공이 영웅이 되는 이야기는 사람들에게 용기를 주고 많은 이들에게 공감을 얻기 때문입니다.

영국에는 해양 모험 소설이라는 장르가 존재합니다. 일곱 개의 바다를 지배했던 대영제국 시대를 경험한 영국 사람들에게 해양 모험 소설은 마음의 고향이라고 할 정도로 친숙한 장르입니다. 그리고 이들 해양 모험 소설의 대부분이 교양소설 형태를 띱니다.

대표작으로 불리는 것이 세실 스콧 포레스터의 '혼블로워' 시리즈입니다. 18~19세기 범선 시대 영국 왕립 해군을 무대로 한 이야기로, 영국인에게 주인공 허레이쇼 혼블로워는 셜록 홈스나 제임스 본드처럼 영국의 자랑이라고 할 수 있는 가상의 인물입니다. 혼블로워를 본떠 만들어진 영국 해군을 무대로 한 성장 이야기는 지금도 계속해서 창작되고 있습니다.

사실 혼블로워는 별로 멋있는 인물이 아닙니다. 해군인데 멀미를 하고 고소공포증이 있습니다. 뱃멀미하는 사관후보생 등은 당연히 고참 선원들에게 조롱을 받습니다. 게다가 고소공포증 때문에 돛대에 오를 때도 약간 겁을 먹습니다. 주변에서 얘는 안 된다고 생각하는 것도 당연합니다. 게다가 수줍음이 많고 과묵해서 쉽게 친구를 사귀지도 못합니다.

하지만 혼블로워는 무능하지 않습니다. 수학에 재능이 있고 계산을 잘합니다. 당시에는 삼각 함수를 사용한 계산 능력이 올바른 천측 항법에 필수였습니다. 언어에도 능통해 프랑스어나 스페인어를 구사합니다.

또한 용기도 있습니다. 혼블로워는 자신이 사기도박을 했다고 모욕한 상대에게 결투를 신청합니다. 상대가 검과 총을 다루는 데 능하다는 것을 알고 있던 그는 두 자루의 총 중 한 자루에만 총알을 넣어 총알이 든 총을 알 수 없게 한 뒤, 둘 중 하나를 선택하여 지근거리에서 사격하는 결투 방법을 택합니다. 확실히 무서운 방법이지만 적어도 이 방법이라면 승률은 50퍼센트이며, 통상적인 결투(일반적인 방법으로 싸우면 검이든 총이든 승산이 적습니다)보다 승률이 높다는 것을 그는 알고 있었습니다. 즉, 두려움을 억누르고 냉철하게 승리 방법을 선택할 수 있는 인물입니다.

혼블로워는 특별한 능력을 갖춘 인물이 아닙니다. 신체 능력은 바다 남자로서는 평균 정도입니다. 몇 년이 지나도 멀미에 시달리는 단점을 생각하면 평균 이하라고 할 수 있습니다. 행운이 따르는 것도 아닙니다. 적국 스페인의 포로가 되어 2년이나 포로 생활을 하기도 했습니다. 그러나 지혜와 냉정한 판단력, 그리고 필요할 때 결단하는 능력으로 성공 계단을 오르고 마침내 해군 제독이 되어 귀족에 서위되기까지 합니다.

◆ 지혜와 노력으로 성공한 이야기

최근 작품에서는 좀 적어진 패턴이지만 극히 평범한 인간이 지혜와 노력으로 성장하고 성공하는 이야기가 있습니다. 이런 이야기에서 주인공은 육체적 능력이 기껏해야 중간 정도 혹은 남들보다 좀 떨어지는 정도가 어울립니다. 육체적 우월함은 눈에 잘 보이고 사람들도 주인공이 유능하다는 것을 금방 알 수 있습니다.

그러나 판단력이나 결단력과 같은 내면적인 능력은 중요한 일을 실행하기 전까지는 알기 어렵습니다. 그래서 주인공은 조용히 때가 오기만을 기다립니다. 주인공이 주위에서 인정받지 못한 채 꾸준히 힘을 기르다가 중요한 순간에 내린 결단으로 비로소 평가받는 이야기가 됩니다. 아슬아슬하고 불안하게 이야기가 전개될 때 독자들이 감정이입을 할 수 있도록 만들어두면 나중에 그의 진면모가 드러나는 순간 더 큰 쾌감이나 성취감을 안겨줄 것입니다.

013 셰에라자드의 위업

ACHIEVEMENT OF SCHEHERAZADE

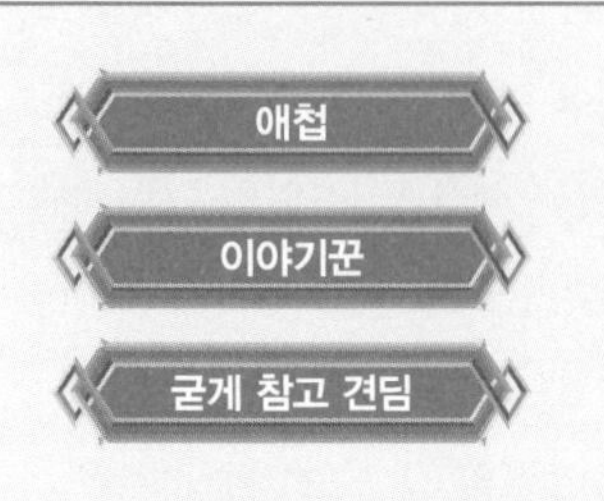

◆ 자기 희생과 지혜

『아라비안나이트』의 진정한 주인공은 『아라비안나이트』의 이야기를 들려주는 애첩 셰에라자드입니다.

샤리아르 왕은 동생 샤자만 왕이 오랜만에 보고 싶어서 초대장을 보냅니다. 동생은 초대를 받고 나가다가 두고 온 물건이 있어서 왕궁으로 돌아가는데, 왕비가 부엌에서 일하는 하인과 바람을 피우는 모습을 목격합니다. 화가 난 샤자만은 두 사람을 죽이고 형의 집으로 갑니다.

하지만 형의 집에서도 우울은 계속되었고 안색도 좋지 않았습니다. 그러던 중 형이 사냥을 나간 사이에 후궁들 처소에서 형의 부인인 왕비가 하인을 불러들여 바람을 피우고 있었습니다. 게다가 다른 열 명의 후궁도 열 명의 하인과 뒹굴고 있었습니다. 그것을 본 동생은 자신이 형보다 낫다는 생각에 기분이 상쾌해집니다.

사냥에서 돌아온 샤리아르 왕은 동생이 완전히 회복한 모습을 보고 어떻게 해서 나았느냐고 물어봅니다. 그러자 동생은 자신이 본 것을 말하고 자기가 형보다 낫다는 생각에 기분이 좋아졌다고 설명했습니다. 격분한 샤리아르 왕은 왕비를 처형하고 후궁과 하인 들을 모조리 베어 죽입니다. 그리고 대신을 시켜 매일 밤 처녀를 불러들여 하룻밤을 보냈고, 다음 날 아침에 그 처녀의 목을 치라고 명령했습니다.

그렇게 3년이 지나자 도시에는 젊은 여성이 씨가 마릅니다. 대신은 더 이상 불러들일 처녀가 없어서 자신이 벌을 받을까 봐 불안에 떨고 있었습니다. 이 대신에게는 셰에라자드와 두냐자드라는 두 딸이 있었습니다. 그리고 아버지의 고민을 들은 큰딸 셰에라자드는 자신이 왕에게 가겠다고 말합니다. 대신은 말렸지만 딸의 마음은 확고했습니다.

다만 그녀는 여동생을 데리고 갑니다. 그리고 여동생에게 자신이 왕에게 안긴 후에 재미있는 이야기를 해달라고 조를 것을 부탁해두었습니다. 그리고 밤이 되어 셰에라자드는 여동생에게 이야기를 들려주고 싶다고 왕에게 부탁하고, 불려 온 여동생도 언니에게 재미있는 이야기를 들려달라고 조릅니다. 왕 역시 잠이 들지 못했기 때문에 셰에라자드에게 이야기를 허락합니다. 그런데 날이 희끗희끗 밝아올 무렵 이야기는 절정에 접어든 참이었습니다. 그래서 왕은 뒷이야기를 들을 때까지 절대 이 여자를 죽이지 않겠다고 다짐합니다.

다음 날 이야기를 계속하지만 클라이맥스에서 또 날이 밝아버립니다. 게다가 그 다음 날에는 전날까지의 이야기가 금방 끝나버렸고, 아침까지 시간이 남았기 때문에 더 재밌는 이야기가 있다며 다른 이야기를 시작합니다. 하지만 그 이야기는 새벽까지 끝나지 않습니다.

이렇게 이야기를 계속하면서 셰에라자드는 목숨을 부지할 수 있었습니다. 천 일 밤이 지났을 때 셰에라자드는 왕의 아들을 세 명이나 낳았습니다. 그리고 천 일 밤 이야기의 보상으로 아들을 엄마 없는 아이로 만들지 말아달라고 부탁합니다. 왕은 셰에라자드를 이미 용서했다고 말하며 왕비로 맞이합니다. 심지어 여동생 두냐자드는 왕의 동생과 결혼하게 되었고 모두 평화롭게 영화를 누렸다고 전해집니다.

그리고 셰에라자드가 한 이야기가 정리되어 '천일야화'라는 제목이 붙었다고 합니다.

◈ 보통 사람의 위업

셰에라자드는 최강의 영웅도 아니고 마법사도 아닙니다. 그저 이야기를 함으로써 왕의 마음을 치유하고 나라를 구한 것입니다. 초능력(보통 인간이 가지지 못한 능력, 마법 등을 포함)으로 활약하는 이야기도 나쁘지 않지만, 인간이 지혜와 용기만으로 어려움을 극복하는 이야기는 더욱더 감동적입니다.

그러나 이러한 이야기를 감동적으로 만들기 위해서는 작위적으로 보이는 편리한 행운이나 (적이 존재하는 경우) 너무 바보 같은 적 등이 없어야 합니다. 어려운 과제를 (약간의 행운 정도는 용서하되) 자력으로 수행해냄으로써 그 인물의 위대함을 충분히 표현할 수 있습니다. 다만, 독자들이 봤을 때 그 인물이 교활하다거나 불합리하다는 느낌이 들지 않도록 해야 합니다.

014 시라노 드 베르주라크의 사랑

ADORATION OF CYRANO DE BERGERAC

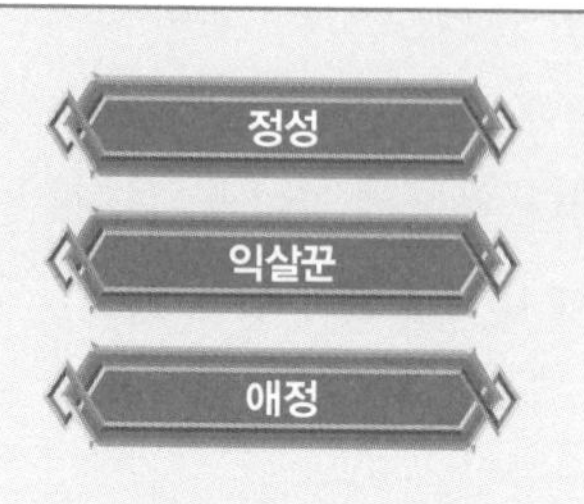

◆ 단 하나의 결점

시라노 드 베르주라크는 17세기 프랑스에 실존했던 인물입니다. 그는 검술 명인으로 100명을 상대해도 지지 않았다고 전해집니다. 또한 글재주도 있어 『달나라 여행기』라는 SF의 원조 격인 소설을 써 SF 팬들에게도 잘 알려져 있습니다. 무려 다단식 로켓으로 달 착륙을 목표로 한다는 아폴로 계획 같은 이야기입니다.

다만 현재 널리 알려진 것은 그를 모델로 한 『시라노 드 베르주라크』라는 희곡의 주인공 시라노입니다. 덧붙여서 희곡은 19세기 말에 쓰였기 때문에 실제 인물과는 크게 다르다고 합니다.

희곡의 시라노도 검술 명인이자 시인이자 철학자입니다. 그리고 모든 분야에 뛰어난 재능을 가지고 있었습니다. 그런 시라노가 가진 단 하나의 결점은 바로 얼굴이었습니다. 너무 크고 우스꽝스러울 정도로 못생긴 코가 그의 콤플렉스였습니다. 말로는 "큰 코는 상냥하고, 성격이 좋으며, 힘이 있고, 약삭빠르고, 빈틈없다는 것을 상징한다. 의젓하고, 강하고, 요컨대 나와 같은 사람이 그 증거다"라고 허세를 부리지만, 코 때문에 사랑하는 사촌 누이 록산느에게 말도 걸지 못합니다.

록산느가 만나자고 하자 날아오를 듯이 기뻐하지만 사실 그녀는 시라노의 부대에 갓 들어온 크리스티앙을 사랑하니 도와달라고 부탁하기 위해 만나자는 것이었습니다. 그녀는 크리스티앙이 완전무결한 인물이라고 믿었습니다. 우아하고, 시에 대한 재능도 있고, 머리도 좋다고 말이지요.

크리스티앙도 록산느를 사랑하지만 거친 성격의 소유자라서 아름다운 연애편지 같은 건 쓸 줄 몰랐습니다. 그래서 시라노가 대신 편지를 쓰고 크리스티앙이 서명

해서 보냈습니다. 단둘이 만나도 크리스티앙은 "당신을 사랑합니다" 정도밖에 말하지 못해 록산느를 실망시킵니다. 그래서 그늘에 숨은 시라노의 말을 그대로 반복합니다. 심지어는 모습이 보이지 않는 것을 이용해 뒤에서 시라노가 크리스티앙의 목소리를 흉내 내어 록산느에게 사랑을 고백합니다.

시라노와 크리스티앙이 전쟁터에 나갔을 때도 당연히 크리스티앙은 연애편지를 쓸 수 없으니 시라노가 매일 대신 보냈습니다. 그 편지에 담긴 연정에 감동받은 록산느는 전쟁터까지 찾아옵니다. 크리스티앙은 록산느로부터 연애편지 이야기를 듣고 그녀가 사랑하는 것은 연애편지를 쓴 시라노라고 생각합니다. 그러고는 전쟁에서 무모한 돌격을 하다가 죽음을 맞이합니다.

그로부터 15년간 시라노는 매주 록산느를 찾아갑니다. 그러던 어느 날 시라노는 적에게 습격당해 머리에 중상을 입지만 그대로 록산느에게 향합니다. 그날 록산느는 크리스티앙에게 받은 연애편지를 보여주고 시라노에게 읽어달라고 합니다. 날이 저물어 이미 글을 읽을 수 없을 정도로 어두워졌지만 시라노는 편지를 읽습니다. 그때 록산느는 예전에 어둠 속에서 사랑을 속삭였던 목소리의 주인이 시라노였음을 깨닫습니다. 그리고 반죽음 상태였던 시라노는 그대로 록산느의 품에서 죽어갑니다.

◈ 콤플렉스를 가진 인물

시라노는 죽기 직전까지 록산느에게 연서를 보내거나 시로 사랑을 속삭인 것이 자신이었음을 밝히지 않습니다. 애초에 얼굴만 잘생기고 촌스러운 크리스티앙을 도와 연애편지 대필 등을 한 것도 이상합니다. 시라노는 록산느를 사랑했으니까요.

그러나 이러한 기묘한 행동도 콤플렉스가 만들어낸 것이라고 한다면 이해할 수 있습니다. 시라노는 말로는 개의치 않는다고 했지만, 사실은 코를 매우 신경 쓰고 있었습니다. 그래서 록산느 앞에 얼굴을 보여줄 수 없었던 것입니다. 그가 할 수 있는 일은 연애편지를 보내거나 그늘에서 속삭이는 일뿐이었습니다. 둘 다 얼굴을 보이지 않는다는 공통점이 있습니다.

즉, 콤플렉스가 시라노의 행동을 결정짓고 있었습니다. 독자들 역시 많든 적든 어떤 콤플렉스를 가지고 있기 때문에 콤플렉스를 가진 주인공에게 공감합니다.

015 지킬과 하이드

DR. JEKYLL AND MR. HYDE

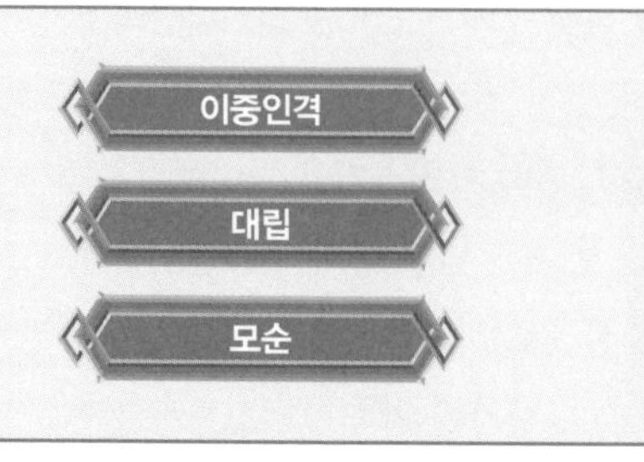

◈ 선의 지킬과 악의 하이드

『지킬 박사와 하이드 씨』는 스티븐슨의 걸작으로 지금도 겉과 속이 다른 인물이나 이중인격자를 '지킬과 하이드'라고 부를 정도로 일반화돼 있습니다.

지킬 박사는 인격자로 알려진 인물이지만 친구들은 그를 걱정했습니다. 박사가 하이드 씨라는 출신도 불분명한 청년에게 유산을 물려주겠다고 유언했기 때문입니다. 친구들은 그에게 다시 생각해보라고 충고하지만, 박사는 개인적인 일이라며 들으려 하지 않습니다. 그러던 어느 날 하이드 씨가 살인 사건을 일으킵니다. 대화하던 노신사에게 갑자기 화를 내더니 막대기로 마구 때려눕힌 것입니다. 그러고 나서 그는 잠적했고 행방이 묘연해졌습니다.

지킬 박사에게 물으니 하이드 씨와는 인연을 끊고 다시는 만나지 않겠다고 답합니다. 그는 몹시 수척해 보였습니다. 이후 지킬 박사는 방에 틀어박혀 누구도 만나지 않습니다. 그런데 박사의 집사는 틀어박혀 있는 사람이 박사가 아니라고 말합니다. 오랫동안 그를 섬겼기 때문에 체격 등을 봤을 때 다른 사람이라는 것입니다.

친구들이 방 앞에서 강제로라도 만나겠다고 하자 안에서 제발 못 본 척해달라고 말하는 소리가 들렸습니다. 그 목소리에 친구들은 "저건 지킬 목소리가 아니야. 하이드야"라고 말하며 도끼로 문을 부수고 들어갔습니다. 그러자 안에는 아직도 실룩실룩 경련이 일어나고 있는 하이드의 시체가 있었습니다. 지킬 박사의 옷을 헐렁하게 입은 자그마한 하이드였습니다. 손에 든 약병에서는 아몬드 향(맹독 청산가리 냄새)이 났습니다. 분명히 자살이었습니다. 모두가 지킬은 하이드에게 살해당해 어딘가에 숨겨져 있을 거라며 찾았지만 시체조차 남아 있지 않았습니다.

지인들은 그가 남긴 수기를 읽고 나서야 모든 것을 이해했습니다. 지킬 박사는 근엄하고 성실한 모습 뒤에서 향락을 좋아했습니다. 나이가 들어서는 그게 부끄러워져서 감추게 되었지요. 그런 의미에서 하이드 씨가 태어나기 전부터 지킬 박사는 이중생활을 하고 있었던 것입니다.

그는 그것을 자신이 개발한 약품으로 완전히 분리하려고 했습니다. 좋은 지킬과 나쁜 하이드로 말이죠. 인간의 육체는 정신에 의해 구성되기 때문에 나쁜 하이드는 몸집이 작은 젊은이의 모습이 되었다고 지킬은 추측했습니다.

처음에는 약을 먹고 하이드로 변신하여 부도덕한 일에 빠지는 즐거움을 맛보았습니다. 그러나 언젠가부터는 약을 먹지 않아도 하이드로 변했습니다. 그것이 두려워 하이드가 되는 약을 먹지 않고 몇 달을 참았지만 끝내 참지 못하고 하이드가 되었고, 억압받던 하이드는 살인을 저지르고 말았습니다.

자신을 통제할 수 없고 새로운 약도 만들 수 없게 된 지킬은 하이드로 변신한 채 살인죄로 처형되거나 자살할 수밖에 없는 운명이었던 것입니다.

◈ 대립하는 인격

지킬과 하이드는 동일 인물이긴 하지만 얼굴, 체격 등 육체적인 면과 성격, 지성 등 정신적인 면에서 전혀 다릅니다. 일부러 그런 것이 아닌가 싶을 정도로 대조적인 두 사람입니다.

지킬 박사는 침착한 인물입니다. 키가 크고 체격도 좋은 50세 신사입니다. 조금 교활한 면도 있지만 지성과 선의가 넘치는 인물로 그를 사랑하는 친구도 많습니다.

한편 하이드 씨는 전혀 이상한 점이 없는데도 기묘한 인상을 주는 인물입니다. 창백한 피부에 몸집이 작은 청년입니다. 불쾌한 웃음을 짓고 소심하지만 흉포합니다. 쉰 듯한 낮은 목소리로 약간 띄엄띄엄 말합니다. 무엇보다 기묘한 부분은 하이드 씨와 만나다 보면 공연히 혐오와 공포를 느끼게 된다는 점입니다.

이중인격은 동일인에게 나타나는 대립하는 인격이지만, 다른 두 인간이 대립하는 경우에도 그 양자가 성격뿐만 아니라 외모도 극단적으로 달라야 독자가 알아채기도 이야기를 전개하기도 쉬워집니다. 한쪽이 흰옷이라면 다른 한쪽은 검은 옷, 한쪽이 날씬하면 상대는 건장한 체격으로 만든다는 식입니다. 이렇게 함으로써 두 사람이 서로 맞지 않는다는 것을 시각적으로도 명확하게 전달할 수 있습니다.

016 철완 괴츠

GÖTZ OF THE IRON HAND

◆ 사랑받는 악인

괴츠 폰 베를리힝겐은 15~16세기에 살았던 독일 기사입니다. 전쟁에서 오른팔을 잃었지만 강철로 만든 의수를 달고 계속 싸웠기 때문에 '철완 괴츠'라는 별명을 얻었습니다.

그가 쓴 회고록이 너무 재미있어서 괴테가 『괴츠 폰 베를리힝겐』이라는 희곡을 썼고 대박을 터뜨렸습니다. 특히 주인공 괴츠가 "내 엉덩이를 핥아라!"라고 외치는 장면은 독일인이라면 누구나 알고 있습니다. 이 모욕적인 말은 지금도 '닥쳐', '가만히 있어라'와 같은 의미로 쓰이며 창작에서도 사용됩니다. 독일에서는 '괴츠!'라는 한마디가 '내 엉덩이를 핥아라!'라는 뜻으로 사용될 정도입니다.

괴츠는 기사도 정신과 거리가 가장 먼 기사로 호전적이고 강하고 억척스럽고 엉뚱한 인물입니다. 그는 사소한 일로 싸움을 걸어서 이기고 상대에게 몸값(죽이지 않는 대신 지불할 돈)을 뜯어내는 장사를 했습니다. 괴츠는 바이에른 왕위 계승 전쟁에 참전했을 때 포탄에 맞아 오른팔을 잃어버립니다. 반년 넘게 누워 절망에 잠겨 있었지만 한 손으로 전투를 이어간 용병을 떠올리며 정교한 강철 의수를 만들어 계속 싸우기로 합니다.

그리고 당시 독일 최대 도시였던 쾰른을 상대로 결투를 치르고(도시를 상대로 결투를 신청하기도 했습니다) 거액의 배상금을 따내는 데 성공합니다. 이로써 그의 용명함과 악명은 독일 전역에 울려 퍼졌습니다.

그 후에도 뉘른베르크를 상대로 결투해서 떼돈을 버는 등 하고 싶은 대로 하고 살아갔습니다. 그 방식이 너무 지나쳐서 교회에서 파문당하지만 전혀 신경 쓰지 않았습니다. 나아가 마인츠 대주교(독일 기독교 최고의 권력자)를 상대로 결투를 벌이고 생애 최고의 몸값을 챙깁니다.

괴츠는 도적 기사로 불리며 여러 기사와 도시, 교회 등과 싸워 몸값과 배상금을 가로챘습니다. 하지만 괴츠는 몰락해서 도적으로 전락한 기사가 아닙니다. 도적 기사가 되려면 수십 명의 부하 전사를 준비해야 하고 빼앗은 물건을 돈으로 바꿔줄 상인과 일을 주선해줄 권력자와의 연줄이 필요합니다. 즉, 부유하고 힘이 있어야 합니다. 가난한 사람은 도적 기사조차 될 수 없습니다.

◈ 쾌활한 악인

괴츠 폰 베를리힝겐은 아무리 봐도 악인입니다. 여기저기 트집 잡고는 돈을 빼앗고, 말을 듣지 않으면 무력을 쓰고, 마음에 들지 않는 상대는 죽여버립니다. 그렇다면 그런 인물이 왜 수백 년 동안 인기를 얻었을까요. 그것은 괴츠가 자유롭고 명랑한 악인이기 때문입니다.

보통 인간은 사회 안에서 사회 규약에 따라 살아갑니다. 그렇기 때문에 규약을 무시하고 자유롭게 행동하는 인물을 동경합니다. 그러나 그렇다고 해서 음습하거나 잔혹한 학살자에게 박수를 보내고 싶어 하지는 않습니다. 그래서 악을 행하는 쾌활한 인간을 응원하는 것입니다. 르블랑의 '아르센 뤼팽' 시리즈 등이 좋은 예입니다. 일본에서도 '시라나미고닌오토코(다섯 명의 도둑)'나 대도둑 이시카와 고에몬 등이 영웅으로 등장한 가부키가 유명합니다.

다만 주의해야 할 점이 두 가지 있습니다. 하나는 사랑받는 악인의 조건은 시대에 따라 변화합니다. 현대에는 다수의 사람을 죽인 인간이 사랑받을 가능성은 낮습니다.

또 하나는 동기에 따라서 평가가 달라집니다. 자기방어로 사람을 죽이는 것과 강간 살인은 같은 살인이라도 느낌이 전혀 다릅니다. 복수를 위한 살인이라면 무엇에 대한 복수이냐에 따라 평가가 갈립니다.

즉, 사회에 환멸을 느껴 무차별 살인을 저지르는 유형을 가장 싫어합니다. 반대로 사랑하는 사람을 살해한 범인들을 죽여서 복수한다면 동정을 받습니다. 이러한 균형을 통해 사랑받는 악인의 이야기를 만들 수 있습니다.

칼럼

신화와 전설과 옛날이야기

민족에게는 옛날부터 전해 내려오는 이야기로 신화와 전설, 옛날이야기가 있습니다.

신화란, 세계나 자연의 성립을 설명하는 원시의 이야기입니다. 세상은 왜 생겨났을까. 인간은 누가 만들었을까. 어떻게 인간은 불을 손에 넣었을까. 이런 것들을 신과 영웅의 이야기로 해설합니다. 물론 이런 사건은 여러 번 일어날 리 없으니 아득한 과거에 딱 한 번 있었던 일로 이야기됩니다.

전설도 일회성 이야기입니다. 과거에 일어난 초자연적 사건이 지금까지 전해 내려오는 것이 전설입니다. 신화와의 구별은 명확하지 않고 학문에 따라 그 구별의 정의가 다르기도 합니다. 다만 사건이 특정 지역에서 발생했거나 영향이 전 세계에 미치지 못하는 등 세계의 모습을 결정짓는 큰 이야기가 아니면 전설이라고 하는 경우가 많습니다.

옛날이야기는 '옛날 옛날 어느 마을에서'와 같이 지역도 시기도 특정되지 않고 사건 자체도 여러 번 일어났을 법한 이야기입니다. 주인공은 주로 이름이 없거나, 있더라도 어디에나 있는 흔한 이름입니다. 모모타로처럼 주인공이 특정 이름을 가진 옛날이야기도 있지만, 모모타로가 행하는 귀신 퇴치(아마도 정복 민족의 피정복 민족 토벌) 자체는 여기저기서 여러 번 일어난 사건입니다. 반대로 그렇기 때문에 범용성이 있고 많은 사람에게 사랑받습니다.

이처럼 다소 차이는 있지만 먼 옛날부터 전해 내려오는 만큼 사람들의 마음을 울리는 무언가를 가지고 있습니다. 그렇기에 현대에도 신화 등을 바탕으로 한 이야기(소설, 영화, 게임 등)가 만들어지고, 사람들에게 엄청난 인상을 남긴 사건들이 '현대 신화'라든가 '전설의 ○○'으로 불립니다.

즉, 이야기 작가에게 신화나 전설은 아이디어의 보고이며, 게다가 저작권이 없으니 제한 없이 사용할 수 있습니다. 이것이 신화, 전설 등을 잘 아는 이야기 작가가 유리한 점입니다.

주인공의 행동

사랑 이야기나 복수 이야기, 모험 이야기 등 세상에는 여러 이야기가 존재합니다. 어떤 이야기도 주인공의 행동을 이해할 수 없으면 받아들이기 어렵습니다. 여기서는 사랑의 표현이나 성장 동기 등 주인공이 해야 할 행동을 소개합니다.

017 안드로메다의 사랑과 위기

LOVE AND CRISIS OF ANDROMEDA

◆ 부모의 허세가 자식을 불행하게 한다

에티오피아 왕 케페우스에게는 미모의 왕비 카시오페아가 있었습니다. 그녀는 확실히 아름다웠지만, 그 이상으로 도도했습니다. 바다의 요정 네레이스들과 미모를 겨루며 자신은 모든 네레이스보다 아름답다고 자랑합니다(별전에서는 딸 안드로메다의 아름다움을 자랑했다고도 합니다).

이 말에 네레이스들은 화가 나서 바다의 신 포세이돈에게 고자질합니다. 자기 종족이 욕을 먹자 분노한 포세이돈은 에티오피아에 바다 괴물을 보내 해안을 휩쓸어버립니다. 그리고 신의 분노를 풀기 위해서는 딸 안드로메다를 바다 괴물에게 제물로 바쳐야 한다고 신탁을 내립니다. 불쌍한 안드로메다는 파도가 치는 바위에 쇠사슬로 묶여 괴물의 제물이 되기만을 기다렸습니다.

그런데 그곳에 얼굴을 보면 돌로 만들어버리는 고르곤을 퇴치하고 그 목을 자루에 넣은 영웅 페르세우스가 나타납니다. 그는 안드로메다를 보고 사랑에 빠집니다. 그리고 케페우스에게 괴물을 쓰러뜨리고 그녀를 구출하면 아내로 삼게 해주겠다는 약속을 받습니다. 그는 바위 두 개를 괴물에게 던져 쓰러뜨리고(고르곤의 얼굴을 보게 해서 돌로 만들었다는 신화도 있습니다) 사슬을 풀어 안드로메다를 구합니다.

그런데 갑자기 안드로메다의 약혼자 피네우스가 나타나 그녀는 자신과 결혼할 것이라고 주장합니다. 케페우스는 그런 말을 하려거든 그녀가 사슬에 묶여 있을 때 해야 했다고 충고했지만 피네우스는 듣지 않습니다. 그러고는 페르세우스에게 창을 던집니다. 그러나 창은 빗나갔고 페르세우스는 고르곤의 얼굴을 꺼내 보입니다. 피네우스를 포함해 그 자리에 있던 사람들은 즉시 돌로 변했습니다.

페르세우스는 안드로메다와 결혼하여 세리포스섬으로 돌아갑니다. 그곳에는 페르세우스에게 고르곤 퇴치를 명령한 폴리덱테스가 있었습니다. 그는 페르세우스의 어머니 다나에와 결혼하는 데 방해가 되는 페르세우스를 괴롭히고 있었던 것입니다. 페르세우스는 폴리덱테스에게 고르곤을 보여주고 돌로 만든 뒤 고향 아르고스로 돌아와 왕이 되고 고르곤의 얼굴은 아테나에게 바칩니다.

참고로 유럽 그림에서는 카시오페아와 안드로메다가 백인으로 그려져 있지만, 그녀들은 솔로몬 왕의 후손으로 에티오피아 사람이기 때문에 흑인 혹은 흑인과 아랍인 혼혈이었으리라고 추측됩니다. 다만 당시 유럽인들은 편견으로 가득 차 있었기에 아름다운 흑인을 그릴 수 없었던 것으로 보입니다.

◆ 백마 탄 왕자와 흔들다리의 파트너

페르세우스는 안드로메다에게 그야말로 백마 탄 왕자입니다. 사슬에 묶여 괴물에게 잡아먹히기 직전에 늠름하게 나타나 괴물을 쓰러뜨렸으니까요. 그리고 불쾌한 약혼자(피네우스는 케페우스의 동생이자 그녀의 삼촌이었습니다)를 물리치고 자신을 아내로 맞아주었습니다. 안드로메다 눈에는 페르세우스의 모든 행위가 빛나 보였을 것입니다. 도와준 사람에 대한 인간적 호의는 엄밀히 말하면 연애 감정이 아닙니다. 하지만 비교적 쉽게 연애 감정으로 전환할 수 있습니다.

이렇게 마음이 끌리는 상황은 흔들다리 효과로 설명할 수 있습니다. 무서움이나 긴장감을 느끼는 상황을 함께한 사람에게 연애 감정을 느낀다는 이론입니다. 정확히는 연애 감정으로 착각합니다. 가장 긴장감 넘치는 상황은 생명의 위기이겠지요. 즉, 생사의 갈림길을 함께함으로써 연애하는 듯한 감정을 느낍니다.

처음에는 연애하는 듯한 기분이 들겠지만 거기서부터 연인 관계로 발전하고 지속하려면 노력이 필요합니다. 하지만 생명의 위기에 처한 상황이라면 위기에서 벗어나기 위해 효과적인 행동을 취하는 상대가 믿음직해 보이는 등 호감이 생기기 때문에 연인 관계로 발전하는 상황은 얼마든지 창작할 수 있습니다.

이것들은 서로를 모르는 남녀가 단번에 연인 관계로 발전할 수 있는 효과적인 상황입니다. 그 밖에도 첫눈에 반하는 등 보기만 해도 사랑에 빠지는 상황이 존재하지만 첫눈에 반한 것을 설득력 있게 기술하기는 매우 어렵습니다. 연애 상대의 모습과 그것을 묘사하는 필력에 어지간히 자신 있지 않으면 손대지 않는 편이 좋습니다.

018 트리스탄과 이졸데

TRISTAN AND ISEULT

◈ 마법으로 피어난 사랑

트리스탄은 콘월 왕 마크의 기사입니다. 콘월에 조공을 요구하러 온 아일랜드 기사 모홀트는 자신에게 복종하거나 마크 왕 기사와 일대일 대결을 하자고 말했습니다. 모홀트는 원탁의 기사로 알려진 강자로 마크 왕의 기사들은 아무도 싸우려고 하지 않았습니다. 그때 트리스탄이 나섰고 고전했지만 모홀트를 쓰러뜨립니다.

그러나 모홀트의 독이 묻은 칼날에 상처를 입은 트리스탄은 모홀트가 죽으면서 독을 치유할 수 있는 사람은 조카 이졸데뿐이라고 한 말을 믿고 아일랜드로 떠납니다. 다만 적국이기 때문에 탄트리스라는 가명을 사용하여 음유시인 신분으로 입국합니다. 그리고 노래와 악기 솜씨로 아일랜드 궁정에 숨어듭니다.

트리스탄은 자신을 치료해준 이졸데를 보고 사랑에 빠집니다. 이졸데도 그의 노래와 먼 나라 이야기를 들으며 그에게 호감을 느끼기 시작합니다. 그러나 자신이 삼촌의 원수라는 사실을 숨기고 있던 그는 미련을 남긴 채 귀국합니다.

그때 마크 왕과 아일랜드 공주(이졸데)의 혼인 이야기가 나옵니다. 왕은 트리스탄의 마음을 알기 때문에 거절하려고 했지만 트리스탄이 자기가 혼인 수락 의사를 전하는 사신으로 나서겠다고 말합니다. 그는 이졸데가 왕의 아내가 되면 그녀를 사랑하는 감정이 사라질 것이라고 생각했습니다.

그 무렵 무서운 드래곤이 아일랜드를 덮쳤습니다. 두려움에 떨던 아일랜드 왕은 드래곤을 쓰러뜨린 자에게 자신의 딸을 주겠다고 포고합니다. 트리스탄은 고투 끝에 드래곤을 쓰러뜨립니다. 하지만 그는 다시 드래곤의 독에 상처를 입습니다.

트리스탄은 다시 이졸데의 간병을 받게 됐고 그녀는 그가 삼촌의 원수라는 사실을 알게 됩니다. 그에 대한 호감과 증오 사이에서 갈등하는 그녀에게 어머니가 충고합니다. 트리스탄이 삼촌의 원수이지만 드래곤을 쓰러뜨리고 자신들을 구해준 것도 사실이며, 더욱이 트리스탄이 삼촌을 죽였지만 나라의 기사로서 임무를 완수한 것이므로 원망해서는 안 된다고 말합니다. 그 말을 듣고 이졸데는 트리스탄에 대한 원한을 버릴 수 있었고 그에 대한 호감이 분명해졌습니다.

그러나 콘월과 아일랜드의 평화를 위해서는 이졸데가 마크 왕과 혼인해야만 했습니다. 어머니는 딸이 힘들어하지 않도록 영원한 사랑의 비약을 시녀에게 줍니다. 결혼식에서 부부가 이것을 마시면 행복해진다고 생각했기 때문입니다. 그러나 배를 타고 여행하는 도중 우연히 트리스탄과 이졸데가 이 약을 먹어버립니다. 그리고 배 안에서 두 사람은 실수를 저지릅니다. 두 사람은 실수를 숨기려 하지만 이윽고 왕이 알게 되고 왕국에서 추방당합니다. 죄책감을 느낀 두 사람은 이별을 결심하고 트리스탄은 모험을 떠나고, 이졸데는 왕에게 돌아갑니다.

트리스탄은 여행 도중에 이졸데와 이름이 같은 미녀를 알게 됩니다. 그녀는 '하얀 손의 이졸데'라고 불렸습니다(원래 사랑하던 그녀는 황금 머리카락 이졸데). 그녀와 결혼하면 저주와 같은 사랑을 잊을 수 있다고 생각한 그는 그녀와 결혼하지만, 그것은 두 명의 이졸데를 불행하게 할 뿐이었습니다. 하얀 손의 이졸데는 결혼했지만 손도 못 잡게 하는 트리스탄에게 짜증을 내고, 황금 머리카락 이졸데는 사랑을 맹세했음에도 다른 사람과 결혼한 트리스탄을 원망합니다.

그 후 트리스탄은 다시 상처 입고 황금 머리의 이졸데에게 치료를 받으려 합니다. 그러나 그녀에게 상처 준 것이 마음에 걸려 자신을 치료해주고 싶으면 흰색, 싫으면 검은색 깃발을 올리라고 전합니다. 치료를 받으러 가면서 트리스탄은 하얀 손의 이졸데에게 깃발 색깔을 물어봅니다. 깃발은 흰색이었습니다. 하지만 질투에 사로잡힌 그녀는 검은색이라고 말했고 그렇게 트리스탄은 절망에 빠진 채 죽어갑니다.

◈ 진실한 사랑

원형이 되는 이야기에서는 전반의 설정 없이 사랑의 비약을 먹은 두 사람이 연인이 됩니다. 하지만 약으로는 진실한 사랑을 얻을 수 없다고 생각한 음유시인들이 두 사람은 이미 서로 사랑하고 있었고 약은 그 사실을 드러냈을 뿐이었다는 식으로 이야기를 고쳤습니다. 확실히 그쪽이 독자도 수긍할 수 있겠지요.

019 방황하는 네덜란드인

THE FLYING DUTCHMAN

◈ 영원한 항해

아프리카 희망봉 앞바다에 유령선이 떠돌고 있었습니다. 폭풍이 불어닥치자 네덜란드인 선장이 신을 욕했고 그만 저주를 받고 말았습니다. 배는 침몰한 뒤 유령선으로 되살아났고 오직 선장만이 남았습니다. 선장은 마지막 심판의 날까지 바다를 헤매고 있어야 합니다. 그는 방황하는 네덜란드인으로 알려졌고 이 전설을 바탕으로 여러 작품이 만들어졌습니다. 가장 유명한 것은 바그너의 오페라 〈방황하는 네덜란드인〉이지만, 그 밖에도 〈보터니만으로의 항해Voyage to Botany Bay〉와 〈유년기의 장면Scenes of Infancy〉 등 다양한 작품이 영향을 받았습니다. 참고로 '네덜란드인Dutchman'은 '네덜란드인'이라는 뜻 외에 '네덜란드 배'를 뜻하기도 합니다.

그 이야기들을 종합하면 네덜란드인의 이름은 헨드릭 반 데어(데켄)라고 합니다. 희망봉 앞바다에서 폭풍을 만났을 때 두 척의 배가 항해하고 있었고, 그중 한 척이 유령선이 되었습니다. 다른 한 척은 신을 욕하지 않았기 때문에 무사히 항구에 도착해 유령선 이야기를 전했다고 합니다. 유령선은 7년에 한 번만 항구에 들를 수 있는데, 선장은 상륙을 허락받은 하룻밤 동안 진실한 사랑을 얻는다면 저주에서 벗어날 수 있습니다(죽을 수 있다는 의미입니다).

바그너 오페라에서는 노르웨이 항구 도시에 검은 돛대에 진홍색 돛을 단 배가 나타납니다. 7년에 한 번 상륙하는 날이 다가오자 네덜란드인이 기항지로 찾아온 것입니다. 항구 도시에 사는 선장 달란트는 저주받은 선장과 만나 보물을 받고 딸 젠타를 그에게 시집보내기로 약속합니다. 그녀도 선장의 처지를 불쌍히 여기고 그를 구원하고 싶다고 생각합니다. 하지만 그녀를 걱정하는 청년 에릭은 선장을 만나려는 젠타를 붙잡으려 합니다. 그 모습을 본 네덜란드인은 배신감을 느끼고 배를 타고 떠납니다. 그러자 젠타는 항구가 보이는 바위 위에서 자신의 마음을 고백하며 그 증거로 바다에 몸을 던집니다. 그 진심을 받아들인 유령선은 저주가 풀리고 바닷속으로 가라앉습니다. 그리고 네덜란드인과 젠타는 하늘로 불려 갑니다.

◈ 진실한 사랑으로 저주는 풀린다

방황하는 네덜란드인도 방황하는 유대인과 마찬가지로 신의 저주를 받아 영원히 방황해야 하는 인물입니다. 그러나 네덜란드인에게는 구원의 길이 남아 있습니다. 그것은 진정한 사랑입니다. 사랑에 의해 저주가 풀린다는 이야기는 많습니다. 『미녀와 야수』는 무서운 야수의 정성에 보답한 여성의 사랑으로 야수의 저주가 풀립니다. 남성의 사랑으로 여성의 저주가 풀리는 이야기도 있습니다. 『백설공주』가 왕자의 키스로 잠에서 깨는 것은 왕자의 사랑이 저주를 이겨냈기 때문이라는 해석도 있습니다.

남녀와 관계없이 사악한 저주는 진실한 사랑을 이길 수 없다는 것이 이야기의 기본인 듯합니다. 다만 너무 쉽게 사랑이 이겨버리면 사랑의 가치가 낮아 보이니 주의해야 합니다. 사랑의 승리를 노래하기 위해서는 사랑을 시험하는 과정이 필요합니다. 『미녀와 야수』만 해도 여성이 야수의 사랑을 받아들이기까지 야수의 못생기고 무서운 외모뿐만 아니라 언니들의 질투 등 여러 장애물이 기다리고 있습니다.

다만 저주가 사랑으로만 풀린다고 생각해선 안 됩니다. 그림동화 『개구리 왕자』에서 개구리 왕자는 공주의 침대에 숨어들었다가 성난 공주에 의해 벽에 던져집니다. 그 충격 때문인지 저주가 풀려 인간으로 돌아갈 수 있었습니다. 다른 버전에서는 공주가 개구리 왕자에게 키스함으로써 저주가 풀린다는 『미녀와 야수』와 같은 결말도 있지만 원래는 벽에 부딪혀 풀리는 설정입니다.

이처럼 저주를 푸는 행위에도 다양한 변형이 있습니다. 다만 옛날이야기라면 몰라도 현대 작품에서는 우연히 풀린다는 해결책은 바람직하지 않습니다. 저주를 푸는 방법 자체가 어렵거나 푸는 방법을 알아내기가 어렵거나 둘 중 하나여야 합니다. 장편 작품의 경우라면 둘 다일 수도 있습니다.

또한 현대 작품에서는 저주를 풀기까지 고생하는 부분이 너무 길면 독자가 질려 버립니다. 따라서 중반까지의 노력으로 저주가 일부 풀린다든가, 반대로 저주가 변질되어 곤란을 겪게 된다든가 하는 변화를 줘야 하는 경우도 있습니다.

020 로미오와 줄리엣

ROMEO AND JULIET

◆ 서로를 증오하는 두 집안의 비극

『로미오와 줄리엣』은 셰익스피어의 비극이지만 셰익스피어의 4대 비극(『햄릿』, 『리어왕』, 『맥베스』, 『오셀로』)에 비하면 낭만적 요소가 강합니다.

대립하는 캐퓰릿 가문의 줄리엣과 몬터규 가문의 로미오가 만난 것은 로미오가 기분 전환을 위해 캐퓰릿 가문의 파티에 숨어들었을 때입니다. 로미오는 첫눈에 줄리엣에게 끌립니다. 하지만 원수 집안끼리 이 사랑을 찬성할 리 없습니다.

> "오, 로미오, 로미오. 당신은 왜 로미오인가요? 당신 아버지를 아버지가 아니라고 말하고, 당신의 이름을 버리세요. 만약 그것이 싫다면 적어도 나를 사랑한다고 맹세해주세요. 그러면 저는 이제 캐퓰릿의 이름을 버릴게요."

이 줄리엣의 대사는 매우 유명합니다. 사랑이 결실을 맺기 위해서는 두 사람이 가문의 이름을 버려야 한다는 것을 그들도 잘 알고 있습니다. 참고로 이 시점에서 그들은 아직 두 번밖에 만나지 않았습니다.

곧 두 사람은 로렌스 신부의 도움으로 비밀 결혼식을 올립니다. 로렌스는 이 결혼이 원수처럼 지내는 양가가 화해하는 계기가 되기를 기대하며 의식을 치릅니다.

그러나 양가의 다툼은 더욱 커지고 로미오는 자신의 절친한 친구를 살해한 줄리엣의 사촌 티볼트를 죽이고 마을에서 추방당합니다. 줄리엣의 어머니와 유모는 티볼트의 죽음을 슬퍼하지만 줄리엣은 추방당한 로미오를 걱정합니다. 그리고 유력자와 결혼하라는 명령을 받은 줄리엣은 비탄에 잠겨 로렌스와 상의합니다. 로렌스는 줄리엣에게 가사 상태로 만드는 약을 먹고 결혼을 피한 다음, 로미오와 둘이서 다른 마을로 가라고 했고, 로미오에게는 그 사실을 몰래 전하려고 합니다.

하지만 불운하게도 로미오는 이 작전을 모른 채 가사 상태에 빠진 줄리엣이 잠든 무덤에서 독을 들이켜 자살합니다. 가사 상태에서 깨어난 줄리엣은 로미오가 마신 독으로 자신도 죽으려고 로미오에게 키스하지만 안타깝게도 독은 이미 로미오가 다 마신 상태였습니다. 결국 그녀는 로미오의 단검을 가슴에 꽂고 자살합니다.

로렌스로부터 그 진상을 들은 양가 사람들은 자신들의 잘못을 깨닫고 화해를 약속합니다.

◈ 사랑의 장애물

사랑에는 장애물이 따르기 마련입니다. 그리고 장애물이 클수록 사랑은 격렬하게 타오릅니다.

이 이야기에서 줄리엣은 겨우 열세 살입니다(그전까지 존재했던 『로미오와 줄리엣』 이야기를 셰익스피어가 바꿔서 젊게 만들었습니다). 처음 만난 파티에서 첫눈에 사랑에 빠지고, 두 번째 만남에서는 서로의 가문을 버리자고 이야기하고, 세 번째 만남에서는 몰래 결혼까지 합니다. 무려 만나서 결혼하고 죽기까지 불과 5일이라는 초스피드 사랑 이야기입니다(이것도 셰익스피어가 9개월의 이야기를 5일로 압축했다고 합니다).

사랑에 장애물이 있는 경우 애정은 그대로 있을 수 없습니다. 좌절해 사라져버리거나 장애물을 넘기 위해 더 크게 타오르거나 둘 중 하나입니다.

후자의 경우 연인의 나이가 젊을수록 무모하게 돌진합니다. 성공하면 해피엔딩이지만 그런 무모함은 대부분 실패를 부르거나 비극을 낳습니다. 『로미오와 줄리엣』은 그런 젊은이의 일편단심으로 인한 비극입니다. 그리고 연인들의 젊음이 독자를 눈물짓게 합니다. 만약 성인 남녀가 이런 사랑을 한다면 그저 생각 없는 이야기로밖에 느껴지지 않을 것입니다.

사랑이 사라진 경우에는 그것만으로 이야기가 될 수 없습니다. 다만 과거에 그런 일이 있었기 때문에 이번에는 잘못된 선택을 하지 않겠다는 캐릭터의 배경 스토리로 삼을 수는 있습니다. 또는 과거에 자신이 버린 상대에 대한 미안한 마음으로 살아가는 스토리도 가능합니다.

021 테세우스와 아리아드네의 실

THESEUS AND ARIADNE'S THREAD

◆ 여성이 남성을 구한다

남성이 여성의 도움으로 위기를 돌파한다는 설정은 두 사람의 사랑을 강조할 수 있고 이야기적으로도 적절합니다. 다만 한쪽만 도움을 줄 수 있는 관계는 서로에 대한 마음의 균형이 맞지 않고 오히려 관계를 안 좋게 만들 수 있습니다.

테세우스는 아테네의 왕자였습니다. 당시 아테네는 크레타섬의 미노스 왕에게 지배당하고 있었고 매년 일곱 명의 소년과 일곱 명의 소녀를 미노타우로스의 제물로 바치라는 요구를 받았습니다. 테세우스는 이에 분노하여 직접 미노타우로스를 퇴치하고자 제물로 가겠다고 지원합니다.

미노타우로스는 미궁 안쪽에 갇혀 있었습니다. 게다가 그 미궁은 전설의 장인 다이달로스가 만든 것으로 탈출이 불가능하다고 알려졌습니다. 그러나 다이달로스는 미노스 왕의 딸 아리아드네에게만 탈출 방법을 알려주었습니다. 그리고 아리아드네는 제물 사이에 있던 테세우스를 보고 한눈에 반해 탈출에 쓸 붉은 실타래와 단검을 건네줍니다. 테세우스는 실을 미궁 입구에 묶고 천천히 풀면서 안쪽으로 나아갑니다. 그리고 미궁 가장 안쪽에서 미노타우로스를 발견하고는 단검으로 찔러 죽입니다. 단검으로 죽일 수 있을 정도로 미노타우로스는 별거 아닌 괴물일까요. 아니면 테세우스가 위대한 용사일까요. 둘 중 하나임은 분명합니다.

어쨌든 테세우스는 미노타우로스를 죽일 순 있지만 미궁을 탈출할 방법을 알진 못했습니다. 그것을 알려준 사람은 다이달로스에게 방법을 전해 들은 아리아드네입니다. 테세우스와 소년 소녀들은 아리아드네의 실을 쫓아 입구까지 돌아올 수 있었습니다. 즉, 그녀는 테세우스와 소년 소녀에게 생명의 은인입니다. 테세우스가 미노타우로스를 죽이는 데 도움을 준 아리아드네는 더 이상 크레타섬에 머물 수 없었기에 테세우스 일행과 함께 탈출합니다.

이것으로 두 사람이 아테네로 돌아가 행복하게 살았다면 해피엔드였겠지만 그들의 관계는 오래가지 못했습니다. 냉정한 테세우스는 아리아드네에게 싫증이 나 아테네로 돌아가던 중 그녀를 섬에 두고 가버립니다. 다른 설에서는 아리아드네가 디오니소스에게 납치되어 사라졌기 때문에 어쩔 수 없이 배를 타고 떠났다고 하는데요. 그리스 신화의 영웅이라면 사랑하는 사람을 찾아 모험하는 것이 보통인데도 깨끗이 포기하는 모습은 부자연스럽습니다.

왜 이렇게 됐을까요. 아마도 테세우스가 아리아드네를 돕지 않았기 때문 아닐까요. 테세우스는 아리아드네에게 은혜를 입었을 뿐입니다. 은혜를 입은 테세우스는 그녀와의 관계에서 자신이 아래에 있다고 느꼈을 것입니다. 따라서 테세우스는 그녀에게 질린 것이 아니라 은혜를 입었다는 중압감 때문에 그녀를 대하기 어려워했을지도 모릅니다.

◈ 연인 관계는 남녀가 평등해야 한다

많은 이야기에서 남성은 여성을 돕는 존재입니다. 그러나 그것만으로는 여성에게 남성은 자신을 도와준 자일 뿐으로 양자 사이에 도와준 사람과 도움받은 사람이라는 상하 관계가 생겨버립니다. 물론 사제나 선후배처럼 상하 관계가 자연스러운 인간관계도 있습니다. 그러나 연인 사이에는 상하 관계가 있어선 안 됩니다. 은혜를 베푸는 쪽은 아무래도 우월감을 느낍니다. 반대로 은혜를 입은 쪽은 은혜를 일종의 압박처럼 느낍니다. 이 상태에서 커플이 오래간다고 생각하긴 어렵겠지요.

그래서 여성에게도 남성을 돕는 역할을 주어야 합니다. 물리적으로 돕지 않더라도 남성의 고민을 듣거나 편안함을 주는 것과 같은 정신적 지원도 상관없습니다. 무엇이든 서로 도움을 주는 상태여야 관계의 균형을 맞출 수 있습니다. 연인 관계는 남녀가 평등해야 합니다. 다만 비극이나 참극의 전조로 일부러 평등하지 않은 관계를 만들기도 합니다.

테세우스와 아리아드네는 여성이 남성을 일방적으로 돕는다는 의미에서 뒤틀린 커플이었습니다. 그들이 씁쓸한 이별을 맞이한 것은 필연이었는지도 모릅니다.

022 솔로몬과 시바의 여왕

KING SOLOMON AND QUEEN OF SHEBA

◆ 현명한 여성을 무너뜨리다

여성 중에는 자신의 지성에 자부심을 가진 유형이 있습니다. 그녀를 무너뜨리려면 어떻게 해야 할까요?

솔로몬 왕은 구약 성경의 『열왕기』에 나오는 고대 이스라엘 왕입니다. 강대국 이집트의 공주를 아내로 맞아 나라를 안정시키고 고대 이스라엘 왕국의 전성기를 이루었으며 신전을 만든 왕으로도 알려졌습니다. 그 왕이 신에게 천 마리의 가축을 바치던 날 밤 꿈에 신이 나타나 소망을 말하라고 했습니다. 그러자 솔로몬은 백성들을 바르게 이끌고 선과 악을 판단할 수 있는 지혜를 달라고 했습니다. 하나님은 기뻐하시며 그 누구보다 뛰어난 지혜를 선물합니다.

그리고 어느 날 시바의 여왕이 솔로몬 왕을 시험하기 위해 찾아옵니다. 향료, 금, 보석 등을 낙타에 싣고 수많은 수행원과 함께 나타난 여왕은 오래전부터 준비해둔 질문들을 차례로 솔로몬에게 던집니다. 하지만 솔로몬 왕은 모든 질문에 올바르게 대답합니다.

왕의 지혜와 신전과 신에게 바치는 호화로운 공물에 감동한 여왕은 솔로몬 왕을 찬양하며 금, 향료, 보석, 향목 등을 선물했습니다. 여왕이 가져온 향료와 향목은 이스라엘에는 다시는 들어오지 않을 정도의 양이었다고 합니다. 솔로몬 왕도 여왕이 원하는 것은 무엇이든 주었고 그녀는 선물과 함께 고국으로 돌아갔습니다. 여기까지가 성경의 기술입니다. 전설에는 이 뒷이야기가 나옵니다.

여왕은 현명한 솔로몬 왕과 자녀를 낳기를 원했고 왕은 이에 화답했다고 전해집니다. 선물 외에 "여왕이 원하는 것은 무엇이든"이라는 의미심장한 내용에서 그런 상상이 생겨났을지도 모릅니다. 여왕은 귀국해서 아들을 낳았는데 그가 고대 에티오피아 제국의 초대 황제 메넬리크 1세라고 알려졌습니다.

그 후 에티오피아에서는 여러 차례 왕조가 교체되었는데, 모든 왕조가 자신이 메넬리크 1세의 직계 후손이라고 칭합니다. 아프리카가 제국주의 유럽 국가들에 의해 차례차례 식민지가 되었던 시대에도 에티오피아 제국만은 2차 세계대전 시기 몇 년을 제외하고 독립국으로 존재할 수 있었습니다. 그것은 외부 침략으로부터 방어하기 쉬운 지형 덕분이기도 했지만 솔로몬 왕과 시바 여왕의 혈통이라는 전설의 힘도 컸다고 합니다.

◈ 똑똑한 여자가 인정하는 남자, 인정하지 않는 남자

똑똑한 여성은 자신을 뛰어넘는 두뇌의 소유자가 아니면 인정하지 않습니다. 그래서 시바 여왕은 자신을 뛰어넘는 지성의 소유자를 찾아 아프리카 에티오피아(아라비아반도 예멘이라는 설도 있다)에서 이스라엘까지 왔습니다. 그리고 여왕이 솔로몬 왕의 지혜를 인정하면서 그녀가 솔로몬 왕에게 몸을 맡겼다는 전설이 나온 것입니다.

그러나 머리 좋은 여성이 파멸을 맞이하는 패턴도 있습니다. 어리석은 남자를 돌보는 것이지요. 이 경우에 남자를 인정하지는 않지만, 이 남자는 나 없이는 안 된다고 믿고 돌보게 됩니다. 똑똑한 여자가 나쁜 남자에게 속는 스토리로 여자도 남자가 쓰레기에 구제 불능이라는 걸 알지만 차마 떠나지 못하고 계속 보살피는 패턴입니다. 이 경우 마지막에 그녀를 기다리는 것은 파멸뿐입니다.

어리석은 남자를 좋아하는 패턴이라도 그 남자가 나쁜 사람이 아니라 착한 사람이라면 마치 엄마와 아들 같은 커플이 될 수 있습니다. 여성이 남성의 보호자가 되는 것입니다. 이쪽은 나름 행복하게 지낼 수 있습니다. 연하(혹은 여성보다 지위가 아래)의 남성을 귀여워하는 여성이 바로 이 패턴입니다. 커플로서 균형 있는 관계라곤 할 수 없으나 모자 관계와 닮은 어떤 상하 관계에 의해 나름대로 파멸하지 않고 지속될 가능성이 있습니다. 다만 남자가 자립을 생각하게 되면 파멸할지 아니면 제대로 된 남녀 관계로 변화할지 갈림길에 놓이게 됩니다.

이들 외에 자신보다 똑똑한 남자를 찾지 못했고 나쁜 남자에게 속을 정도로 어리석지도 않은 너무 똑똑한 여자 캐릭터는 끝까지 홀로 살아가는 경우가 많습니다.

023 햄릿의 선택

THE CHOICE OF HAMLET

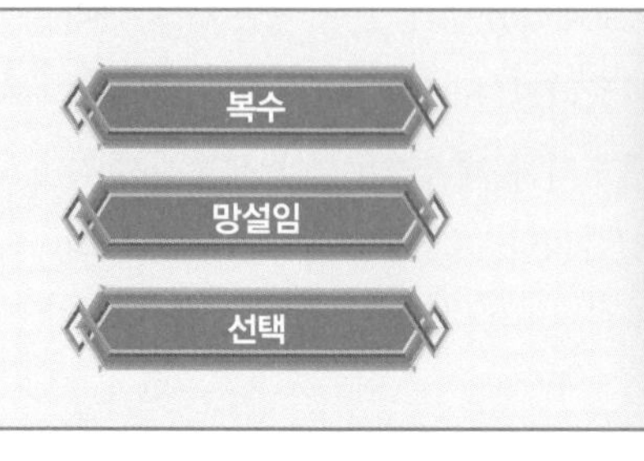

◈ 복수자 햄릿

『햄릿』은 셰익스피어의 4대 비극 중 하나로 가장 유명한 작품입니다. "사느냐 죽느냐 그것이 문제로다"라는 대사는 누구나 알고 있습니다.

덴마크 왕자 햄릿은 아버지인 왕이 죽고 왕의 동생 클로디어스가 어머니 거트루드와 바로 재혼하여 왕위에 오르는 일로 고민하고 있었습니다. 그때 아버지의 망령이 나타나 동생이 자신을 독살했다고 폭로합니다.

그날부터 햄릿의 이상 행동이 시작됩니다. 그는 미친 사람처럼 행동하며 주위를 속이고 몰래 복수를 계획합니다. 장관 폴로니어스는 그 광기가 자신의 딸 오필리아에 대한 실연 때문이라고 믿습니다. 그래서 딸에게 슬쩍 떠보라고 명령하는데, 햄릿은 오필리아에게 "수녀원으로나 가버려"라고 외칩니다. 이때는 아직 햄릿이 복수의 마음을 굳히기 전입니다. 유명한 "사느냐 죽느냐 그것이 문제로다"라는 대사도 복수를 포기하고 연인과 살 것인가, 아니면 목숨을 걸고 복수를 택할 것인가를 두고 갈등하는 고민의 발로라고 생각해야 할 것입니다.

그러나 어머니 거트루드와의 대화를 엿듣던 폴로니어스를 클로디어스로 착각하고 찔러 죽인 햄릿은 이제 복수를 향해 치달을 수밖에 없었습니다. 그는 잠시 영국으로 도망칩니다.

아버지의 죽음을 안 오필리아는 물에 뛰어들어 자살하고, 그녀의 오빠 레아티즈는 아버지와 여동생의 원수인 햄릿을 죽이려고 합니다. 영국에서 돌아온 햄릿은 오필리아의 장례식에 참석해 한탄하는 레아티즈를 향해 자신이 그보다 수천수만 배 더 오필리아를 사랑했다고 말해 레아티즈를 분노하게 합니다.

클로디어스와 레아티즈는 서로 결탁하여 독을 바른 검과 독이 든 술을 준비하고 햄릿을 검술 시합에 초대합니다. 햄릿은 의아했지만, 그것도 운명으로 여기며 경기에 나섭니다. 햄릿은 독을 바른 검에 찰과상을 입어 생명이 위태로워집니다. 그때 어머니 거트루드는 햄릿에게 다가가 그를 위해 준비되어 있던 독이 든 술을 다 마셔버립니다. 또한 난투극 중 햄릿과 레아티즈의 검이 바뀌어 레아티즈가 독이 발린 검에 찔립니다.

몸에 독이 퍼져 왕비가 쓰러진 와중에 레아티즈에게도 독이 돌기 시작합니다. 레아티즈는 이 음모를 클로디어스 왕이 꾸몄다고 고백하고 햄릿은 클로디어스를 찔러 죽인 후 독이 퍼져 죽어갑니다.

◆ 복수자의 선택

햄릿은 복수를 맹세하고 오필리아를 밀어냅니다. 하지만 클로디어스 왕을 죽이는 것은 레아티즈의 독검에 자신의 목숨이 위태로워지면서부터입니다. 결국 복수는 계획적으로 이루어지지 않았습니다. 오직 죽기 전에 폭발하면서 그를 죽였을 뿐입니다.

복수자에게는 크게 세 가지 패턴이 있습니다.

- **냉철한 복수자:** 제대로 계획을 세워 원수를 파멸시키는 인물입니다. 그가 실패한다면 예측할 수 없는 사고나 감정이 흔들리는 사건이 발생했을 것입니다.
- **고민하는 선량한 자:** 복수를 마음속으로 맹세하지만 실행하지 못하는 우유부단한 인물입니다. 복수의 성패는 알 수 없지만 결단력 부족이 본인을 파멸시킵니다.
- **무모한 폭주자:** 복수심 때문에 주위를 볼 수 없는 인물입니다. 어디선가 발이 묶여서 실패합니다.

햄릿의 경우는 두 번째 우유부단하게 고민하는 인물입니다. 다행히 클로디어스를 죽이는 데는 성공하지만 폴로니어스나 오필리아 등 주위에도 피해를 주고 결국 자신도 파멸합니다.

제대로 복수할 수 있는 사람은 에드몽 당테스(025 「에드몽 당테스의 선택」) 같은 냉정한 인물뿐일 것입니다.

024 함무라비 왕과 정의의 법전

KING HAMMURABI AND CODE OF HAMMURABI

◈ 복수는 피해자의 권리

악에 대해 보복하는 것. 이것은 누구나 이해할 수 있고, 많은 이야기에서도 실천하고 있습니다. 하지만 복수가 과하면 복수자가 지나치게 잔인해 보여서 독자의 공감을 얻지 못합니다.

함무라비 법전은 세계에서 가장 오래된 법전(현재는 더 오래된 법전이 발견되었지만, 매우 오래된 것만은 확실합니다)입니다. 그리고 "눈에는 눈, 이에는 이"라는 조문이 실려 있는 것으로도 유명합니다. 그래서 '복수의 법'으로 불리기도 합니다. 그러나 실제로 함무라비 법전은 복수를 권하지 않습니다.

고대에 다른 사람에게 피해를 본 사람은 복수하기 일쑤였는데, 이 복수는 지나치게 커지기 쉽습니다. 잘못한 상대에 대한 복수로 살해를 저지르기도 했습니다. 그러면 과도한 복수를 당한 쪽은 더더욱 보복하려고 합니다.

이렇게 처음에는 단순한 복수였겠지만 복수의 복수, 복수의 복수의 복수로 거듭나다가 결국에는 온 가족이 원수가 되기도 합니다. 이렇게 되면 더 이상 수습할 수 없습니다. 물론 이러한 상태는 다른 이야기의 모티브가 되기도 합니다. 예를 들어 『로미오와 줄리엣』(020 「로미오와 줄리엣」)이나 그것을 모티브로 한 〈웨스트 사이드 스토리〉 등은 그 전형입니다. 죽음의 비극이 발생해 모두가 반성하지 않는 한 복수의 연쇄는 멈추지 않습니다.

이를 막기 위해 함무라비 법전에서는 복수에 상한선을 두었습니다. "눈에는 눈"이라는 말은 "눈을 당하면 눈까지만 복수하면 된다"라는 뜻입니다. 복수는 똑같은 일을 반복하는 선까지만 하고 그 이상으로 해서는 안 된다는 말입니다.

이렇게 복수에 대한 기준이 정해졌습니다. 그리고 이 기준은 그 후에도 오랫동안 복수의 가이드라인으로 널리 인정받고 있습니다.

◈ 복수를 끝내는 법

복수담은 많은 독자의 공감을 얻을 수 있습니다. 당하면 되받아치고 싶은 것은 보편적인 감정이기 때문입니다. 하지만 복수가 항상 잘되지는 않습니다. 또한 복수에 성공한다 해도 그것으로 복수자가 만족할지는 확실치 않습니다.

복수담은 대략 다음 패턴으로 수렴합니다.

복수	결과	세부 사항
성공	허무감	복수는 했지만 허탈한 기분이 든다. 복수가 과도하더라도 독자가 용서하는 이유는 복수자가 후회하기 때문이다.
	만족감	복수가 성공해서 기분이 나아진다. 복수는 과도해서는 안 된다. 지나친 복수를 하고 미안해하지 않는 사람에게 독자는 공감하지 않는다.
실패	함락	복수 상대가 죽는 등 갑자기 사라져버린다. 목표를 잃은 복수자가 새로운 삶의 보람을 찾을 수 있을지가 관건이다.
	폭주	복수가 과도해지고 파멸한다. 예를 들어 어느 나라 사람에게 자신이 사랑하는 사람이 살해당하자 그 복수로 나라를 통째로 멸망시키려는 인물이 정의에 의해 쓰러지는 등 주인공이 아닌 악의 우두머리 등을 위한 설정이다. 약간의 동정을 얻을 수 있는 이유 있는 악을 만들 수 있다.
	패배	도리어 죽임을 당하는 등 복수에 실패한다. 이야기 도중에 한 번 실패하는 일은 자주 있다. 또 과거의 이야기로 사용되기도 한다.
중단	정의	정의가 이루어졌기 때문에(악이 체포되는 등) 스스로 복수할 필요가 없어져 그만둔다. 다만, 이대로 끝나면 이야기로서는 허무하므로 마무리 이야기가 필요하다.
	새로운 목표	복수보다 우선해야 할 일을 발견한다. 원수의 일족 중 사랑하는 사람이 생기는 등의 이유로 복수를 멈추기도 한다. 다만 새로운 목표가 복수보다 중요하다는 것을 드러내지 않으면 독자는 납득할 수 없다.

어쨌든 복수 자체가 가치 있다는 생각은 현대에는 통하지 않습니다. 복수는 헛된 것이지만 그래도 할 수밖에 없는 심정이나 상황을 독자에게 전달해야 합니다.

025 에드몽 당테스의 선택

THE CHOICE OF EDMOND DANTÈS

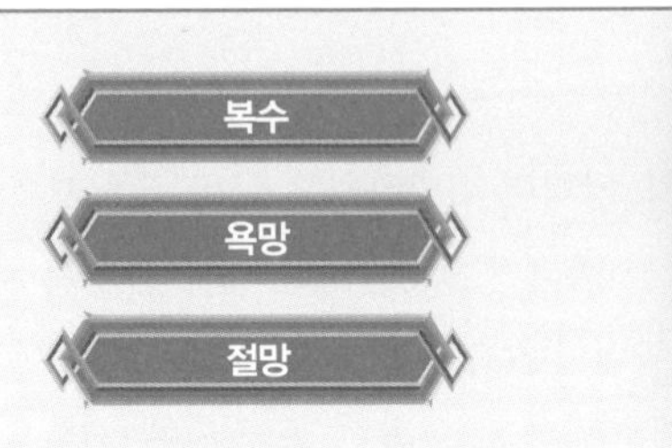

◆ 14년이 지난 복수

『몬테 크리스토 백작』은 인생을 걸고 두뇌를 이용해 복수하는 이야기를 독자에게 선사합니다. 스무 살의 에드몽 당테스는 차기 선장으로 정해져 있었고 회계 담당 당글라르는 그것을 질투했습니다. 또한 에드몽에게는 아름다운 약혼자 메르세데스가 있었습니다. 그녀는 사촌 페르낭의 구혼을 거부하고 에드몽을 선택했습니다. 당연히 페르낭 역시 에드몽을 원망하고 있었습니다.

당글라르는 에드몽 근처에 사는 카드루스에게 소개받은 페르낭에게 거짓 정보로 에드몽을 밀고하라고 교사합니다. 에드몽을 체포한 검사 빌포르는 증거로 제시된 밀고 편지에서 자신의 출세에 불리한 정보를 발견하고 그것을 은폐하기 위해 에드몽을 평생 감옥에 가두려고 합니다.

이렇게 감옥에 수감된 에드몽은 절망하여 굶어 죽으려고 합니다. 하지만 옆에 있던 파리아 신부의 추리로 자신이 갇힌 이유를 알게 된 에드몽은 복수를 다짐합니다. 그리고 신부에게 외국어와 철학 등 다양한 학문을 배웁니다. 신부는 병으로 죽기 직전 몬테크리스토섬에 숨겨진 보물이 있는 곳을 말해주었고 에드몽은 신부의 시체 주머니에 들어가 탈옥합니다. 갇힌 지 14년이 지난 뒤였습니다.

몇 년 후 에드몽은 이탈리아 귀족 몬테크리스토 백작으로 신분을 바꿔 사교계에 진출하고, 그 사이에 출세한 당글라르, 페르낭, 카드루스, 빌포르에 대한 복수를 계획합니다. 약혼자였던 메르세데스는 에드몽이 페르낭에게 속아 넘어간 사실을 모른 채 그의 아내가 되었습니다. 그녀만이 몬테크리스토 백작이 에드몽이라는 것을 알아차리지만 침묵합니다.

복수심으로 가득 찬 에드몽은 자신이 직접 죽이는 것이 아니라 파멸시켜 죽음에 이르게 하기 위해 계획을 세웁니다.

일단 카드루스가 살해당합니다. 카드루스는 몬테크리스토 백작의 집에 도둑질하러 들어갔다가 들켜 도망치던 중 자신의 동료에게 죽임을 당합니다. 다음으로 페르낭은 아내와 아들이 집을 나가자 그 원인이라고 여긴 몬테크리스토 백작에게 결투를 신청하러 갑니다. 하지만 그의 정체를 알고 가족들이 자신을 버렸다는 절망감에 권총으로 자살합니다.

빌포르는 아내가 아들을 죽이고 자살했다는 사실을 알게 되고, 자신을 위로한 신부가 에드몽이라는 것을 깨닫고 발광합니다. 에드몽은 원수이긴 하지만 빌포르의 처참한 모습을 보고 마지막 한 사람만은 목숨을 구해주기로 합니다. 그리고 당글라르는 모든 재산을 잃고 추방당하지만 목숨만은 구할 수 있었습니다.

모든 복수를 마친 에드몽은 그를 사랑하는 여인과 인생을 다시 시작하려고 떠납니다.

◆ 사람에게 맞춘 복수

에드몽은 단순히 죽이는 복수를 하지 않습니다. 각각의 인물에 맞춘 효과적인 복수를 생각합니다. 그 편이 더 강렬하게 원수를 쓰러뜨릴 수 있기 때문입니다.

예를 들어, 검사 빌포르는 지위와 명예를 중요시합니다. 그것이 사라질 위기에 처했을 때 에드몽을 제물로 삼아 자신을 지킨 것입니다. 그래서 에드몽은 그가 기소한 살인범이 과거 빌포르 자신이 죽였다고 생각한 아들임을 입증하고, 거기서부터 그가 이전에 범한 죄악을 폭로해나갑니다. 그리고 빌포르가 죄를 인정할 수밖에 없게 된 상태로 집에 돌아갔을 때 그곳에는 아내와 아들의 시체가 기다리고 있었습니다. 그러니 그가 발광하는 것도 당연합니다.

페르낭은 에드몽에게 누명을 씌우면서까지 손에 넣은 아내가 도망쳐버립니다. 또한 아들도 그의 악행을 알고 아내와 함께 집을 나갑니다. 그 원인이 자신이 모함한 에드몽이라는 것을 알고 모든 것이 끝났음을 깨닫습니다.

그리고 당글라르는 모든 재산을 잃게 됩니다. 배금주의자인 당글라르에게는 그것이 가장 괴로운 일입니다. 목숨을 건지더라도 그에게는 큰 감흥이 없을지도 모릅니다. 가장 원하는 것을 빼앗는 일, 그것이야말로 가장 큰 복수가 아닐까요.

026 명탐정 셜록 홈스

SHERLOCK HOLMES

◆ 명탐정은 매력적인 캐릭터

이야기에서 주인공이 활약하는 것은 당연합니다. 그중에서 탐정은 지성을 발휘해 활약합니다. 동서고금을 막론하고 무수한 탐정 소설이 존재하고, 거기에는 많은 명탐정이 등장합니다. 새로운 유형의 명탐정이 거의 나올 대로 다 나왔다고 말하는 사람도 있지만 현대에도 새로운 명탐정은 속속 등장하고 있으니 아직 사라질 것 같진 않습니다.

셜록 홈스는 대표적인 명탐정입니다. 그는 장신(180cm 이상)으로 매부리코에 복싱과 유도로 몸을 단련했습니다. 성격은 냉정하고 평소 게으르지만 사건 현장에서는 증거를 놓치지 않으려고 방 구석구석을 기어 다니며 관찰하는 등 활동적입니다. 스트라디바리 바이올린을 소유하고 있으며 자주 연주합니다. 골초였고 코카인 중독자였습니다. 그러나 코카인은 왓슨이 잔소리해서 그만둔 것 같습니다.

홈스는 활동적이지만 안락의자 탐정으로 불리기도 합니다. 앉아서 사람들의 이야기만 듣고는 단번에 수수께끼를 풀어버리기 때문입니다. 안락의자 탐정의 대표적 인물로 애거사 크리스티의 미스 제인 마플이 있습니다. 그녀는 캐묻기 좋아하는 독신 노처녀로 시골 마을에서 뜨개질과 정원 가꾸기를 하며 살아갑니다. 철부지처럼 보이지만 사람 관찰에 뛰어난 그녀는 사건 이야기를 들으면 마을에서 일어났던 에피소드를 인용해 그와의 유사성을 찾아 범인을 추리합니다. 다만 그녀도 필요할 때는 직접 조사하러 가기도 해서 완전한 안락의자 탐정은 아닙니다.

'침대 탐정'이라고 불리며 입원 등의 이유로 침대에서 꼼짝 못 하고 추리하는 유형이 있긴 하지만 소수입니다. 완전한 안락의자 탐정물은 무료함을 달래기 위해 역사의 수수께끼를 푼다는 이야기가 많으며, 조세핀 테이의 『시간의 딸』이라는 영국 왕 리처드 3세의 실상을 살펴보는 작품이 최초입니다. 이 설정은 일본에서 받아들여져 다카기 아키미쓰의 『칭기즈 칸의 비밀』 등 그 영향을 받은 여러 작품이 탄생했습니다.

명탐정 캐릭터에는 성별(여성 탐정은 역시 적습니다), 나이(노인이나 어린이는 적습니다), 직업(매춘부, 만담가, 점쟁이 등 특이한 직업), 핸디캡(와병 상태) 등 다양한 특징을 가진 인물이 있지만 이런 특징은 부수적인 것에 불과합니다. 명탐정의 지성을 얼마나 멋지게 보여주느냐가 탐정물의 기본입니다.

◈ 지성파의 매력을 보여주는 방법

지성을 무기로 하는 캐릭터로서 명탐정은 매우 매력적입니다. 거기에는 다음과 같은 이유가 있습니다.

- **지성을 스토리 안에서 제대로 보여줄 수 있다:** 지성파 캐릭터를 직접적으로 '머리가 좋다'라고 묘사해서는 안 됩니다. 그 사람의 행동으로 독자를 이해시켜야 하는데, 이건 꽤 어려운 일입니다. 뭔가 행동했을 때 그 행동이 현명한지 아닌지를 독자들이 쉽게 판단하기 어렵기 때문입니다. 그러나 명탐정이라면 사건을 해결함으로써 지성을 명확하게 보여줄 수 있습니다.
  덧붙여서 지성파 캐릭터가 활약하는 장소로는 전쟁터, 사기 도박장 등이 있으며 전쟁의 승패, 속임수의 성패로 지성을 명확하게 보여줄 수 있어 편리합니다.
- **수수께끼를 해결해준다:** 영문 모를 수수께끼는 인간에게 스트레스입니다. 명탐정은 그 수수께끼를 풀어서 카타르시스를 느끼게 해줍니다.
- **명탐정은 고민한다:** 역시 주인공이 너무 쉽게 수수께끼를 해결하면 맥이 빠집니다. 단편이라면 몰라도 장편 소설에서 명탐정은 좀처럼 사건을 해결하지 못해 고민에 빠집니다. 고뇌하는 주인공의 모습은 독자에게 매우 사랑스럽게 보입니다.
- **적을 쓰러뜨린다:** 명탐정의 적은 불가해한 범죄를 저지르는 범죄자입니다. 선과 악의 대결은 단순하지만 반드시 분위기가 달아오르는 보장된 이야기입니다.

027 붉은 남작
RED BARON

◈ 붉은 날개의 파일럿

만프레트 폰 리히트호펜은 1차 세계대전 당시 독일의 에이스 파일럿입니다. 1차 세계대전에서 압도적 1위인 80대 격추 기록을 세웠습니다. 기체를 붉게 칠했기 때문에 '붉은 남작'이라고도 불립니다. 그 외에 영국에서는 '레드 나이트(붉은 기사)', 프랑스에서는 '디아블 루즈(붉은 악마)', '프티 루즈(작은 빨강)' 등으로 불립니다.

참고로 격추 수로 비교하자면 2차 세계대전 최고의 에이스인 에리히 하르트만이 352대를 기록해 압도적으로 많습니다. 그러나 지명도로 말하자면 '붉은 남작' 리히트호펜이 지금도 훨씬 높습니다.

리히트호펜은 원래 기병과 장교였습니다. 그는 기병을 동경하여 말을 타고 돌격하기 위해 기병 장교가 되었습니다. 그러나 더 이상 기병이 돌격하여 승리를 쟁취하는 시대가 아니었습니다. 기병은 보병부대 사이에서 연락이나 짐 배달 등의 역할을 할 뿐 전선에서의 화려한 전투(1차 세계대전 이전에는 전쟁이 화려하고 명예로운 싸움이었습니다)에 참여할 수 없어 보였습니다.

그래서 그는 이전에 보았던 비행기가 앞으로도 발달할 것으로 예상하고 비행 부대로 옮기고 싶었습니다. 조종 장교는 훈련에 시간이 걸리고 그 전에 전쟁이 끝나버릴지도 모른다고 생각한 그는 정찰 장교 훈련을 받고 폭격기 정찰 장교가 됩니다. 그리고 당시 격추왕으로 알려졌던 뵐케 중위를 만나 그가 신설한 전투기 부대로 초대받습니다. 이렇게 해서 격추왕 리히트호펜이 탄생합니다.

그 후 뵐케는 동료 비행기와 접촉 사고가 나서 사망합니다. 그러자 영국 측은 그의 장례식 날 낙하산에 매단 화환을 투하했습니다. 당시의 항공전에서는 이러한 기사도 정신이 넘치는 행위가 허용되었습니다.

리히트호펜은 비행기 열여섯 기를 격추해 푸르 르 메리트 훈장을 받았고 이때부터 기체를 빨갛게 칠하기 시작했습니다. 적국은 이 붉은 기체를 두려워하여 다양한 소문을 퍼뜨렸습니다. 그중에는 잔 다르크와 같은 젊은 여자가 타고 있다는 설까지 있었습니다. 그 말을 들은 리히트호펜은 자신의 중대 기체를 전부 빨갛게 칠하게 하여 리히트호펜 중대가 이곳에 있다고 과시했다고 전해집니다. 이에 대해 영국은 리히트호펜에게 천 파운드의 현상금을 걸었습니다.

그는 유탄이 머리를 스치는 불운한 사건으로 부상을 당합니다. 거의 의식을 잃으면서 착륙한 그는 즉시 병원으로 이송됩니다. 머리를 스친 총알로 두개골에 금이 갔고, 부상 후 복귀까지 4개월, 후유증이 나으려면 2개월의 시간이 더 필요했습니다.

그는 저공비행 중 상공에서 공격을 받아 사망했습니다. 다만 동시에 지상에서도 기관총 사격을 받았기에 그의 심장을 관통한 총알이 누구의 것인지는 지금도 불분명합니다.

◈ 천재의 요절

리히트호벤은 왜 인기가 있을까요? 우선 1차 세계대전 항공전이 기사도 정신이 넘치는 일대일 싸움이었기 때문입니다. 죽은 리히트호벤은 영국 쪽으로 추락했는데, 영국 측은 그의 시신을 정성스럽게 모시고 독일 측 진지에 "리히트호벤 대위에게 바친다"라고 쓴 화환을 투하했습니다. 이러한 세련된 조치는 살벌한 집단전이 펼쳐진 2차 세계대전 항공전에는 존재하지 않았습니다.

다음으로, 그가 요절했기 때문입니다. 사망 당시 그는 불과 스물네 살의 젊은 나이였습니다. 영화배우 제임스 딘 등과 마찬가지로 재능 있고, 젊은 나이에 죽은 인물은 사람들의 인상에 남는 법입니다.

그리고 그의 화려한 스타일도 인기에 한몫했겠지요. 기체를 빨갛게 칠한 에이스, '붉은 남작'과 같은 특별한 이름으로 불린다는 점, 이것들은 현재 애니메이션 작품에도 큰 영향을 주고 있습니다.

028 킴메르의 코난

CONAN THE CIMMERIAN

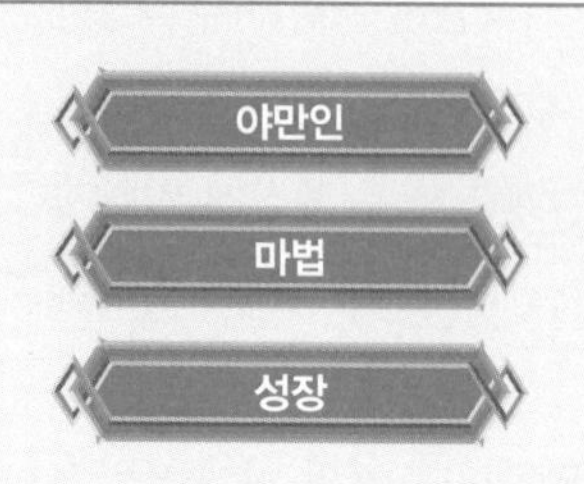

◆ 영웅 판타지의 원조

코난은 로버트 E. 하워드가 쓴 세계 최초의 영웅 판타지 주인공입니다. '영웅 판타지'는 코난 시리즈에 장르명을 붙이려고 만들어진 말입니다.

후세에 너무 많은 모작이 만들어진 데다 졸작투성이라서 뇌까지 굳어진 듯한 바보가 검을 휘두르기만 하는 이야기라고 생각하시겠지만, 원래 코난은 그런 인물이 아닙니다.

코난은 킴메르(북방 오랑캐) 출신으로 제대로 된 교육을 받지 못했습니다. 그러나 어떤 적을 만나도 냉정함을 유지하는 코난은 지식은 없지만 머리는 좋다고 여겨집니다. 무뚝뚝하지만 자신이나 자기 여자를 모욕하는 인간에게는 일체의 자비를 베풀지 않고 즉시 베어버릴 만한 자존심도 있습니다. 무엇보다 신체 능력이 압도적입니다.

성격은 젊었을 때와 나이가 들었을 때 큰 차이를 보입니다. 젊은 시절의 코난은 독불장군에 건방진 청년으로 사려 깊지 않고 무모한 구석도 많았습니다. 예를 들어 「코끼리 탑」에 등장하는 열일곱 살의 코난은 난공불락의 코끼리 탑에 침입하여 안에 있는 보석을 훔치겠다고 생각합니다. 수많은 도적이 불가능하다고 말하지만, 탑에 오르는 방법도 모른 채 소망과 용기가 합쳐지면 오를 수 있다고 믿습니다. 다른 도적들이 현실적인 방법을 말해보라고 하자 말문이 막혀 싸움이 벌어지고 상대를 죽이고 맙니다.

아킬로니아 왕이 된 코난은 동료라고도 부를 수 있는 신하를 두어 그들을 부리는 한편으로 그들에게 의지합니다. 그리고 백성을 위해 부패한 귀족들에게 화를 내고, 사회를 읽는 눈을 가진 인물이기도 합니다. 그러나 코난은 기본적으로 전사이기 때문에 국왕의 역할을 할 수는 있지만 의무적으로 하는 것일 뿐 그가 좋아서 하는 일은 아닙니다.

예를 들어 「불사조의 검」에서 코난은 "정치에 이젠 정말 지쳤다. 질릴 정도로 싸워왔지만 이렇게 피곤한 적은 없었다"라고 푸념합니다. 그의 푸념을 듣던 프로스페로 장군은 "누구나 역할이란 게 있습니다. 코난, 당신은 국왕입니다. 자신의 역할을 연기해야 합니다"라고 충고합니다.

코난의 대사에서 코난은 정치보다 전사로서의 일을 더 좋아하지만 절대 정치를 못하지는 않는다는 사실을 알 수 있습니다.

프로스페로의 대사에는 코난이 자신의 간언을 들어줄 것이라는 믿음이 표현되어 있습니다. 또한 코난이 왕의 역할을 할 능력이 있음을 그가 믿고 있다는 것도 드러나 있습니다.

그리고 이 간언에 코난이 반발하지 않는 것으로 보아 코난에게는 간언을 들어줄 아량이 있다는 점을 알 수 있습니다. 마지막으로 이 대화에서는 두 사람이 꽤 거리낌 없는 사이라는 점도 표현되고 있습니다.

◈ 야만인에서 왕으로

일개의 전사가 출세해 왕이 되는 이야기는 많습니다. 그러나 대부분의 작품에서는 처음 등장했을 때의 전사 느낌 그대로 왕이 될 뿐으로 그 의무를 다하려 하지 않습니다. 그러면 진정한 왕이 될 수 없지만 마치 가능한 것처럼 보입니다. 인물이 왕의 의무를 이해하지 못하지만 작가가 왕의 의무를 표현하지 않음으로써 그 주변 상황을 얼버무리기 때문입니다. 원래대로라면 인물이 성장해 왕이 되었다면 왕에 어울리는 행동을 해야 하는데 역량이 부족해 이 부분을 표현하지 못하는 작가가 많습니다.

다만 구리모토 가오루 「구인 사가」의 이슈트반처럼 전사의 모습을 유지하는 왕 때문에 나라가 기울어진다며 왕의 역량 부족을 이야기에 활용하는 작품도 있습니다.

전사가 왕으로서 한 걸음 나아간다면 왕국은 평안해지고, 진보하지 않는 왕이라면 나라가 기울어진다는 차이를 보여줘야 할 것입니다.

029 쾌걸 조로의 정체

THE MARK OF ZORRO

◆ 가면 쓴 영웅의 원조

『쾌걸 조로』(조로란 스페인어로 '여우'를 말합니다)는 스페인 식민지 시절 캘리포니아를 무대로 한 영웅 소설입니다. 강자를 꺾고 약자를 돕는 의적으로, 적과 싸울 때도 일대일 정정당당한 싸움을 좋아하는 신사이자 사람들이 동경하는 쾌남입니다. 권력자는 그를 범죄자로 여기지만, 입 밖에 내지 못할 뿐 비밀리에 그를 응원하는 사람도 많습니다.

여주인공은 몰락한 전 대지주의 딸 롤리타입니다. 아버지는 그녀에게 몰락한 가문을 다시 일으킬 수 있는 조건의 남성과 결혼하라고 말합니다. 그리고 그녀에게 구혼하는 인물이 나타납니다. 기개 없고 놀기 좋아하는 명문가 도련님 돈 디에고 베가입니다. 하지만 패기 없는 돈 디에고에게 롤리타는 마음이 끌리지 않습니다.

그런 그녀 앞에 조로가 나타나 롤리타가 한눈에 마음에 든다며 열심히 사랑의 말을 건넵니다. 게다가 조로를 쫓아온 군대 지휘관 라몬 대위도 등장합니다. 안타깝게도 검을 든 한판 승부에서 조로에게 패배하지만 그래도 용기와 야심 있는 라몬 대위도 롤리타에게 구혼합니다.

하지만 롤리타는 이미 조로를 좋아하게 되었습니다. 손에 키스를 받으면 오싹오싹 발끝까지 전율이 감돌 정도입니다. 라몬 대위는 그런 롤리타에게 힘껏 다가와 입술을 빼앗으려 하지만 그때 나타난 조로에게 공격을 받고 내동댕이쳐집니다. 그는 조로와 롤리타의 일가를 원망하며 총독에게 거짓 고발을 합니다. 이에 총독은 롤리타 일가를 체포하고 귀족 가문인 그들을 주정뱅이들과 같은 감옥에 집어넣어 굴욕을 안겨줍니다.

그 무렵 조로는 그 땅에 사는 젊은 신사들을 설득하여 심하게 부패한 판사나 사기 치는 상인 등을 물리치자고 제안합니다. 젊은 신사들도 그들의 만행에 씁쓸해했기 때문에 조로의 설득에 응해 비밀리에 함께 행동하겠다고 약속합니다. 그 단체는 '어벤저'라고 자칭했습니다.

어벤저의 첫 번째 임무는 체포된 롤리타 일가를 구출하는 일입니다. 그들은 감옥을 습격하여 일가를 구해냅니다. 그러나 일가를 감옥에서 구출하는 데까지는 성공했으나 운이 나쁘게도 감옥을 빠져나오다가 병사들에게 들키고 맙니다. 조로와 어벤저는 뿔뿔이 흩어져 탈출합니다. 물론 조로는 롤리타와 말을 타고 도망치는데, 추격자를 뿌리치기 위해 헤어졌다가 각자 잡힐 위기에 놓입니다. 하지만 다행히 아슬아슬하게 도망치는 데 성공합니다.

그리고 조로는 라몬 대위의 거짓말을 폭로한 후 일대일 결투를 통해 마침내 그의 숨통을 끊습니다. 롤리타와 재회한 조로는 총독에 의해 궁지에 몰리는데 젊은 신사들이 모여 총독을 규탄합니다. 신사들은 조로를 고발하려는 총독을 단념하게 하고 자신들의 땅에 손을 대지 못하게 합니다.

이렇게 자유로워진 조로가 가면을 벗는데, 사실 그의 정체는 돈 디에고였습니다. 그는 부패 관리와 사기꾼 등과 싸우기 위해 연약한 척 연기하면서 은밀하게 검과 마술을 단련하고 조로가 되어 싸운 것입니다. 그 정체를 알게 된 롤리타는 돈 디에고와 결혼하기로 약속합니다.

◈ 변신과 그 의미

가면을 통한 변신의 목적은 정체를 감추거나 강해지기 위해서와 같은 이유를 들 수 있습니다. 이 경우 영웅과 본모습(영웅의 정체를 숨기고 평소 지내는 모습)의 관계는 크게 두 종류로 나눌 수 있습니다.

- **영웅도 본모습과 같은 성격:** 가면이 힘의 강화를 위해서만 사용되는 경우입니다. 본모습으로 활약하려다 힘이 부족할 때 가면을 쓴 모습으로 변신합니다. 이른바 변신 히어로 패턴입니다. 변신도 사람들 앞에서 아무렇지 않게 할 수 있습니다.
- **영웅과 본모습이 다른 성격:** 가면이 정체를 숨기기 위해 사용되는 경우입니다. 몰래 변신해야 합니다. 정체가 드러나지 않도록 성격 등에 차이를 둘 필요가 있습니다.

030 우라노스 → 크로노스 → 제우스

URANUS CRONUS ZEUS

◆ 3대 주신 제우스

그리스 신화의 주신 제우스. 그는 아버지인 크로노스를 쓰러뜨리고 주신이 되었다고 알려졌습니다.

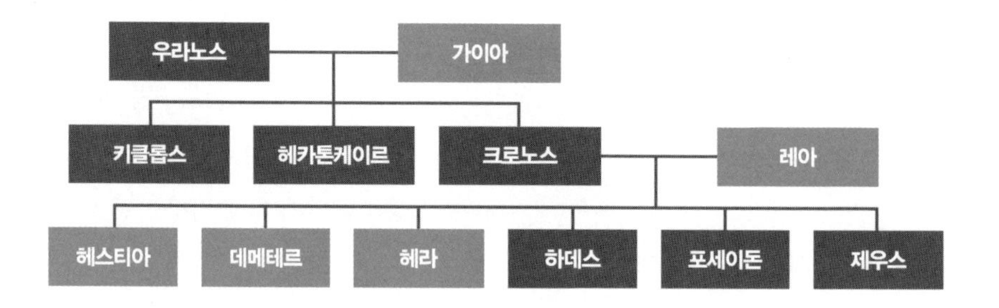

크로노스는 최초의 주신 우라노스의 아들입니다. 우라노스는 가이아와 결혼해 키클롭스(외눈박이 거인)와 헤카톤케이르(100개의 손을 가진 거인) 등을 낳습니다. 하지만 우라노스는 그들을 타르타로스(지옥)에 가두고, 화가 난 가이아는 막내 크로노스를 시켜 우라노스의 성기를 자릅니다. 그리고 크로노스는 힘을 잃은 우라노스를 추방하고 주신의 지위에 오릅니다.

하지만 크로노스도 마찬가지로 지위를 잃게 됩니다. 크로노스는 자신의 아이에게 주신의 지위를 빼앗길까 봐 태어난 아이를 차례차례 통째로 삼켜버렸습니다. 그래서 아내 레아는 막내아들 제우스가 태어났을 때 돌덩이에 배내옷을 입혀 크로노스에게 주어 삼키게 했고, 몰래 제우스를 키웁니다.

성인이 된 제우스는 크로노스가 잠든 사이 구토약을 먹여서 형제들을 토하게 합니다. 이때 삼킨 반대 순서로 나왔기 때문에 큰누나인 헤스티아가 막내, 삼켜지지 않은 제우스가 큰형이 되어 형제간 서열이 뒤바뀌었다고도 합니다.

제우스를 포함해 올림포스 신족은 크로노스가 속한 티탄 신족을 쓰러뜨리려고 전쟁(티타노마키아)을 치르지만 싸움은 일진일퇴하며 10년째 계속됩니다. 그때 가이아는 제우스 일행에게 우라노스가 유폐한 키클롭스와 헤카톤케이르를 타르타로스에서 해방하면 승리할 수 있다고 예언합니다. 타르타로스에서 해방된 키클롭스는 마법 무기를 만드는데 제우스에게는 천둥 번개를, 포세이돈에게는 삼지창을, 하데스에게는 모습을 숨기는 투구를 선물합니다. 무기를 얻은 올림포스 신족은 티탄 신족을 이기고, 패배한 티탄 신족은 타르타로스에 갇힙니다.

이렇게 주신이 되었지만 제우스 역시 자식에게 주신 자리를 빼앗길까 봐 두려워합니다. 가이아는 제우스의 첫 번째 아내 메티스가 임신했을 때 메티스에게서 태어나는 아이는 제우스보다 뛰어난 신이 되어 전 우주의 지배자가 된다고 예언합니다. 그래서 제우스는 임신한 메티스를 통째로 삼킵니다. 하지만 태아만은 제우스 몸속에서 성장하고, 헤파이스토스가 제우스의 두개골을 도끼로 쪼개자 그 속에서 무장한 여신 아테나가 태어납니다. 아테나는 매우 뛰어난 전쟁의 신이지만 메티스에게서 태어난 것은 아니기 때문에 제우스의 지위를 위협하진 않습니다.

또한 프로메테우스로부터 테티스라는 여자가 낳은 아이는 아버지를 넘어설 것이라는 예언을 들은 제우스는 테티스를 아내로 삼는 것을 포기하고 인간의 아내로 만들었습니다. 그래도 영웅 아킬레우스가 태어났으니 제우스의 선택은 옳았다고 할 수 있습니다.

◈ 아버지를 뛰어넘는 이야기

제우스가 주신 자리에 오르기까지의 이야기는 남자가 아버지를 넘어 성장하기 위해서는 아버지를 죽일 필요가 있다는 것을 표현하고 있습니다. 물론 정말 죽일 필요는 없고 마음속으로 신(거역해서는 안 되는 존재)으로서의 아버지를 죽이고 인간으로서의 아버지를 인정하는 심리 작용이 필요하다는 의미입니다. 하지만 이야기에서는 아버지와 싸워 승리한다거나, 아버지의 기록을 갈아치운다거나, 부왕 이상의 위업을 행하는 등 자식이 아버지를 뛰어넘는 스토리가 필요합니다. 이를 통해 그 인물이 자신감을 가지고 어른이 되는 등 정신적 진화를 할 수 있습니다.

031 퍼시벌과 성배 탐색

SIR PERCIVAL AND QUEST FOR THE HOLY GRAIL

◈ 순수한 사람 퍼시벌

아서왕 전설의 큰 주제는 바로 성배 찾기이고, 그 주인공은 퍼시벌 경입니다. 그의 아버지와 형은 전쟁에서 죽었고, 어머니는 퍼시벌을 데리고 외딴 숲에서 기사도나 무기에 대해 가르치지 않고 조용히 살고 있었습니다.

어느 날 그곳으로 도망친 기사를 쫓는 기사 무리가 지나갑니다. 퍼시벌은 그 아름다운 모습에 감명받아 그들처럼 되고 싶다고 생각합니다. 기사들이 혹시 도망친 기사를 못 봤냐고 묻자 퍼시벌은 자신의 질문에 대답해주면 알려주겠다고 합니다. 그리고 그들이 '기사'라는 것을 알고 이것저것 질문한 뒤 집으로 돌아갑니다. 집에 도착한 퍼시벌은 말을 준비하고 어머니에게 기사가 되고 싶다고 말합니다.

어머니는 충격을 받지만 아서왕의 궁정에 가서 펠리노어의 아들 퍼시벌이라고 자칭하라고 가르칩니다. 그리고 다음과 같이 조언합니다. '교회를 보면 기도하라', '배고프고 음식이 있으면 먹어도 된다', '도움을 청하는 소리가 들리면 가서 도와주어라', '훌륭한 보석을 보면 가져도 된다. 다만 원하는 자가 있으면 주어라', '미녀를 만나면 예의를 다해 도와주어라'와 같은 내용입니다. 이 가르침을 받아들인 퍼시벌은 여기저기서 말썽을 일으킵니다.

먼저 여행 도중 숲속 공터에 쳐진 천막을 발견합니다. 그것을 교회로 착각한 그는 기도하며 안으로 들어갑니다. 안에는 황금 반지를 낀 소녀가 있었습니다. 그러자 그는 여자에게는 인사하라고 배웠다며 인사를 합니다. 거기까지는 좋았습니다만, 음식이 있으면 먹어도 좋다고 배웠기에 누구도 권유하지 않았는데 마음대로 그 자리에 있던 음식을 먹어버립니다. 게다가 훌륭한 보석은 가져도 된다고 배웠기에 소녀의 반지를 마음대로 가져갑니다. 그리고 또한 주라고 배웠기에 자신의 반지를 주었습니다. 아서왕에게 도착해서는 기사에게 "키다리 씨, 당신이 아서입니까?"라고 말하는 등 엉망진창이었습니다.

아서왕의 궁정 시녀 중에는 절대 웃는 얼굴을 보이지 않는 자가 있었습니다. 어릿광대는 진정한 기사가 나타나면 그녀가 웃을 것이라고 말합니다. 그 시녀가 퍼시벌에게 미소를 짓자 케이 경은 발끈하여 시녀를 후려칩니다. 퍼시벌은 그때는 가만히 있었지만 나중에 케이 경을 무찌릅니다.

기사가 되고 나서는 퍼시벌도 점점 지혜가 생겨 무례한 질문 따위는 하지 않게 되었습니다. 그러나 성배를 찾던 도중에 어부왕의 성에서 본 것에 대해서는 질문을 했어야 합니다. 왕이 성배와 성스러운 창을 싣고 먼 나라로 이동하려던 참이었기 때문입니다. 어부왕은 그것에 대해 아무런 설명을 하지 않았고, 퍼시벌도 무례한 질문을 해선 안 된다는 생각에 입을 다물고 있었던 것입니다. 이때 질문을 했다면 아서왕과 원탁의 기사가 원하는 성배의 행방을 알 수 있었겠지요.

◈ 성장하는 사람의 이야기

퍼시벌은 무지한 사람입니다. 훌륭한 소질을 가졌지만 사회 상식 따위는 전혀 모르기 때문에 어머니의 가르침을 그대로 받아들이고 행동합니다. 어머니도 이렇게까지 자기가 말한 대로 행동할 줄은 생각도 못 하셨겠지요.

예를 들어, 배고플 때 음식이 있으면 먹어도 된다는 것도 음식을 권하면 거절하지 않아도 된다는 의미였겠지요. 하지만 퍼시벌은 너무도 순수했기에 한마디 한마디 곧이곧대로 어머니 말을 따릅니다.

그는 아무것도 모르는 상태로 여러 번 실패를 거듭하면서 조금씩 배우고 올바른 지식과 행동을 익힙니다. 때로는 지식을 얻었기 때문에 오히려 어부왕의 성에서처럼 질문하지 않는 실수를 하고 맙니다.

하지만 무지하고 순수한 퍼시벌이 점점 성장하고 성숙한 기사가 되어가는 부분이 퍼시벌 경 이야기의 주제입니다. 너무 많이 배워서 순수한 행위를 할 수 없게 되어 실수하는 부분도 재미를 더합니다.

이처럼 우자가 현자가 되어가는 이야기에서는 지식이 있어도 무능한 인물보다는 머리는 나쁘지 않지만 무지한 인물이 일반적으로 독자의 공감을 살 수 있습니다.

032 타잔의 고독

LONELINESS OF TARZAN

◈ 지성을 가진 타잔

영화 〈타잔〉을 본 사람이라면 "아아아, 아"라고 외치며 벌거벗은 채 정글을 날아다니고 "나 타잔. 너 제인"처럼 유아 같은 한마디만 할 수 있는 야생의 인물을 떠올릴지도 모릅니다. 이 타잔도 나름 멋있지요.

하지만 이런 영화의 타잔은 고독해질 수 없습니다. 외톨이가 될 순 있어도 고독 따위는 느끼지 않을 것입니다. 고독이란 근대적 자아의 산물로 동물적 감성의 소유자에게는 존재하지 않으니까요.

그럼 타잔은 고독을 느끼지 않을까요? 아니요, 원작 소설의 타잔은 더 복잡하고 중후한 캐릭터입니다. 어렸을 때 홀로 아프리카 정글에 버려졌고 유인원이 그를 데려다가 기릅니다. 하지만 그에게는 지성이 있었고 버려진 책의 글자로 말을 배웁니다. 그리고 정글에서 자랐음에도 주위 동물들과 달리 지성을 가진 생명체로 성장해갑니다. 다만 정글에서 유일하게 지성을 가진 그는 다른 동물들로부터 고립됩니다.

타잔은 어른이 되고 나서 문명과 어울립니다. 정글에서 스스로 문자를 익힌 타잔은 문명을 빠르게 배울 수 있었습니다. 나중에는 영어, 프랑스어, 라틴어, 아랍어 등 몇 개 국어나 구사하게 됩니다.

그는 정글에서 만난 제인을 사랑하지만 마음이 엇갈려 헤어지고 맙니다. 그 후 자신이 귀족 그레이스토크 경의 유복자라는 사실을 깨닫지만, 그녀의 연인이 그레이스토크 가문 사람이며 정식 후계자가 실종되었기 때문에 작위와 재산을 물려받게 되었다는 사실도 알게 됩니다. 자신이 그레이스토크 경이 되어버리면 제인은 가난한 남편과 살면서 고생할 것이라고 생각해 스스로 물러납니다.

타잔은 아프리카 정글에서도, 대영제국 문명에서도 고독합니다. 물론 그는 매우 유능하기 때문에 아프리카에서는 야생아로 잘 활동하고, 문명권에서는 교양 있는 사람으로서 야비한 모습 따위는 거의 보이지 않습니다. 그래도 그는 고독합니다. 야생과 문명, 양쪽의 소양을 모두 갖춘 타잔은 어디에 있든 자신을 이질적 존재로 느낍니다.

정글로 돌아갈 생각도 했지만 대화를 주고받는 친구라는 존재를 알아버렸습니다. 말벗도 없는 정글에서의 삶에 더는 만족할 수 없게 된 것입니다. 하지만 문명사회의 거짓과 허식으로 가득 찬 사람들, 돈에 얽매인 어리석은 사람들에게도 질려버립니다.

보통 사람으로 살 수 없었던 타잔은 프랑스 육군성의 의뢰를 받아 홀로 모험을 떠납니다. 그는 고독한 영웅입니다. 그리고 제인이라는 사랑하는 사람을 만나 가정을 꾸리면서 그의 고독이 치유됩니다. 그녀의 존재가 타잔을 문명권에 남게 합니다. 소설 속 타잔은 정글이 아닌 그레이스토크 경으로 영국에서 살게 됩니다.

◆ 고독이란 차이를 자각하는 일

고독한 캐릭터가 있습니다. 그들은 왜 고독할까요? 그것은 그들이 남들과 다르기 때문입니다. 다른 점이 뭐든 상관없습니다. 그 차이로 인해 주위에 공감하지 못하고 고독해집니다.

이 경우 동료를 얻음으로써 고독은 치유됩니다. 또는 '나의 다른 모습을 받아들여줄 사람'이 등장해도 고독은 치유될 수 있습니다.

예를 들어, 10대의 고독은 더더욱 극단적입니다. 남들과 전혀 다른 점이 없음에도 '나는 남들과 다르다'라고 생각하는 것만으로 강한 고독을 느낍니다. 이 경우 위의 해결법 말고도 '다 똑같구나'라고 깨달음으로써 고독이 치유되기도 합니다.

고독과 치유는 수많은 소설의 주제가 되는 큰 문제입니다. 그 사람이 어떻게 치유될지는 미리 계획하여 생각해두어야 합니다.

033 장 발장의 개과천선

REGENERACY OF JEAN VALJEAN

◈ 악인이 마음을 바꿀 때

악인이 어떤 이유로 착한 마음을 되찾아 생각을 바꾸는 경우도 있습니다. 개과천선한 범죄자로 가장 유명한 사람이 『레 미제라블』의 주인공 장 발장입니다. 그는 빵을 훔쳐서 19년 동안 감옥에 갇힙니다. 애초에 그 빵을 훔친 것도 자신이 아닌 누나의 아이를 위해서였기 때문에 근본적으로 악인은 아닙니다. 그러나 19년간의 감옥 생활로 완전히 황폐해져 있었습니다.

감옥에서 나왔지만 그를 재워줄 사람은 아무도 없었고 한 교회의 주교만이 그를 받아들입니다. 하지만 친절을 베풀었음에도 불구하고 그는 주교관에 있던 은식기를 훔쳐 달아납니다. 추레한 남자가 비싼 은식기를 들고 다니니 당연히 수상히 여겨졌고 결국 붙잡혀 주교관으로 끌려갑니다. 하지만 주교는 자신이 식기를 준 것이라며 그를 감쌉니다. 오히려 은촛대까지 그에게 주려고 합니다.

이에 감동한 장 발장은 다시 태어나겠다고 다짐합니다. 그리고 이름을 바꾸고 열심히 일해 사업에 성공하여 시장의 자리에까지 오릅니다. 하지만 다른 사람이 자신으로 오인받아 체포되자 그를 구하기 위해 시장 자리도 명예도 버리고 원래 이름을 밝히며 자수합니다.

과거에 잘못을 저지른 이가 마치 성인과 같이 행동하며 이렇게 극단적으로 마음을 고쳐먹는 일은 드뭅니다. 하지만 그것을 설득력 있게 그렸기 때문에 『레 미제라블』이 감동적인 것입니다.

◆ 독자가 개과천선을 납득하다

악인이 개과천선하는 이야기는 독자가 납득해야 합니다. 나쁜 놈이 별 이유 없이 착해졌다고 해선 안 됩니다. 그러면 독자는 이야기 진행상 억지로 개과천선시켰다고 생각하고 작가가 자신을 바보 취급한다고 여깁니다.

장 발장의 경우 본래는 악인이 아니었다는 점이 개과천선의 이유가 되어 독자를 설득시킵니다. 게다가 '세상은 차갑다'라는 신념을 흔드는 주교의 언동으로 개과천선하기에 이릅니다. 반대로 말하면 신념을 흔드는 사건이 없으면 악인은 마음을 고쳐먹지 않는다는 것입니다.

악인이 마음을 바꾼 것처럼 보인다면 크게는 다음 네 가지 경우일 수 있습니다.

- **정말 개과천선한다:** 정말 개과천선하고, 다시는 악의 길로 빠지지 않는 경우입니다. 이 길을 걷는 인물은 정말 드뭅니다. 반대로 그만큼 충격적인 사건을 만났다는 것이겠죠. 그런 사건을 창작하기란 매우 어렵기 때문에 많은 작품에서는 악인이 개과천선하는 일이 거의 없습니다. 악인이 정말 개과천선하는 계기가 될 만한 사건을 창작할 수 있다면 그 작품은 그 자체로 상당한 성공을 기대할 수 있습니다.
- **정말 개과천선하지만 계속되지는 않는다:** 확실히 그때는 나쁜 일을 그만두려고 생각합니다. 그러나 본인의 약한 정신력, 나쁜 동료의 유혹 등으로 인해 다시 악의 길로 들어서게 됩니다. 이 길을 걷는 범죄자가 많습니다. 특히 마약 환자 등은 몇 번이라도 악의 길로 돌아가기 쉽습니다. 다만 이 유형은 악인의 표현이 모호해지는 점, 다시 악으로 전락하는 데 시간이 걸리는 점 등으로 인해 창작 작품에 사용하기 적합하지 않습니다.
- **개과천선한 척하고 한 번쯤 용서받는다:** 직업적 범죄자의 개과천선입니다. 그들에게 마음을 고쳐먹는다는 것은 다시는 잡히지 않기 위해 마음을 다잡고 범죄를 저지르겠다는 반성일 뿐입니다. 그리고 나중에 다시 나쁜 짓을 해서 자신을 용서해준 인물을 충격에 빠트립니다. 다시 잡히면 또 개과천선한 척합니다. 몇 번까지 용서하느냐는 사람에 따라 다르지만 아무리 착한 사람도 세 번까지, 보통이라면 한 번으로 충분합니다.
- **개과천선한 척하고 즉시 반격한다:** 머리가 나쁜 하찮은 인물이 여기에 해당합니다. 물론 이러한 어리석은 반격은 더 심한 보복을 초래하여 파멸할 뿐입니다.

034 다이달로스와 발명

DAEDALUS AND THE INVENTIONS

◈ 천재 다이달로스

보통 사람이 생각하지 못하는 발명을 하는 천재 과학자는 독자의 의표를 찌르는 이야기 전개를 가져오는 매우 좋은 재료입니다.

다이달로스는 아테네 출신 그리스 신화 최고의 장인입니다. 하지만 자신의 제자이자 조카인 페르딕스가 톱, 나침반, 물레 등을 발명하자 심한 질투를 느껴 밀어 죽이고 맙니다. 이 때문에 아테네에서 추방되어 미노스섬에 온 다이달로스는 그의 발명품 중에서도 가장 기묘한 물건을 만듭니다. 그것은 암소 모형입니다. 포세이돈의 저주로 인해 황소에게 연정을 품었던 미노스 왕비 파시파에는 이 암소 모형 안에 들어가 황소와 관계를 해 미노타우로스를 낳습니다.

미노스 왕은 이를 부끄러워하며 미노타우로스를 가두기 위한 미궁을 다이달로스에게 만들게 합니다. 이것은 광활한 지하 미궁으로, 많은 터널과 복도로 이루어져 한번 들어가면 다시는 밖으로 나가지 못하도록 되어 있었습니다. 이 중심에 미노타우로스를 가둬놓았고, 미노스와의 전쟁에서 진 아테네에서는 매년 일곱 명의 소년과 일곱 명의 소녀를 미노타우로스의 먹이로 바쳤습니다.

아테네의 영웅 테세우스는 미노스 공주 아리아드네에게 미궁의 비밀을 들어 알고 있었습니다. 그는 다이달로스가 고안한 실타래를 사용하여 미궁 안쪽으로 들어가 미노타우로스를 쓰러뜨리고 실을 되감으면서 탈출합니다.

다이달로스의 배신을 알게 된 미노스 왕은 그와 그의 아들 이카로스를 미궁의 중심에 가두었습니다. 실타래 없이 중앙에 갇힌 다이달로스는 탈출할 수 없었습니다. 그래서 그는 새의 날개를 만들어 하늘을 날아 탈출하기로 합니다. 새의 깃털을 밀랍으로 붙여 거대한 날개를 만들고, 아들과 함께 탈출을 시도합니다. 이때 너무 높이 날면 태양열에 밀랍이 녹아버리고, 너무 낮게 날면 파도의 물보라 때문에 날개가 무거워져 계속 날지 못하게 된다고 아들에게 주의합니다. 그러나 이카로스는 아버지의 경고를 잊고 너무 높이 날다가 바다에 떨어져 죽고 맙니다.

그 후 다이달로스는 시칠리아로 도망치고 코칼로스 왕이 그를 숨겨줍니다. 미노스 왕은 다이달로스를 숨겨준 자가 누구인지 알아내기 위해 각지의 왕들에게 고둥의 입구부터 반대쪽 구멍까지 실을 꿰려면 어떻게 해야 하는지 물었습니다. 그때 코칼로스 왕만이 답을 말했기에 미노스 왕은 거기에 다이달로스가 있다는 것을 눈치챕니다. 코칼로스 왕에게 실을 꿰는 방법을 말해준 다이달로스는 개미 허리에 가는 실을 묶어 고둥 속에 넣었고, 개미는 고둥 속을 지나 반대쪽 구멍을 통해 밖으로 나왔습니다.

미노스 왕은 다이달로스를 내놓으라고 요구하지만 코칼로스 왕은 거절합니다. 다이달로스는 코칼로스 왕을 위해 난공불락의 성벽을 쌓고 있었습니다. 이에 미노스 왕은 도시 전체를 포위합니다.

그러자 코칼로스 왕은 화해하자고 속여 미노스 왕을 초대합니다. 그리고 미노스 왕에게 목욕을 권합니다. 그 목욕탕에 다이달로스가 펄펄 끓는 물을 흘려보냈고 미노스 왕은 죽고 맙니다.

◆ 천재와 그 삶의 방식

다이달로스는 천재 과학자입니다. 그는 다양한 물건을 발명하지만, 선악에는 별로 구애받지 않습니다. 그렇기 때문에 파시파에, 미노스 왕, 아리아드네, 코칼로스 왕 등 누구의 요구에도 응해 발명품을 만듭니다.

그가 반항하는 경우는 발명할 수 없는 환경에 놓이거나 자신의 생명이 위협받는 등 연구를 할 수 없게 될 때뿐입니다. 연구에 좋은 환경만 주어진다면 대부분의 천재는 만족합니다.

다이달로스를 찾기 위해 미노스 왕이 사용한 방법도 훌륭합니다. 천재만이 풀 수 있는 난제를 내고 그것을 풀어낸 곳에 천재가 있다는 것이죠. 어쩌면 다이달로스도 미노스 왕의 의도를 파악했을지도 모릅니다. 하지만 천재는 그 재능을 시험받았을 때 대답하지 않을 수 없는 법입니다.

035 프로메테우스의 간

THE LIVER OF PROMETHEUS

◆ 프로메테우스의 불

프로메테우스는 인류에게 불을 가져다준 그리스 신화의 영웅으로서 신입니다. 그 이름 '프로(먼저)'+'메테우스(생각하다)'의 의미로 미루어 볼 때 예언의 힘이나 전지에 가까운 힘을 가지고 있었다고 생각됩니다. 그는 티탄 신족의 일원으로 제우스가 이끄는 올림포스 신족과 싸우면 패배한다는 것을 알고 있었습니다. 그래서 티탄 신족에게 다시 생각하라고 설득했지만 아무도 그의 말을 듣지 않았기 때문에(030「우라노스→크로노스→제우스」) 이 전쟁에서 제우스를 만나게 됩니다.

인간을 만든 것도 프로메테우스라고 합니다. 결점이 많은 인간을 멸망시키고 싶었던 제우스는 기아에 허덕이게 하려고 인간에게 음식을 제물로 요구합니다. 자신이 만든 인간을 지키고 싶었던 프로메테우스는 소를 해체하여 둘로 자릅니다. 한쪽은 뼈를 맛있어 보이는 지방으로 감쌌고, 다른 한쪽은 고기와 내장을 단단해 보이는 껍질로 감쌌습니다. 그의 속임수에 넘어간 제우스는 전자를 택했고 인간은 뼈와 지방을 제물로 바치고 고기와 내장은 먹을 수 있게 되었습니다.

다음으로 제우스는 인간에게 불을 주는 것을 중단합니다. 이번에도 프로메테우스는 인간에게 불을 주고 싶어 대장장이 신 헤파이스토스의 대장간에서 불을 훔쳐 인간에게 줍니다. 결국 프로메테우스는 붙잡혀 산꼭대기에 묶입니다. 그리고 매일 큰 독수리가 프로메테우스의 간을 쪼아 먹습니다. 프로메테우스는 불사의 존재이기 때문에 밤사이에 간이 부활해 영원히 고통받게 됩니다.

하지만 프로메테우스에게는 비장의 카드가 있었습니다. 제우스의 아버지 크로노스는 그의 아버지 우라노스를 쓰러뜨려 주신의 지위에 올랐고, 제우스도 크로노스를 쓰러뜨려 주신이 되었습니다. 제우스는 자신도 언젠가 아들에게 주신 자리를 빼앗길지도 모른다며 두려워했습니다. 그리고 그 비밀을 아는 것은 예언의 힘을 가진 프로메테우스뿐이었습니다.

프로메테우스는 비밀을 알려주고 해방을 쟁취합니다. 제우스의 아들 헤라클레스는 큰 독수리를 화살로 떨어뜨리고 사슬을 끊어 그를 풀어줍니다. 해방된 그는 신세를 진 헤라클레스에게 황금 사과를 손에 넣는 방법을 가르쳐줍니다.

또한 제우스에게는 여신 테티스가 낳는 아들이 반드시 아버지보다 위대해질 것이라는 비밀을 가르쳐줍니다. 이것을 몰랐다면 제우스는 테티스와 결혼해서 그 아들에게 주신 자리를 빼앗겼을지도 모릅니다. 참고로 제우스는 테티스를 아주 약간 뛰어난 정도인 인간 왕의 아내가 되게 합니다. 그들 사이에서 태어난 아이가 영웅 아킬레우스이기 때문에 제우스는 테티스와 결혼하지 않아서 안도했을 것입니다.

프로메테우스는 자신이 인간을 만들어서인지 항상 인간 편에 섰습니다. 예지력으로 인간 편에 서면 고통받는다는 것을 알고 있음에도 말이지요.

여담이지만 불은 확실히 인간에게 문명을 가져다주었지만 동시에 무기 등을 만드는 데 도움이 되었고 전쟁에 영향을 미쳤습니다. 따라서 '프로메테우스의 불'이란 인간이 통제할 수 없는 위험한 과학 기술을 뜻하는 말로도 쓰입니다. 특히 원자력은 종종 '프로메테우스의 불'이라고 불립니다.

◇ 제작자의 책임

프로메테우스는 인간의 비호자입니다. 그가 왜 인간에게 호의적이고 인간을 지켰는지 그 동기는 밝혀지지 않았습니다. 아마도 자신이 인간을 창조했기 때문 아닐까요.

사업에서도, 정치에서도, 국가에서도, 부대에서도, 악단·극단에서도, 프로메테우스가 종족을 창조했듯이 무언가를 시작해버리면 그것에 대한 책임감이 생깁니다. 물론 무책임한 인물이라면 그것들을 버리고 도망칠 수도 있겠지요. 하지만 책임감을 가진 인물이라면 그들을 내버려두고 도망칠 수 없습니다. 그것이 힘든 길이라고 해도 말입니다. 이야기의 주인공이라면 마음이 흔들려 도망치고 싶기도 하겠지만 궁극적으로는 책임지는 길을 선택할 것입니다.

독수리에게 쪼이는 프로메테우스의 간은 그런 책임을 진 자의 고통을 상징합니다. 그러나 그 앞에는 해방의 길이 있음을 시사하고 있습니다.

036 와이엇 어프

WYATT BERRY STAPP EARP

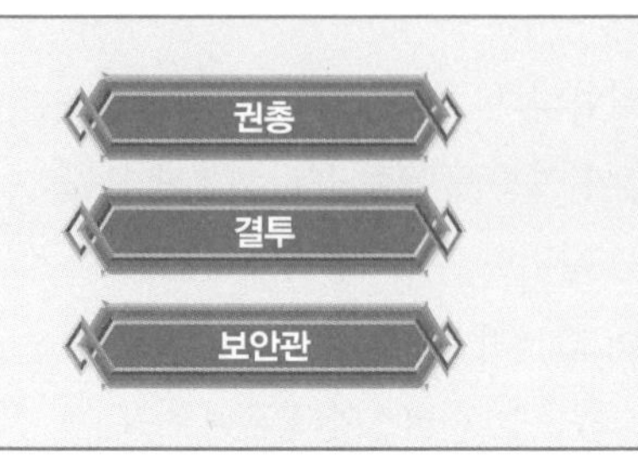

◈ 정의의 보안관

와이엇 어프는 미국 서부 개척 시대의 보안관으로 〈OK 목장의 결투〉나 〈황야의 결투〉 등 서부극 걸작 영화의 주인공으로도 거론되는 서부극 최고의 영웅입니다. 수많은 결투를 했음에도 살아남아 80세까지 삽니다. 서부 개척 시대의 산증인으로 인터뷰도 많이 했습니다. 존 포드의 걸작 〈황야의 결투〉는 포드가 어프에게 직접 들은 이야기를 바탕으로 썼다고 합니다.

총잡이는 거칠고 생각 없이 일단 행동으로 옮기는 유형이 많았지만 와이엇 어프는 침착하고 냉정한 인물이었습니다. 총알이 날아다니는 전장에서도 냉정하게 행동한 것이 생존으로 이어졌다고 합니다.

당시 서부에는 와이엇 어프보다 실력이 뛰어나고 유명한 총잡이도 많았습니다. 하지만 그들은 성격 때문인지 오래 살지 못했습니다. 유명한 총잡이를 죽이고 지명도를 올리려는 자들도 많았습니다. 그런 패거리와 싸우다가 한 명 한 명 총알에 쓰러지고 어프만 살아남았습니다.

어프의 가장 유명한 사건인 OK 목장의 결투는 어프가 도지 시티 보안관을 그만두고 형 버질, 동생 모건 등과 툼스톤에 나타나면서 시작됩니다. 툼스톤에서는 카우보이스라고 불리는 소몰이 겸 소도둑들이 위세를 자랑하고 있었습니다. 거기에 어프 형제가 나타났고 버질이 보안관이 되면서 카우보이스를 저지하려 합니다.

그래서 어프 형제+독 홀리데이와 클랜턴 일가가 총격전을 벌인 것이 OK 코랄(코랄은 가축우리라는 뜻)의 결투입니다. 그 결과, 버질과 모건이 부상, 독이 타박상을 입었고 어프는 다치지 않았습니다. 반면에 클랜턴가는 빌리 클랜턴, 프랭크 맥롤리, 톰 맥롤리가 사망하고 빌리 클레이본이 도주, 아이크 클랜턴은 겁을 먹고 결투에 오지 않아 어프 형제가 압승을 거뒀습니다.

그러나 싸움은 그 후에도 계속됐는데 버질은 기습을 당해 반신불수가 되었고, 모건은 뒤에서 총에 맞아 사망했습니다.

게다가 아이언 스프링스에서는 7~8명이 매복해 있었고 와이엇 어프를 제외하고 다 도망쳐버립니다. 혼자 남은 어프는 끝났다고 생각했지만, 결과는 주모자 컬리 빌을 산탄총으로 쏴 죽였고 다른 적의 무리도 도망쳐버립니다. 그리고 어프는 전혀 다치지 않았습니다.

◈ 성격, 재능, 행운

와이엇 어프는 그 후에도 몇 번이나 총격전을 벌여 여러 명의 적을 해치웠지만 거의 다치지 않았습니다. 이유가 뭘까요?

- **냉정과 흥분:** 어프는 총격전이 벌어지는 와중에도 냉정함을 잃지 않았습니다. 반면 어프의 적들은 너무 흥분한 나머지 조준이 느슨해졌습니다. 특히 아이언 스프링스에서는 매복해 있던 적이 압도적으로 유리했기 때문에 긴장이 풀린 상태에서 주모자가 죽자 혼란스러워졌고, 그 틈을 타 어프는 도망칠 수 있었습니다.
- **카리스마:** 남겨진 사진을 봐도 어프는 눈이 날카롭고 위압감 있는 이른바 강한 남자로 보입니다. 외모뿐만 아니라 냉정하고 침착한 성격 등에서 오는 강력한 카리스마로 동료들의 고삐를 쥐고 있었습니다. 물론 아이언 스프링스에서처럼 극도의 두려움 때문에 동료들이 도망쳐버리는 경우도 있었지만요.
- **행운:** 아무리 적이 무능하고 어프가 유능하다고 해도 여러 사람과 총격전을 벌였음에도 단 한 발도 맞지 않았다는 것은 역시 행운이 따랐다고밖에는 설명할 수 없습니다.

이처럼 성격, 재능, 행운을 가진 자가 살아남고 그렇지 않은 자는 죽습니다. 그것이 서부의 법칙입니다.

037 쿠 훌린

CÚ CHULAINN

◆ 어린 용사

쿠 훌린은 아일랜드의 영웅입니다. 그는 '긴 팔의 빛나는 자'라고 불리는 다낭 신족 태양신의 아들로, 태어났을 때 붙여진 이름은 '세탄타'입니다.

그는 불과 일곱 살에 열 명의 전사가 한꺼번에 덤벼도 이길 수 없는 대장장이 쿨란의 무서운 경비견을 때려죽입니다. 세탄타 혼자 연회에 늦게 되었는데 쿨란이 그 사실을 잊어버리고 경비견을 풀어놨고, 그것이 늦게 온 세탄타를 덮쳤기 때문입니다. 세탄타는 경비견의 죽음을 한탄하는 대장장이를 보고 자신이 반드시 대신할 개를 찾아올 테니 그때까지는 자신이 이곳의 파수꾼이 되겠다고 선언합니다. 이렇게 쿠 훌린(쿨란의 사냥개)이라는 별명을 얻었습니다.

어느 날 드루이드(제사)가 "오늘 관례를 치르는 이는 위대한 전사가 될 것이다. 목숨은 덧없겠지만, 그의 행동은 사람들 입에서 입으로 전해질 것이다"라고 예언합니다. 그 말을 들은 쿠 훌린은 왕에게 관례를 치르게 해달라고 청합니다.

왕은 창과 방패와 검을 주었지만 쿠 훌린이 휘두르면 금세 부러지고 말았습니다. 점점 더 강한 무기를 주었지만, 어느 것도 그의 힘을 견디지 못했습니다. 마침내 왕은 자신의 창과 검, 전차를 내주었고 과연 왕의 무기인 만큼 부서지지 않았습니다. 이렇게 쿠 훌린은 처음부터 왕의 무구를 사용하게 됩니다.

쿠 훌린의 최대 무훈은 쿠얼릉거의 소싸움입니다. 소를 둘러싸고 이웃 나라 코나크타의 여왕 메브가 공격해 옵니다. 저주로 인해 아군 전사는 전투가 불가능했고, 신의 피를 이어받은 쿠 훌린만이 저주를 받지 않고 싸울 수 있었습니다. 그는 투석기와 창으로 하루에 백 명의 전사를 쓰러뜨립니다. 막대한 피해를 입은 여왕은 쿠 훌린을 자기편으로 만들려고 하지만 그의 충성심은 변하지 않았습니다. 결국 하루에 한 번 일대일로 전투하겠다고 약속받는 것이 고작이었습니다. 하루 한 명만 희생하면 나머지 병력은 다른 곳으로 쳐들어갈 수 있기 때문입니다. 그러나 그곳에 간 병력 앞에는 쿠 훌린이 만든 금지 사항이 있었습니다. '한쪽 다리와 손과 눈만 사용하여 떡갈나무 가지를 구부려 고리를 만들지 않으면 이곳을 지나가선 안 된다'라는 것입니다. 결국 그들은 진군할 수 없었습니다.

쿠 훌린은 메브의 함정에 빠져 죽음을 맞이합니다. 그는 '개를 먹지 않겠다', '아랫사람의 식사 권유를 거절하지 않겠다'고 서약했습니다. 그래서 메브는 아랫사람에게 개를 이용한 음식을 만들게 하고 먹을 것을 권하게 하여 맹세를 어기게 합니다. 그러자 그는 반신 마비가 되었습니다. 게다가 음유시인의 부탁을 거절할 수 없는 전사의 규칙을 이용해 그에게 원한을 가진 시인을 시켜 그의 창인 게이 볼그를 넘기게 합니다. 이렇게 해서 꽁꽁 묶인 쿠 훌린은 죽임을 당합니다.

◆ 수명보다 전사의 명성을 얻겠다

전사가 무엇을 원하는지에 관해서는 몇 가지 패턴이 있습니다.

목적	원하는 내용
전투	전투 자체를 즐기는 전사는 계속 싸울 수 있는 환경을 원한다
강적	단순히 전투가 아니라 강한 적과 싸우고 싶어 한다
명예	명예를 얻기 위해 무지막지한 승리나 비겁한 승리는 선호하지 않는다
승리	승리를 원한다. 이기기만 하면 어떤 승리라도 상관없다
수행	자신을 단련하고 더 강해지기를 원한다
헛된 명성	명예를 얻을 수만 있다면 승리는 꾸며내면 된다
지위	전투로 지위가 올라가길 원한다
재산과 보물	승리로 재산과 보물을 얻고자 한다
국가	나라를 세워 왕이 되고 싶어 한다

무엇을 원하느냐에 따라 전사의 행동도 달라집니다. 쿠 훌린은 자신의 수명이 길지 않다는 것을 알고 있었습니다. 애초에 수명이 줄어들더라도 위대한 전사가 될 수 있는 날에 관례를 치르고 싶어 했습니다. 목숨보다 명성을 남기고 싶어 하는 인물은 어리석을지 모르지만, 그렇기에 사람들의 갈채를 받습니다.

038 베어울프의 죽음

THE FATE OF BEOWULF

◆ 젊은 베어울프와 늙은 베어울프

「베어울프」는 고대 영어로 쓰인 서사시로 덴마크 영웅 베어울프가 주인공입니다. 이 작품은 젊은 베어울프가 거인 그렌델을 쓰러뜨리는 1부와 늙은 베어울프가 드래곤을 쓰러뜨리는 2부로 나뉩니다. 여기서는 2부 늙은 베어울프가 드래곤과 싸우다 죽어가는 이야기를 다룹니다.

베어울프 왕의 가신은 주군의 분노를 사 도망칩니다. 그는 황야를 서성이다가 어느 무덤에 숨겨진 보물을 발견하고는 그중 황금잔을 가지고 와 용서를 구하기 위해 주군에게 바칩니다. 하지만 그 보물은 드래곤의 것이었습니다. 보물을 훔친 도둑을 찾지 못한 드래곤은 사람이 사는 마을로 향합니다. 드래곤은 불을 뿜으며 마을을 불태웁니다. 베어울프 왕의 저택도 예외는 아닙니다. 복수를 결심한 왕은 드래곤의 불에 대항하기 위해 철로 거대한 방패를 만들게 합니다. 그리고 보물을 가져온 가신의 안내를 받으며 열한 명의 전사와 함께 전투에 나섭니다.

과연 베어울프도 드래곤과의 전투에서 죽음을 예감합니다. 그러나 그는 젊은 날 거인 그렌델과 싸웠을 때처럼 정정당당하게 일대일 대결에 도전하고, 부하들에게 보고 있으라고 명령합니다. 그리고 무덤 앞에서 드래곤을 불러냅니다. 물론 드래곤이 건방진 인간의 도전에 겁먹을 리 없습니다.

베어울프는 예로부터 전해 내려오는 보물 검 네일링으로 드래곤을 베지만 단단한 뼈에 튕겨 나와 살을 깊이 파고들지는 못했습니다. 반대로 드래곤은 불꽃을 뿜습니다. 그를 따라온 부하 대부분은 두려움을 느끼고 도망쳐버립니다.

위글라프라는 부하만이 용기를 내 그 자리에 남습니다. 그리고 도망친 부하들에게 신하의 의무를 설파하면서 옛날부터 전해 내려온 검을 휘두르며 전투에 합류합니다. 그러나 그의 나무 방패는 순식간에 타버렸고 왕의 방패에 숨어 있다가 튀어나와 검을 휘두르는 상황이었습니다. 물론 베어울프도 가만히 있지는 않았습니다. 보물 검 네일링을 드래곤의 머리에 내리꽂자 무려 이름난 검이 부서져버립니다.

위글라프는 그래도 드래곤을 계속 베었고 때마침 드래곤의 불길도 기세가 약해집니다. 베어울프도 예비 단검을 뽑아 드래곤을 찌릅니다. 그리고 마침내 드래곤을 쓰러뜨립니다.

하지만 그때 이미 베어울프의 명운도 다했습니다. 왕은 무덤가에 앉았고 부하는 피에 젖은 왕의 손을 씻고 투구를 벗겨주었습니다. 왕은 겨우 숨이 붙은 상태로 드래곤의 보물을 옮겨 백성들을 위해 쓰라고 명령하고, 자신을 위해서는 큰 무덤을 만들어달라고 한 뒤 숨을 거두었습니다. 그러나 백성들은 왕의 죽음을 한탄하며 큰 무덤을 만들었고 그 안에 거의 모든 보물을 담았습니다.

◆ 영웅이 죽을 때

「베어울프」 1부에 나오는 젊은 영웅 베어울프의 활달함과 용감함이 있기에 2부 늙은 베어울프의 행동이 대비되어 더욱 선명하고 강렬하게 보이는 것입니다. 그리고 여기에는 현재도 영웅의 죽음을 표현할 때 쓰이는 다양한 연출이 등장합니다.

우선 영웅은 갑자기 죽어서는 안 됩니다. 어떤 전조가 있어야 합니다. 그것은 천변지이라고 해도 상관없고, 단순히 나쁜 예감이라도 괜찮습니다. 그러나 전조도 없는 갑작스러운 죽음은 좋지 않습니다.

다음으로 특히 늙은 영웅의 죽음에 관한 이야기인데, 그의 뒤를 이을 젊은 영웅이 등장해야 합니다. 이로 인해 영웅은 육체가 망가지더라도 그 정신이 계승되고 불멸하는 존재로 표현됩니다.

또한 영웅이 죽을 때는 그 영웅을 상징하는 무기가 부서집니다. 이것은 불길함을 연출하는데, 영웅을 따라 무기까지 순사하기도 합니다.

그리고 그 죽음은 쌍방이어야 합니다. 영웅이 제대로 싸웠지만 결국 패배한다면 독자로선 기쁘지 않습니다. 싸울 거면 전과를 올려야 합니다. 그렇게 죽기 위해서는 무승부가 최선입니다. 전과를 올려 약해진 상태에서 다른 적에게 당하는 패턴도 가능합니다. 물론 영웅이 패배하고 새로운 영웅이 승리한다는 이야기도 있습니다.

039 국화의 약속

THE COMMITMENT OF CHRYSANTHEMUM

◆ 진한 우정 이야기

「국화의 약속」은 『우게쓰 이야기』에 담긴 이야기입니다. 원래는 중국 소설인데 일본어로 번안한 것입니다.

하리마노쿠니(효고현)에 하세베 사몬이라는 청렴결백한 학자가 살았습니다. 어머니와 여동생이 있었지만 여동생은 시집을 가고 노모와 둘이서 살고 있었습니다. 어느 날 그가 같은 마을에 사는 지인을 찾아가 이야기를 나누는데 옆방에서 신음이 들렸습니다. 지인은 사몬에게 낯선 무사가 아픈 것을 도왔지만 전혀 나아지지 않아 어려움을 겪고 있다고 말했습니다.

병자를 본 사몬은 그가 인품이 비루하지 않은 사람임을 알아채고 병들고 쇠약해진 그에게 약을 주고 보살펴주기로 했습니다. 매일 지인의 집을 방문하여 돌보자 드디어 차도가 보였습니다.

환자는 아카나 소에몬이라는 군학자로 반드시 은혜를 갚겠다며 감사 인사를 전했습니다. 이야기를 나누다 보니 총명하고 특히 전문 군학에 관해서 훌륭한 견해를 가진 그와 서로 잘 지낼 수 있을 것 같다는 생각에 의형제를 맺기로 굳게 맹세합니다.

아카나는 출신지 이즈모(시마네현)에서 해야 할 일이 있었습니다. 그래서 반드시 중양절(9월 9일)에는 돌아오겠다고 약속하고 떠납니다. 9월 9일이 되자 사몬은 들뜬 마음으로 술자리를 마련하고 기다렸지만 아카나의 모습은 보이지 않았습니다. 마침내 한밤중이 되어 어머니마저 잠든 후 마지막으로 문밖으로 나가보니 아카나의 모습이 보였습니다. 하지만 그는 아무 말도 하지 않고 술을 따라주려고 해도 꺼림칙하게 거절합니다.

도대체 왜 그러냐고 묻자 아카나는 자신이 유령이라고 대답합니다. 그는 이즈모에서 사촌인 아카나 단지에게 잡혀 감옥에 갇혀 있었기 때문에 이곳에 올 수 없었습니다. 그러나 인간의 몸으로는 어렵지만 영혼이라면 하루에 천 리를 달리는 것도 가능하다는 생각에 감옥에서 자해를 하고 영혼이 되어 이곳에 왔다고 말합니다. 그리고 이별을 고하고 사라져버립니다.

다자이 오사무의 『달려라 메로스』도 믿기 어려울 정도로 돈독한 우정을 보여줍니다. 여기서는 사형을 선고받은 메로스가 죽기 전에 어떻게든 해두고 싶은 일이 있다면서 친구 세리눈티우스를 대신 두고 갑니다. 만약 사형 시간에 늦으면 세리눈티우스가 대신 사형을 당하는데 그럼에도 세리눈티우스는 흔쾌히 허락합니다. 메로스를 사형시키는 디오니스 왕은 그들의 우정이 거짓이라는 것을 증명하기 위해 일부러 그 소원을 들어줍니다.

메로스는 볼일(여동생 결혼식)을 마치고 사형 집행 장소로 서둘러 돌아가지만 도중에 문제가 계속 일어나 시간 내에 도착하기 어려워집니다. 결국 포기하려고 했지만 세리눈티우스를 배신하는 것이 마음에 걸려 다시 달리기 시작합니다.

그리고 사형 집행 직전에 아슬아슬하게 도착할 수 있었습니다. 세리눈티우스에게 배신할 생각이 잠시 들었다고 사과하자 세리눈티우스도 메로스를 딱 한 번 의심했다며 사과합니다. 그런 그들의 우정에 디오니스 왕도 마음을 고쳐먹습니다.

◆ 우정은 과장되게 그린다

이야기에서 우정은 현실보다 과장되게 묘사하는 경우가 많습니다. 하지만 다소 뜨겁고 답답할 정도로 진지해야 독자의 공감을 얻을 수 있는 것도 사실입니다.

여기에는 크게 두 가지 이유가 있습니다.

- **우정을 시험받을 기회는 그리 많지 않다:** 현실에서 목숨을 걸고 우정을 시험받을 기회는 잘 없습니다. 그렇기에 그 시험에 도전하는 우정이 더욱 아름다워 보입니다.
- **우정이 깨지는 모습은 보고 싶지 않다:** 생명의 위험에 처했을 때 현실이라면 우정이 깨질지도 모릅니다. 하지만 누구도 그런 모습을 보고 싶어 하지 않습니다.

이런 이유로 이야기에서 우정은 엄청나게 과장되어 그려집니다.

040 아르고호 원정대

THE ARGONAUTS

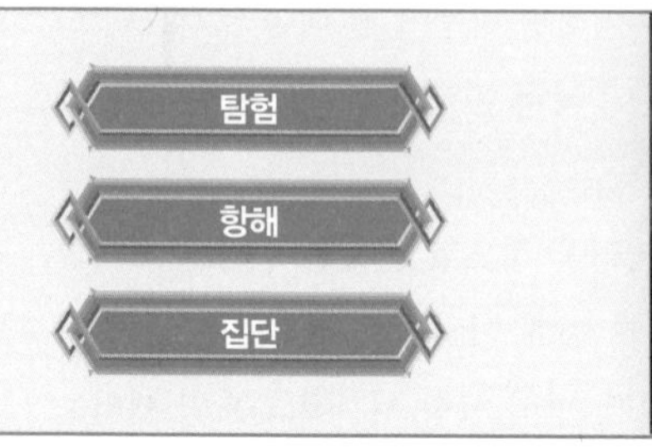

◈ 아르고호 원정대의 모험

영웅 집단의 모험담은 고대 그리스 시대부터 존재했습니다. 대표적인 예는 아르고호를 타고 아르고나우타이(아르고호로 모험하는 영웅들)가 모험을 위해 항해하는 서사시「아르고호 원정대」입니다.

이야기는 이아손이 삼촌 펠리아스 왕의 파티에 참석하면서 시작됩니다. 이아손은 샌들을 한쪽만 신었는데 펠리아스 왕은 샌들을 한쪽만 신은 남자에 의해 멸망할 것이라는 신탁을 받은 상태였습니다. 그래서 이아손에게 아득한 흑해 끝 콜키스 땅에 있다는 황금 양털을 구해오라고 명령합니다.

이에 이아손은 명장 아르고스에게 배를 만들게 하고 그리스 전역에서 50명의 용사를 모았습니다. 주요 인사로 시인 오르페우스, 헤라클레스와 시종 힐라스, 카스토르와 폴리데우케스 쌍둥이(쌍둥이자리가 됩니다), 멜레아그로스와 라오콘 등 쟁쟁한 멤버가 모입니다. 그리고 배를 만든 아르고스도 참가합니다.

예언자 이드몬은 이 항해가 성공적으로 끝날 것이며 자신은 여행 도중에 목숨이 다할 것이라고 예언합니다. 또한 리더가 된 이아손이 항해의 향방을 고민하고 있을 때 이다스가 그것을 비웃는 바람에 둘이 대립합니다. 이때 오르페우스가 하프를 연주하여 모두의 마음을 진정시킵니다.

첫 번째 기항지는 렘노스입니다. 그곳에서는 남자들이 다른 곳에서 여자를 데려와서 섬 여인들을 버리고 모욕하자 화가 난 여자들이 남자들을 몰살시켰습니다. 남겨진 여자들은 이아손 일행에게 자신들과 관계를 맺어 섬에 아이를 남겨달라고 부탁합니다. 그러자 헤라클레스를 제외한 남자들은 거기에 응합니다. 여자들과 정사를 나누느라 출항이 며칠씩 미뤄졌고 헤라클레스가 꾸짖어 황급히 출항합니다.

그 후에도 헤라클레스는 그 용감함으로 여기저기서 활약합니다. 그러나 한 기항지에서 자신의 시종 힐라스가 물을 길으려 갔다가 돌아오지 않자 이마에서 땀을 뚝뚝 흘리며 찾아다닙니다. 아무래도 당시에 헤라클레스는 미소년인 힐라스를 총애하지 않았을까 생각됩니다. 결국 배는 헤라클레스를 남겨두고 출항합니다. 텔라몬은 이아손이 일부러 헤라클레스를 두고 왔다고 비아냥거립니다. 하지만 다행히 바다 밑바닥에서 예언자 글라우코스가 나타나 헤라클레스가 사라진 것도 하나님의 뜻이라고 말했고 텔라몬은 사과합니다.

한편 베브리케인 나라의 왕 아미코스에게 권투 대결을 제안받자 폴리데우케스가 경기에 나서 왕을 때려죽입니다. 그러자 베브리케인들은 무기를 들고 폴리데우케스를 죽이려 하지만 동료들이 무기를 뽑아 그를 지키기 위해 싸웁니다.

콜키스 땅에서 아이에테스 왕에게 황금 양모를 얻으려고 할 때도 시련이 닥칩니다. 이때는 아프로디테가 아들 에로스를 시켜 왕의 딸 메데이아가 이아손을 사랑하게 만들었고 그녀의 도움으로 시련을 이겨냅니다. 마지막에는 메데이아의 도움으로 드래곤이 잠든 동안 황금 양모를 가지고 탈출합니다.

◈ 영웅 집단의 문제점

단체로 활약하는 극을 구성할 때 발행하는 문제는 크게 두 가지입니다.

- **등장인물의 특징이나 성격 등이 같아진다:** 특징이나 성격이 비슷하면 누가 활약하든 똑같아져서 영웅이 단체로 등장하는 의미가 없어집니다. 이드몬의 예언이나 오르페우스의 하프 연주에 의한 중재 등은 각 인물의 특징이 분명히 드러난 좋은 에피소드입니다.
- **한 유능한 인물이 혼자 활약한다:** 이것은 매우 위험합니다. 모처럼 여러 캐릭터를 등장시킨 의미가 완전히 사라져버립니다. 「아르고호 원정대」에서는 최강자인 헤라클레스를 도중에 하차시켜 이런 위험을 피했습니다. 물론 피하는 방법은 그 밖에도 여러 가지가 있습니다.

이에 대한 대책은 세 가지가 있습니다. 첫 번째, 한 사람을 전능하게 만들지 않는 것입니다. 두 번째는 어떻게든 여러 명의 힘이 필요한 장해물을 등장시켜 협력하여 극복하게 하는 것입니다. 세 번째는 개별 캐릭터를 기억하기 쉽도록 성격 차이를 강조하는 방법입니다.

칼럼

교양소설에서 RPG로

교양소설이란 독일어 '빌스 로망'을 번역한 말로 자신을 성장시키는 이야기입니다. 주인공은 다양한 경험을 쌓고 정신적으로 성장해갑니다. 괴테의 소설 『빌헬름 마이스터의 수업시대』와 그 영향을 받아 쓰인 작품군을 이렇게 부릅니다.

그러나 이 '경험을 쌓아 성장해간다'는 것에 주목해 RPG Role-Playing Game처럼 '경험치를 얻고 레벨 업 해나가는 이야기'에도 그 구조를 사용하게 되었습니다.

『빌헬름 마이스터의 수업시대』에서 주인공 빌헬름 마이스터는 여성에게 실연당한 뒤 연극에 열중하며 살겠다고 결심하고 여행을 떠납니다. 여행 도중 귀족들 앞에서 연극을 하거나, 도적들에게 습격당해 죽을 뻔한 상황에 늠름한 여인이 그를 구하는 등 다양한 경험을 쌓습니다.

게다가 어느새 그를 성장시키려는 '탑의 결사'라는 조직의 사람들에게 이끌려 넓은 세계를 생각할 수 있게 됩니다. 마침내는 연극의 세계를 벗어나 현실로 돌아옵니다.

사실 주인공이 성장하는 라이트 노벨 등은 대부분 이 형식을 답습하고 있습니다. 주위를 보지 않고 자기 일에만 얽매여 있던 주인공이 주변에서 자신을 지탱해주는 사람들을 찾아 유대를 맺어가는 이야기의 원천은 괴테에게 있었던 것입니다.

RPG 등에서는 전투력이나 HP Hit Point 등 육체적인 면도 성장합니다. 그뿐만 아니라 다양한 이벤트를 통과함으로써 주인공의 내면도 어떤 진보를 이룹니다. 걸작이라고 불리는 작품 대부분은 주인공의 육체적 성장과 내면적 성장이 동시에 발생함으로써 종합적인 성장이 잘 나타납니다.

조연은 괴짜들의 모임

주인공과 달리 조연은 반드시 사랑받는 인물일 필요는 없습니다. 이야기에는 주인공을 모함하는 사람, 곤란하게 하는 사람, 도와주는 사람 등 다양한 인물이 등장하는데, 그들은 주인공과 비교되기에 빛나는 사람들입니다.

041 스웨덴 국왕 칼 요한 14세

BERNADOTTE OF SWEDEN KING

◈ 성공한 영웅

영웅의 마지막 모습은 다양합니다. 파멸로 끝날 수도 있고, 성공하여 영광스럽게 늙어 죽어가기도 합니다. 그런 영웅은 현명함을 지녔다고 할 수 있겠죠.

별로 유명한 인물은 아니지만 역사상 성공한 영웅으로 스웨덴 왕 칼 14세가 있습니다. 그는 스웨덴 사람도 아닌데 스웨덴 왕좌에 오르고, 게다가 성공한 모습으로 죽음을 맞이한 인물입니다.

그의 본명은 장 바티스트 베르나도트로, 프랑스 군인으로서 나폴레옹을 섬긴 육군 원수입니다. 평민 출신이지만 나폴레옹의 전 약혼자 데지레 클라리와의 결혼이 그의 출세로 이어졌습니다.

데지레를 사랑했지만 출세를 위해 다른 여성과 결혼한 나폴레옹은 그녀에 대한 마음의 빚 때문인지 본래 다른 파벌에다가 나폴레옹을 싫어했을 베르나도트를 원수로 내세웁니다. 그 당시 베르나도트는 유능한 군인이기는 했지만 원수 자리에 오를 만한 유능함은 보이지 않았습니다.

그가 본격적으로 유능함을 보여주는 것은 스웨덴 왕세자가 된 이후입니다. 프랑스에 적대적이었던 프로이센군을 물리쳤을 때 베르나도트는 프로이센과 동맹 관계였던 스웨덴군을 호의적으로 대했습니다. 그래서 스웨덴 왕은 나폴레옹 진영으로 돌아섰을 때 황태자로 베르나도트를 선택했습니다(왕은 노령이고 후계자도 없었습니다). 당시 나폴레옹은 프랑스에 항복한 국가의 왕 자리에 친족이나 부하를 앉혔기 때문에 스웨덴으로서는 나폴레옹 치하에서 가장 받아들이기 쉬운 인물을 선택한 것입니다.

베르나도트는 "결국 스웨덴 국왕이 되는 이상 나는 스웨덴을 위해 싸우겠다"(프랑스보다 스웨덴을 우선시하겠다는 의미)라고 나폴레옹에게 말합니다. 그리고 나중에 그 말을 지킵니다.

스웨덴의 섭정이 된 베르나도트는 프랑스의 쇠퇴를 예상했는지 점차 반프랑스적 태도를 보입니다. 그리고 러시아와 동맹을 맺어 프랑스에 대항하기까지 합니다. 북방에 강력한 동맹국을 만들겠다는 나폴레옹의 정책은 베르나도트로 인해 보기 좋게 실패합니다.

이때 베르나도트는 나폴레옹에게 "정치에는 우정도 증오도 없습니다. 오직 운명의 신이 명한 조국에 대한 의무밖에 존재하지 않습니다"라는 친서를 보냈습니다. 즉, 황태자로 삼아준 나폴레옹에 대한 고마운 마음도, 원래 다른 파벌이었던 것에 대한 혐오도 없고, 단지 스웨덴의 국익을 위해 자신은 반프랑스 정책을 취한다는 말입니다. 베르나도트는 반나폴레옹 연합군이 결성되자 솔선수범해 프랑스군 내부 정보를 제공하는 등 연합군 승리에 크게 기여했습니다.

이로 인해 나폴레옹이 파멸하고 그 친족과 부하가 모두 왕위에서 쫓겨나는 사태가 벌어졌지만 베르나도트는 스웨덴 왕세자 지위를 지켰습니다. 스웨덴 사람들은 그가 나폴레옹보다 스웨덴을 우선시했다는 사실을 알고 있었으니까요.

이렇게 베르나도트는 스웨덴 국왕 칼 14세가 됩니다. 이후에 다소 반동적 정책을 취하기는 했지만, 결국 온후한 입헌 군주로 끝납니다. 현재 북유럽 국가들의 무장 중립 정책은 베르나도트로부터 시작됐습니다. 그리고 지금도 스웨덴에서는 베르나도트의 후손이 이어받은 왕가가 건재합니다.

◆ 왕은 정에 흔들려서는 안 된다

베르나도트의 행동은 왕(당시 그는 섭정 왕세자였지만)이 된 영웅의 가장 현명한 행동이라고 할 수 있습니다. 이야기 속 영웅이라면 옛 은혜를 생각해 나폴레옹을 먼저 구하러 가서 자신과 나라를 파멸시켰을 것입니다. 그것이 이야기상으로는 아름다울지도 모르지만, 자신의 국민에게 지옥을 안겨주는 어리석은 자의 충동적 행동일 뿐입니다.

베르나도트는 위정자로서 올바른 전환을 이룬 몇 안 되는 영웅 중 하나입니다.

042 카롤루스 대제의 기사들

THE KNIGHTS OF CHARLEMAGNE

◆ 전설의 왕

카롤루스 대제는 샤를마뉴 왕이라고도 불리며 5~9세기 프랑스를 중심으로 베네룩스 3국, 독일, 이탈리아 등을 지배한 프랑크 왕국의 국왕입니다. 아서왕을 닮았지만, 카롤루스 대제는 그저 전설의 인물이 아니라 8세기 후반부터 9세기 초에 걸쳐 실존한 인물입니다.

샤를마뉴 전설은 대제를 모델로 한 이야기입니다. 역사라고는 하지만 역사적 사실을 거의 포함하지 않은 창작 이야기입니다. 하지만 자유롭게 창작되었기 때문에 독자(당시에는 음유시인 등의 이야기를 듣는 청중)의 희망에 부합한 이야기였습니다.

먼저 샤를마뉴의 성전사(12용사라고도 합니다)가 있습니다. 기본적으로 카롤루스 대제를 제외하고 롤랑(이탈리아어로는 오를란도)을 필두로 올리비에(롤랑의 절친), 리날도(조용하고 예의 바름), 나모(성전사 중 숙장), 살로몬(나모와 같은 숙장으로 내정에 뛰어남), 튀르팽(대주교에서 서기관), 아스톨포(영국 전사, 약간 경박함), 오지에 르 다누아(덴마크 왕자, 인질이었지만 왕의 기사가 됨), 말라지지(마법사 노인), 플로시마르(용감하고 착함), 가늘롱(12용사의 배신자, 롤랑의 의부)이 꼽히지만 자주 바뀝니다. 예수의 사도도 그렇고 아서왕의 원탁 기사도 그렇듯 서양에서는 '12'라는 숫자가 집단 인원의 기본입니다.

카롤루스 대제 본인은 샤를마뉴 전설에서는 그다지 활약하지 않습니다. 왜냐하면 「롤랑의 노래」나 「광란의 오를란도」와 같은 샤를마뉴 전설에서는 카롤루스 대제가 이미 노령에 이른 왕의 모습으로 등장하기 때문입니다. 이 때문에 아서왕처럼 왕이 되기까지 고생하거나 어린 나이에 왕이 된 후 시련을 겪는 모습은 나오지 않습니다.

카롤루스 대제는 휘하의 성전사들이 모험하는 자리를 만들고 또 모험하는 것을 허락하는 인물입니다. 대제라 불리는 위대한 인물이지만 전설에서는 이슬람과의 전쟁에서 패배하거나 오를란도가 홀로 싸우다 전사하고 나서야 전장에 도착하는 등 그다지 유능해 보이지 않습니다.

「광란의 오를란도」의 첫 번째 이벤트인 부대의 마상창 경기를 연 것은 카롤루스 대제입니다. 또한 그 후 스페인(그 당시 이슬람 왕조가 지배하고 있었습니다)과의 전쟁을 시작한 것도 그입니다. 프랑스에 침공당해 대패한 것도 부하 기사들이 그것을 수습하기 위해 모험을 떠난다는 배경이 되고 있습니다.

그럼에도 불구하고 휘하의 훌륭한 기사들은 카롤루스 대제를 존경하고 그를 위해 목숨을 걸고 싸웁니다. 개중에는 브라다만테처럼 사랑에 얽매여 전쟁에 참여한 사실을 잊어버리는 인물도 있습니다.

◈ 후원자로서의 왕

전설이 사실이라면 카롤루스 대제의 기사들은 정말 자유롭습니다. 그들은 여기저기 모험을 떠납니다. 카롤루스 대제가 전쟁에 참여하라고 명했음에도 불구하고 개인적인 이유로 모험을 계속하기도 합니다.

카롤루스 대제는 세 가지 이유로 기사들의 후원자로 적합합니다.

- **질 듯 지지 않는다:** 전쟁 등의 장면에서 질 때도 있지만, 기사들이 그 패세를 뒤집을 모험을 끝낼 때까지는 계속 버틸 만한 능력을 갖추고 있습니다. 그가 승리하면 기사들이 모험할 이유가 없고, 금방 져버리면 모험이 헛수고가 됩니다.
- **기사를 자유롭게 모험하게 한다:** 휘하의 기사가 각자 자유로운 모험을 떠나도 탓하지 않습니다. 그야말로 중요한 전쟁에 늦게 합류해도 질책하지 않습니다.
- **유능한 부하가 있다:** 왕 주변에는 뛰어난 기사들과 이야기의 주역이 존경할 만한 동료들이 있습니다.

043 알렉산더 대왕의 변모와 본질

ALTERATION AND ESSENCE OF ALEXANDER THE GREAT

◆ 그리스 왕에서 대제국 왕으로

마케도니아의 알렉산드로스 3세(알렉산더 대왕이라는 이름으로 유명)는 32년 만에 유럽에서 아시아까지 뻗어나가는 대제국을 이룬 영웅입니다. 그는 아리스토텔레스를 가정 교사로 삼아 수준 높은 교육을 받으며 자랐습니다. 아버지 필리포스 왕은 그리스와의 전쟁에서 승리한 뒤 코린토스 동맹을 맺고 그리스를 장악합니다. 그러나 그가 암살되면서 알렉산드로스 3세는 스무 살에 왕의 지위를 이어받게 됩니다.

그는 먼저 발칸반도를 완전히 제압하고 기반을 다집니다. 그리고 불과 2년 후에 아케메네스조 페르시아 정복 전쟁을 시작합니다. 소아시아(현재의 튀르키예)로 건너간 그는 그라니코스강 전투에서 3만 8천 명의 군사를 이끌고 2만 명의 페르시아군을 격파합니다. 이때 페르시아군의 정예 기병을 반파시켰기 때문에 알렉산드로스의 군대는 기병전에서 항상 우위를 점하게 되었습니다.

그리고 페르시아의 다리우스 왕이 이끄는 10만 대군과 이수스에서 싸웁니다. 이때 알렉산드로스는 일부러 오른쪽 날개의 기병을 이끌고 적의 왼쪽 날개를 격파해 적의 배후로 돌아옵니다. 다리우스의 후군은 알렉산드로스의 직접 공격을 받고 도망칩니다. 알렉산드로스는 그대로 적의 오른쪽 날개 뒤로 돌아가 포위 섬멸에 성공하고 페르시아군은 5만 명이 사망하며 궤멸합니다.

다음으로 알렉산드로스는 페르시아 본국이 아닌 이집트를 점령합니다. 이집트는 11년 전 페르시아에 점령당한 곳으로 여전히 반페르시아 감정이 강해 쉽게 알렉산드로스의 지배를 받아들였습니다. 그는 이집트의 파라오가 된 것입니다.

병사를 4만 7천 명으로 늘린 알렉산드로스는 페르시아 본국 침공을 시작합니다.

그리고 가우가멜라(현재 이라크 북부)에서 30만(현대 연구에 의하면 10만 정도라고 함) 페르시아 본국 군대와 싸웁니다. 페르시아군은 병사는 많았지만 장비와 숙련도에서 뒤처졌습니다. 이 전투에서도 알렉산드로스가 이끄는 마케도니아군 오른쪽 날개는 페르시아군 중앙과 왼쪽 틈을 뚫고 다리우스 왕의 본진으로 다가갑니다. 반면 마케도니아군의 왼쪽을 돌파한 페르시아 기병은 그대로 마케도니아 숙영지로 약탈하러 가버려 마케도니아군을 궤멸하는 데 도움이 되지 못했습니다.

다리우스 왕은 이곳에서도 도망에 성공해 페르시아 동부에서 군을 재편하려 하지만 부하 베수스의 배신으로 암살당하고 페르시아 제국은 멸망합니다. 알렉산드로스는 다리우스를 정중히 매장하고 이후 베수스를 공개 처형합니다.

알렉산드로스는 그대로 인도까지 정복하려 하지만 부하들이 진군을 거부하여 군을 돌려보냅니다. 그리고 바빌론으로 돌아온 직후에 열병을 앓다가 사망합니다. 최강자가 제국을 계승하라는 유언을 남기고 말이지요.

◈ 왕의 이상한 성질

알렉산드로스는 계속해서 동쪽으로 정복의 손길을 뻗치는데, 그로 인해 변화한 점과 변화하지 않은 점이 있습니다.

변화하지 않은 점은 정복왕의 면모입니다. 그는 그리스부터 시작해 말과 두 발만으로 정복 행군을 진행하여 인도까지 도달합니다. 부하들이 거부하지 않았다면 그대로 인도까지 정복하려고 했겠지요. 그의 정복욕은 끝이 없습니다.

변화한 점은 당시 유럽풍 왕에서 아시아풍 전제군주로 바뀌었다는 것입니다. 마케도니아 왕이었던 시절에는 군 지휘관으로서 병사와 행동을 같이하다가 페르시아 제국의 후계자를 칭하고 페르시아인들을 대거 등용하게 되자 페르시아식으로 부하들에게 복종할 것을 요구합니다. 새로 지배당하는 페르시아인들은 이러한 요구를 받아들이기 쉬웠지만, 그동안 함께 고생해온 마케도니아 장군들은 불쾌할 수밖에 없었습니다. 그래서인지 대왕의 일족은 후계자 전쟁 속에서 모두 근절되었습니다. 너무 위대한 왕은 부하의 마음까지는 헤아릴 수 없는 것일까요.

왕은 병사의 대표 역할이나 하늘의 심부름꾼 또는 신 역할을 합니다. 또한 내정에 뛰어난 왕이 있고 난세의 패자인 왕도 있습니다. 왕을 등장시킬 때 이런 것들을 생각하면 현실성이 더욱 높아집니다.

044 프레스터 존과 이상의 국가

PRESTER JOHN AND UTOPIA

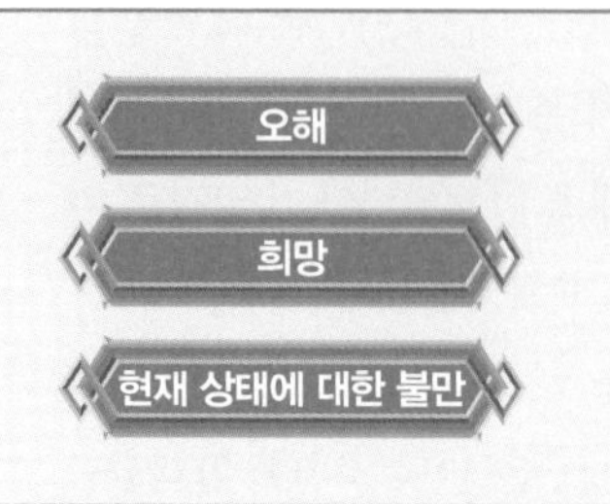

◆ 이상의 국가

세계 어딘가에 희망의 나라가 있다는 생각은 매우 오래전부터 존재했습니다. 동화 『파랑새』도 나라는 아니지만 어딘가에 있을 행복을 찾아가는 이야기입니다.

프레스터 존의 나라는 개발도상국이었던 유럽 국가들의 이슬람을 이기고 싶은 열망에서 생겨난 가상의 나라입니다. 그것은 아시아에 있는 기독교인들의 나라입니다.

이야기는 십자군 시절로 거슬러 올라갑니다. 당시 야만적이고 호전적이었던 유럽 국가들은 문명적인 이슬람 국가들을 공격했습니다. 문명이나 국력 면에서 뒤처졌던 유럽 국가들은 예루살렘 주변을 점령해 나라를 세우는 데 성공했지만 이슬람이 본격적으로 나서자 방어에만 집중할 수밖에 없었습니다.

그럴 때 이슬람 국가 너머에 네스토리우스파 기독교 국가가 있다는 소문이 퍼집니다. 그들이 동쪽에서 페르시아를 격파하고 예루살렘으로 군세를 돌렸다가 티그리스강이 범람해 되돌아가게 되었다는 것입니다.

이 이야기는 서요가 페르시아를 무찌른 사실이 잘못 알려진 것으로 보이는데, 그것을 자신들에게 편리하게 해석한 것입니다. 애초에 네스토리우스파는 5세기에 이단으로 배척받았는데 인제 와서 원군을 기대한다는 것은 너무 말도 안 되는 이야기입니다. 또한 서요는 불교국이며 이슬람교를 믿는 페르시아를 물리쳤기 때문에 기독교일 것이라는 추측도 지나치게 편리한 생각입니다.

그러나 유럽에서는 프레스터 존이 로마 황제에게 보낸 편지 등이 조작되어 각 국어로 번역될 정도로 믿었습니다. 그리고 그 왕국으로 여러 번 사절을 보냅니다. 그러나 그런 나라는 존재하지 않기 때문에 사절은 돌아가지 못했고, 포기하고 돌아간 자도 애매한 보고밖에 할 수 없었습니다. 참고로 마르코 폴로의 『동방견문록』에도 프레스터 존의 나라가 등장하지만 칭기즈 칸에 의해 멸망했다고 되어 있습니다.

또한 아랍 남쪽에 에티오피아 제국이라는 콥트파 기독교 국가가 존재한다는 것이 일찍부터 알려져 있었습니다. 그래서 15세기경에는 이 에티오피아 제국이야말로 프레스터 존의 나라가 아닐까 생각하는 유럽인도 늘어났다고 합니다. 그러나 에티오피아 제국에 이것은 매우 실례가 되는 이야기입니다. 에티오피아는 성경에 등장하는 솔로몬 왕과 시바 여왕의 후손임을 자랑해온 나라이기에 강력히 부인했습니다. 그러나 유럽인들은 자기 마음대로 지도의 에티오피아 제국을 프레스터 존의 나라로 기록했습니다.

◈ 이상을 원하는 사람들

원래대로라면 의심해야 할 프레스터 존의 나라를 유럽인들은 왜 믿으려 했을까요. 그것은 십자군이 불리해졌다는 점, 이슬람 문명이 더 뛰어나다는 점, 아랍인이 경제적으로 부유하다는 점, 아랍 지도자가 인격적으로도 뛰어났다는 점 등으로 유럽인이 아랍인에 대한 콤플렉스를 가지고 있었기 때문입니다.

프레스터 존의 나라가 없어지는 것은 17세기입니다. 이슬람 문명이 정체되고 반대로 유럽 문명이 발전하면서 이슬람에 대한 콤플렉스가 사라짐에 따라 프레스터 존이 더는 필요 없게 된 것이지요.

이상이란 현실에 대한 불만에서 생겨납니다. 현실이 불만족스러울수록 이상은 빛나 보입니다. 강한 불만이 혁신파와 개혁파를 낳습니다. 그들은 변화를 요구하기 때문에 사회가 안정되어 있어도 그것을 변화시키려 합니다.

반대로 현재 상황에 만족하는 인간은 이상을 요구하거나 하지 않습니다. 그것보다도 어떻게 현상을 유지할지를 생각합니다. 이게 바로 보수파입니다. 보통 사회가 안정되어 있을 때 그 유지에 주력하는 사람은 소수이고 대부분은 아무것도 하지 않습니다. 하지만 사회가 무너지려 한다면 이들은 그것을 막기 위해서 행동합니다. 마왕을 쓰러뜨릴 용자는 바로 보수파 영웅입니다.

045 성 바울의 회심
THE CONVERSION OF ST. PAUL

◈ 천벌과 용서

종교가 없다면 공감이 안 갈지도 모르지만 신앙은 사람들 마음에 매우 중요한 것입니다. 그렇다면 도대체 사람은 어떨 때 신앙을 가질까요?

현대 기독교에서 가장 중요한 성인은 성 바울(히브리어로는 '사울')입니다. 성 바울은 십이 사도가 아닙니다. 오히려 그리스도가 살아 있을 때는 기독교인을 탄압하는 쪽이었습니다.

예수가 죽은 후 그 제자들을 죽이려고 다마스코의 여러 회당 앞으로 온 편지를 들고 가던 중 하늘의 빛이 바울 주위를 비춥니다. 바울이 쓰러지자 "사울, 사울, 왜 나를 박해하느냐"라는 목소리가 들립니다. 바울이 "주여, 당신은 누구입니까?"라고 묻자 "나는 당신이 박해하는 예수다. 일어나서 동네로 들어가라. 그러면 당신이 해야 할 일을 알게 된다"라고 답했습니다. 이 목소리는 바울에게만 들렸습니다. 그리고 그의 눈이 멀게 됩니다.

거기에 다마스코에 사는 아나니아라는 예수의 제자가 나타나서 "형제 사울, 당신이 여기 오는 길에 나타나신 예수는 당신이 원래대로 앞을 보게 되고 또 성령으로 채워지도록 나를 보내신 것입니다"라고 말하자 바울은 금세 눈이 보이게 되었습니다. 이 기적으로 바울은 예수가 진정한 신임을 깨닫습니다. 이것이 '바울로의 회심'이라고 불리는 기적입니다.

기독교 교리의 기본은 사실 예수도 십이 사도도 아닌 바울에 의해 정리되었습니다. 이것은 바울이 늦게 온 신자이기 때문입니다. 원래부터 신자였던 사람보다 나중에 신자가 된 사람(혹은 되려고 하는 사람)이 신자는 이래야 한다는 규범에 엄격해지기 쉽습니다. 이는 '신자'를 '귀족'이라든가 '무사' 등으로 바꿔도 마찬가지입니다. 무사시국 농부의 아들들이었던 신센구미가 더욱 무사도에 충실했던 이유도 이와 같습니다.

바울은 예수가 죽고 난 뒤 회심하여 신자가 되었기 때문에 더 순수하게 예수의 사도들과 행동합니다. 그리고 마침내 기독교를 만들어버립니다.

◈ 그리기 어려운 회심

인간은 완미한 생물이며 좀처럼 신의 말씀을 믿을 수 없습니다. 이슬람교 교주인 무함마드도 마흔이 넘어서면서 갑자기 신들려 (당시 그에게는) 영문 모를 말을 하게 됩니다. 무함마드는 매우 당황합니다. 이어 천사 지브릴이 나타나 크루안(코란)을 보여주며 읽으라고 명령합니다. 무함마드는 두려운 마음에 도망치지만 지브릴은 여러 번 무함마드를 찾아가 하나님의 말씀을 계속 전합니다.

그런 의미에서 바울도 무함마드도 자기 의지가 아닌 신에 의해 강제로 신앙을 가진 것입니다. 그러나 일단 신앙을 가지면 강철 같은 의지로 신앙을 심화시켜갑니다.

그렇다고는 해도 회심은 강제할 수 없습니다. 볼드윈의 소설 『산으로 올라가 고하여라』에서는 신앙심이 크지 않았던 청년이 교회에서 찬송가를 듣다가 갑자기 하나님에 대한 연민에 사로잡혀 회심하는 장면이 나옵니다. 또 철학자 파스칼은 사교계에 몸담고 있으면 속물이 될 뿐이라는 생각에 마음이 답답해져 절망에 빠진 어느 날 밤 마음속에 갑자기 불길이 솟구쳤는데 그것을 신이라고 느꼈다고 합니다.

회심이란 매우 개인적인 경험이며, 그 계기는 신의 기적부터 실로 사소한 것까지 다양합니다. 그야말로 무언가를 먹는 도중에 갑자기 회심하는 경우도 있습니다. 즉, 다른 사람은 회심의 이유 등을 전혀 모르는 것이 일반적입니다. 그렇기 때문에 쉽게 이야기를 쓸 순 없지만 공감할 만한 내용을 쓴다면 값진 작품이 될 수 있습니다.

046 갤러해드 경과 위험한 자리

SIR GALAHAD AND SIEGE PERILOUS

◆ 원탁의 마지막 자리

인간은 거룩한 것에 어디까지 접근할 수 있을까요? 성스러운 인간을 보고 즐길 수 있을까요? 아서왕 전설에도 거의 성인이라고 해도 좋은 인물이 등장합니다. 바로 갤러해드 경입니다.

갤러해드 경의 출생 배경은 그다지 좋지 않았습니다. 어부왕의 외동딸 일레인 공주는 성을 방문한 랜슬롯 경에게 첫눈에 반합니다. 하지만 랜슬롯 경은 기네비어 왕비를 사랑했기에 일레인의 마음을 받아줄 것 같지 않았습니다. 그래서 일레인은 그에게 술을 진탕 마시게 하고 자신에게 기네비어를 닮아 보이게 하는 마법을 걸어 그와 동침합니다. 이렇게 해서 일레인은 랜슬롯의 아이를 낳는데 그가 바로 갤러해드입니다.

어느 날 큰 바위에 박힌 검이 강에서 흘러왔습니다. 가웨인 경과 퍼시벌 경이 검을 뽑으려 했지만 꿈쩍도 하지 않았습니다. 그때 은자가 검도 방패도 없이 오직 칼집만 든 갤러해드를 데리고 나타납니다. 그러자 지금까지 아무도 앉을 수 없었던 위험한 자리(정말로 뛰어난 기사만 앉을 수 있고 그렇지 않은 기사가 앉으면 재액이 일어난다는 자리)에 금색으로 갤러해드 경의 이름이 떠올랐습니다. 그리고 그는 큰 바위에 박힌 검을 쉽게 뽑아버립니다(아서왕의 검에 관한 고사와 같습니다).

검을 손에 넣은 갤러해드는 다른 원탁 기사들과 마찬가지로 성배를 찾아 떠납니다. 이때는 아직 방패를 가지고 있지 않았는데 여행 도중에 흰 바탕에 붉은 십자 모양의 방패 이야기를 듣습니다. 자격 없는 자가 가지면 저주를 받는다는 방패였는데 다른 기사가 들면 수수께끼의 기사가 나타나 싸움을 걸어왔습니다. 하지만 갤러해드가 방패를 들자 같은 기사가 나타나 그야말로 방패를 가져야 할 사람이라고 선언합니다.

방패는 아리마태아의 요셉(그리스도의 시신을 건네받은 사람)이 만들었는데 그의 피로 붉은 십자가를 그려 넣은 방패였던 것입니다. 그리하여 검과 방패를 모두 손에 넣은 갤러해드는 아서왕을 뛰어넘는 신성함을 얻게 됩니다(아서는 검뿐이었습니다). 그리고 그 신성함으로 성배를 손에 넣습니다.

그 후 갤러해드는 멀리 떨어진 나라로 가서 그곳의 왕이 됩니다. 하지만 곧 산 채로 하늘로 올라갑니다. 너무나 성스러운 자는 땅 위에 있을 수 없고 하늘로 불려 가는 법입니다.

◆ 좋은 사람에도 정도가 있다

독자의 공감을 얻기 위해서 등장인물은 '좋은 사람'이어야 합니다. 비록 악인일지라도 어딘가 용서할 수 있는 구석이 있어야 합니다. 하지만 좋은 사람에도 정도가 있습니다. 너무 완전무결한 호인은 다음과 같은 점에서 이야기에 등장시키기에 부적절합니다.

- **인간적 깊이가 부족하다:** 너무 호인이면 마음에 흔들림이 없습니다. 따라서 갈등이나 고민 등과는 무관한 인물상이 만들어집니다. 이 때문에 오히려 인간미나 인격의 깊이 등이 잘 드러나지 않게 됩니다.
- **행동을 예측할 수 있다:** 호인은 항상 좋은 일을 합니다. 그렇기 때문에 어차피 좋은 행동을 할 것이라고 예측할 수 있습니다. 즉, 행동을 예측하기 쉽고, 의외성이 부족합니다(정확하게는 의외성을 나타내기 어렵습니다).
- **공감하기 어렵다:** 보통 인간은 완벽하지 않습니다. 그렇기 때문에 완벽한 호인이 나오면 오히려 공감이 가지 않습니다. 약간이라도 콤플렉스가 있거나 싫어하는 것이 있거나 결점이 있어야 더 사랑받는 법입니다.

갤러해드도 아서왕 전설의 조연이기 때문에 그 보기 드문 품성도 특징 중 하나로 받아들여집니다. 너무 품성이 좋은 인물은 주인공으로 그리기 어려우므로 조연 중 한 명 정도로 하는 것이 좋습니다.

047 디트리히 폰 베른의 기사들

THE KNIGHTS OF DIETRICH VON BERN

◆ 망국의 왕이 왕좌를 되찾는 이야기

디트리히 폰 베른은 동고트의 왕으로 삼촌에게 빼앗긴 왕위를 되찾은 인물입니다. 모델이 된 것은 테오도리크 왕으로 알려졌습니다. 이 왕도 수많은 전설을 남겼고, 그것이 디트리히 전설입니다.

전설은 2부로 나뉩니다. 전반부는 젊은 기사들이 다양한 모험을 펼치는 짧은 이야기를 모은 것으로 밝은 에피소드들입니다. 반면 후반부는 나라에서 쫓겨난 왕이 고초를 겪는 이야기입니다. 휘하의 기사들도 차례차례 죽어갑니다. 그래도 마지막에는 왕위를 되찾아 나라를 평화롭게 다스리는 것으로 일단 해피엔드를 이루고 있습니다. 전반부의 수많은 기사와 만나는 이야기는 다음과 같습니다.

기사 이름	이야기 내용
힐데브란트	스승. 함께 드래곤을 쓰러뜨린다
하이메	싸워서 승리한다
비테게	싸워서 질 듯하여 스승이 중재해준다
파졸트	싸워서 승리한다. 함께 드래곤을 쓰러뜨린다
진트람	파졸트와 함께 드래곤에게 잡아먹힐 뻔한 것을 도와준다
디트라이프	하이메와 싸워 친구가 된다

그리고 후반부는 디트리히가 결혼해서 왕위를 이은 이후의 이야기입니다. 숙부인 로마 왕 에름리히가 디트리히에게 공물을 보내달라고 요구했고 그가 거부하자 에름리히는 대군을 이끌고 공격해 옵니다. 디트리히는 밤에 기습하여 적을 물리쳤

지만 군자금이 부족해졌습니다. 그래서 군자금을 수송하게 되었는데, 그곳을 습격당해서 군자금을 빼앗기고 기사들은 포로로 잡히고 맙니다.

디트리히는 배상금으로 기사들이 해방되길 원하지만 에름리히는 디트리히가 나라에서 추방되지 않으면 기사들을 참수하겠다고 말합니다. 결국 디트리히는 왕국을 떠나고 나라는 에름리히의 것이 됩니다. 기사들도 디트리히의 행동에 감동해 나라를 버리고 그를 따랐습니다. 그런 그를 맞아준 곳이 아틸라의 궁정입니다. 다만 이 이야기에서 훈족의 왕은 멜리아스이고, 아틸라는 프리슬란트의 왕자입니다.

디트리히의 망명 생활은 30년 넘게 계속됩니다. 그는 아틸라의 엘카 왕비에게 나라를 되찾기 위한 전쟁을 허락해달라고 부탁합니다. 전쟁에서는 승리하지만 디트리히의 동생 디터, 아틸라의 아들 등도 전사합니다. 그래도 디트리히는 베른(원래 베른의 왕입니다)으로 귀환합니다. 베른은 스승 힐데브란트의 아들 하두브란트가 다스리고 있었습니다. 아버지를 알아보지 못한 아들은 아버지와 싸우고, 죽기 직전 베른의 왕위를 디트리히에게 돌려줍니다. 힐데브란트도 아들의 죽음에 슬퍼하다가 죽고 맙니다. 게다가 숙부 에름리히를 쓰러뜨리기 위해 로마로 진군하지만 이미 숙부는 죽었고 아들 지프카가 왕위를 이은 상태였습니다. 하지만 지프카는 왕좌에 오를 만한 그릇이 아니었고, 디트리히는 최후의 결전에서 지프카를 쓰러뜨리고 로마의 왕위도 차지하게 됩니다.

◈ 희생의 설득력

디트리히 이야기 후반부는 젊은 왕이 나라를 빼앗기고 오랜 망명 생활 끝에 동료들과 함께 왕위를 되찾는 전형적인 구조입니다. 그리고 그때 목숨을 걸고 싸우는 것이 전반부에서 동료가 된 기사들입니다.

전반부 에피소드가 있기에 기사들이 확실히 디트리히의 동료가 되었다는 것을 알 수 있습니다. 그렇기 때문에 후반부에 기사들이 목숨을 걸고 디트리히를 위해 싸우는 것에 설득력이 생깁니다. 갑자기 등장한 동료가 그 자리에서 목숨을 바친다고 한다면 독자에게 감동을 줄 수 없습니다. 희생할 인물을 되도록 빨리 등장시켜 독자가 이름을 외우게 한 다음 죽게 하지 않으면 희생의 고마움과 괴로움은 전달되지 않습니다. 참고로 앞에서 서양에서는 '12'라는 숫자가 집단 인원의 기본이라고 말했는데 디트리히의 동료도 열두 명입니다.

048 부디카의 전쟁

THE WARFARE OF BOUDICA

◈ 로마의 포악함을 거스르는 여왕

기원 1세기 무렵의 브리튼 섬에는 많은 왕이 존재했고 여왕 부디카는 그중 하나였습니다. 60년경 브리타니아는 권세를 자랑하던 로마 제국에 악몽 같은 존재였습니다. 8만 명이나 되는 로마인과 동맹자가 죽었고, 섬은 로마인에게 잃어버린 것이나 다름없었습니다. 그것은 단 한 명의 여성에 의해 이루어졌습니다.

부디카의 남편 프라스타구스는 이케니족의 왕으로 로마와 동맹하여 씨족을 안전하게 지키려고 했습니다. 그리고 자신이 죽으면 딸과 로마 황제를 공동 통치자로 만들어 안정을 유지하려고 했습니다.

하지만 로마는 속임수를 사용합니다. 로마법에서 상속은 남자에게만 유효합니다. 그래서 프라스타구스의 유언에 따라 통치권과 재산, 기타 절반은 로마의 것이라고 주장합니다. 게다가 딸에 대한 상속은 법률 위반이라면서 나머지 절반의 상속을 무효화합니다. 결국 통치권도 재산도 모두 로마 황제(그 땅의 로마인)에게 돌아갑니다.

귀족들은 노예처럼 취급받고, 가장 사랑하는 딸들은 로마인들에게 능욕을 당합니다. 부디카는 로마인 총독이 다른 땅의 반란을 진압하러 간 사이에 반란을 일으킵니다. 부디카는 전쟁의 여신 안드라스테에게 승리하게 해달라고 기도합니다.

부디카 일행은 로마인들이 세운 도시를 공격합니다. 먼저 퇴역 군인들의 도시인 카물로두눔. 이곳은 병사가 200명 정도밖에 없어 순식간에 함락됩니다. 그녀는 도시를 철저히 파괴합니다.

다음 목표는 론디움(현재의 런던)입니다. 로마 총독은 론디움 방어를 포기하고 병사를 철수시킵니다. 반란군은 도시를 모두 불태웁니다.

세 번째는 베룰라미움입니다. 여기도 마찬가지로 파괴되었습니다. 이들 세 도시의 희생자는 8만 명이라고도 합니다.

그리고 와틀링 스트리트 전투가 발발합니다. 이 시점에서 로마군은 1만 명, 부디카 병사는 20만 명으로 20배 차이가 났습니다. 그러나 로마 병사들이 엄격하게 단련된 직업 군인으로 집단전 전문가였던 반면 부디카의 병사들은 단순한 민병대의 모임일 뿐만 아니라 집단 전투 훈련도 전혀 하지 않았습니다.

직업 군인인 로마군은 소수만 싸울 수 있는 좁은 길에서 압도했고, 승리하고 추격할 때는 넓은 초원 등을 전쟁터로 선택함으로써 병력 수의 이점을 누리지 못하도록 했습니다.

부디카 군대는 좁은 길에 접어들면 오합지졸로 너도나도 돌진하느라 서로 밀치고 검을 휘두르기도 어려웠습니다. 여기에 투창 공격을 당하여 부디카군이 혼란스러워하는 사이 로마군은 대열을 이루어 진군했습니다. 제대로 대열을 지어 집단으로 싸우는 직업 군인과 각자 뿔뿔이 움직이는 민병대는 그 병력 수 이상으로 실력 차이가 났습니다. 이 전투에서 로마 병사가 400여 명, 부디카군은 8만 명이나 사망한 것으로 알려졌습니다. 패배한 부디카는 체포당하기 싫어서 음독자살했다고 기록되어 있습니다.

◈ 복수를 노리는 자와 정규군

부디카는 확실히 카리스마(주변 씨족도 단결시켜 20만 명을 자기편으로 만들었습니다)도 있고 전략(적군이 부재한 사이에 적의 도시를 점령하는 등)도 뛰어났습니다. 원래대로라면 이길 수 없는 싸움에서 로마군이 승리한 것은 전술과 그 전술을 실현할 수 있는 병사의 능력 덕분이었습니다.

복수하려는 사람은 그 강한 의지 때문에 믿을 수 없는 행동을 하기도 합니다. 부디카 전쟁도 그중 하나입니다. 그래도 한 사람의 의지는 군이라는 조직 앞에서는 무너지기 쉬운 법입니다. 대부분의 경우, 조직(군대뿐만 아니라 정부나 대기업 등)과 개인의 싸움에서는 조직이 승리합니다. 그렇기 때문에 그것을 뒤집는 인물이 영웅으로 불리는 것입니다.

049 가웨인 경과 형제들

SIR GAWAIN AND HIS BROTHERS

◆ 동생을 생각하는 형 가웨인

아서왕과 원탁의 기사 중 가장 형제가 많은 인물은 가웨인 경입니다. 가웨인 경은 아서의 이부 누나 모르고스의 아들입니다. 즉, 아서의 조카에 해당합니다. 그의 형제는 대부분 아서 휘하의 기사입니다.

이름이 알려진 형제는 가헤리스, 아그라베인, 가레스입니다. 나중에 아서에게 반기를 드는 모드레드는 이부 형제입니다.

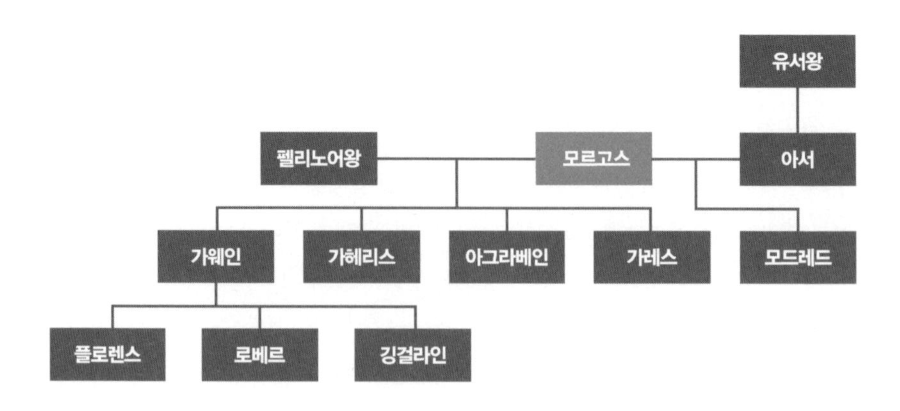

가웨인은 동생을 생각하는 형입니다. 뭔가 행동할 때는 종종 동생들을 데리고 다닙니다. 또한 랜슬롯에게 가헤리스와 가레스가 살해당했을 때는 격앙되어 전쟁을 일으켜 아서 왕국의 붕괴 원인이 될 정도였습니다.

가헤리스는 소년 시절 가웨인의 부하로 일했습니다. 그 후로도 가웨인과 행동을 같이할 때가 많았으며 형을 끔찍이 여기는 동생입니다. 일부에서는 가웨인보다 뛰어나다고 평가합니다. 그도 감정적인 면은 형과 같습니다. 어머니인 모르고스가 기사 라몰락 경과 바람을 피운다는 사실을 알게 되자 격분하여 어머니를 죽입니다. 또한 라몰락 경을 가웨인, 아그라베인, 모드레드 등과 함께 살해했습니다.

아그라베인은 나쁜 사람으로 그려지는 경우가 많습니다. 그는 기네비어 왕비와 랜슬롯 경의 간통 증거를 잡자고 형제들에게 제안했고, 모드레드와 가웨인의 아들 플로렌스 경, 로베르 경을 포함한 열두 명이 두 사람의 동침 현장을 덮칩니다. 그러나 탈출하는 랜슬롯에게 모드레드를 제외하고 살해당하고 맙니다. 이때는 가웨인도 동생과 아들의 원한을 랜슬롯에게 발산하는 것을 참았습니다.

가레스는 가웨인의 막내 동생입니다. 그래서 가웨인에게 맹목적인 사랑을 받았습니다. 그는 랜슬롯을 경애했고, 랜슬롯도 가레스를 사랑했습니다. 이 때문에 랜슬롯의 모험 이야기의 조연으로도 등장합니다. 그는 불륜 때문에 기네비어 왕비를 화형에 처할 때 경호를 맡았는데 왕비를 구하러 랜슬롯이 올 것이라 예상하고 칼을 차지 않고 있었습니다. 하지만 그 사실을 모르는 랜슬롯은 검조차 들지 않은 그들을 베어 죽이고 왕비를 구출합니다.

가웨인은 동생 두 명, 특히 가레스가 참수된 것에 분노해 랜슬롯을 반드시 쓰러뜨리겠다고 맹세하며 전쟁을 치릅니다. 그는 아서가 랜슬롯과 평화 조약을 맺는 것에 사사건건 반대했고, 아서의 기사는 대부분 전사하게 됩니다.

◇ 가족애와 충성

가웨인은 뛰어난 인물이긴 하지만 가족애와 충성심 중 가족애를 선택하고 감정에 따라 행동했습니다. 아서왕의 왕국을 존속시키기 위해서는 랜슬롯 경과 화해하고 기사들이 헛되이 전사하는 상황을 막아야 했습니다. 그러나 가웨인은 동생을 사랑했기에 동생의 목숨을 앗아간 랜슬롯을 용서할 수 없었습니다. 정치적으로는 어딘가에서 멈췄어야 했는데 말이죠.

가웨인의 행동은 인간의 감정이라는 면에서 보면 틀리지 않습니다. 다만 그것이 나라를 이끌어가는 정치인에게는 어울리지 않을 뿐입니다. 라이트 노벨에서는 감정이 우선인 가웨인형 인물이 많지만, 충성심이나 합리성을 선택하는 캐릭터를 매력적으로 그리는 일도 가능합니다.

050 불패의 루이 니콜라 다부

THE IRON MARSHAL DAVOUT

◆ 나폴레옹의 패업을 도운 장군들

황제 나폴레옹은 수많은 전투에서 승리했습니다. 물론 나폴레옹에게 훌륭한 재능이 있었지만 그것만으로는 부족했을 것입니다. 나폴레옹에게는 우수하고 개성 넘치는 부하들이 많았습니다.

그중에서도 가장 우수하다고 평가된 사람이 루이 니콜라 다부 장군입니다. 평생 단 한 번도 패배한 적이 없어 '불패의 다부'로 불렸습니다. 그는 나폴레옹 여동생의 시누이와 결혼했기 때문에 나폴레옹으로부터 믿을 만한 측근으로 받아들여졌습니다. 그의 군사적 재능은 엄청났습니다. 아우스터리츠 전투, 예나-아우어슈테트 전투 등 나폴레옹이 화려한 승리를 거둔 전투에는 반드시 다부와 그가 지휘하는 3군단이 함께했습니다. 특히 예나-아우어슈테트 전투에서는 병력이 두 배나 많은 적을 격파하며 결정적인 승리를 거머쥡니다.

이렇게 우수한 다부였지만 외모적으로는 그렇지 못했습니다. 심한 근시안 때문에 두꺼운 안경을 쓰고 젊은 나이에 대머리가 된 몸집이 작은 사내로, 언행도 거칠고 사람을 잘 사귀지 못하는 인물이었다고 합니다. 실제로 부하들로부터 미움을 받았고, 동료 장군 중에서 견원지간인 사람도 있었습니다.

하지만 나폴레옹에 대한 충성심은 진짜였습니다. 패배하고 물러났어야 할 나폴레옹이 다시 왕위를 요구했을 때 가장 먼저 지지한 것은 다부였고 나폴레옹은 패배한 후에도 군을 장악하고 파리를 외국 군대로부터 지켜냈습니다.

물론 다부 외에도 엄청난 명예를 가진 장군들이 모여 있었습니다. 미셸 네는 용자 중의 용자로 불리는 용맹한 장군입니다. 다부와 달리 장병과 국민에게도 인기가 있었습니다. 나폴레옹이 패배하고 자신도 체포돼 총살당할 때도 "너는 내가 20여 년 전부터 총알을 봐온 것을 모르느냐"며 눈가리개를 거절했습니다. 이어 "병사들이여, 내가 명하면 즉시 내 심장을 겨냥해 쏴라. 이것이 나의 마지막 명령이다. 나는 이 부당한 판결에 항의한다. 나는 프랑스를 위해 백 번 싸웠지만 프랑스에 해를 끼치기 위해 싸운 적은 한 번도 없다. 병사들이여 발사!"라고 마지막 말을 남겼습니다.

조아킴 뮈라는 탁월한 기병 지휘관으로 알려져 있습니다. 기마술이 압도적이어서 사브르를 휘두르면 당해낼 자가 없었습니다. 게다가 외모도 출중해 여성에게 인기가 많았습니다. 그러나 그의 재능은 거기에 집중되어 있었고 전략적, 정치적 능력치는 낮았습니다. 나폴레옹의 신임을 얻어 나폴리 왕위에 오르지만 나폴레옹이 불리해지자 그를 배신합니다. 더욱이 이탈리아 통일이라는 무모한 꿈을 안고 패배해 왕위에서 쫓겨납니다. 다시 나폴레옹의 품으로 돌아가 나폴리 왕위를 되찾으려 하지만 독단적으로 오스트리아와 개전하여 패배하고 도망치는 추태를 보였습니다. 결국 마지막에는 붙잡혀 처형당합니다. 참고로 다부와는 앙숙 같은 관계였다고 합니다.

루이 알렉상드르 베르티에는 가장 유능한 참모장으로 알려져 있습니다. 나폴레옹의 구상을 빠르게 정리하고 각 군단에 구체적인 지시를 내리는 데 있어 매우 유능했습니다. 나폴레옹이 패배한 워털루 전투에서 프로이센군을 추격하던 그루시 장군 군단은 돌아오라는 전령을 받지 못해 전투에 제때 도착하지 못했습니다. 나폴레옹은 베르티에였다면 이런 일이 없었을 것이라며 그의 죽음을 아쉬워했다고 합니다.

그 밖에도 장 바티스트 베시에르, 에마뉘엘 그루시, 장 란 등 수많은 유능한 장군들이 나폴레옹을 도왔습니다.

◈ 다양한 개성을 가진 동료

무언가를 이루기 위해서는 같은 개성만으로 이루어진 집단보다 다양한 개성을 가진 이들이 모인 집단이 유리한 경우가 많습니다. 같은 개성밖에 없다면 한 사람이 실패하면 다른 사람도 같은 실패를 하게 되어 실패를 수습할 수 없기 때문입니다.

이야기 작법도 마찬가지입니다. 비슷한 성격의 캐릭터만으로는 대화가 잘 이루어지지 않습니다. 또한 미셸 네처럼 모두가 좋아하는 유형뿐만 아니라, 다부처럼 미움받는 캐릭터도 있어야 합니다.

051 랜슬롯과 기네비어

SIR LANCELOT AND LADY GUINEVERE

◆ 어리석은 여자에게 반한 뛰어난 남자의 비극

이야기에는 다양한 커플이 등장하는데, 아무리 봐도 어울리지 않는 커플도 있습니다. 그중 하나가 뛰어나고 성격도 좋은 남자와 나쁜 여자의 조합입니다.

나쁜 여자가 거물이면 그나마 낫습니다. 거물이라면 머리가 좋을 테니 뛰어난 남자를 헛되이 부리거나 하지 않겠지요. 그러나 교활하고 어리석은 여자의 쓸데없는 선의와 추악한 질투, 남의 말을 듣지 않는 자기 확신 등으로 인해 뛰어난 남자가 그 능력을 낭비하고 허무한 결말을 맞이하면 그 여자는 큰 미움을 받게 됩니다.

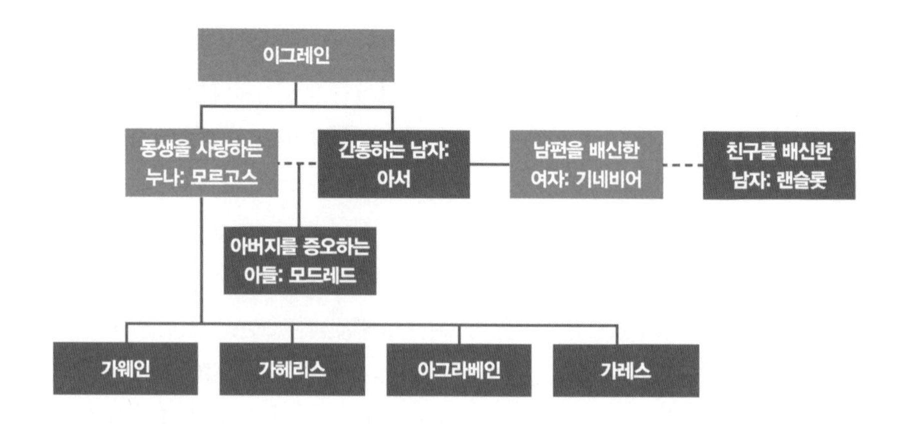

영국에는 아서왕 전설이라는 위대한 왕의 전설이 있습니다. 그의 휘하에는 원탁의 기사라고 불리는 뛰어난 기사들이 있었습니다. 그중에서 가장 뛰어났던 기사가 랜슬롯 경입니다.

아서왕에게는 기네비어라는 왕비가 있었습니다. 매우 아름다웠지만 안타깝게도 왕을 배신한 왕비이기도 했습니다.

가장 뛰어난 기사로 불린 랜슬롯이지만 모든 원탁의 기사들이 찾고자 한 성배를 얻지는 못했습니다. 기네비어에 대한 사랑 때문에 성배 찾기에 모든 것을 걸 수 없었기 때문이라고 합니다. 그럼에도 불구하고 기네비어는 랜슬롯의 진정한 사랑을 받을 만한 고결한 왕비가 아닙니다. 그녀는 악인은 아니었고 평범하게 질투하거나, 짜증을 내거나, 우울하거나, 연인에게 심술궂게 구는 극히 평범한 여성일 뿐이었습니다.

그들은 또 다른 유력한 원탁의 기사인 가웨인 경의 동생들 때문에 파멸합니다. 저열한 품성을 가진 아그라베인과 모드레드 등이 그들의 밀회 장소를 덮친 것입니다. 랜슬롯은 아그라베인을 베어 죽이고 도망칩니다. 그러나 기네비어는 붙잡혔고 간통죄로 화형이 결정됩니다.

랜슬롯은 형장에 나타나 경호 기사들을 쓰러뜨리고 왕비를 구해냅니다. 그때 가헤리스와 가레스를 죽입니다. 랜슬롯을 경애하던 그들이 그가 구출하러 올 것을 예상하고 무방비 상태로 있었음에도 말이죠.

이에 가웨인도 화가 나서 랜슬롯 토벌을 주장합니다. 그러나 아서의 토벌령에도 기사의 절반은 따르지 않았고 원탁의 기사는 둘로 쪼개지고 맙니다.

나중에 랜슬롯은 아버지를 배신한 모드레드를 쓰러뜨리고 아서의 적을 물리칩니다. 그리고 기네비어와 랜슬롯은 출가하여 다시는 만나지 않았습니다. 이후 기네비어가 죽자 랜슬롯은 식음을 전폐하고 죽어갑니다.

◈ 안타깝고 실망스러운 이야기

랜슬롯과 기네비어의 이야기는 뛰어난 남자가 사랑 때문에 길을 잘못 들어 친구를 배신하는 이야기입니다. 그리고 원탁의 기사들도 말려들어 파멸합니다. 게다가 상대가 랜슬롯에게 어울리지 않는 여자라는 점이 안타까움을 더합니다.

랜슬롯이 파멸해도 용서받는 이유는 그가 서브 캐릭터이기 때문입니다. 주인공이 이런 파멸을 맞이하는 것을 독자는 별로 좋아하지 않습니다. 물론 파멸로 향하는 남녀의 이야기를 그린 작품도 있지만, 파멸 뒤에는 어떤 구원이 필요합니다. 여기에서는 주인공 아서가 아발론에서 부활을 기다린다는 내용 때문에 독자가 어떻게든 납득하는 것입니다.

052 배이내뫼이넨

VÄINÄMÖINEN

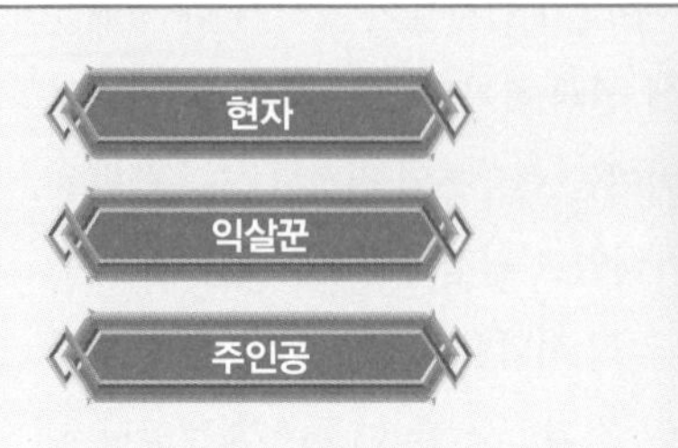

◆ 마법사인 주인공

현자로서 마법사 노인은 수많은 이야기에 등장합니다. 그리고 이야기 안에서 주인공을 돕거나, 시험하거나, 단련하거나, 지식과 기술을 가르치거나, 비밀을 밝힙니다.

마법사 캐릭터는 핀란드 서사시 『칼레발라』의 주인공인 배이내뫼이넨의 영향을 크게 받았습니다. 특히 하얗고 긴 턱수염을 가진 노인은 마법사의 보편적인 모습으로 널리 알려졌습니다. 예를 들어 『반지의 제왕』의 간달프나 『해리포터』 시리즈의 덤블도어 교장도 긴 턱수염의 노인입니다.

다만 배이내뫼이넨은 주인공이라는 점에서 흔한 창작 작품의 늙은 마법사와 다릅니다. 그는 조언자가 아니라 자신이 직접 활약합니다.

배이내뫼이넨은 일마타르라는 창세 여신의 아들입니다. 700년 동안이나 어머니의 태내에 있던 배이내뫼이넨은 태어날 때부터 늙은 현자였습니다. 그는 땅을 일구는데 다만 마법사이기 때문에 직접 일하지는 않고 농경의 신 삼프사 펠레르보이넨을 소환해 일하게 합니다. 그러자 떡갈나무만 비정상적으로 자라 거대해졌고 바다에서 난쟁이를 불러내어 베게 합니다. 또한 독수리에게서는 불을 받았습니다.

음유시인과의 대결에서는 상대방을 무찌르고 그 대가로 상대의 누이(이름은 아이노)를 자신에게 시집보낼 것을 약속받습니다. 그러나 누이는 노인의 아내가 되기 싫어 물에 빠져 죽고 맙니다. 죽은 아이노는 해신 아흐토의 딸(인어)이 되었습니다.

아이노를 포기할 수 없었던 배이내뫼이넨은 아이노를 되찾기 위해 바다의 신이 사는 바다로 향합니다. 바다에서 낚시로 잡은 물고기로 요리하려고 하자 물고기는 자신이 아이노라며 "아내가 되기 위해 왔는데…"라면서 그를 비난하고 바다로 사라져버립니다. 배이내뫼이넨은 돌아와 달라고 부탁하지만 아이노는 다시 나타나지 않았습니다.

그렇게 한탄하고 있는데 배이내뫼이넨의 어머니가 무덤에서 일어나 포흐야에 가서 처녀를 아내로 맞이하라고 합니다. 그러나 배를 타고 여행하던 중 아이노의 오빠가 동생의 원수를 갚기 위해 그를 화살로 쏩니다. 어깨에 화살을 맞은 배이내뫼이넨은 바다로 떨어져 그대로 며칠 떠다녔는데, 예전에 자신에게 불을 준 독수리가 육지로 옮겨줍니다. 거기에는 마녀 로우히와 딸이 살고 있었습니다. 마녀는 삼포라는 신성한 보물을 만들면 고향에 돌려보내주겠다고 하지만 그는 만들 수 없었기에 친구 일마리넨을 소개하고 삼포를 만들게 합니다.

그 후 원래 목적지인 포흐야에 가서 처녀에게 구혼합니다. 하지만 처녀는 세 가지 난제를 풀 것을 요구하고 배이내뫼이넨은 두 문제까지는 해내지만 세 번째 문제는 마법의 배를 만들다가 손이 미끄러져 무릎을 베는 바람에 해내지 못하고 끝납니다.

배이내뫼이넨의 마지막은 아기와의 문답으로 결정됩니다. 아버지 없이 태어난 아이(딸기를 먹고 태어났다고 합니다)를 어떻게 할 것이냐는 질문을 받았을 때 배이내뫼이넨은 딸기를 먹고 태어난 것이라면 인간이 아니므로 규칙에 따라 죽이라고 대답합니다. 그러나 갓 태어난 아기는 "네가 규칙이었기 때문에 그동안 너는 심판하지 못했다. 규칙을 따르려면 너도 심판받아야 한다"며 배이내뫼이넨을 설득합니다. 설득당한 그는 마지막 주문을 외워 배를 만들고 깊은 바다 밑으로 사라집니다. 사람들이 자신을 원할 때 돌아오겠다는 예언을 남기고 말이죠.

◈ 현자 + 주인공 + 익살꾼

배이내뫼이넨은 늙은 현자이지만 동시에 이야기의 주인공이기도 합니다. 이 때문에 현자다운 행동과 주인공다운 행동이 공존합니다. 또한 인간에게 문명을 가져다주는 트릭스터이기도 하기에 익살스러운 행동도 보입니다. 이처럼 스토리상에서 캐릭터의 역할은 단일하다고는 할 수 없습니다.

일반적인 이야기에서 세 가지 역할을 하는 캐릭터는 적지만 익살스러운 현자나 현명하면서도 광대 같은 주인공 등 두 가지 역할을 하는 캐릭터는 얼마든지 찾아볼 수 있습니다.

053 모세의 십계

TEN COMMANDMENTS OF MOSES

◆ 신의 벌을 받는 유대 민족

본래 하나님의 축복을 받아야 할 선한 인물이 불운이나 불행을 겪기도 합니다. 그럴 때 사람들은 중요한 약속을 지키지 못했기 때문이라고 여기곤 합니다.

구약 성경에 따르면 유대인은 신에게 선택된 민족이며 신의 사랑을 받았습니다. 그런데도 유대인들은 역사적으로 곤욕을 치렀습니다. 그들의 성전일 구약 성경에서조차 유대인들은 온갖 재앙을 겪습니다. 이유가 뭘까요?

유대인들은 신의 계율을 어긴 탓이라고 여겼고, 모세가 가져온 십계명을 반드시 지켜야 할 계율이라고 생각했습니다. 이것들은 신과 유대 민족 사이에 맺어진 계약입니다. 계약이니까 어기면 벌을 받습니다. 그것이 신과 맺은 계약이라면 그 벌은 절대적입니다.

『창세기』에 따르면 애초에 유대인들이 이집트에서 어렵게 사는 것도 유대인 야곱 집안에서 형들이 요셉이라는 동생을 이집트에 팔아 치우면서 시작됐습니다. 그 후 여러 가지 일이 있었고 유대인은 이집트에 살게 됩니다.

『출애굽기』에서는 이집트에서 탈출할 때 백성들이 주(신)의 귀에 들어갈 정도로 불만을 말합니다. 그러자 주의 불이 타올라 숙영지를 다 태우려고 합니다. 백성들은 모세에게 도움을 청했고 모세가 주에게 빌자 비로소 불은 꺼집니다.

반대로 『여호수아기』에서는 에리코 마을을 공략할 때 하나님이 일주일간 의식을 치르도록 명령합니다. 의식을 마치자 에리코 성벽이 무너졌고 유대인들은 마을을 점령하고 남녀노소 불문하고 소와 말까지 죽였습니다. 하나님의 명을 따르면 은혜도 입는 것입니다.

그러나 아칸이라는 남자가 에리코 마을을 약탈하여 얻은 보물 일부를 훔치고 하나님에게 바치지 않았습니다. 이것이 하나님의 분노를 샀고 그다음에 벌어진 아이라는 마을과의 싸움에서는 유대인이 패배하게 됩니다. 여호수아(이스라엘 지도자)는 하나님의 가르침으로 아칸의 죄를 알고 그를 사람들 앞으로 끌어내 숨겨둔 보물을 드러냈고, 유대인 모두 아칸과 그 가족을 돌로 때렸습니다. 이렇게 해서 주의 분노는 사라지고 아이 마을과의 싸움에서도 승리할 수 있었습니다. 유대인들은 아이 마을 사람들을 황야로 데리고 나가 한 명도 빠짐없이 베어 죽입니다.

이렇게 하나님의 명령을 들으면 좋은 일이 생기지만 속이거나 명령을 어기면 나쁜 일이 일어납니다. 그리고 가장 중요한 주의 명령이 모세의 십계명입니다. '죽이지 말라', '범하지 말라', '하나님만을 신으로 하라' 이런 계율입니다. 다만 신의 명령이라면 몰살해도 괜찮은 듯합니다.

◈ 인과응보를 원하는 사람들

약속을 지키지 못해 벌을 받는 다른 유명한 예로 북유럽 전사들의 서약 이야기가 있습니다. 그들은 서약을 함으로써 강한 힘을 얻었습니다. 그러나 스스로 어기든 누군가에게 함락되어 어길 수밖에 없든 간에 서약을 어기면 큰 벌을 받습니다. 북유럽 신화의 용사들은 대개 서약을 위반함으로써 목숨을 잃었습니다.

인과응보 이야기가 만들어지는 것은 인간이 이유를 원하는 생물이기 때문입니다. 보통 인생에서는 자신의 행동과는 무관하게 행운이나 불행이 찾아옵니다. 그 사람이 좋은 사람이기 때문에 복권에 당첨되고, 나쁜 짓을 해서 갑자기 병에 걸리는 것은 아닙니다. 그러나 사람들은 인간에게 이유가 있어서 행운이나 불행이 찾아온다는 사고방식을 더 좋아합니다. 아마 유대인들도 자신들이 아무 이유 없이 불행해졌다기보다는 계율을 어기는 바람에 불행해졌다고 생각하고 싶었겠지요. 반대로 생각하면 계율을 지키면 행복해질 수 있다는 희망으로 이어집니다.

이것은 이야기를 만들 때도 마찬가지입니다. 주인공이 아무런 맥락 없이 위기에 빠지는 것보다 예를 들어 소녀와의 약속을 지키지 못하고 나서 위기에 빠져야 독자가 납득할 수 있습니다. 이 경우 위기의 직접적인 원인은 약속을 지키지 못한 것과 관계가 없어도 괜찮습니다. 약속을 지키지 못한 주인공도, 그것을 보고 있는 독자도 주인공이 곤욕을 치르기를 기대하고 있습니다.

054 핀 막 쿨과 세 명의 부인

FIONN MAC CUMHAILL AND THREE WIVES

◆ 세 번의 결혼

결혼은 상대방에 따라 행복할 수도 불행할 수도 있습니다. 그뿐만 아니라 자신의 상태에 따라서도 행복해지기도 불행해지기도 합니다.

핀 막 쿨은 켈트 신화의 영웅으로 피아나 기사단의 수령입니다. 잘생긴 외모에 마법사이며 현자이기도 한, 장점으로 가득한 인물입니다. 피아나 기사단을 특징짓는 것은 서약geas입니다. 기사단에 속한 기사들은 각각 다른 서약을 가지고 있습니다. 서약이란 기사들이 준수해야 할 행동이나 금지 사항으로 그들을 지키고 힘을 실어주는 것입니다. 그러나 서약을 어기면 죽음에 이를 정도의 불행이 찾아옵니다.

핀의 첫 번째 아내는 요정 사이브입니다. 사냥을 하던 핀은 아름다운 새끼 사슴을 발견합니다. 쫓기던 새끼 사슴이 멈추자 핀의 사냥개는 새끼 사슴과 사이좋게 놉니다. 그래서 저택에 새끼 사슴을 데리고 돌아갔는데 그날 밤 아름다운 여성으로 변합니다. 그녀는 다른 요정의 구혼을 거절했다가 마법에 걸려 사슴이 되었던 것입니다. 그녀를 불쌍히 여긴 다른 요정이 핀의 저택에 들어가면 마법이 풀릴 수 있게 도와주었습니다. 그녀의 이야기를 들은 핀은 사이브와 결혼합니다.

하지만 핀이 원정을 나갔을 때 핀으로 둔갑한 이에게 속은 사이브는 아들과 함께 저택 밖으로 나가버렸고 지팡이에 맞아 다시 사슴으로 변합니다. 그리고 핀으로 둔갑한 이는 사슴이 된 사이브를 납치해 사라져버립니다. 뒤늦게 아들만은 발견할 수 있었지만, 사이브는 돌아오지 않았습니다.

몇 년이 지나고 핀은 인간의 딸을 아내로 맞이합니다. 그녀와의 사이에도 아이가 생겨서 사이좋게 지내지만 안타깝게도 그녀는 일찍 죽고 맙니다.

쓸쓸해하는 핀에게 아들 오신은 왕의 딸 그라너를 결혼 상대로 추천하지만, 그녀는 아무리 뛰어난 기사단장이라도 자신의 아버지보다 나이가 많은 핀과의 결혼을 달가워하지 않았습니다. 그리고 줄지어 서 있던 기사들 중에서 가장 아름다운 디어뮈드에게 사랑을 고백하지만 거절당합니다. 그래서 "오늘 밤 저를 데리고 나가는 것을 당신의 서약으로 삼겠습니다"라고 말했고 서약에 묶인 디어뮈드는 어쩔 수 없이 그녀를 데리고 탈출합니다.

핀은 기를 쓰고 두 사람을 쫓지만 기사단원들은 디어뮈드의 사정을 알고 있어 은근히 풀어주기도 합니다. 덕분에 두 사람은 잡히지 않았고, 그 후 양측은 화해하기에 이릅니다.

어느 날 디어뮈드가 사냥을 나갔을 때 멧돼지가 나타납니다. 그는 '돼지를 사냥해서는 안 된다'는 서약 때문에 멧돼지에게 손을 대지 못하고 송곳니로 공격당합니다. 거의 반죽음 상태가 된 디어뮈드는 핀에게 두 손으로 물을 먹여달라고 부탁합니다. 핀에게는 마법의 힘이 있어 손으로 물을 먹이면 어떤 상처도 낫기 때문입니다. 핀은 거절하지만, 그 자리에 있던 기사들이 거절하면 핀과 싸우겠다고 해서 어쩔 수 없이 물을 구하러 갑니다. 하지만 그라너와의 쓰라린 추억이 떠올라 손 틈으로 물이 자꾸만 흘러내렸습니다. 겨우 세 번째 만에 디어뮈드의 입에 물을 가져가지만 이미 그는 숨이 끊어진 상태였습니다.

그 후 핀은 그라너를 설득했는데 기사들로부터 경멸의 시선을 받았다고 합니다. 또 다른 전승에서는 그라너가 평생 혼자 살았다고도 하고 디어뮈드를 따라 죽었다고도 전해집니다.

◈ 나이 차가 많이 나는 결혼은 어렵다

아무리 뛰어난 인물이라도 노인과 결혼하고 싶어 하는 젊은 여성은 좀처럼 없습니다. 그 노인과 여러 번 만나 마음이 통했다면 모르겠지만, 만난 적도 없는 노인과 기꺼이 결혼한다면 재산을 노리는 여자 정도이겠지요.

그런 의미에서 그라너는 보편적인 생각을 가진 여성이었습니다. 그런 여성을 추천한 오신과 주변 인물들의 판단이 잘못되었다고 해야겠죠. 나중에 그라너를 고집하는 핀을 경멸했다고 하지만 자신들이 원인 제공자라는 사실을 모르나 봅니다. 그러나 이런 어리석은 자는 적지 않습니다.

055 로빈 후드와 동료들

ROBIN HOOD AND MERRY MEN

◆ 도적인데도 인기가 있다

도적은 본래 악인이고 미움받는 자입니다. 그러나 극히 일부이지만 사람들의 사랑을 받는 도적이 있습니다. 일본에서도 이시카와 고에몬과 네즈미코조와 같은 의적이 이야기의 주인공으로 등장합니다.

세계에서 가장 유명하고 인기 있는 도적이라고 하면 로빈 후드가 거론됩니다. 그의 활약은 중세 무렵부터 수많은 발라드(이야기시)로 전해졌습니다. 도적이 인기를 얻기 위해서는 몇 가지 조건이 필요합니다.

- **무고한 백성을 습격하지 말 것:** 자신에게 피해를 주는 적에게 호의를 갖는 사람은 없습니다. 부자나 권력자의 물건을 빼앗는다면 서민들은 자신들이 안전하다고 생각하고 잘난 놈이 당하는 것에 박수를 보냅니다.
- **통치자가 인기가 없을 것:** 도적을 잡으려는 쪽이 인기가 많으면 도적이 아무래도 불리합니다. 잡는 쪽이 미움을 받을수록 그들에게 잡히지 않는 도적이 멋있어 보입니다.
- **무작정 살인을 하지 말 것:** 이것은 꼭 필요한 조건은 아닙니다. 다만 약자를 죽이는 도적은 아무래도 인기가 없습니다.

로빈 후드의 이름은 15세기의 발라드에서 처음 등장했습니다. 그 당시 그는 이미 노팅엄 지방의 셔우드 숲에 사는 도망자였습니다. 노르만 정복(11세기에 노르만인이 영국을 정복한 뒤 이전부터 살던 색슨인이나 데인 귀족을 추방하고 노르만인 귀족에 의한 지배가 성립한 것) 이후 노르만인에게 반항한 앵글로색슨인 중 한 명이 로빈 후드라고 합니다.

로빈 후드의 동료들은 '유쾌한 동료들Merry Men'로 불립니다. 총 140명이라고 하는데, 그중에서도 유명한 인물을 소개하겠습니다. 모두 다른 작품에서 주인공의 동료로 나와도 이상하지 않은 개성 있는 캐릭터입니다.

한국어	영어	인물
리틀 존	Little John	'리틀'이라고 불리지만 엄청난 괴력을 지닌 남자. 로빈의 충실한 오른팔
터크 수사	Friar Tuck	뚱뚱하고 대머리인 쾌활한 수도사. 에일(맥주의 일종)을 무엇보다 사랑한다. 이야기 속에서 코믹 릴리프(이야기에서 관객이나 독자의 긴장을 완화하기 위해 등장하는 인물 또는 장면 등을 말한다-옮긴이)를 맡는 경우가 많다
메이드 메리언	Maid Marian	로빈의 연인. 오래된 발라드에서는 청초한 여성, 이후에 나온 작품에서는 활발한 검사로 등장하는 경우도 많다
윌 스칼릿	Will Scarlet	로빈의 조카이자 검의 달인. 항상 빨간 옷을 입고 있다. 빨간 옷을 입은 멋있는 캐릭터의 원형 중 하나다
앨런 어 데일	Allan A'Dayle	음유시인. 로빈이 애인을 구출해준다
방앗간 아들 머치	Much the Miller's Son	초기 발라드에서 로빈의 동료가 된 전사. '미지'라는 이름으로 등장하는 작품도 있다. 후세의 작품에서는 최연소 소년으로 나온다

◈ 영웅 집단의 기본 캐릭터

로빈 후드와 그의 동료들은 집단 히어로물 캐릭터 설정의 기본으로 자주 사용됩니다. 용감한 주인공, 그의 충실한 부하, 가끔 엉뚱한 짓을 하는 유쾌한 사람, 귀여운 연인, 잘생기고 건방지며 빨간 옷을 입은 캐릭터, 특별한 출신은 아니지만 용감한 아이 등 여러 작품의 등장인물에게서 그 영향이 엿보입니다.

그 밖에도 퉁명스럽지만 사실은 좋은 사람, 기술은 전혀 없지만 똑똑하고 다방면에 지식을 갖춘 사람, 미인이라고는 할 수 없지만 어머니처럼 든든한 사람 등 집단에 넣어두면 쓸모 있는 캐릭터에는 여러 가지가 있습니다. 많은 작품을 알아두면 이러한 아이디어를 모을 수 있습니다. 마음에 드는 작품에서 캐릭터를 추출해보면 어떨까요.

056 단테와 베아트리체

DANTE AND BEATRICE

◆ 이상적인 여성상

남성이 훌륭하다고 여기는 여성상은 다양합니다. 하지만 그중에서 가장 이상적인 여성을 꼽으라면 서구 문화권에서는 단테가 만나 작품에까지 남긴 베아트리체의 이름이 나올 것입니다.

단테는 『새로운 삶』에 그녀를 등장시켜 그 아름다움과 마음을 찬양합니다. 그뿐만 아니라 그의 생애를 건 대작인 『신곡』의 「연옥편」 마지막 지상 낙원에서 모습을 보이고 「천국편」에서도 천국을 안내해주는 여인으로 등장합니다.

『새로운 삶』에 따르면 단테와 베아트리체는 아홉 살 때 서로 만납니다. 도도하고 아름다운 어린 천사 덕분에 단테의 마음은 '사랑'으로 채워졌다고 합니다. 단테는 그 후 9년 동안이나 그녀와 만나지 않았지만 그의 기억에서 그녀가 사라지지는 않았습니다. 그리고 열여덟 살 때 재회합니다. 서로 잠깐 인사를 나눴을 뿐이지만 그것만으로 단테의 마음은 감미로운 취기에 사로잡힙니다. 그녀를 생각하다가 마침내는 신이 나타나 이야기합니다. 현대의 시선으로 말하면 단순한 착각남, 최악의 경우 연애 망상이라는 정신병으로 볼 수도 있겠지만 덕분에 세계적 명작이 탄생했으니 문제없는 것이겠지요.

『신곡』의 베아트리체는 천국의 여인이기 때문에 더욱 이상화됩니다. 등장부터 '늠름한 공주의 품격'이 드러납니다. 그녀는 불과 스물다섯에 죽었기 때문에 젊고 아름다운 채로 남았습니다. 그녀는 자신이 죽은 후 방탕한 삶을 살던 단테를 꾸짖었고 천국에서 그가 재기하기를 바랐지만 단테는 들은 척도 하지 않았습니다.

그러나 그녀는 단테의 나쁜 기억을 지우고 그를 구제해줍니다. 아직 천국에 이르지 못한 단테에게 정도를 벗어난 아들을 바라보는 엄마의 표정으로 말하는 등 모성마저 느껴집니다.

◆ 남성의 이상이 되는 여성

이상적인 여성상으로 알려진 베아트리체는 단테라는 남성의 상상에서 태어난 그가 바라던 여성입니다. 13세기 유럽 사회에서 살아간 실제 베아트리체라는 여성에 대해서는 거의 알려지지 않았습니다.

『새로운 삶』, 『신곡』이라는 세계적 명작에 의해 이상적인 여성으로 여겨진 베아트리체, 그리고 여전히 이상적인 여성상으로 유럽 문화에 군림하는 베아트리체는 그렇게 탄생한 캐릭터입니다. 이렇게 남성의 망상에서 탄생한 이상적 여성상을 작품에 내놓아도 전혀 문제가 되지 않습니다.

하지만 라이트 노벨에서는 남성에게 좋은 여주인공만 등장하고 현실적인 여성상이 그려지지 않는다는 비판이 있습니다. 그러나 그것이 완전히 잘못된 지적이라는 것을 단테를 보면 알 수 있습니다. 남성 작가가 쓴 문학에 등장하는 여성, 특히 이상형의 여성은 본래 그런 법입니다. 다만 라이트 노벨은 그 구조를 (세계적 대작가에 비하면) 작가의 미숙으로 인해 노골적으로 보여줄 뿐입니다.

그래서 작가는 이상적인 여성을 등장시키면서 그런 것을 숨기고 독자가 눈치채지 못하게 해야 합니다. 그러기 위해서 '그 밖에 현실적인 여성도 등장시킨다'거나 '본모습은 이상적 여성이지만 부끄러움 등의 이유로 그렇게 행동할 수 없다'는 식의 수법이 사용됩니다. 쌀쌀맞은 듯하지만 속은 따뜻한 여성이 독자의 인기를 얻는 것은 후자의 수법을 즐기는 고도의 감상법이 독자에게 퍼졌다는 증거입니다. 반대로 그런 모습까지도 이상적인 여성상이 되어버렸기 때문에 숨기기가 어려워진 것은 부인할 수 없습니다.

덧붙여서 여성을 타깃으로 한 로맨스 만화 등에 등장하는 남성 캐릭터가 여성이 바라는 이상적인 남성상인 것도 당연합니다. 이것도 비난할 일이 아닙니다. 다만, 역시 이쪽도 잘 숨기고 노골적으로 보이지 않도록 하는 편이 좋습니다.

주의할 것은 현실적인 남녀를 작품에 그리지 말라는 의미가 아닙니다. 남녀의 이상적인 모습을 그려도 괜찮다는 것뿐입니다.

057 트로이와 헬레네

HELEN OF TROY

◆ 미녀 쟁탈전

그리스 신화에는 수많은 미녀가 등장하는데, 그 미모로 인해 엄청난 피해를 가져온 최고의 존재라 한다면 트로이의 헬레네를 들 수 있습니다.

그것은 가장 아름다운 여신의 자리를 두고 헤라, 아테나, 아프로디테가 싸운 것에서 시작됐습니다. 제우스는 이 판정을 트로이 왕자 파리스에게 맡겼고 여신들은 승리를 위해 파리스에게 뇌물을 바치려 합니다. 헤라는 세계의 지배를, 아테나는 모든 전쟁의 승리를, 그리고 아프로디테는 세계 제일의 미녀를 주겠다고 말합니다. 젊은 파리스는 세계 제일의 미녀를 원했고 아프로디테가 승리합니다. 그 세계 제일의 미녀는 스파르타 왕 메넬라오스의 아내 헬레네였습니다.

파리스는 아프로디테의 권유에 따라 헬레네를 유혹하여 트로이로 데려갑니다. 물론 남겨진 메넬라오스는 분노했고 그리스 전역의 영웅을 불러 모아 탈환의 군을 일으킵니다. 너무나도 아름다웠던 헬레네에게는 많은 구혼자가 있었고 남편으로 뽑힌 인물은 다른 구혼자들의 원한을 살 터였습니다. 그래서 누가 뽑히든 선택된 사람이 곤란에 처하면 구혼자 전원이 돕기로 맹세했고 메넬라오스가 선택됐습니다. 구혼자들은 맹세를 지키기 위해 어쩔 수 없이 군을 편성했습니다.

그리고 그리스와 트로이가 싸우는 트로이 전쟁이 시작됩니다. 여자를 뺏고 빼앗긴 것에서 시작된 싸움이 나라의 존망을 건 전쟁으로 발전했고 수많은 영웅이 사망합니다. 마지막에는 그 유명한 트로이 목마에 숨어 있던 그리스군이 한밤중에 잠든 트로이군을 습격하여 승리합니다.

이 전쟁으로 파리스는 사망했고 헬레네는 파리스의 동생인 데이포보스의 아내가 됩니다. 목마에 숨어 있던 메넬라오스는 데이포보스의 저택으로 쳐들어가 그를 죽입니다. 이어서 헬레네도 죽이려고 하지만 도저히 그럴 수 없어서 스파르타로 데려갑니다. 그 후 그녀에 관해 몇 가지 설이 전해지는데, 다시 메넬라오스의 아내로 돌아와 평온하게 지냈다고도 합니다.

참고로 이야기마다 전쟁의 원인과 경위는 다르지만 트로이 전쟁 자체는 신화가 아니라 실제로 일어난 일이라는 것이 트로이의 유적을 발견한 슐리만을 통해 알려졌습니다.

◈ 주체성 없는 미인

헬레네는 미인이긴 하지만 주체성이 없습니다. 파리스에게 유혹당하자 그냥 따라가버립니다. 파리스가 죽은 후 그 동생의 아내가 되어도 얌전히 그 뜻을 따릅니다. 그리고 메넬라오스가 승리하자 원래의 자리로 돌아갑니다. 헬레네 자신이 사실은 어떤 남자를 좋아했는지도 확실하지 않습니다.

어째서 헬레네에게는 의지가 없을까요. 그것은 헬레네가 이야기에서 캐릭터가 아닌 아이템으로 기능하기 때문입니다. 헬레네는 확실히 인간입니다. 하지만 작품에서는 스스로 행동하고 이야기를 만드는 인물만이 캐릭터입니다. 그 이외의 등장인물은 모브mob나 아이템일 뿐입니다. 예를 들어 캐릭터가 들른 가게 점원이나 괴물에게 습격당해 도망치는 사람 등 모브에게는 개성이 필요 없습니다. 이들에게 개성이 있으면 오히려 메인 스토리가 헷갈리게 됩니다.

아이템이란 다소의 개성은 있지만 능동적으로 행동하지 않는 인물입니다. 이야기에서 특정 기능을 갖지만 그 이상의 행위는 하지 않습니다.

헬레네의 기능은 보상입니다. 캐릭터(이 경우는 파리스나 메넬라오스)는 유혹하거나 싸움으로써 보상(헬레네)을 얻습니다. 만약 개성이 생겨서 헬레네가 “당신은 내 취향이 아니라서 싫어”라고 말해버리면 이야기가 어긋납니다. 이 때문에 헬레네는 자기 의지를 가지지 않습니다.

이것은 여성을 물건 취급하는 것이 아닙니다. 예를 들어 『신데렐라』에서는 신데렐라나 새엄마, 새 언니 등 여성들이 캐릭터이고 왕자님은 아이템입니다. 아름다운 여인을 보고 왕비로 삼는 기능만 가지고 있으니까요.

058 카르멘의 자유

FREEDOM OF CARMEN

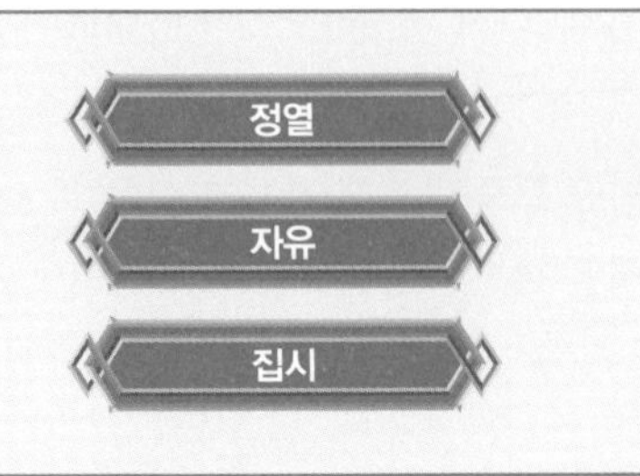

◆ 자유로운 여인

카르멘은 담배 공장에서 일하는 집시 여인입니다. 자유로운 카르멘은 공장에서 싸우다 칼부림 사건을 일으켜 체포됩니다. 카르멘은 자신을 호송하는 돈 호세를 고향이 같다며 유혹합니다. 호세는 카르멘의 유혹에 심란해져 그녀를 놓치고 맙니다.

이 일로 돈 호세는 한 달간 징벌방에 갇힙니다. 이후 졸병으로 강등된 그가 대령의 집 보초를 서는데 거기에 카르멘이 대령의 마차를 타고 나타나 한 술집으로 오라고 합니다. 술집에서 만난 두 사람은 온종일 먹고 마시며 즐거운 시간을 보냅니다. 카르멘에게 푹 빠진 호세는 다음에 또 언제 만날 수 있는지 물어봅니다. 카르멘은 늑대와 개는 함께 살 수 없다고 거절하지만, 그는 이미 그녀에게 매료되었습니다.

어느 날 호세가 거리의 문에서 보초를 서고 있을 때 카르멘이 나타나 밀수단을 통과시켜달라고 부탁합니다. 처음에는 거절하지만 결국에는 그녀의 부탁을 들어줍니다. 하지만 불행하게도 호세는 그 사실을 들키고, 상관을 죽이고 도망칩니다. 카르멘은 갈 곳 없는 호세에게 밀수단에 합류하라고 권유합니다. 호세는 그렇게 하면 카르멘의 사랑을 얻을 수 있으리라 믿고 밀수단에 가담합니다.

그러나 카르멘은 그런 남자의 속셈 따위로 묶어둘 수 있는 여자가 아니었습니다. 다음에 만났을 때는 그녀에게 감옥에 갇힌 남편이 있다는 사실을 알게 됩니다. 게다가 그다음에 만난 그녀는 영국 사관의 애인이 되어 있었습니다. 다만 이때는 사관을 속여서 값진 물건을 빼앗을 목적이었던 것 같습니다.

카르멘은 정이 많은 여자이기도 합니다. 호세가 총탄을 맞았을 때는 2주 동안이나 잠을 자지 않고 극진히 간병합니다. 그러나 카르멘은 곧 투우사 루카스에게 빠져버립니다. 다시 시작하자고 말하는 호세에게 "나는 이제 당신 따위에게 반하지 않아. 나는 어딜 가도 자유로운 카르멘이니까"라고 말합니다. 루카스에게 왜 반했느냐고 묻자 "당신만큼은 아니야. 지금의 나는 누구에게도 반하지 않아"라고 대답합니다. 카르멘은 남자든 뭐든 무언가에 얽매이는 것을 가장 싫어합니다.

그리고 호세는 카르멘을 단도로 찔러 죽입니다. 그녀를 자기 것으로 만들 방법이 달리 없었으니까요. 숲속에 카르멘을 묻은 호세는 무덤 위치를 신부님에게조차 가르쳐주지 않습니다.

◈ 매우 자유로운 여인의 매력

카르멘은 자유분방한 악녀입니다. 자신도 그것을 자각하고 있고, 건실한 사람들에게는 다가오지 말라고 경고할 정도로 조심스러움도 가지고 있습니다. 그러나 그것을 알고도 접근하는 사람은 더 이상 말리지 않습니다. 마음대로 휘두르며 파멸하든 어떻게 되든 신경 쓰지 않습니다.

또 카르멘은 제멋대로인 여자입니다. 자신에게 반한 남자를 악의 길로 끌어들이지만 그렇다고 그에게 얽매이지는 않습니다. 다른 마음에 드는 남자를 발견하면 자기 옆에 있는 남자는 얼른 버리고 새로운 남자에게 달려갑니다.

사랑을 위해 희생했다고 해서 상대방의 사랑을 묶어놓을 수 있다는 생각은 잘못된 것입니다. 상대방이 그 희생에 대해 고마워할지 몰라도 감사는 어디까지나 감사이지 계약이 아닙니다. 그로 인해 사랑이 계속될지는 상대방의 마음에 달렸습니다. 희생의 대가로 상대방에게 사랑을 요구한다면 그것은 돈으로 사람을 사는 것과 다르지 않습니다.

그걸 명확하게 보여주는 예가 카르멘입니다. 호세가 남편을 죽여도 아무 말 하지 않습니다. 남편보다 호세가 더 마음에 들었기 때문입니다. 하지만 호세가 자신을 독점하려고 하자 투우사 루카스에게 달려갑니다. 카르멘은 호세에게 호세와 루카스 중에서는 호세를 더 사랑했지만 지금은 사랑하지 않는다고 말합니다.

자유로운 여성 캐릭터는 작가가 묘사에 실패하면 그냥 제멋대로인 여자로 보이게 됩니다. 그렇지 않으려면 그녀의 자유를 사랑하는 마음과 그 자유를 묶으려는 남자의 행동을 대비시킬 필요가 있습니다. 그리고 설사 자신이 불리해지더라도 자유를 선택하는 기개를 보일 때 비로소 매력 있는 여자가 됩니다.

059 클레오파트라의 외교

DIPLOMACY OF CLEOPATRA

◈ 세계적 미녀의 진짜 얼굴

클레오파트라는 고대 이집트, 프톨레마이오스 왕조의 여왕입니다. 철학자 파스칼이 클레오파트라의 코가 조금만 낮았다면 역사는 달라졌을 것이라고 말할 정도로 세계 3대 미녀 중 한 명으로 꼽힙니다. 프톨레마이오스 왕조는 알렉산더 대왕의 부하가 세운 왕조이기 때문에 사실 클레오파트라는 그리스인의 후손입니다. 생김새 등은 다분히 그리스풍이었다고 여겨집니다.

역사가 플루타르코스에 따르면 클레오파트라는 여러 언어를 구사한 지적인 여성이며 그 미모는 비길 데가 없었다고 합니다. 미녀였는지는 모르겠지만 위트 있는 대화, 남성을 매료하는 아름다운 목소리, 우아한 몸짓 등으로 자신을 매력적으로 보이게 한 여성이었다고 생각해도 좋을 것입니다.

클레오파트라는 이집트 여왕이 될 때 동생과 결혼하여 공동 왕이 됩니다. 그러나 나중에 친로마파 클레오파트라와 반로마파 동생이 대립하게 되고 클레오파트라는 지방으로 쫓겨납니다. 그런 그녀가 자신의 상대로 선택한 것은 서른 살 연상의 율리우스 카이사르였습니다.

클레오파트라는 처음에 카이사르와 대립하는 로마 원로원파의 편이었습니다. 그러나 원로원파가 분열되고, 동생 왕은 이집트로 도망간 원로원파 대표를 죽입니다. 반면 클레오파트라는 대립 관계였던 카이사르에게 갑니다. 전설에 따르면 스스로 융단 주머니에 들어가 카이사르에게 전달하게 했다고 합니다.

그녀는 카이사르를 유혹해 애인이 됩니다. 카이사르의 후원으로 동생 왕을 폐하고 이집트 여왕으로서 실권을 잡은 그녀는 카이사르와의 사이에서 아들 카이사리

온을 낳습니다. 그런데 아들을 데리고 로마를 방문하던 중 카이사르가 암살당하고 클레오파트라는 서둘러 귀국합니다.

이후 로마에서는 삼두정치가 수립되지만 클레오파트라는 그 반대파를 지지합니다. 삼두정치 측인 안토니우스가 클레오파트라에게 출두를 명령하자 그녀는 화려하게 차려입고 순식간에 열세 살 연상의 안토니우스를 매료시킵니다.

클레오파트라에게 너무 매료된 것인지 안토니우스는 사후 이집트에 묻히기를 희망하는 등 지나치게 이집트 편을 들어 로마 시민의 지지를 잃게 됩니다. 이 때문에 삼두정치가 파탄 나고 안토니우스와 옥타비아누스의 싸움은 로마 지도자 간이 아닌 이집트 대 로마의 대립 구도가 되었습니다. 그리고 국력 차이도 있었기에 안토니우스는 패합니다. 또한 결전이 된 악티움 해전에서 클레오파트라의 기함이 전장에서 도망치고 맙니다.

클레오파트라도 옥타비아누스까지는 유혹하지 않고 자살합니다. 일설에는 유혹하려 했지만 그녀도 이미 서른여덟 살이고 일곱 살이나 어린 옥타비아누스에게는 통하지 않아 굴욕감으로 자살했다고도 전해집니다. 다른 설에서는 강직한 인물로 알려진 옥타비아누스는 벽창호 같은 사람이었기 때문에 클레오파트라의 매력을 이해할 수 없었다고도 전해집니다. 그리고 그 단단함 때문에 클레오파트라에게 홀리지 않고 로마 황제가 될 수 있었다고 합니다.

◇ 여자의 매력에 의한 정치

클레오파트라는 정치적으로는 그다지 유능하다고 할 수 없습니다. 공동 왕위에 올랐던 동생과의 정쟁에서 패배해 지방으로 쫓겨났고, 로마의 내부 항쟁에서는 항상 패자를 지지해서 곤경에 처하곤 했으니까요.

하지만 그럴 때마다 클레오파트라는 승리한 남자에게 다가가 그들을 매료함으로써 살아남았습니다. 카이사르도 그렇고 안토니우스도 마찬가지입니다. 그리고 옥타비아누스를 상대로 그 매력이 통하지 않자 파멸하고 자살로 내몰린 것입니다.

여자의 매력에 기댄 정치는 매력이 사라지면(혹은 효과가 없으면) 그 힘을 잃습니다. 현실이라면 본인의 정치력을 길러 살아남아야 합니다. 하지만 그 매력이 남은 동안에는 정치적 줄타기를 아무렇지 않게 하는 기적 같은 힘을 보여줍니다. 이런 캐릭터는 미워할 수만은 없는 적 등으로 등장시키면 좋은 포인트가 됩니다.

060 카산드라의 예언

PREDICTION OF CASSANDRA

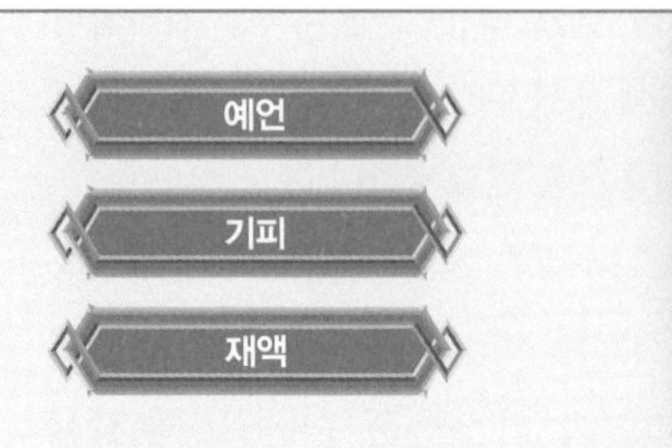

◆ 나쁜 예언자

아주 오래전부터 예언자는 귀한 존재로 존중받아왔습니다. 하지만 모든 예언자가 환영받은 것은 아닙니다. 특히 재액을 예언하는 인물은 재액 그 자체처럼 여겨져 사람들이 꺼리고 싫어하기도 했습니다.

그리스 신화의 여성 예언자 카산드라는 불행하게도 사람들이 기피한 예언자입니다. 원래 카산드라는 트로이의 공주입니다. 트로이 전쟁에서 활약한 트로이 영웅 헥토르와 세계 제일의 미녀 헬레네를 납치해 트로이 전쟁의 원인이 된 파리스가 카산드라의 오빠입니다.

카산드라도 대단한 미녀였고 자매들 중에서 가장 아름다웠습니다. 예언의 힘은 그녀를 좋아한 아폴론이 준 것입니다. 하지만 예언의 힘은 그녀에게 불행만을 안겨주었습니다.

그녀는 예언의 힘으로 아폴론이 자신을 버린다는 것을 알게 되었고 그의 사랑을 거부합니다. 그녀에게 힘을 주었음에도 거부당한 아폴론은 분노하지만 한번 신이 준 힘은 그 신 자신일지라도 다시 거둬들일 수 없습니다. 그래서 아폴론은 누구도 그녀의 예언을 믿지 않는 저주를 내렸습니다.

아폴론의 저주로 카산드라는 정확히 예언하는데도 누구도 믿어주지 않는 어떤 의미에서 가장 불행한 예언자가 됩니다. 이 때문에 현대 사회에서도 아무도 그 경고를 믿어주지 않는 인물을 카산드라에 비유하곤 합니다.

파리스가 트로이에 나타났을 때도 그가 트로이에 해를 끼칠 것이라고 경고하지만 사람들은 그가 그녀의 오빠이자 왕의 아들이라는 것을 알고 무시합니다. 이후 파리스는 스파르타의 왕비 헬레네를 납치해 자신의 곁에 둡니다. 파리스가 헬레네를 납치했을 때도 트로이를 파멸시킬 것이라고 예언하지만 역시 아무도 믿지 않습니다. 실제로 헬레네를 되찾기 위해 그리스의 많은 도시국가 왕들이 연합군을 결성해 트로이로 쳐들어왔습니다. 이것이 트로이 전쟁입니다.

마지막으로 트로이 성문 앞에 목마가 방치되어 있을 때도 카산드라는 내부에 무장 병사들이 숨어 있다고 말합니다. 하지만 트로이 사람들은 신에게 바치는 제물로 여기고 그대로 성문 안으로 가지고 들어갑니다. 목마 안에는 예언대로 병사들이 숨어 있었고, 한밤중에 습격을 당한 트로이는 패배하고 맙니다. 이것이 트로이 목마 이야기입니다.

카산드라는 트로이가 패전하면서 아이아스(그리스 측 영웅)에게 겁탈당한 뒤 미케네 왕 아가멤논의 첩이 됩니다. 아가멤논은 그녀를 자국으로 데려가려 하지만 카산드라는 귀국하면 왕도 자신도 왕비에게 죽임을 당할 것이라고 예언합니다. 그러나 역시 왕은 그 말을 믿지 않았고 왕비 클리타임네스트라와 그녀의 정부 아이기스토스에게 죽임을 당합니다.

◈ 나쁜 말을 하는 자

사람들은 예언뿐만 아니라 듣기 싫은 말을 하는 인간을 믿지 않고 미워합니다. 그 인물이 능력이 없을수록 그런 행동을 하게 됩니다. 듣기 싫은 소리를 상대방이 받아들이려면 말하는 사람의 능력이 받쳐줘야 한다는 것이겠지요.

카산드라의 예언은 아폴론의 저주를 받지 않았더라도 사람들이 믿지 않았을 가능성이 높습니다. 자국이 파멸할 것이라는 예언을 순순히 받아들일 사람은 몇 없으니까요.

자기 말이 사람들에게 받아들여지지 않는 인물은 초조해져 점점 고집이 세지고 타인과 멀어지게 됩니다. 그리고 실제로 위기나 재액이 일어나면 "내가 옳았는데, 바보들"이라고 내뱉듯이 중얼거리는 거죠. 처음부터 상대방이 예언을 받아들이기 쉽도록 온후하게 이야기하면 좋겠지만, 인간은 그런 성인군자와 같이 행동하기 힘듭니다. 이야기에서도 위기를 경고하는 주인공을 믿어주는 인물은 능력 있는 극히 일부에 불과합니다. 그렇기에 소수의 동료와 함께 위기에 맞서는 스토리가 많습니다.

061 성모 마리아와 막달라 마리아

VIRGIN MARY AND MARY MAGDALENE

◆ 모성이 넘치는 두 명의 마리아

신약 성경에는 두 명의 마리아가 등장합니다. 예수 그리스도의 어머니인 성모 마리아와 막달라의 창부였던 마리아입니다.

처녀인 상태로 예수를 낳은 성모 마리아와 몸을 파는 창부로 아이가 없는(적어도 성경에는 나오지 않은) 막달라 마리아. 상반된 두 사람이지만 어딘가 닮은 구석이 있습니다.

성모 마리아를 가장 숭배하는 것은 가톨릭교회입니다. 연옥에서 신에게 용서를 구하는 사람들과 신을 중개하는 존재가 마리아입니다. 현세에 사는 사람 대부분은 지옥에 갈 정도로 악인은 아니지만 그렇다고 천국으로 직행할 정도의 선인도 아닙니다. 즉, 대부분의 사람에게 마리아는 연옥에 갈 자신을 구해줄 고마운 사람입니다.

그리고 물론 예수님의 어머니이기 때문에 기독교에서도 중요한 존재입니다. 이 때문에 성모에 대한 신앙은 매우 강했고, 특히 중세에는 그리스도를 능가할 정도의 신도를 모았습니다. 현재도 중세만큼은 아니지만 마리아를 믿는 사람이 많습니다. 거룩한 처녀이자 성스러운 어머니인 마리아는 불쌍한 어린양들이 의지하는 성인이기도 합니다.

한편 막달라 마리아는 '죄를 지은 여자'라고 불리기도 합니다. '죄를 지은 여자'라는 것은 더러운 여자로 당시에는 '창부'를 이르는 말이었습니다. 일반적으로 막달라 마리아는 창부였지만 예수를 만나 개심한 여성으로 알려졌습니다. 예수를 따라다니며 그가 십자가에 못 박히고 매장당하는 모습을 보았고, 심지어 부활한 예수를 처음 만난 인물이기도 합니다. 기독교에서 가장 중요한 에피소드인 예수의 부활을 목격한 그녀는 매우 중요한 성인입니다. 막달라 마리아는 창부의 수호성인으로 축일은 7월 22일입니다.

막달라 마리아에 대해서는 그녀에게 일곱 개의 악령이 쓰인 것, 그것을 예수가 쫓아낸 것, 예수가 십자가에 못 박히는 모습을 본 것, 예수가 매장될 때 시신에 바르는 향유를 준비한 것, 그가 묻히는 장면을 지켜본 것, 그리고 부활하신 예수를 처음 만난 것 등이 성경에 명시되어 있습니다.

'죄를 지은 여자'는 (살아 있을 때의) 예수를 만나 그 발을 눈물로 적셨기 때문에 자신의 머리카락으로 발을 닦고 향유를 바른 여자입니다.

예수에게 향유를 바른 여자가 한 명 더 있는데, 그녀도 마리아라고 합니다. 구별을 위해 베타니아의 마리아라고 불립니다. 그녀는 예수의 발에 향유를 붓고 머리카락으로 닦았다고 합니다.

이 세 여성이 동일 인물이라는 것이 오랫동안 가톨릭의 교리였지만 1960년대 가톨릭 공의회에서 막달라 마리아는 창부가 아니며 그녀와 '죄를 지은 여자'는 다른 사람이라고 정정했습니다. 현재 가톨릭 교리도 이 세 사람은 다른 사람이라고 말합니다. 하지만 오랜 세월 믿어온 '막달라 마리아 = 죄를 지은 여자 = 창부'라는 이미지는 뿌리 깊게 남아 있습니다.

◈ 상냥한 창부

이 때문에 많은 이야기에서 마리아라는 여성이 등장할 경우, 모성 넘치는 상냥한 여성(성모 마리아형)이거나 창부(혹은 그와 유사한 죄인)이지만 마음씨 좋은 여자(막달라 마리아형)인 경우가 많습니다.

성모 마리아는 성처녀라고도 불리기 때문에 젊은 어머니의 이름으로 사용되는 경우도 많습니다. 나이 든 어머니가 등장할 때는 마리아의 어머니인 안나의 이름이 사용되기도 합니다.

하드보일드나 서스펜스 드라마 등에는 막달라 마리아를 모델로 한 캐릭터가 자주 등장합니다. 주인공을 돕는 창부의 이름이 마리아인 작품도 있습니다.

어쨌든 기독교권 사람들에게는 이름만으로 이미지를 부여하기 쉬운 인물이기 때문에 마리아라는 이름을 가진 캐릭터가 많은 작품에 등장하고 있습니다.

062 로젠크로이츠의 전설

LEGEND OF ROSENKREUTZ

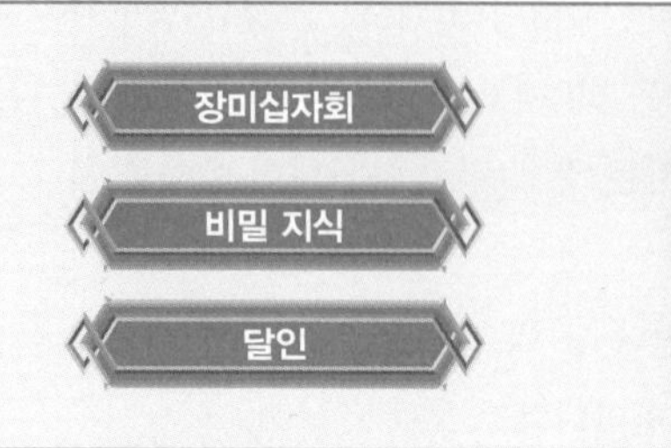

◈ 장미십자회의 설립자

장미십자회 창설자 크리스티안 로젠크로이츠. 그의 삶과 죽음은 신비로운 달인의 전형적인 모습입니다.

독일의 몰락한 귀족 집안에서 태어난 그는 수도원에서 자랐습니다. 16세에 동경하던 성지 순례를 떠나고, 여행 도중에 아라비아 현자의 소문을 듣게 됩니다. 소문대로 아라비아의 담카르(현재의 예멘) 땅에 도착하자 현자가 환대해주었고 아랍어, 수학, 자연 과학 등을 가르쳐주었습니다. 지식을 얻은 그는 우주의 모든 비밀 의식이 적혀 있다는 『M의 서』를 라틴어로 번역하는 데 성공합니다.

아라비아에서 몇 년을 보낸 후에 유럽으로 돌아와 그곳에서 얻은 지식을 널리 알리려 했으나 구태의연한 학자들에게는 받아들여지지 않았습니다. 그래서 그는 독일로 돌아가 굉장한 저택을 짓고 연구 삼매경에 빠진 나날을 보냅니다.

그 후 수도원 시절 동료들과 함께 결사를 결성합니다. 이것이 장미십자회입니다. 장미십자회에는 여섯 개의 신조가 있었습니다.

1. 무료로 환자를 진찰하는 것을 주된 활동으로 한다.
2. 특별한 복장은 하지 않고 그 나라 복장에 맞춘다.
3. 매년 오순절(부활절로부터 50일째 되는 날)에 모임을 갖는다.
4. 각자 자신의 후계자를 찾아 육성한다.
5. 'R.C.'라는 글자를 암호, 인장으로 한다.
6. 단체의 존재는 100년 동안 비밀로 한다.

그가 죽고 나서 묘소는 숨겨져 있다가 120년 후 장미십자회 회원이 발견합니다. 지하 납골당은 120년이 지나도 계속 타오르는 램프로 환하게 밝혀져 있었고, 방 한가운데 안치된 시신은 온전한 모습이었으며, 한 손에는 황금 『T의 서』(타로에 관한 책이라고 합니다)를 들고 있었다고 합니다.

그것을 발견한 장미십자회 회원들은 다시 무덤을 봉인하고 그의 뜻을 이어 세계 각지로 흩어졌습니다.

◆ 달인의 배경

로젠크로이츠는 비밀 의식 달인의 전형적인 예로 다음과 같은 조건을 충족합니다.

- **고귀한 태생:** 로젠크로이츠는 몰락했지만 귀족입니다. 고귀한 혈통은 비밀 의식을 계승할 자격으로 필요합니다.
- **가난한 성장:** 몰락한 귀족은 돈도 권력도 갖지 못합니다. 가난하고 힘이 없다면 그것이 비밀 지식을 얻으려는 이유가 됩니다. 또한 청빈하니까 힘을 줘도 안심이라는 이유로 계승자로 뽑히기도 합니다. 부자 권력자가 비밀 지식을 계승하는 것은 좀처럼 생각하기 어렵습니다.
- **수수께끼의 수련 장소:** 달인은 사람들이 모르는 곳에서 갈고닦아야 합니다. 누구나 갈 수 있는 곳에서는 수련의 가치가 느껴지지 않습니다. 또한 그만이 수련할 수 있었던 이유를 설명할 수 없습니다. 로젠크로이츠는 아라비아반도의 담카르라는 당시 유럽인들이 아무도 가보지 못했을 법한 땅에서 수련했습니다.
- **과거로부터 계승:** 달인은 과거의 현자로부터 비밀 지식을 이어받습니다. 비밀 지식은 오래되고 유서가 있을 정도로 강력하고 고마운 것입니다. 자력으로 대단한 기술을 개발하는 인물도 있지만, 그것은 과학자나 연구자의 입장으로 달인 캐릭터로는 맞지 않습니다.
- **비밀 계승 단체:** 비밀 지식을 계승하는 단체는 비밀스러워야 합니다. 누구나 알고 연락할 수 있는 단체에서는 비밀 지식을 지킬 수 없습니다. 장미십자회는 이름은 알려졌지만 그 구성원과 연락할 수 있었던 사람은 아무도 없었습니다.

이러한 조건이 전부라고는 할 수 없지만, 몇 가지가 성립하지 않으면 비밀 의식 계승의 현실성이 떨어집니다. 비밀 의식의 달인이라는 카리스마 있는 캐릭터를 만들어내기 위해서는 그 배경이 중요합니다.

졸작을 읽어라

이 책은 걸작 혹은 고대부터 전해진 고전 등을 소개하고 거기에서 참고가 되는 힌트를 얻는 책입니다. 하지만 힌트는 걸작에서만 얻을 수 있는 것이 아닙니다. 졸작이야말로 창작 능력 향상의 좋은 자료가 됩니다.

이야기 작성 훈련 중에 졸작 개조라는 방법론이 있습니다. 졸작을 읽고 어디를 어떻게 고치면 제대로 된 이야기가 될지를 고찰하는 것입니다. 주인공의 성격이 별로라고 느껴진다면 어떤 성격을 갖춰야 이야기가 재미있을지를 구상합니다.

캐릭터의 행동이 일관성이 없고 모순된다면 어떤 행동이 모순인지 생각하고 모순되지 않는 행동을 떠올립니다. 그리고 모순되지 않게 행동한다면 이야기가 어떻게 진행될지 생각합니다.

만약 그래도 이야기가 재미있어지지 않는다면 어떻게 해야 할까요? 예를 들어 주인공의 행동이 모순적인 것이 더 재미있다면 어떻게 해야 할까요? 그런 경우에는 모순적으로 느껴졌던 행동이 사실은 수미일관한 행동이었음이 드러나도록 다른 부분을 수정하면 됩니다.

왜 이런 연습에 졸작이 편리할까요? 걸작은 일반 사람이 개선해야 할 점을 찾기 어렵기 때문입니다. 하지만 누가 봐도 졸작이라면 그만큼 작품의 결함이 드러나 있습니다. 그것은 작품의 개선할 점과 어떻게 고치면 좋아질지가 분명하다는 말입니다. 이 때문에 초보자가 훈련하기에는 졸작 쪽이 더 편리합니다. 걸작 개조는 더욱 어려운 훈련이기에 능숙해진 후에 하는 편이 좋겠지요.

매력적인 적

조연 중에서도 적 캐릭터는 이야기의 매력에 큰 영향을 미치는 요소입니다. 완전한 악인이거나 배신자이거나 연적으로 나오는 이들이 독자에게는 가장 신경 쓰이는 조연입니다. 이 장에서는 적 캐릭터의 인물상과 동기, 행동에 대해 살펴봅니다.

063 로키의 배신

BETRAYAL OF LOKI

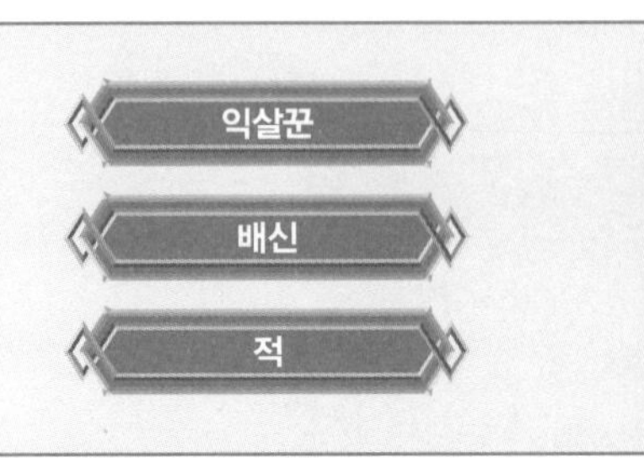

◆ 신과 거인 사이에서 태어난 자

동서고금, 다양한 이야기에는 많은 배신자가 등장합니다. 그중에서 가장 유명한 배신자는 북유럽 신화의 로키가 아닐까요.

북유럽 신화에서 신들(아스 신족과 반 신족이 있습니다)의 적은 요툰이라고 불리는 서리 거인입니다. 그렇지만 북유럽 신화의 신들은 그들과 결혼하곤 했기 때문에 거의 동족이라고 해도 무방합니다.

로키는 요툰 파르바우티와 아스 신족 라우페이 사이에서 태어난 혼혈 신입니다. 아버지가 요툰임에도 불구하고 아스 신족의 주신 오딘의 의형제로서 아스가르드(아스 신족이 사는 땅)에서 살아갑니다. 로키는 그 지혜로 신들을 돕기도 하고 장난을 쳐서 신들을 괴롭히기도 합니다.

먼저 로키는 지혜를 발휘해 신들의 무기 등을 갖춥니다. 로키는 짓궂은 장난으로 전쟁의 신 토르의 아내 시프의 황금 머리카락을 잘라버립니다. 화가 난 토르에게 로키는 더 훌륭한 황금 머리카락을 선물하겠다며 용서를 구하고 이발디의 아들들이라는 난쟁이에게 황금 가발을 만들어달라고 부탁합니다. 그러자 난쟁이는 거기에 더해 스키드블라드니르라는 배(나중에 프레이의 배가 됩니다), 궁니르라는 창(나중에 오딘의 무기가 됩니다)도 만듭니다. 그뿐만 아니라 로키는 그것을 다른 난쟁이에게 과시하고 경쟁심을 부추겨 황금 멧돼지 굴린부르스티(프레이의 것이 됩니다), 황금 팔찌 드라우프니르(오딘의 것이 됩니다), 최강 망치 묠니르(토르의 무기)를 만들게 합니다. 게다가 대가도 지불하지 않고 도망쳐버립니다.

빛의 신 발드르를 모살한 것도 로키입니다. 발드르는 신 중에서 가장 사랑받은 신입니다. 어느 날 그는 자신의 죽음에 관한 악몽을 꾸게 됩니다. 그의 어머니 프리그는 세계의 모든 생물과 무생물에게 발드르를 해치지 않겠다는 약속을 받습니다. 다만 어린 겨우살이만은 서약하지 않았습니다. 덕분에 발드르는 어떤 무기로 공격받아도 상처를 입지 않게 되었습니다. 무엇을 던져도 죽지 않는 발드르에게 신들은 무기를 던지고 놉니다. 하지만 눈이 보이지 않는 발드르의 남동생 호드는 이 놀이에 가담하지 않고 따분한 생각을 하고 있었습니다. 로키는 몰래 따온 겨우살이를 호드에게 주며 내던지게 합니다. 이에 발드르는 겨우살이에 상처를 입고 죽습니다.

죽은 발드르를 부활시키려고 죽음의 나라 여왕 헬에게 부탁하자 세상 모든 것이 발드르를 위해 울면 부활을 허락하겠다고 말했습니다. 그리고 세상 모든 것이 울었지만 단 한 명 뢰트라는 여자 거인만 울지 않았고 발드르는 부활할 수 없었습니다. 사실 뢰트는 로키가 변신한 모습이었습니다.

이 모살에 신들도 분노하여 로키는 바위에 묶였고 위에서 떨어지는 독사의 독을 맞는 형벌을 받습니다. 로키의 충실한 아내 시긴은 로키에게 독이 떨어지지 않도록 흘러내리는 독을 그릇으로 받아냅니다. 다만 그릇이 가득 차면 시긴이 독을 버리러 갔는데 그때 독이 묻어 몸부림치는 로키의 움직임 때문에 지진이 일어났다고 합니다.

마지막으로 신들이 벌이는 최후의 전쟁 라그나로크에서는 이 형벌에서 벗어난 로키가 서리 거인을 이끄는 대장으로 싸우다가 빛의 신 헤임달과 서로 죽이게 됩니다. 신들의 익살꾼이었던 로키는 신들의 마지막 적으로서 죽은 것입니다.

◆ 이상적인 배신자 모습

로키는 신들에게 배신자로 여겨집니다. 신들은 신에 대한 여러 악행도 로키라면 할 수 있다고 여깁니다. 다만 신들에게 이익이 되는 일도 하고 피해만 주는 것은 아니기에 그의 악행을 용서합니다.

이것은 어떤 의미에서는 뛰어난 행동입니다. 근엄하고 올곧은 인간이 배신하면 무조건 때려눕힐 수밖에 없습니다. 그러나 원래부터 어처구니없는 장난을 치던 자가 배신을 하면 또 엉뚱한 장난 칠 생각하지 말라는 경고로 끝납니다. 즉, 진짜 배신이 다소 들통나도 전혀 문제가 안 됩니다. 그 대신 평소에는 익살꾼으로서 다른 사람에게 멸시받는 굴욕을 참아야 합니다. 그것만 참을 수 있다면 배신자로서 매우 유리합니다. 로키는 이런 식으로 라그나로크까지 살아남았습니다.

064 다윗과 사울왕

DAVID AND SAUL

◆ 질투하는 남자

사울은 이스라엘의 초대 왕입니다. 예언자 사무엘은 하나님이 사울을 선택하신 것을 알고 그에게 기름을 부은 뒤 왕으로 삼았습니다.

사울은 용감한 전사이자 왕으로 주변 민족과 싸웠습니다. 다만 아말렉 민족을 물리치고 그들이 소유한 모든 것을 없애라는 하나님의 말씀을 따르지 않고 가축 일부를 남겨두었기 때문에 하나님의 마음은 사울을 떠나게 됩니다. 그리고 사무엘에게 새롭게 왕이 될 자를 선택하게 했습니다. 그것이 다윗입니다. 다윗은 아름다운 소년이었습니다.

그러나 사울은 왕위를 붙잡고 늘어집니다. 하나님의 영은 사울에게서 멀어졌고 악령을 보내 사울을 괴롭혔습니다. 가신은 사울을 위로할 하프 장인을 구합니다. 다윗은 하프 연주로 사울을 위로하고 그의 호감을 얻습니다.

그 당시 유대인과 싸우던 블레셋인 중에 골리앗이라는 거대한 전사가 있었습니다. 골리앗은 일대일 대결로 승패를 결정하려고 유대인들을 도발하지만 그가 두려워 아무도 도전하려 하지 않습니다. 그때 다윗이 나타나 자신이 싸우겠다고 선언합니다. 사울왕은 그에게 갑옷을 준비해주지만 다윗은 거절하고 평소에 입던 옷을 입고 양치기들의 지팡이, 물매돌 몇 개를 주워 싸우러 갔습니다.

골리앗은 그 모습을 비웃었지만 다윗이 던진 돌에 이마를 맞고 실신합니다. 다윗은 검이 없었기 때문에 골리앗의 검을 뽑아 그 목을 자릅니다. 그 후에도 다윗은 전쟁에 나갈 때마다 공을 세웠고 사울은 그를 전사의 우두머리로 임명했습니다.

그러나 나라로 돌아온 사울은 백성들이 "사울은 천 명을 죽이고 다윗은 만 명을 죽였다"라고 노래하는 것을 듣고 질투에 사로잡혀 다윗이 하프를 연주할 때 창으로 그를 찔러 죽이려 합니다.

이후 사울은 다윗을 멀리하고 천 명 부대의 우두머리로 삼았습니다. 그러나 그는 어디로 출정하든 승리하고 귀환합니다. 어쩔 수 없이 다윗과 딸 미갈을 결혼시키는데, 그 조건으로 다수의 블레셋인들을 죽일 것을 요구합니다. 그들이 다윗을 죽이게 하려는 것이었지요. 하지만 다윗은 왕의 명령을 완수합니다.

마침내 사울은 아들 요나단과 가신들에게 다윗을 죽이라고 명령하지만 요나단은 다윗을 두둔합니다. 하지만 결국 사울은 다윗을 죽이려 했고 아내 미갈은 몰래 남편을 도망가게 합니다.

다윗과 그의 병사들은 사울에게서 도망치면서도 블레셋인들이 유대인 마을을 공격해오자 맞서 싸웠습니다. 사울은 다윗이 마을을 구하면 그 마을을 포위하기 위해 출정하지만 다윗은 재빨리 도망쳐버립니다.

또한 사울이 동굴에 혼자 들어갔을 때도 다윗은 그를 덮치지 않고 몰래 옷자락을 자른 뒤 그것을 사울에게 보여주어 자신이 사울에게 해롭지 않음을 증명합니다. 그래도 사울은 다윗을 죽이려는 것을 멈추지 않았습니다. 결국 다윗은 사울과 그의 아들들이 블레셋인과의 전투에서 전사한 후에야 귀환합니다.

◈ 질투하는 사람은 인기가 없다

다윗은 사울에게 박해를 받고 여러 번 죽을 뻔하지만 그래도 도망칠 뿐 사울을 쓰러뜨리려 하지 않습니다. 오히려 몇 번이고 사울에게 자신이 무해하다는 것을 계속 증명합니다. 게다가 자신이 암살 대상이 될지언정 절대 암살하는 쪽을 선택하지 않습니다. 그런 비열한 행동을 하지 않았기 때문에 사람들은 다윗을 왕으로 삼으려는 신의 뜻을 쉽게 받아들일 수 있었습니다.

반면 사울은 그 순간만큼은 반성하지만 곧 다윗을 질투하고 죽이려 합니다. 결국 다윗을 추방한 것이 패전 원인이 되었고 아들을 모두 잃게 되었습니다. 다윗을 질투하고 죽이려 한 사울은 신의 뜻에 따라 왕이 되었음에도 인기를 얻지 못했습니다. 질투심은 인간이라면 반드시 느끼는 감정이지만, 그것을 제어하지 못하고 타인을 공격하는 인간이 다른 사람에게 호감을 줄 수는 없는 법이니까요.

065 드라큘라의 오만

DRACULA'S ARROGANCE

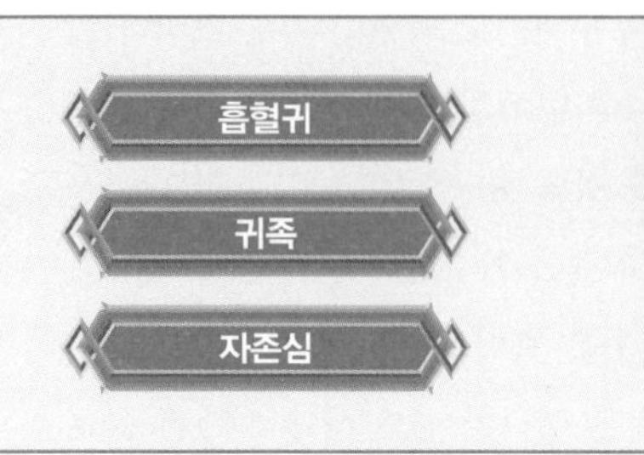

◆ 흡혈귀 이미지를 만든 작품

현재의 흡혈귀 이미지를 정착시킨 작품은 브램 스토커의 『드라큘라』입니다. 흡혈귀는 영어로 뱀파이어Vampire인데요. 이 작품이 너무 유명해져서 '드라큘라'라는 말을 '흡혈귀'의 의미로 사용하는 사람도 많습니다. 하지만 정확히는 드라큘라라는 이름의 뱀파이어입니다.

드라큘라는 루마니아 트란실바니아 지방의 오래된 성에 사는 백작입니다. 검은 옷을 입었고 키가 크며 오만불손합니다. 괴력을 지녔으며 체온이 낮아서 만지면 얼음처럼 차갑습니다. 잠은 관 속에서 잡니다. 백발의 노인이지만 피를 마시면 젊어지고 검은 머리가 됩니다. 외모는 코가 높고, 이마는 튀어나왔고, 눈썹은 굵고, 콧수염이 있으며, 입술은 빨갛고, 송곳니가 뾰족합니다. 안색이 창백하고 귀도 뾰족합니다.

여기에 더해 1931년 미국 영화 〈드라큘라〉의 주연 벨라 루고시의 모습이 현대 드라큘라 이미지에 큰 영향을 주었습니다. 원작에서 영국에 찾아온 드라큘라는 거의 모습을 드러내지 않지만, 영화에서는 올백 머리에 턱시도를 입고 망토 깃을 세우고(원래는 망토 깃을 눕혀야 합니다) 사교계에 나타납니다. 소설과 달리 영화에서는 수염이 없었기 때문에 현대 드라큘라도 수염이 없습니다. 또한 동유럽 사투리가 섞인 영어(루고시는 헝가리에서 이주했습니다)로 말하는데, 이것이 고귀한 느낌이 든다며 좋은 평판을 얻었습니다.

또 하나의 큰 영향을 준 영화는 1958년 영국에서 제작된 〈괴인 드라큐라〉입니다. 드라큘라 역은 크리스토퍼 리, 헬싱 교수는 피터 커싱이 연기했으며 이 둘의 연기 대결이 볼거리입니다. 원작에서는 정신의학과 노교수이자 지원자 역할로 나오는 헬싱 교수를 시원시원하고 지적이며 활동적인 중년 남성으로서 드라큘라와 싸우는 주역으로 설정했습니다.

스토리는 트란실바니아에 있던 드라큘라가 새로운 사냥감을 찾아 영국으로 옵니다. 그리고 젊은 여성의 피를 마시고 젊음을 되찾습니다. 인간들은 헬싱 교수의 조언을 따라 드라큘라에게 대항합니다.

◈ 귀족인 악역

〈괴인 드라큐라〉는 그동안 농민 등 시골 평민으로 여겨졌던 토속적 흡혈귀라는 존재를 도시적이고 귀족적으로 재탄생시켰다는 점에서 획기적인 작품입니다. 그 이미지가 너무도 멋있어서 전통적인 흡혈귀가 망하고 영화 속 귀족풍 흡혈귀만 살아남은 것은 작가인 스토커조차 예상치 못한 사태입니다.

그렇다면 어떤 점이 귀족적일까요? 대표적으로 다음 세 가지를 들 수 있습니다.

- **오만불손:** 귀족은 사회적 지위가 있어서 말과 태도에서 오만함이 보입니다. 상대에게 저자세를 보이지 않습니다.
- **의견을 바꾸지 않는다:** 귀족들은 다른 사람이 자기 말을 들어줄 것이라고 생각하기 때문에 한 번 입 밖에 낸 말을 쉽게 거두어들이지 않습니다.
- **외모:** 귀족에게 어울리는 복장과 헤어스타일을 하고 있습니다. 또한 어디까지나 이미지입니다만, 얼굴도 날카로운 눈, 매부리코, 선이 굵은 조각 같은 얼굴 등을 하고 있습니다.

드라큘라가 인기를 얻어서인지 귀족적인 악역이 일반화되었습니다. 여기서 귀족적이란 타락하고 무능한 귀족이 아닙니다. 유능하고 고귀하며 의지가 강하고 당당한 태도를 보이는 최강의 적에 어울리는 악역입니다.

이런 인물이 이야기에서 본격적으로 활약하기 시작하면 클라이맥스가 얼마 남지 않았다는 것을 알 수 있습니다. 〈드라큘라〉에서는 한 인물에 대한 묘사가 '괴상한 노인(트란실바니아 지방)→수상한 그림자(런던)→귀족적 흡혈귀(트란실바니아 지방)'로 바뀝니다. 이것을 통해 다양한 적이 등장하는 것과 수미일관하게 흡혈귀가 적인 것을 양립시킵니다.

066 알 카포네의 장사

BUSINESS OF AL CAPONE

◈ 광란의 1920년대

서브머신건을 가진 갱단이라는 전형적인 이미지는 1920년대 미국에서 사람들에게 퍼져나갔습니다. 당시 미국은 금주법이라는 세기의 악법을 시행하고 있었습니다. 사람들은 불법임을 알면서도 술집에 가는 완전한 도덕적 해이에 빠져 있었습니다. 갱들은 밀주를 제조하고 도매하여 큰돈을 벌고 있었습니다. 게다가 불법이기 때문에 비싸게 팔리고 세금도 전혀 부과되지 않았습니다.

그 갱의 대표가 알 카포네입니다. 젊었을 때 부상으로 얼굴에 상처가 나서 '스카페이스'라는 별명도 붙었지만, 그렇게 부르면 매우 화를 내기 때문에 본인 앞에서 아무도 그 별명을 입에 올리지 못했습니다. 카포네는 이탈리아계이지만 시칠리아 출신이 아니기 때문에 엄밀히 말하면 마피아(시칠리아 출신으로 구성)는 아닙니다.

그는 범죄를 조직화했습니다. 젊었을 때부터 머리가 비상했던 카포네는 갱이 되기 전에는 부기簿記 관련 일을 한 적도 있어 돈 관리에 밝았고 돈 버는 범죄 조직을 만드는 데 성공했습니다.

그렇지만 폭력적인 일도 당연하다는 듯 행합니다. 유명한 성 밸런타인데이 학살(일명 피의 밸런타인)은 항쟁 상대인 조지 벅스 모란 일가를 완전히 무너뜨리기 위해 일으킨 사건입니다.

그날 모란 일당은 밀주를 받으러 본부인 창고에 모이기로 했습니다. 총 일곱 명으로 일곱 번째 남자는 키가 크고 회색 코트를 입고 있었습니다(모란은 키가 컸습니다). 그들이 모였다고 판단한 습격 부대 다섯 명은 순찰차에 올라타 경찰 제복을 입고 나타납니다. 그러고는 그 자리에 있던 일곱 명을 벽 쪽에 세워놓고 톰슨 서브머

신건을 연사해 학살했습니다. 운이 좋게도 뒤늦게 도착한 모란은 밖에 있는 경찰차를 보고 단속인 줄 알고 도망쳤기 때문에 목숨을 건졌습니다. 사살된 것은 모란의 수하 여섯 명과 우연히 잡담하러 온 근처 안경원 주인이었습니다.

이 학살은 카포네와 부하 잭 맥건이 모의하여 저지른 일입니다. 실제 범행에 이 두 명은 가담하지 않았습니다. 범행이 일어날 당시 카포네는 플로리다에서 경찰 조사를 받고 있었고 완벽한 알리바이가 성립되어 있었습니다. 또한 사건이 벌어지기 전 며칠간은 시카고에 연락조차 하지 않았습니다. 범행은 플로리다에 가기 전부터 계획되어 있었고, 카포네는 연락할 필요조차 없었습니다. 맥건도 본명으로 호텔에 묵으며 알리바이를 만들었습니다. 체포는 되었지만 결국 고소가 취하되어 풀려납니다.

카포네는 이런 학살을 일으키면서 한편으로는 대공황으로 곤궁한 사람들에게 시카고에서 하루 세 번 무료 급식을 제공했습니다. 이는 성 밸런타인데이 학살로 악명이 너무 높아졌기 때문에 호감을 사기 위한 측면도 있었다고 합니다.

◈ 차가운 피와 뜨거운 피로 묶인 정

알 카포네는 적에 대해서는 매우 냉정하여 여러 항쟁 상대를 죽였습니다. 그뿐만 아니라 뒤로는 정치인이나 경찰을 자기편으로 만들거나 신문사를 매수하여 거슬리는 기자를 내쫓는 등 다양한 방법을 사용했습니다.

하지만 가족에게만큼은 인정이 넘쳤습니다. 성공한 카포네는 시카고의 고급 주택가에 대저택(수영장과 크루즈가 정박하는 부두 등도 있었다고 합니다)을 지어 부인과 자식을 살게 했을 뿐만 아니라 어머니와 형제들을 불러들였습니다. 그리고 실종된 장남(다른 주의 금주법 수사관이 되어 있었습니다)을 제외한 형 두 명도 조직에 불러들여 비교적 편한 일감을 주었습니다. 특히 여동생은 카포네와 나이 차이가 났기 때문에 마음껏 응석을 부렸다고 합니다.

적대 갱단과의 휴전 협상에서 상대가 자신의 우두머리를 죽인 범인을 내놓는다면 휴전에 응하겠다고 했을 때도 거절하겠다고 단언하며 부하를 지켰습니다. 다만 그 부하가 나중에 배신하고 쿠데타를 일으키려 하자 붙잡아 꼼짝도 못 하게 한 뒤 방망이로 때려죽이는 등 배신에는 피의 징벌을 가했습니다.

이 완전한 악으로 보기 어렵게 하는 동료 의식과 자선 행위가 카포네 인기의 근원이라고 할 수 있겠습니다.

067 질 드 레의 타락

THE CORRUPTION OF GILLES DE RAIS

◈ 영웅에서 범죄자로

질 드 레는 15세기 프랑스 귀족입니다. 잔 다르크와 맹세를 나눈 친구이자 대량 살인범으로 귀족임에도 사형당했으며 샤를 페로의 동화 『푸른 수염』의 모델로도 알려져 있습니다.

그는 프랑스 명문 귀족 집안에서 태어났습니다. 어린 나이에 부모님을 잃은 그는 할아버지 밑에서 자랍니다. 나중에 회고를 통해 이야기했지만 할아버지는 이른바 탐욕적인 귀족의 전형이었습니다. 게다가 그의 미소년 애호도 할아버지로부터 배운 것 같습니다.

그런 환경에서도 질은 학문에 흥미를 느끼고 많은 책을 읽는 학구파 소년으로 자랐습니다. 당시에는 귀족도 글을 읽고 쓸 수 없는 것이 보통이었습니다. 사실 질의 남동생은 자기 이름조차 쓰지 못했습니다.

이후 그는 성장해 군인이 됩니다. 영국과 프랑스의 백년전쟁에서 프랑스가 불리했던 시기였고, 25세에 잔 다르크를 만납니다. 거룩한 그녀에게 마음을 다해 순종한 질은 그녀 곁에서 군사적 재능을 발휘합니다. 성녀라곤 해도 역시 농가의 딸이 군사 행동을 하기란 어렵습니다. 깃발을 들고 군 앞에 서서 사기를 올리는 잔 다르크 밑에서 실제로 군을 지휘한 것은 질이었습니다. 그리고 오를레앙시의 해방을 이룹니다. 이어 각지에서 영국군을 격파하고 육군 원수의 지위를 얻습니다.

그러나 프랑스 궁정은 이미 영국과 타협할 계획이었습니다. 따라서 전쟁으로 영국을 격파하자고 주장하는 잔 다르크나 질 등 강경파는 배제되기 시작합니다. 그리고 프랑스의 반대파였던 부르고뉴 공국에 붙잡힌 잔 다르크는 그대로 영국으로 인도되고 그곳에서 이단 심문에 회부되어 화형에 처해집니다. 프랑스 궁정은 그녀에게 많은 도움을 받았지만 도우려 하지 않았습니다. 여기서 질은 하나님의 정의에 대한 믿음을 잃었을지도 모릅니다.

잔 다르크를 잃은 질은 영지로 돌아와 방탕한 생활에 빠집니다. 비싼 미술품을 사들이고 성대한 향연을 벌이며 프랑스에서 가장 많다고도 여겨졌던 재산을 점점 탕진합니다. 그는 몇 년 만에 금치산자(스스로 재산 관리 등을 할 수 없는 인물)가 되어 얼마 안 되는 재산만 사용할 수 있게 되었습니다. 이때부터 그는 연금술에 빠져듭니다.

악마 숭배에도 손을 댄 듯 소년을 납치해 와서 손발을 자르고 심장을 도려내어 악마에게 바칠 제물로 삼았습니다. 소년의 머리를 나란히 놓고 어느 것이 더 아름다운지 품평회를 열었다고 합니다. 신기하게도 미소녀에게는 손대지 않고 오로지 미소년만 죽였는데, 총 300명 이상(1,500명이라고도 합니다)을 죽였다고 합니다.

재판에서는 파문이 두려워 참회하며 가공할 만한 소행을 상세히 고백했습니다. 그리고 더러운 영혼이 구원받을 수 있도록 기도해달라고 부탁한 후 화형당합니다. 그의 호소가 가닿았는지 사람들은 그를 위해 기도해주었다고 전해집니다.

◈ 정의에 대한 실망

질 드 레는 잔 다르크와 함께 싸웠고 프랑스의 영웅이라고까지 불렸던 인물입니다. 또한 항상 책을 가지고 다니던 인물로 교양 없고 야만적인 사람이 많았던 당시 귀족들과는 달랐습니다. 그러나 그런 인물이기에 프랑스가 성녀를 배신한 것, 그리고 신이 그것을 방치하고 화형에 처하도록 한 것을 용서할 수 없었을지도 모릅니다.

인격자가 사회에 배신감을 느끼고 절망할 때 비로소 가장 강력한 범죄자가 태어납니다. 난폭한 악한보다 타락한 인격자가 머리도 좋고 관록도 있고 악을 행하는 카리스마도 강합니다. 즉, 세상에 더 안 좋은 일이 일어납니다. 300명 이상의 소년을 때려죽인 질 드 레도 강한 카리스마로 악행을 저지르는 동안 수하를 통제하고 있었습니다. 그런 의미에서는 위대한 존재가 범죄자가 되었다고 할 수 있습니다.

그를 위해 민중이 기도한 것은 잔 다르크를 잃은 그의 절망을 알고 있었기 때문인지도 모릅니다.

068 피사로의 정복

THE CONQUEST OF FRANCISCO PIZARRO

◆ 하얀 신의 품성

신대륙(아메리카대륙)으로 진출한 스페인 사람은 하얀 피부 때문에 중남미 사람에게 전설에 등장하는 하얀 신으로 오해받았습니다. 그때 신으로 오해받은 인간이 어떻게 행동하는지에 따라 품성을 알 수 있는데요. 잉카 제국을 정복한 스페인의 프란시스코 피사로는 가장 낮은 품성을 보여줍니다.

남미 강대국 잉카 제국은 스페인인들이 들여온 천연두 등의 역병으로 황제와 황태자를 동시에 잃었습니다. 이 때문에 남겨진 우아스카르와 아타우알파라는 두 아들이 황제 자리를 두고 싸웠고 아타우알파가 승리합니다. 그곳에 나타난 피사로는 뻔뻔하게도 황제와 신민들에게 기독교로 개종할 것을 요구하고 그렇지 않으면 교회와 스페인의 적으로 간주하겠다고 선언합니다. 당연히 아타우알파는 잉카는 누구의 속국이 되지 않는다고 거부했고, 무슨 권위로 그런 요구를 하느냐고 묻습니다. 그러자 스페인 사람들은 성경을 보여주고 여기에 적힌 하나님의 말씀에 의해서라고 대답합니다. 그러나 글자가 없는 잉카의 황제에게 성경은 그저 무의미한 그림일 뿐입니다. 아타우알파는 왜 이 물체가 말을 하지 않느냐며 성경을 내던집니다.

이에 피사로는 그를 신의 적으로 여겨 황제군을 공격하고 아타우알파를 포획합니다. 여러 차례 전쟁을 거듭한 스페인은 병사는 소수지만 무장과 군사 기술에서 잉카를 크게 앞섰으며, 1만여 명의 황제군 중 7천 명이 사상한 것으로 알려졌습니다.

아타우알파는 설마 피사로가 소수의 군으로 잉카 제국을 정복하려고 한다고는 생각지 못했습니다. 그래서 몸값으로 해결하려 했고 피사로도 그 협상에 응해 몸값을 주면 아타우알파를 석방하겠다고 약속합니다. 그리고 황제는 방 안에 가득 찬 황금을 건네줍니다. 그러나 피사로는 아타우알파를 살려줄 생각이 없었습니다. 아타우알파를 붙잡은 직후 우아스카르를 죽이고 그것을 아타우알파 탓으로 돌려 그를 사형시킵니다. 그리고 아타우알파의 동생 망코 잉카 유판키를 황제로 옹립합니다. 그도 스페인 내부의 불화를 이용해 제국을 탈환하려 하지만 결국 패배하고 잉카 제국은 스페인의 지배하에 들어갑니다. 스페인 사람들은 잉카인을 노예처럼 혹사하고 그들의 문화를 완전히 파괴했습니다.

◆ 인간은 인간이 아닌 것에 잔혹해진다

소수의 스페인인들이 잉카 제국에 승리한 이유는 무엇일까요? 물론 무장이나 군사기술에서 앞선 이유도 있습니다. 잉카인은 대포는커녕 총조차 본 적 없고 무기도 청동기이며 철제 무기도 없었습니다. 그러나 스페인인은 소수고 잉카인은 다수였기 때문에 무기만 우월했다면 언젠가는 스페인이 패배했을지도 모릅니다.

잉카의 가장 큰 패배 요인은 다민족 국가였다는 점입니다. 잉카 제국 자체가 다른 나라를 정복하고 강대해진 정복 왕조였기 때문에 지방에는 잉카의 지배를 달가워하지 않는 호족들이 다수 남아 있었습니다. 스페인 사람들은 이 호족들을 끌어들여 병력 약세를 보완했습니다. 그리고 스페인인들이 들여온 역병이 크게 돌면서 잉카 제국이 심하게 약화한 것도 원인으로 꼽힙니다.

하지만 가장 큰 이유는 피사로가 전쟁 규칙을 무시했다는 것입니다. 전쟁에도 최소한의 규칙이 있습니다. '협상 장소에서는 서로 공격하지 않는다', '전쟁 종결 조약을 맺으면 기본적으로 따른다' 등입니다. 하지만 피사로는 그것들을 모두 무시했습니다. 이는 당시 기독교인들이 기독교 신자인 백인 이외에는 인간으로 인정하지 않았기 때문입니다. 인종 차별은커녕 인간으로조차 인정하지 않았기에 아무리 거짓말을 해도 죄가 되지 않았습니다. 무서울 정도의 오만함이지만, 잉카 측은 보통 감각으로는 이해하지 못할 피사로의 행동에 휘둘립니다.

인간으로 여기지 않는 상대에게 인간은 얼마든지 잔인해질 수 있습니다. 아마 피사로도 같은 기독교인들에게는 자비로운 면모를 보였겠지요. 하지만 그렇기 때문에 피사로가 잉카 사람들에게 보여준 모습이 무서운 것입니다. 개미를 짓밟을 때와 같은 정도로만 양심의 가책을 느꼈을 테니까요.

069 데이비 크로켓과 긴타로

DAVY CROCKETT AND KINTARO

◆ 아메리칸 히어로의 원형

데이비 크로켓은 미국인에게 영웅 같은 존재입니다. 18~19세기 실존 인물로, 수많은 일화 중 어느 것이 사실인지 알 수 없는 전설적 인물입니다.

크로켓은 텍사스 혁명(당시 멕시코령이었던 텍사스 독립운동)의 지도자 중 한 명으로 싸우다가 멕시코 정부에 붙잡혀 처형됐습니다. 이렇게 들으니까 비극적인 영웅 같은데 객관적으로 보면 영웅인지 악당인지 모르겠습니다.

당시 텍사스는 멕시코령이었습니다. 광활한 황야에 불과 수천 명밖에 살지 않는 외로운 땅이었습니다. 거기에 미국인들이 대거 이민을 옵니다. 그들은 많은 노예를 거느리고 있었지만 멕시코에서 노예는 불법이었습니다. 멕시코 정부는 이민자에 대해 현재의 노예는 그대로 소유를 허용하되 그들의 자녀는 자유민으로 할 것 등 몇 가지 조건을 달았습니다.

그러나 미국계 이민자들은 이러한 조건을 지키려 하지 않고 그것을 요구한 멕시코 정부를 상대로 텍사스 독립운동을 벌입니다. 이미 미국계 이민자가 멕시코 국민보다 많아진 상태였습니다. 멕시코 정부는 미국계 이민을 제한했지만 불법 입국자가 계속해서 몰려왔고 그 수가 원래 멕시코 국민의 몇 배나 되었습니다.

이렇게 텍사스 혁명이라는 이름으로 미국의 토지 수탈이 시작됩니다. 상대국 인구가 적은 것이 유리하게 작용했고, 자국민을 대거 보내 주민의 공통된 의견이라며 그 땅을 자신들 것으로 만들려 했습니다. 텍사스를 독립시킨 후 미국에 종속시킴으로써 전쟁으로 땅을 빼앗았다는 비난을 받지 않고 멕시코 영토를 탈취하려는 속셈이었습니다.

데이비 크로켓은 테네시주의 군인이자 전 연방의회 의원이었습니다. 인디언과의 싸움(예를 들면 아메리카 원주민의 땅을 빼앗는 싸움)에서 활약한 뒤 연방 하원의원이 되었고, 이후 낙선하여 텍사스 혁명에 참가하기 위해 텍사스로 왔습니다. 멕시코 입장에서는 자신들의 국토를 빼앗으러 미국 군인이 온 것입니다. 그래서 미국에 대한 거부감이 점점 높아졌습니다.

그 상태에서 알라모 전투가 일어납니다. 알라모 성채에서 텍사스 주민 200명 정도가 포위되었고 2천 명이나 되는 멕시코군과 싸웠습니다. 멕시코군에 300~400명의 피해를 줬지만 주민 전원이 사망하는 결과로 끝났습니다. 데이비 크로켓은 이 싸움에 참가했다가 붙잡혀 처형되었습니다. 그러나 미국의 전설에서는 다수의 멕시코 병사와 막상막하의 전투를 벌였다고 전해집니다.

최종적으로 텍사스는 텍사스 공화국으로 독립하고 불과 10년 만에 미국 영토가 됩니다. 그리고 텍사스 독립 영웅으로서 데이비 크로켓은 미국인의 영웅이 됩니다.

◆ 전쟁 영웅의 정체

전쟁 영웅은 적국에서는 증오해야 할 학살자입니다. 데이비 크로켓도 미국인에게는 영웅이지만 멕시코인이나 아메리카 원주민에게는 사람들을 죽이고 땅을 빼앗은 적입니다. 전쟁에서는 보는 입장에 따라 영웅과 악당이 바뀝니다.

일본에서 긴타로는 데이비 크로켓과 같은 존재입니다. 긴타로의 모델인 사카타노 긴토키는 미나모토 요리미쓰를 따라 오에산의 산적(조정을 따르지 않는 산악 민족)을 공격해 멸망시킨 인물입니다. 곰과 씨름을 해서 이겼다는 긴타로와 세 살에 곰을 퇴치했다는 데이비 크로켓은 전설까지 빼닮았습니다.

데이비 크로켓도 긴타로도 당한 쪽의 아픔은 이해하지 못하지만, 그것을 이해할 수 있다면 빛과 어둠을 가진 영웅 캐릭터를 만들 수 있습니다. 옳고 그름을 명확히 하는 경우가 많은 할리우드 영화 등에서는 그다지 선호하지 않지만, 일본에서는 그 정도의 죄책감을 가진 캐릭터를 선호하는 경향이 있습니다.

070 돈 후안

DON JUAN

◆ 대표적인 난봉꾼

돈 후안은 플레이보이의 대명사로 몰리에르, 바이런, 모차르트, 리하르트 슈트라우스 등 쟁쟁한 작가와 작곡가가 작품에서 다루고 있습니다. 다만 이탈리아어로는 '돈 조반니', 프랑스어로는 '돈 주앙'으로 나라마다 호칭이 다르기 때문에 같은 인물을 다룬 작품인지 모르는 경우가 있습니다.

원래 전설에서 돈 후안은 귀족의 딸을 유혹하다가 이를 저지하려던 그녀의 아버지를 죽이고 아버지의 영혼이 빙의한 석상에 의해 지옥으로 끌려갑니다.

모차르트의 〈돈 조반니〉에서는 그가 버린 여자 수가 1,874명이나 됩니다. 그는 기사장의 딸 돈나 안나를 겁탈하려고 침실에 몰래 들어갔다가 실패하고 도망칩니다. 그리고 그 모습을 목격한 기사장을 베어 죽입니다. 그런데 그런 일이 벌어진 당일에 신혼부부를 발견하고 아내가 바람둥이일 것 같다는 생각에 그녀를 유혹합니다. 잘되고 있나 싶었는데 그곳에 과거 돈 조반니가 버린 엘비라라는 여자가 나타나 그의 본성을 알려줬고 젊은 아내도 도망칩니다.

그다음 날 염치없게도 조반니는 자신이 버린 여자 엘비라의 하녀를 유혹합니다. 그날 밤 무덤에서 하녀와 만났는데 그곳에 있던 석상이 말을 겁니다. 하녀는 무서워하지만 두려움을 모르는 조반니는 무려 석상을 식사에 초대하고 석상도 그에 응해 다음 날 그를 찾아가겠다고 약속합니다.

다음 날 식사 준비를 하고 있는데 엘비라가 나타나 삶의 태도를 제발 바꾸라고 간청합니다. 조반니에게 버려졌지만 그래도 그를 단념할 수 없었던 것입니다. 하지만 조반니는 그녀의 간청을 무시합니다.

식사에 초대받은 석상은 정말 조반니네 집에 찾아옵니다. 그리고 석상도 조반니에게 지금까지의 행위를 반성하고 삶의 태도를 바꾸라고 말합니다. 그래도 조반니가 거부하자 석상은 시간이 다 되었다고 말하고 사라집니다. 그리고 지옥의 문이 열리더니 석상이 조반니를 끌고 들어가버립니다.

◈ 인간성이 매우 나쁜 악인

조반니는 살인자이고 난봉꾼에 인간 말종이지만, 말하는 석상을 만나도 태연하게 식사에 초대하는 등 대담함과 위트를 겸비한 매력적인 인간이기도 합니다. 그러니 계속해서 여성들에게 인기가 있는 것이겠지요.

예술 작품이나 전설에서는 주인공이지만 대중적인 작품에서 조반니는 기본적으로 적 역할이 어울리는 캐릭터입니다. 하지만 적 역할이라도 여성에게 인기를 끌 만한 매력을 갖추어야 합니다. 정말 아무 재능도 없는 혐오스러운 인간은 여자를 사로잡을 수 없기 때문입니다. 그 매력은 얼굴, 돈, 지위와 같은 외적인 것일 때도 있습니다. 하지만 그런 것보다는 말솜씨, 행동, 춤, 센스 등에 끌리는 여성이 더 멋있어 보입니다.

악인을 어떻게 매력적으로 그리느냐는 작품의 매력에 큰 영향을 미칩니다. 경멸스러운 악인이라도 그에게 끌리는 사람이 있다면 어딘가 아주 조금이라도 그 인물에게 매력이 있다는 것입니다.

이 꼭지에서는 나중에 우리 편이 되거나 비극적으로 죽는 주인공보다 더 사랑받는 멋진 적 역할에 대해 말하려는 것이 아닙니다. 아무리 미움받고 주인공에게 당하는 악인이라도 아주 조금이지만 인간미를 보이면 인형 같은 존재가 아닌 인간처럼 느껴집니다. 어떤 악인이라도 사시사철 악인으로만 살지는 않을 테니까요. 부패한 관리도 가족은 소중히 여기고, 난폭한 도적도 조용히 독서를 즐길지도 모릅니다.

이렇게 악역을 인형에서 악인으로 만듦으로써 주인공 영웅들이 살아 있는 인간을 무찌른다는 것을 독자에게 보여줍니다. 그리고 독자 입장에서도 그것이 만족스럽습니다. 인형은 아무리 쓰러뜨려도 진정한 만족을 얻을 수 없으니까요.

071 라스푸틴의 권력

THE POWER OF RASPUTIN

◇ 러시아 최고의 괴물

권력에 기생하여 힘을 얻은 캐릭터가 있습니다. 권력자들의 환심을 얻어 오직 그들을 등에 업고 힘을 가진 자, 러시아의 요승 라스푸틴이 그 전형이라고 할 수 있습니다. 역사에 등장하기 전까지 그에 대해 알려진 내용은 가난한 농부의 아들이었고, 20세 무렵 갑자기 순례를 떠나 자취를 감췄으며, 10여 년 후 상트페테르부르크에서 사람들의 병을 치유하고 '신의 사람'으로 칭송받게 된 것 등 몇 안 됩니다.

그의 명성은 왕족 사이에서도 유명해졌고, 마침내 당시 러시아 황제 니콜라이 2세의 아내 알렉산드라 왕비까지 그를 초대합니다. 당시 알렉세이 황태자는 혈우병을 앓았는데 라스푸틴의 기도로 병세가 좋아집니다. 그 후에도 병세가 악화할 때마다 그를 불러들였고 병세가 개선되었습니다. 이 때문에 황제 부부의 절대적인 신뢰를 얻었고 그들에게 벗이라고까지 불리게 되었습니다.

그리고 이 황제 부부의 총애를 등에 업고 라스푸틴은 정치에 개입하기 시작합니다. 그렇다고 해서 어떤 직책을 맡은 것도 아닙니다. 그저 황제 부부가 좋아하는 인물일 뿐입니다. 그러나 황제가 좋아하는 인물에게 참견하지 말라고 딱 잘라 거절할 수 있는 사람이 얼마나 될까요. 또한 특정 직책을 맡지 않았기에 오히려 모든 곳에 관여할 수 있었습니다.

실제로 니콜라이 2세는 라스푸틴에게 정치 개입은 시키지 않았다고 알려졌지만, 당시는 1차 세계대전이 벌어지던 때였습니다. 황제는 전쟁을 치르느라 시간을 빼앗겼고 내정은 황후 알렉산드라가 맡았습니다. 라스푸틴은 그녀에게 큰 영향력을 행사하고 있었습니다. 그녀는 인사 등과 관련해 라스푸틴과 상의했고 그의 의견대로 진행되었습니다.

그래서 주위에서는 라스푸틴 암살을 계획합니다. 식사에 초대하여 청산가리를 먹였지만 멀쩡했습니다. 그다음에는 촛대로 두개골이 깨질 때까지 때리고, 총을 쏘고, 마구 폭행한 다음에 창문 밖으로 던졌습니다. 하지만 그래도 살아 있었기에 몸을 거적으로 말아 강에 던졌습니다. 사흘 후 시신이 발견되었는데 사인은 익사였습니다. 즉, 강에 던져진 시점에는 아직 살아 있었다는 말입니다.

라스푸틴은 죽기 직전 황제에게 자신이 살해당할 것이라는 예언을 남겼습니다. 다만 농민에게 죽임을 당한다면 황실은 평안하겠지만, 황제 일가에게 죽임을 당한다면 황제 일가는 비참한 최후를 맞이할 것이라는 내용이었습니다. 암살에는 황제의 사촌이 가담했고 로마노프조는 혁명으로 비참한 최후를 맞이합니다.

◈ 하층 계급의 출세 수단

왕이나 황제의 총애를 받음으로써 권력을 잡는 것은 하층민 출신에게는 어쩔 수 없는 방법일지도 모릅니다. 그들이 출세하는 주요 방법은 다음과 같습니다.

신분(수단)	내용
어릿광대	아첨 등을 하여 호의를 얻는다
익살꾼	사람들을 웃기고 즐겁게 하면서 가끔은 비꼬기도 한다
참모	뛰어난 지혜로 왕을 보좌하는 재주를 보인다
성애 性愛	왕, 여왕, 여왕의 남편, 왕비 등의 정부가 된다
의료	특별한 병을 고치거나 증상을 개선한다
첩보	사실은 첩보 조직의 관리자다
전사	검투사 등의 지원을 받는다
점쟁이	미래를 예언함으로써 왕을 안심시킨다
마법사	마법이나 연금술 등의 신비한 힘을 내보인다
예술가	예술로 왕을 사로잡는다

이러한 수단은 강력하지만 그렇게 얻은 지위는 매우 위태롭습니다. 왕의 총애만으로 권력을 유지하고 있으니 총애를 잃거나 왕이 바뀐다면 그 힘도 잃게 됩니다. 또 타인에게는 대개 미움을 받습니다.

072 20세기 최고의 마법사

THE WICKEDEST MAN IN THE WORLD

◆ 스캔들을 몰고 다니는 일생

영국 마법사 알레이스터 크롤리는 '20세기 최고의 마법사'로 불립니다. 『묵시록』의 짐승 666이라고 자칭하고 "네 뜻대로 하라. 이것이야말로 '법'의 전부가 되지 않는다"라는 텔레마 철학을 주창하며 히피 문화와 록 문화 등에 영향을 준 인물로도 알려졌습니다.

그는 기독교 근본주의자 집안에서 태어나 어려서부터 엄격한 기독교 교육을 받았고, 기독교 근본주의 기숙학교에서 학대당하며 기독교에 강한 반감을 가졌습니다.

청년이 되고 나서는 마법에 관심을 갖고 황금여명회GD라는 마법 결사에 가입합니다. 이 시기에 황금여명회는 내분을 겪고 있었습니다. 크롤리는 매더스 편에 가담해 황금여명회가 가진 마법서 등을 접수하려다 실패합니다.

그 후 크롤리는 미국 여행을 떠납니다. 그리고 멕시코에서 실론(현재의 스리랑카)으로 향합니다. 실론에는 불교도가 된 옛 마법 동료가 있었고 그에게 요가 등 동양 철학을 배웁니다. 영국으로 귀국한 그는 매더스에게 요가의 훌륭함을 이야기하지만 매더스는 별로 관심을 보이지 않습니다. 이 때문에 크롤리와 매더스는 사이가 소원해집니다.

크롤리는 결혼한 뒤 이집트로 신혼여행을 떠납니다. 거기서 아내에게 이집트 신 호루스가 빙의되어 말합니다. 이것을 기록한 것이 『법의 서』입니다. 그는 그 가르침을 바탕으로 새로운 마법 결사 '은의 별(A∴A∴)'을 만듭니다. 다만 아내와는 첫 번째 딸의 죽음을 계기로 이혼합니다.

그리고 새로운 전문지 〈에퀴녹스equinox〉를 발행하여 황금여명회의 마술 일부를 공개합니다. 이것은 상당히 문제가 되었고 그는 많은 적을 만들었습니다. 또한 이 무렵부터 크롤리는 가십지에 다양한 악평을 쓰게 되었습니다.

게다가 독일의 동방성당기사단OTO에 연락해 영국 지부를 설립합니다. 이로 인해 크롤리는 OTO의 비밀 의식인 성마법에 이끌려 점점 가십지를 떠들썩하게 합니다. 그리고 시칠리아섬에 텔레마 사원을 설립하지만 제자가 사망하는 등의 스캔들로 이탈리아 정부로부터 국외 퇴거 명령을 받습니다.

하지만 크롤리는 기죽지 않습니다. 전 지도자가 사망하면서 OTO의 지도자로 취임합니다. 이 시대에 크롤리는 재혼도 하고 여러 명의 정부를 만들어 점점 가십지를 떠들썩하게 합니다. 당시에는 크롤리와 친분이 있다는 이유만으로 스캔들이 날 정도였다고 합니다.

마지막 해(2차 세계대전 전후)에는 『토트의 서』를 쓰고 타로 종류 중 하나인 토트 타로도 발표합니다. 이 토트 타로는 타로 애호가들 사이에서 높은 평가를 받습니다.

◆ 인기 있는 악인

옛날부터 마법사는 많았는데 어째서 크롤리는 이렇게 유명해졌을까요. 우선 그가 부자였기 때문입니다. 그는 엄청난 유산을 물려받았고 일하지 않아도 좋아하는 일을 할 수 있는 이른바 고등유민이었습니다. 어느 시대이든 돈 걱정을 하지 않고 자신의 연구 등에 몰두하는 인물은 어느 정도 인기가 있습니다.

하지만 무엇보다 그의 인기에 큰 영향을 미친 것은 그가 세상 규범에서 벗어난 인간이라는 점입니다. 그렇다고 해도 범죄자는 아닙니다. 마약을 하거나 여러 여성과 관계를 맺는 등 부도덕한 일은 저지를지언정 강도나 사기 등 이른바 범죄는 일으키지 않습니다. 크롤리는 거의 폐를 끼치지 않는 악인입니다.

현대에 영웅이 될 수 있는 악인의 첫 번째 요소는 도덕에 도전하는 악입니다. 특히 큰 조직, 갑부, 국가 등을 제외하고 일반 서민에게는 피해가 가지 않도록 해야 합니다. 서민들은 신분이 높은 권력자가 당하는 모습에 박수를 보냅니다.

073 뤼팽의 수법

THE TECHNIQUE OF LUPIN

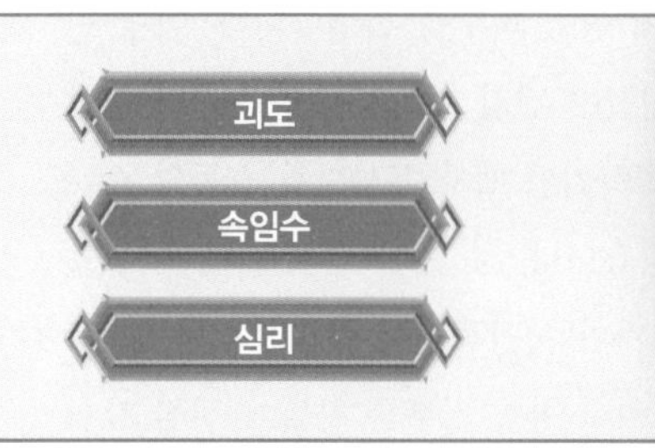

◇ 세계 제일의 괴도

명탐정의 대명사가 셜록 홈스라면 괴도의 대명사는 아르센 뤼팽입니다. 처음 등장했을 때 뤼팽은 인기가 올라가고 있는 괴도였습니다. 아직 어리지만 이미 여러 명의 부하를 두었고 자신만만합니다. 인간의 심리를 찌르는 속임수로 감쪽같이 도둑질에 성공하거나 구치소에서 탈옥합니다.

먼저 구치소 안에서 물건을 훔치겠다는 예고장을 보냅니다. 이 예고장 역시 속임수의 일부입니다. 예고장을 받은 사람은 불안한 마음에 경찰을 찾아가지만 당연히 무시당합니다. 어쨌든 범인은 이미 잡혔으니까요.

이때 작은 지방 신문에 한 기사가 실립니다. 뤼팽을 체포한 경부가 휴가차 이웃 마을에 와 있다는 것입니다. 민폐일지도 모르지만 나루터에 있는 배를 타고 상담하러 찾아갔고 경부가 어떻게든 도와주기로 합니다. 경부는 부하 두 명을 불러 경비를 서게 하지만 부하들은 모두 잠이 들고 결국 물건을 도난당하고 맙니다.

사실은 경부 자체가 뤼팽이 준비한 가짜입니다. 피해자가 구독하는 지방 신문을 조사하고 그 기자와 친해진 다음 자신의 가짜 정체를 넌지시 흘렸고 피해자가 범인을 집으로 불러들인 것입니다. 지방 신문이기 때문에 진짜 경부는 자신을 사칭한 사람이 나타난 사실을 알지도 못합니다. 경비를 서기로 한 부하들은 부지런히 물건을 들고나온 다음 약에 취해 잠든 척한 것입니다.

뤼팽이 준비한 일은 예고장을 보내는 것과 지방 신문 기자에게 가짜 신분을 알려주는 것, 이 두 가지뿐입니다. 그 이후에는 속임수에 걸린 피해자가 알아서 도둑질할 수 있도록 준비해주니 이보다 편한 도둑질이 어딨을까요.

◈ 다양한 괴도

뤼팽은 이후에 속속 등장한 괴도들의 모델이 되고 있습니다. 정확히는 상류층 출신으로 크리켓 명선수에 잘생긴 외모를 지녔으며 시가를 피운다는 신사 도둑 래플스가 뤼팽보다 8년 먼저 나왔으나 창작에 미친 영향력은 뤼팽이 독보적입니다. 그 기본 형태는 다음과 같습니다.

- 범죄는 저지르되 약한 자나 가난한 자에게서는 빼앗지 않는다.
- 살인은 기본적으로 하지 않는다. 부득이한 경우도 여간해서는 하지 않는다.
- 사람마다 생김새는 다르지만 멋있다.
- 여성에게는 신사적이다.

위의 내용을 기본으로 약간씩 변형됩니다. 예를 들어, 괴도 닉은 의뢰받고 도둑질을 하지만, 금이나 보석 같은 일반적인 물건은 훔치지 않습니다. 대신 동물원의 호랑이라든지 수영장의 물 같은 영문을 알 수 없는 것을 훔칩니다.

의적 레스터 리스Lester Leith는 명탐정으로 신문 기사만 보고 진범을 단번에 찾아냅니다. 그리고 그 범인을 잡은 다음 훔친 물건을 빼앗습니다. 권총을 사용하지만 위협만 하고 사람을 죽이려고는 하지 않습니다. 빼앗은 물건값의 20퍼센트를 수수료로 받고 나머지는 자선 사업에 기부합니다.

미국에는 지하철 샘이라는 잘생겼다고는 할 수 없지만 거칠고 정이 많은 소매치기가 있습니다. 여성에게 인기가 있을 만한 멋은 없지만 솜씨 좋은 소매치기로, 의지가 되는 남성입니다.

일본에도 괴인 20면상 등이 있습니다. 초기에는 살인도 저지르는 흉악범의 면모를 보였는데, 역시 인기가 없어서인지 나중에는 뤼팽처럼 정정당당하고 사람을 죽이지 않는 괴도로 변화했습니다.

괴도라는 범죄자가 영웅이 되려면 독자의 혐오감을 살 행위를 하지 않아야 합니다. 독자가 납득할 만한 실행 가능한 트릭(다만 변장에 관해서만은 현실 이상의 능력도 허용되는 것 같습니다)을 사용해 도둑질하는 것으로 쾌감을 얻을 수 있습니다.

〈미션 임파서블〉처럼 매우 어려운 문제를 지혜로 극복하는 스파이물도 괴도물의 변형으로 볼 수 있습니다. 보물을 훔치는 도둑 대신 스파이라는 점이 다를 뿐입니다.

074 에이허브 선장의 광기

MADNESS OF CAPTAIN AHAB

◆ 흰 향유고래를 쫓는 사나이

『모비 딕』의 주인공은 에이허브 선장이고 화자는 이스마엘이라는 선원입니다. 이야기는 이스마엘이 포경선 피쿼드호에 오르면서 시작됩니다.

에이허브 선장은 자신의 한쪽 다리를 물어뜯은 하얀 향유고래 모비 딕에 대한 복수심에 불타 전 세계 바다를 누비는 남자입니다. 잃어버린 다리 대신 고래 뼈로 만든 의족을 달고 있습니다. 선장에게는 젊은 아내가 있지만 배 위에서는 그런 내색을 털끝만큼도 보이지 않습니다.

선장은 출항 후 며칠째 선원들 앞에 모습을 보이지 않지만 그래도 항해사들의 행동으로 보아 배를 지배하는 것이 에이허브 선장임은 분명합니다. 이스마엘이 처음 선장을 보았을 때 그는 십자가 위의 그리스도 같은 표정을 지으며 제왕의 위엄을 뽐냈지만 이스마엘은 그 모습에서 비장함을 느낍니다. 선장은 스페인 금화(고액화폐)를 못으로 돛대에 박고 흰 고래를 발견한 사람에게 주겠다고 말합니다. 선원들은 벌이를 기대하며 기뻐하지만, 이것 역시 모비 딕에 대한 복수심의 표현일 뿐입니다.

그가 선원들 앞에서 "나는 놈을 쫓아다닌다. 희망봉을 둘러싸고, 혼곶을 둘러싸고, 노르웨이의 거대한 소용돌이를 둘러싸고, 지옥의 나락을 둘러싸고 쫓고 몰아붙일 때까지 나는 포기할 수 없다. 자, 어때, 너희들. 여기에 힘을 보태겠는가?"라고 묻자 선원들은 "알겠습니다, 선장님!"이라고 외칩니다. 선장의 복수심이 선원들에게까지 옮겨간 것입니다. 일등 항해사 스타 벅만은 이 배는 포경선이며 고래기름을 얻는 것이 목적이라고 반박하지만 그들을 말릴 수 없습니다.

비교적 빈정대는 듯한 시선으로 사물을 바라보며 에이허브 선장을 이상한 사람으로 생각했을 이스마엘조차 "나는 그 흉포한 괴물의 내력에 탐욕스러운 귀를 기울였고, 모두가 그 괴물을 살육하여 복수할 것을 맹세했다"라고 말할 정도입니다.

에이허브 선장은 모비 딕에게 작살을 던지는 데 성공하지만 작살 밧줄이 목에 감겨 고래와 함께 바닷속으로 가라앉습니다. 그리고 피쿼드호도 가라앉아 이스마엘만이 살아남습니다.

◈ 광기의 카리스마

에이허브 선장은 끝까지 흰 향유고래를 쓰러뜨리는 일을 포기하지 않았습니다. 그리고 그 광기는 선원들에게까지 전염되었습니다. 포경선은 고래를 잡는 것이 일이고 흰 고래를 쫓는 것은 취미에 불과한데도 말입니다.

무지한 일반 선원들은 선장의 열정에 그대로 물들어 흰 고래를 쫓는 것에 의문을 품지 않습니다. 교육을 받은 고급 선원들까지도 말입니다. 일등 항해사 스타 벅에 대해 선장은 이렇게 말합니다. "동료들은 나를 미치광이라고 생각한다. 스타 벅이 그렇다." 그러나 스타 벅은 선장에 대해 "나는 그 사람의 뻔뻔한 의도가 훤히 들여다보인다. 그럼에도 불구하고 그 의도에 힘을 보태야 할 것 같은 예감이 든다. 나의 의지와는 무관하게 뭐라고 말할 수 없는 무언가가 끊을 길이 없는 밧줄로 나를 그 사람에게 묶고 다짜고짜 끌고 간다"라고 말했습니다.

에이허브 선장은 평소에는 교양도 있고 이지적이며 차분한 인물입니다. 그러나 흰 고래에 관해서만은 광기가 정신을 지배합니다. 그 광기는 이상한 카리스마가 되어 사람들을 따르게 합니다.

이게 바로 광기의 카리스마입니다. 누가 봐도 무모한 행위를 저지르는 인물을 사람들이 따르는 것은 이것 때문입니다. 가령 세계 정복을 노리는 악의 비밀 결사도 충분히 무모한 일을 꿈꾸기에 결사의 우두머리는 이 광기의 카리스마를 가진 경우가 많습니다(가끔 세뇌당한 인간이나 로봇 부하만 있는 결사도 있지만 그런 경우에는 카리스마가 필요 없습니다).

물론 이런 카리스마를 가진 인물은 마지막에 파멸해야 합니다. 그리고 그 파멸은 그를 따르는 많은 부하의 파멸이기도 합니다.

075 에드워드 티치의 해적업 경영

PIRATE BUSINESS OF BLACKBEARD

◆ 해적의 대표

고대 그리스 신화의 해적부터 현대 소말리아 해적까지 해적은 항상 바다를 휩쓸어 왔습니다. 해적이라는 말을 들으면 가장 먼저 카리브 해적이 떠오릅니다. 그 대표적인 인물이 검은 수염 에드워드 티치입니다.

그는 젊은 시절에 당시 유명했던 벤저민 호르니골드 밑에서 해적의 일원으로 활동했습니다. 그리고 일당이 소형선을 나포했을 때 그 배의 지휘를 맡았습니다. 심지어 프랑스 대형선을 나포하여 선장이 되었습니다. 이 배에 '앤 여왕의 복수호'라는 이름을 붙이고 대포도 40문이나 실어 해적을 일으킵니다. 그 무렵 호르니골드는 해적 사면 선언에 따라 영국에 투항했고 검은 수염은 독립된 해적이 되었습니다.

호르니골드는 온건파 해적으로 되도록 선원을 죽이려고 하지 않았습니다. 이 점은 검은 수염도 마찬가지로, 상선을 덮쳐 화물과 현금, 식량과 술 등을 넘기라고 명령합니다. 순순히 넘긴다면 선원과 배는 그대로 풀어주겠지만 거역하면 몰살입니다.

때로는 배를 통째로 빼앗아 자신이 지배하는 해적선으로 만들기도 했습니다. 이때도 선원이 거역만 하지 않으면 죽이지 않고 가까운 섬에 내려주었습니다. 이렇게 목숨만은 건질 수 있다는 평판을 퍼트리면 습격한 배의 선원이 순순히 항복하기 때문에(선원에게 화물은 어차피 남의 물건입니다) 편하게 해적질을 할 수 있습니다.

그리하여 검은 수염은 돈을 벌 만큼 번 후에 노스캐롤라이나 해적 사면 포고를 이용하여 식민지 총독에게 투항합니다. 그렇다고 해서 붙잡히기 위해 투항한 것이 아닙니다. 지금까지의 악행을 사면받고 새롭게 해적 일을 벌이기 위해서입니다. 식민지 총독에게 뇌물을 주고 무죄를 받아낸 검은 수염은 그대로 노스캐롤라이나에

눌러앉습니다. 그리고 그곳에 드나드는 선박을 마음대로 덮치기 시작합니다.

노스캐롤라이나 사람들은 매우 곤란한 상황에 처했습니다. 특히 상인들은 짐을 빼앗기는 경우가 많아 큰 손해를 볼 것이 뻔했지만 해적이 무서워서 아무것도 할 수 없었습니다. 총독은 검은 수염에게 뇌물을 받고 있었기 때문에 보호해줄 것 같지 않았습니다. 그래서 어쩔 수 없이 버지니아 총독에게 도움을 청합니다. 버지니아 총독은 비밀리에 병사를 보냅니다. 로버트 메이너드 대위가 이끄는 병사들은 눈에 띄지 않게 소형선으로 대포도 싣지 않고 작은 총기만 들고 해적선에 접근합니다. 그리고 일제히 달려들어 해적을 소탕하고 검은 수염의 목을 베어 배의 끄트머리에 매달아 승전보를 알렸습니다.

◈ 해적과 평판

검은 수염은 잔인한 해적으로 유명합니다. 그러나 항복한 상대를 죽이지 않고 풀어준다는 규칙을 만들었고(이것은 선대의 호르니골드를 본받은 것입니다) 그것을 고집스럽게 지켰습니다. 해적에게 습격당했을 때 반드시 몰살당한다고 한다면 습격당한 선원들은 실낱같은 희망을 걸고 죽기 살기로 반격하기 때문입니다. 죽을 각오로 달려드는 병사를 상대하는 것은 손해만 커지므로 가장 피해야 할 일입니다.

그래서 해적들은 목숨을 구할 수 있는 기준을 만들어 그 평판을 퍼뜨립니다. 평판이 퍼질수록, 그리고 평판의 신빙성이 높아질수록 해적 일은 쉬워집니다. 살인을 즐기는 것이 아니라면 해적도 일부러 선원을 몰살하고 싶어 하지 않습니다. 필요하다면 어쩔 수 없지만 죽이지 않아도 된다면 육체적으로나 정신적으로 편하기 때문입니다.

반대로 이 기준을 만들지 못하거나 만들려고 하지 않았던 해적들은 변덕스럽고 모순된 행동으로 인해 사람들이 쓸데없이 두려워하여 일찍 모습을 감추게 되었습니다. 검은 수염도 총독에게 뇌물을 주고 한곳에 오래 머무르는 등 사람들의 인내심을 넘어서는 행동을 함으로써 기준을 벗어났고 멸망하게 되었습니다.

해적으로서 오래 살아남느냐, 빨리 사라지느냐는 평판과 그 평판을 지키는 기개에 달렸습니다. 이야기를 만들 때도 난폭하게 사람들을 몰살하는 해적을 오래 살아남게 하는 것은 추천하지 않습니다.

076 나르키소스의 병

SICKNESS OF NARCISSUS

◆ 자기 자신이 가장 훌륭하다

나르시시스트라는 말이 있습니다. 그리스 신화의 나르키소스(나르시스는 영어 발음)에서 따온 말로 자기 자신을 사랑하는 사람을 말합니다.

나르키소스는 매우 아름다운 외모를 가진 청년이었습니다. 수많은 남녀가 그에게 구애했지만 모두 거절했습니다. 그러던 어느 날 님페(정령)인 에코가 나르키소스를 사랑하게 됩니다. 그녀는 제우스의 외도를 도왔다가 그의 아내 헤라의 저주를 받았고 들은 말을 반복하는 신세가 되었습니다. 이 때문에 나르키소스는 에코를 지루하다며 무시합니다. 에코는 상사병으로 여위어 마침내는 목소리만 남게 됩니다(메아리를 에코라고 하는 것은 이 때문입니다).

사랑하는 이에게 거부당한 에코는 복수의 여신 네메시스에게 기도합니다. 그리고 네메시스는 나르키소스에게 가장 어울리는 복수 방법을 찾아냅니다.

어느 날 나르키소스는 물을 마시려다 샘물에 비친 자기 모습을 보고 자신과 한눈에 사랑에 빠집니다. 자신의 얼굴을 한순간이라도 보지 않을 수 없게 된 나르키소스는 물가를 떠나지 못했고, 마침내 그 자리에서 수척해져서 죽고 맙니다. 그리고 신들은 나르키소스를 수선화로 만들었다고 합니다.

나르시시즘이라는 말은 나르시스에서 따온 것으로 '자기애'를 의미합니다. 자신을 아름답다고 여길 뿐만 아니라 여러모로 뛰어나다고 생각하고 자랑하고 싶어 하는 것이 나르시시즘입니다. 요즘은 자기애성 성격 장애라고 합니다.

◆ 기타 성격 장애

그 외에도 병이라고까지는 할 수 없지만, 성격 장애를 가진 사람이 등장하는 이야기가 많습니다. 이들은 특징적인 캐릭터로 독자에게 강한 인상을 줍니다.

- **편집성 성격 장애:** 타인에게 거절당하거나 혼나는 것 등에 강하게 반응합니다. 다른 사람의 행동을 자신에게 악의가 있다고 받아들이고 그것에 집착합니다. 그렇기 때문에 의미 없는 시기심 혹은 선의의 행동을 악의적으로 받아들이고, 원한을 절대 잊지 않습니다. 자신의 말이 상대방에게 전달되지 않는다고 느끼면 화를 내고 배우자나 연인을 의심하는 증상을 보입니다.
- **회피성 성격 장애:** 자신이 사회적으로 맞지 않는 인간이라고 믿고 비웃음이나 망신을 당하기 싫어서 타인과의 교류를 피합니다.
- **반사회성 성격 장애:** 타인의 권리나 마음을 경시하고 무시합니다. 그렇기 때문에 다른 사람을 속여도 죄책감을 느끼지 않습니다. 범죄를 저질러도 마찬가지입니다.
- **분열성 성격 장애:** 타인(가족 포함)과 교류하려 하지 않습니다. 남에게 칭찬받든 욕을 먹든 신경 쓰지 않습니다. 사랑이나 성에도 관심이 적고 기본적으로 고립된 행동을 선호합니다.
- **경계성 성격 장애:** 감정이나 사고, 행동이 매우 불안정하고 일관성이 없습니다. 이 때문에 충동적으로 행동하는 것처럼 보이고 타인과 장기간에 걸쳐 안정적인 관계를 맺지 못합니다. 또한 폭력적인 행동을 보일 수 있으며, 그것이 자신을 향하면 자해나 자살로, 타인을 향하면 폭력으로 나타납니다.
- **의존성 성격 장애:** 다른 사람이 자신을 과도할 정도로 돌봐줬으면 하는 증상입니다. 스스로 결정할 수 없고 책임지는 것을 무서워합니다. 어떤 일을 시작하거나 다른 사람의 의견에 반대하는 일 등은 두려워서 할 수 없습니다.
- **연극성 성격 장애:** 항상 다른 사람의 관심과 칭찬을 원해서 과장된 행동을 합니다. 칭찬을 얻기 위해서라면 어떤 일이든 하는 경우가 있습니다.
- **강박성 성격 장애:** 완벽주의이기 때문에 자신을 강하게 압박합니다. 규칙이나 계획 등에 집착하고 그것이 어긋나는 것을 두려워합니다. 그래서 오히려 일이 잘 풀리지 않습니다.

077 악녀 안젤리카

VILLAINESS ANGELICA

◆ 악하기 때문에 아름답다

안젤리카는 유럽의 3대 전설 중 하나인 샤를마뉴 전설에 등장하는 캐세이(중국)의 미녀입니다. 특히 보이아르도의 『사랑에 빠진 오를란도』나, 아리오스토의 『광란의 오를란도』에서 활약합니다. 중국인인데 이름이 안젤리카인 건 신경 쓰지 않으셔도 됩니다. 당시 유럽인들은 중국에 대한 지식이 거의 없었고 이국적인 먼 나라로만 알았으니까요.

샤를마뉴가 개최한 어전 경기 때 한 기사(안젤리카의 동생 우베르토)와 네 명의 거인을 거느린 절세 미녀가 나타났는데 그곳에 있던 명문가 공주들조차 그 아름다움을 당해낼 수 없었습니다. 어전 경기에 모인 기사들은 그 아름다움에 사로잡혀 모두가 안젤리카를 사랑하게 됩니다. 주인공 오를란도도 예외는 아닙니다.

사실 안젤리카는 캐세이의 왕 갈라프론이 미인계(여자의 매력으로 상대를 파멸시키는 함정)로 샤를마뉴를 파멸시키기 위해 보낸 인물이었습다. 특히 오를란도가 가진 명검 뒤랑달과 리날도의 명마 바야르를 노리고 있었습니다.

단 한 명, 그 사실을 깨달은 마법사 말라지지는 안젤리카를 죽이려고 한밤중에 마법으로 사람들을 재우고 그녀의 천막으로 숨어듭니다. 하지만 마법 반지가 안젤리카를 보호하고 있었기에 붙잡히고 맙니다. 그 마법 반지를 끼고 있으면 어떤 마법에도 걸리지 않고 입에 넣으면 모습을 숨길 수 있었습니다.

그녀는 동생 우베르토를 쓰러뜨린 기사에게 자신을 내놓겠다고 선언합니다. 단, 창 시합에서 진다면 그녀의 포로가 되겠다는 맹세를 해야 했습니다. 이에 남자들은 불타오릅니다. 그러나 우베르토의 창에는 마법이 걸려 있었고 그것을 만진 자는 낙

마하게 되어 있었습니다. 그런데 말에서 떨어진 기사가 승패를 무시하고 검을 뽑아 달려드는 바람에 우베르토는 누나를 내어놓겠다고 약속하고 맙니다. 이에 안젤리카는 마법 반지로 모습을 감추고 도망칩니다.

주인공인 오를란도도 안젤리카를 사랑했기 때문에 그녀의 행방을 쫓습니다. 그리고 아프리카에서 아시아까지 구석구석 찾아다닙니다. 이때 샤를마뉴는 이슬람 왕과 싸우고 있었고 어전 경기도 그사이에 벌어진 위안 행사였습니다. 그러나 오를란도는 국가의 미래가 달린 중요한 전쟁에 소집되었음에도 안젤리카를 찾아다니며 귀국하려 하지 않습니다.

한편 안젤리카는 도망을 다니다가 한 노인으로부터 아픈 아들을 도와주지 않겠느냐는 부탁을 받습니다. 의술에 능했던 안젤리카는 그에 응했지만, 사실 노인은 안젤리카를 잡기 위해 거짓말을 했던 것입니다. 하지만 자취를 감출 수 있는 안젤리카는 다시 도망치는 데 성공합니다.

오를란도는 안젤리카를 찾아 캐세이까지 가서 그곳에서 그녀의 아버지를 도와 캐세이를 포위하고 있던 타타르의 왕과 싸우기도 합니다. 그러나 이슬람과 싸우지 않고 방랑하는 것이 신의 분노를 샀는지 오를란도는 마음의 병이 생깁니다.

◆ 사랑받는 악녀의 모습

이야기에서 악녀는 기본적으로 남성을 농락하고 이용하는 존재입니다. 그런 점에서는 안젤리카도 마찬가지입니다.

하지만 독자들에게 사랑받는 악녀가 되려면 누군가를 이용만 해서는 안 됩니다. 어떤 기준이 있어서(예를 들어 아이에게만 상냥하다든가) 상대에 따라서는 다정하거나 성실해야 합니다. 설사 곤란을 겪거나 속아 넘어가더라도 말이죠. 거기에서 악녀의 귀여움이 표현됩니다.

안젤리카도 노인의 속임수였지만 아이를 도와달라고 하자 따라갑니다. 기사 상대로는 그렇게 제멋대로 굴면서 말이죠. 모든 상대에게 무심하기만 한 악녀는 독자의 미움을 받고 빨리 무너질 것입니다.

악녀의 좋은 점을 만들 때는 이야기에 잘 녹아들게 할 필요가 있습니다. 아이에게 상냥하다고 해도 그런 설정만으로는 충분하지 않고, 이야기에서 실제로 상냥한 모습을 보이지 않으면 아무 의미가 없습니다.

078 에르제베트 바토리와 피의 목욕

ELIZABETH BÁTHORY AND BLOODBATHS

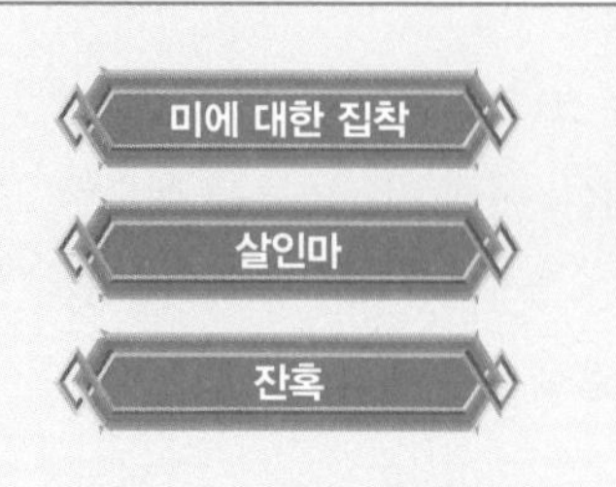

◆ 희대의 여자 살인마

역사에는 수많은 대량 살인범이 있지만 그중에서도 가장 처참하기로 악명이 높은 사람이 에르제베트 바토리입니다.

헝가리에서 일이 위를 다투는 명문 바토리 가문에서 태어난 그녀는 미모로도 유명했습니다. 14세에 명문가 출신인 나다스디 페렌츠 백작과 결혼했지만, 결혼 생활은 헝가리 수도를 떠나 음침한 시골에서 시어머니와 함께 전쟁에서 좀처럼 돌아오지 않는 남편을 기다리는 재미없는 나날의 연속이었습니다. 그래도 이 결혼으로 3남 3녀의 아이를 낳았습니다. 덧붙여서 결혼했는데도 남편 성을 따르지 않은 이유는 바토리 가문의 격이 더 높기 때문입니다.

결혼한 뒤에도 그녀는 시녀를 엄하게 꾸짖었습니다. 또 이 당시부터 미모에 집착하는 기질이 나타났습니다. 그녀의 비정상적인 행동은 남편이 죽고 43세가 되었을 때부터 본격적으로 발휘됩니다.

어느 날 시녀를 때렸는데 코피가 손등에 묻었습니다. 더럽다며 피 얼룩을 닦았는데 왠지 피 묻은 곳만 하얗게 젊어진 듯 보였습니다. 그래서 그녀는 신하에게 시녀를 고문하고 죽이게 한 다음 그 피를 뽑아 피부에 발랐습니다. 오직 피를 얻을 목적이라면 고문하지 않는 편이 피가 튀지도 않고 효과적일 텐데, 그럼에도 고문한 것은 그녀의 취향이겠지요.

곧 시녀가 부족해졌지만 가까운 농가에서 새로운 시녀를 불러들였기에 문제없었습니다. 당시 농민의 딸에게 귀족 집안의 시녀가 되는 일은 엄청난 행운이었습니다. 다만 시녀로 간 여성들이 집으로 돌아가는 일은 없었습니다. 그녀는 철제 고문

기구로 피를 쥐어짜거나 철로 만든 새장에서 피를 흘리게 해 그 피를 자기 몸에 뿌리는 등 시녀들을 다양한 방법으로 살해했습니다.

일설에는 피로 목욕까지 했다고 하는데, 이것은 불가능한 일입니다. 소녀 한 명의 혈액량은 4리터가 채 되지 않습니다. 피로 목욕을 하려면 한 번에 수십 명의 혈액이 필요하므로 현실적이지 않습니다. 입욕제 대신 넣는 것이라면 가능할지도 모릅니다.

◈ 타고난 살인마

같은 귀족이자 대량 살인범으로 유명한 질 드 레와 그녀의 차이점은 무엇일까요? 질 드 레는 확실히 대량 살인을 저질렀지만 재판에서는 울면서 참회했습니다. 즉, 신의 규칙을 위반했다는 것을 자각하고 있었고, 양심의 가책을 느꼈습니다.

그러나 바토리는 끝까지 무죄를 주장했습니다(재판 기록은 현재까지 남아 있습니다). 살아남은 피해자 등의 증언으로 보아 바토리의 죄는 명백했음에도 말입니다. 그녀는 고귀한 바토리 일족인 자신이 벌을 받으리라고는 상상도 하지 않았습니다. 어쩌면 고귀한 자신이 하는 일은 모두 옳다고 믿었는지도 모릅니다.

이런 악인은 자신이 한 일이 나쁘다고는 조금도 생각하지 않습니다. 그저 좋아하는 일을 했을 뿐이라고 여깁니다. 당연하게도 양심에 호소할 수도 없습니다. 양심의 가책을 느끼게 하려면 먼저 그들에게 양심을 심어주어야 합니다. 극히 드문 예외는 있을 수 있지만, 현실적으로 불가능합니다. 즉, 대부분은 쓰러뜨리거나 물리치거나 체포하는 수밖에 없습니다.

또한 보통 감성을 가진 인간은 그들의 언동을 이해할 수 없습니다. 이해할 수 없기에 더욱 역겹고 섬뜩합니다. 그리고 그 섬뜩함을 갖춘 인물이 창작 작품에 등장하면 매우 인상적인 악인이 됩니다. 즉, 바토리 유형의 캐릭터는 쓰러뜨릴 수밖에 없는 악으로 딱 좋습니다. 적으로 등장한다면 끝까지 역겹고 얄미운 악역을 맡아줍니다.

반대로 이러한 악인을 개과천선시키는 이야기는 필력이 상당하지 않으면 설득력 있게 쓰기 어렵습니다. 하지만 만약 그것이 가능하다면 감동적인 이야기가 탄생할 것입니다.

079 크림힐트의 복수

VENGEANCE OF KRIEMHILD

◆ 영웅이 죽은 후의 이야기

『니벨룽겐의 노래』에서 영웅 지크프리트의 죽음으로 과부가 된 아내 크림힐트는 냉철하고 가열한 복수를 보여줍니다.

네덜란드 왕자 지크프리트는 부르군트 왕의 여동생 크림힐트에게 구혼했습니다. 그녀의 오빠인 부르군트 왕 군터는 평범한 남자이지만 여걸 브룬힐트에게 구혼했습니다. 브룬힐트는 자신을 이기면 구혼을 받아들이겠다고 답합니다. 그녀는 그때까지 모든 구혼자와 싸워 진 적이 없었고 도저히 군터가 이길 수 있는 상대가 아니었습니다. 그래서 모습을 감추는 망토로 지크프리트가 군터를 도와 브룬힐트에게 승리합니다. 이로 인해 군터의 신뢰를 얻은 지크프리트는 크림힐트와 결혼하게 됩니다.

그런데 첫날밤에 브룬힐트는 군터를 묶어 벽에 매달아버립니다. 그 말을 듣고 다음 날 밤 군터로 둔갑한 지크프리트가 침실로 들어가 브룬힐트를 힘으로 누릅니다. 이날 이후 브룬힐트는 군터를 따르게 되었습니다.

그로부터 몇 년이 지나 오랜만에 네덜란드에서 고향으로 돌아온 크림힐트는 브룬힐트와 말다툼을 벌입니다. 그리고 그만 지크프리트가 한 일을 공식 석상에서 폭로해버립니다. 체면을 구긴 군터와 브룬힐트는 기사 하겐의 계획대로 지크프리트를 유인한 뒤 기습하여 살해합니다. 그런 다음 지크프리트의 재산과 보물을 크림힐트에게 전달되지 않도록 숨겨버립니다.

훈족의 왕 에첼은 과부가 된 크림힐트에게 구혼합니다. 사실 그녀는 결혼하기 싫었지만 복수를 다짐하고 구혼을 받아들입니다.

몇 년 후 에첼이 군터에게 초대장을 보냅니다. 하겐은 가지 말라고 했지만 군터는 천 명의 기사를 데리고 훈족의 나라로 떠납니다. 그리고 연회석에서 크림힐트에게 매수된 에첼의 동생 블뢰델린이 부르군트 기사들을 덮칩니다. 디트리히(047 「디트리히 폰 베른의 기사들」) 등을 이용해 기사들을 모조리 쓰러뜨리고 하겐과 오빠 군터를 체포합니다.

크림힐트는 하겐에게 지크프리트의 유산을 숨긴 장소를 말하라고 명령하지만 그는 군터가 살아 있는 한 말할 수 없다며 거부합니다. 그러자 크림힐트는 오빠의 목을 베어 하겐에게 보여줍니다. 하지만 그래도 대답하지 않자 하겐도 베어 죽입니다. 그를 베어 죽인 검은 지크프리트의 명검 발뭉이었습니다.

그리고 그것을 보고 있던 한 기사가 묶여서 저항하지 못하는 기사를 죽이는 크림힐트에게 화가 나 그녀를 죽이고 맙니다.

◈ 여자만이 할 수 있는 복수

크림힐트는 지크프리트를 사랑했던 것으로 보입니다. 그렇기에 그녀는 모살당한 지크프리트의 원수를 갚아야 했습니다. 하지만 그녀에게는 무력이 없었습니다. 네덜란드 왕자의 아내이지만 왕자가 죽어버렸기에 그녀는 있을 곳이 없었습니다. 모국인 부르군트도 이제는 원수이기 때문에 복수에 동원할 수 없었습니다. 그래서 그녀는 훈족 왕의 아내가 되는 길을 선택합니다. 훈족은 원래 아시아 부족이었고 유럽에서는 그 힘을 두려워했습니다.

그녀는 훈족 안에서 자기 편을 늘려나갔고, 왕의 동생인 블뢰델린을 포섭하는 데 성공합니다. 그리고 군터와 하겐을 포함한 부르군트 왕국의 기사들을 모조리 불러들여 죽일 복수의 날이 다가옵니다. 몸이 묶여 움직일 수 없는 인간을 칼로 베어 죽이는 등 보통 사람이라면 비겁하고 불명예스러운 행위로 여길 일도 태연하게 행합니다.

여성의 복수는 육체적인 힘의 약세를 보완하기 위해 간접적이고 음습한 모양새가 되기 쉽습니다. 독을 이용하는 살인자 중 여성이 많은 것도 같은 이유입니다.

080 삼손과 델릴라

SAMSON AND DELILAH

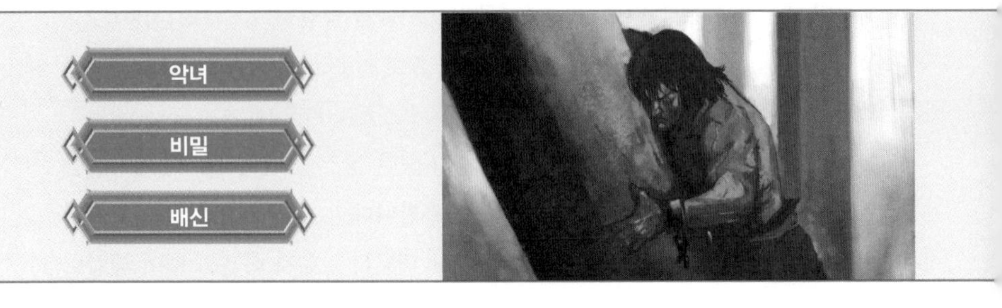

◆ 해방의 영웅 삼손

삼손이 태어날 당시 유대인들은 신이 봤을 때 나쁜 짓을 했기 때문에 블레셋인들의 지배를 받고 있었습니다. 그때 마노아라는 남자의 아내에게 하나님의 심부름꾼이 나타나 당신이 낳을 아이는 나실인(신에 의해 구별된 자)이라고 말합니다. 그런 다음 세 가지 금기 사항을 전합니다.

1. 포도주나 독한 음료를 마시지 말라.
2. 더러운 것을 절대 먹지 말라.
3. 머리에 면도기를 대서는 안 된다.

그리고 블레셋인의 손에서 유대인을 해방하는 선구자가 될 것이라고 예언했습니다.

어른이 된 삼손은 팀나에 사는 블레셋인 처녀를 아내로 맞이하기 위해 팀나로 향하던 중 사자에게 공격을 당했는데 맨손으로 사자를 찢어버렸습니다. 팀나에 도착하자 7일간의 연회가 열렸고 삼손은 30명의 블레셋인에게 옷을 걸고 수수께끼를 냅니다. 그들은 수수께끼를 풀지 못하자 삼손에게 답을 물어봐달라고 처녀에게 부탁했고 그녀가 가르쳐준 답으로 내기에서 승리합니다. 그러자 삼손에게 하나님의 영이 내려 아슈켈론 땅에서 30명의 블레셋인을 죽이고 옷을 빼앗았습니다. 이 사실을 알게 된 처녀의 아버지는 그녀를 다른 남자와 결혼시켜버립니다.

삼손이 처녀의 집에 찾아갔더니 그녀의 아버지는 딸이 다른 남자에게 시집갔다고 말합니다. 그 말을 들은 삼손은 300마리의 자칼 꼬리에 횃불을 동여맨 다음 풀어놓아 블레셋인의 밭을 불태웠습니다. 피해를 입은 블레셋인은 그 원인이 된 그녀와 그녀의 아버지를 죽입니다. 그러자 삼손은 블레셋인들을 때려눕힙니다.

블레셋인은 유대인에게 삼손을 체포하라고 합니다. 삼손은 처음에는 얌전히 붙잡히지만 블레셋인에게 인도되자 밧줄을 잡아 뜯고 날뛰어 천 명을 죽입니다. 그 후 삼손은 20년 동안 유대인을 지도합니다.

다음으로 삼손은 블레셋인 델릴라라는 여자를 좋아하게 됩니다. 블레셋인들은 그녀에게 삼손의 힘에 숨겨진 비밀을 찾아달라고 부탁하고 비밀을 파헤치면 큰돈을 주겠다고 약속합니다. 델릴라는 삼손으로부터 비밀을 캐내려고 했지만 삼손은 가짜 정보를 줍니다. 하지만 세 번째에는 결국 비밀을 알려주고 맙니다.

델릴라는 무릎베개로 삼손을 재우는 동안 사람들에게 면도기로 머리를 깎게 했고 삼손은 힘을 잃어버립니다. 블레셋인들은 삼손의 눈을 도려내어 지하 감옥에 가두고 맷돌을 돌리게 합니다.

블레셋인 영주들은 삼손을 웃음거리로 만들려고 그들이 연회를 벌이는 장소로 부릅니다. 삼손은 신에게 한 번만 힘을 되찾게 해달라고 기도합니다. 힘이 돌아온 삼손이 연회장의 지주를 힘껏 밀어 쓰러뜨리자 건물은 단숨에 무너졌고 삼손과 영주뿐만 아니라 그 자리에 있던 모든 블레셋인도 생매장되었습니다. 그 수는 삼손이 그동안 죽였던 사람 수보다 많다고 전해집니다. 삼손의 시신은 형제들이 인도받아 아버지 마노아의 무덤에 함께 묻었습니다.

◈ 사랑은 영웅을 파멸시킨다

삼손의 일화는 훌륭한 젊은이가 악녀에게 속아 파멸하는 이야기입니다. 어떤 영웅도 자신의 사랑을 이길 수 없습니다. 악녀를 경계할 수는 있어도 자신이 품은 사랑을 지울 수는 없는 법입니다.

삼손은 팀나의 처녀와 델릴라에게 같은 실수를 저지릅니다. 비밀을 털어놓지 말아야 할 상대에게 비밀을 말해버려서 그 정보가 새어 나가 곤경에 처합니다. 특히 델릴라에게 건넨 정보는 그에게 치명적이었는데도 말이죠. 후자의 곤경에서 삼손이 할 수 있는 일이라곤 자신을 희생하여 모두를 멸망시키는 것뿐이었습니다.

081 성서의 살로메

SALOME IN THE BIBLE

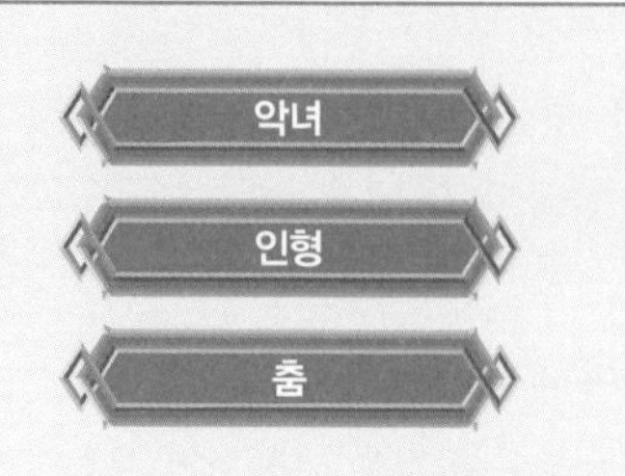

◆ 어머니에게 충실한 딸

살로메는 신약 성경 등에 등장하는 팔레스타인 공주입니다. 성경에는 '헤로디아의 딸'이라고만 기술되어 있는데, 다른 책 등을 통해 이 딸의 이름은 '살로메'로 추측되고 있습니다.

기록에 의하면 그녀는 요한의 목을 원했다고 합니다. 그 비정상적인 행위 때문에 예술 작품에서도 많이 거론됩니다. 특히 오스카 와일드의 희곡이나 그것을 바탕으로 한 리하르트 슈트라우스의 오페라가 유명합니다. 그러나 후세에 만들어진 작품 속 살로메와 성경의 살로메는 전혀 다른 인물입니다.

『마르코 복음서』에 따르면 헤롯왕은 자신의 형제 빌립이 죽은 후 그의 아내 헤로디아와 결혼했고 이에 대해 예언자 요한은 "형제의 아내와 결혼하는 것은 율법으로 허용되지 않는다"라고 비난했다고 합니다. 형제의 아내와 결혼하는 것은 유대 율법상 근친상간에 해당하기 때문입니다. 다만 당시에는 이 율법이 그다지 엄격하게 지켜지지는 않은 듯합니다.

요한을 불쾌하게 여긴 헤롯왕은 그를 감옥에 가둡니다. 모처럼의 결혼에 시비를 걸었으니 당연합니다. 그러나 헤롯왕은 감옥에 넣긴 했지만 요한이 올바르고 성스러운 사람임을 알고 있었고, 신의 분노가 두려워 신병을 보호하고 있었습니다.

그러나 헤로디아의 불쾌감은 더욱 컸고 그 일로 요한을 원망하며 죽이고 싶었지만 헤롯왕이 그를 보호하고 있었기에 그럴 수 없었습니다. 그래서 헤로디아는 아직 10대인 어리석은 딸 살로메를 이용합니다. 헤롯왕이 젊고 아름다운 의붓딸에게 부도덕한 마음을 품고 있는 것을 이용하여 요한을 없애려는 것이었습니다.

얼마 뒤 절호의 기회가 찾아왔습니다. 헤롯왕은 자신의 생일 연회에 수많은 사람을 초대했고 연회장에 헤로디아의 딸 살로메가 나타나 춤으로 손님들을 즐겁게 했습니다. 그 모습에 기뻐한 헤롯왕은 "원하는 것이 있으면 무엇이든 말해라. 네게 주겠다"라고 이야기합니다. 이어 "네가 원한다면 이 나라의 절반이라도 주겠다"라며 굳은 다짐을 전합니다.

살로메는 잠시 어머니 헤로디아와 무엇을 말할지 상의합니다. 헤로디아는 "세례자 요한의 목"이라고 말하라고 가르칩니다. 살로메는 왕에게 돌아와 "지금 당장 세례자 요한의 목을 쟁반에 올려주세요"라고 부탁합니다.

왕은 마음이 아팠지만 약속한 일이고 손님 앞에서 딸의 소원을 거절하고 싶지 않아 군사에게 명하여 요한의 목을 벤 뒤 쟁반에 담아 오게 했습니다. 살로메는 그것을 받아서 어머니에게 건넵니다.

◈ 주체성 없는 악

성경에서 살로메는 어머니 헤로디아에게 조종당하는 불쌍한 여성일 뿐입니다. 요한의 목을 원한 것은 어머니 헤로디아이며 살로메는 그 말을 전하기만 하는 스피커일 뿐입니다.

이와 같이 다른 악에게 이용되는 악에는 다음과 같은 종류가 있습니다.

- **주체성이 없는 자:** 정신적으로 공허하고, 그저 명령을 들을 뿐입니다. 자신이 나쁜 짓을 하고 있다는 인식조차 없습니다.
- **세뇌당한 자:** 완전히 세뇌되어 명령을 실행하기만 하는 로봇 상태입니다. 세뇌가 풀리느냐에 따라 이 인물의 미래는 달라집니다.
- **교사당한 자:** 말 잘하는 사람에게 교사당한 자입니다. 자신의 의지로 악을 행한다고 믿지만 사실은 조종당하고 있을 뿐입니다.
- **속은 자:** 옳은 쪽을 악으로 오해하거나 다른 사람을 복수 상대로 착각하는 등 잘못된 정보를 바탕으로 행동하는 자입니다.
- **노예근성인 자:** 자유 의지가 없는 것은 아니지만 윗사람의 명령을 거역할 수 없는 자입니다.
- **충실한 자:** 윗사람이 악을 행하는 것은 알고 있지만 의리나 은혜에 얽매여 있습니다.

082 살로메와 요한의 목

SALOME AND THE HEAD OF JOHN

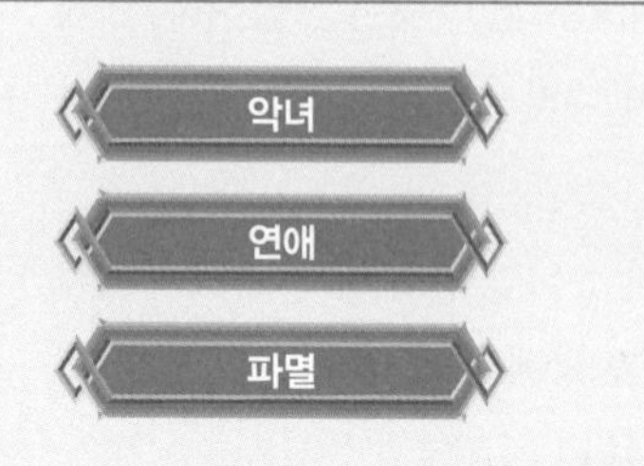

◆ 자신을 모두 태워버리는 사랑

성경의 살로메는 어머니에게 충실할 뿐인 주체성 없는 딸입니다. 그러나 후세에 창작된 작품에서 그녀의 캐릭터는 크게 변화합니다.

이 전설을 모티브로 만들어져 현재의 살로메 이미지를 굳힌 것이 오스카 와일드의 희곡 『살로메』입니다. 그리고 리하르트 슈트라우스가 그것을 오페라로 만든 〈살로메〉는 지금도 세계적으로 상연되는 인기 작품입니다.

이 작품에서 살로메는 붙잡힌 요한을 보고 한눈에 사랑에 빠집니다. 그러나 요한은 살로메 어머니의 행실을 비난했고 그 딸인 살로메도 '소돔의 딸'(소돔은 성경에 나온 죄악의 도시다–옮긴이)이라고 부르며 비난할 뿐입니다. 살로메는 요한에게 키스해달라고 하지만 요한은 살로메가 저주를 받았다면서 거부합니다.

그 후 헤롯왕이 연회에서 살로메에게 춤을 추라고 명령하지만 그녀는 거절합니다. 헤롯이 딸에게 추파를 던진다는 것을 알고 있던 어머니 헤로디아도 춤을 추게 하지 않으려고 합니다. 그러나 여러 번의 명령 끝에 살로메는 춤을 추면 원하는 건 무엇이든 주겠느냐고 왕에게 묻습니다. 헤롯이 나라의 절반이라도 주겠다고 맹세하자 살로메는 춤을 추기 시작합니다.

향수를 뿌리고 일곱 장의 베일을 걸친 살로메의 춤에 헤롯은 만족합니다. 춤이 끝난 뒤 헤롯 앞에 무릎을 꿇고 살로메가 요구한 것은 은쟁반에 올려놓은 요한의 목이었습니다. 헤롯은 신의 벌이 두려워 살로메를 설득하지만 살로메는 오직 요한의 목을 원한다고 말합니다. 그리고 은쟁반에 올려진 요한의 목에 염원대로 키스합니다.

그 모습이 두려웠는지 헤롯은 살로메를 죽이라고 명령합니다. 그리고 병사가 살로메를 짓누르듯이 죽이면서 무대는 마무리됩니다. 살로메의 사랑은 요한뿐만 아니라 자신도 불태워버린 것입니다.

◈ 악녀의 집착

나쁜 여자일수록 자신이 반한 남자에게 집착하는 경우가 많습니다. 살로메도 마찬가지입니다. 첫눈에 반한 요한에게 집착하다가 키스를 거부당하자 요한을 죽이고 그 얼굴에 키스하는 무서운 모습을 보입니다. 그리고 마침내 자신도 파멸합니다.

악녀에게 진정한 사랑은 어울리지 않습니다. 연심으로 남자를 조종해서 이익을 취하는 것이 악녀의 수법입니다. 이 상태에서 악녀는 정신적 균형이 잡혀 있습니다. 하지만 누군가를 진심으로 사랑하게 되면 남자를 이용하려는 악한 마음과 남자를 얻고 싶다는 연정이 모순을 일으킵니다. 이용하고 버리면 손에 넣을 수 없기 때문입니다. 이 모순을 해소하려면 다음과 같은 방법이 있습니다.

- **악행을 멈춘다**(남자가 악당이 아닌 경우): 악녀가 아니라면 제대로 된 남자와 평범한 연애를 할 수 있습니다. 이것은 악녀가 사랑을 깨닫고 마음을 고쳐먹는 이야기가 됩니다.
- **헤어진다**(남자가 악당이 아닌 경우): 악녀가 양심 때문에 남자를 악의 세계로 끌어들이는 것을 주저합니다.
- **남자를 죽이고 나도 죽는다**: 하나의 전형적인 예가 '남자를 죽이고 나도 죽는다'입니다. 살로메의 경우가 이 패턴입니다. 파멸의 패턴은 죽음 말고도 다양하지만 모두 씁쓸한 결말이 기다립니다. 상대가 제대로 된 남자든 악당이든 상관없이 이 결말을 적용할 수 있습니다.
- **연애 놀이**(남자가 악당인 경우): 상대방 남자도 악인이라면 서로 이용하는 스릴 넘치는 놀이처럼 연애할 수 있습니다. 스파이물 등에서 적대 조직의 스파이끼리 사랑의 흥정을 벌이는 이야기가 이러한 패턴인데, 뤼팽 3세와 미네 후지코도 둘 다 악당이기에 오랫동안 관계를 유지하는 것입니다.
- **함께 망한다**(남자가 악당인 경우): 악당끼리 악행을 심화시킵니다. 영화 〈우리에게 내일은 없다〉의 보니와 클라이드 등이 이런 식으로 파멸을 맞이합니다.

083 아담과 릴리스

ADAM AND LILITH

◈ 아담을 버린 릴리스

아담과 이브라 하면 세계 최초의 커플일 텐데, 아담이 이브를 만나기 전에 릴리스라는 아내가 있었다는 설이 전해집니다. 오래된 신화에서 릴리스는 '밤의 여자 악마'로 나옵니다.

구약 성경 『창세기』에는 "신이 자신을 본떠 사람을 창조하셨다. 즉 신을 본떠 창조되었다. 남자와 여자로 창조되었다"라고 나옵니다. 그런데도 얼마 후에 "사람이 혼자 있는 것은 좋지 않다. 그에게 맞는 도움을 줄 자를 만들자"며 이브를 만듭니다. '처음 만들어진 남자가 아담이라고 한다면 처음 만들어진 여자는 누구인가'라는 의문에서 그게 릴리스가 아닐까 생각하는 이들이 있었습니다.

『탈무드』의 기술에 따르면 릴리스는 머리가 길고 날개가 달린 미녀입니다. 그리고 혼자 자는 남자를 발견하면 관계를 맺고 정액을 흘리게 한다고 합니다. 즉, 몽정을 유발하는 것도 릴리스의 소행이라고 합니다.

10세기경 『벤 시라의 알파벳』에 따르면 릴리스는 아담과 성교할 때 정상위(마주 본 상태로 남자가 위로 올라가는 체위)를 거부했습니다. 릴리스는 "나는 아래로 내려가지 않겠다"라고 말했고 아담은 "나는 위여야 한다. 내가 더 상위이기 때문"이라고 대답합니다. 그러자 릴리스는 "같은 흙으로 만들어졌으니 평등해야 한다"라고 대답했고, 그들의 관계는 깨지고 맙니다.

릴리스는 아담으로부터 도망쳐 바닷가에 정착합니다. 그리고 악마와 어울려 무수한 릴린(유대교 악마들)을 낳았습니다.

아담은 신에게 릴리스가 도망쳐버렸다고 호소합니다. 그래서 신은 릴리스를 설득하기 위해 세노이, 산세노이, 세만겔로프라는 세 천사를 보냅니다. 그리고 "아담에게 돌아가지 않으면 네 아이를 매일 백 명 죽이겠다"라고 협박합니다. 이에 릴리스는 "아담과 이브의 아이를 잡아먹겠다"며 "너희 세 천사가 지키는 아이만 용서해주겠다"라고 덧붙였습니다. 이 때문에 세 천사는 신의 품으로 돌아갔고, 현재는 태어난 아이를 지키고 있다고 합니다. 실제로 이 세 천사의 이름을 적은 부적을 태어난 아이 목에 걸면 할례 때까지 보호해준다는 이야기가 있습니다.

◈ 현대인 릴리스

현대인의 시각으로 볼 때 릴리스는 악녀가 아닙니다. 물론 남자를 농락하고 여러 남자와 어울리는 릴리스를 선이라고는 할 수 없지만 악이라고도 할 수 없겠지요.

우리가 보기에는 내가 잘났으니까 성교할 때도 내가 위여야 한다고 말하는 아담이야말로 폭언을 하는 듯 보입니다. 반면 자신과 아담이 평등하다고 주장하는 릴리스야말로 현대의 관점에서 윤리적으로 옳습니다.

그러나 중세 윤리에서는 아담이 옳고 양성평등을 외치는 릴리스가 악마가 됩니다. 중세와 현대는 윤리 관념이 크게 다르기 때문입니다. 그럼 어느 쪽을 취해야 할까요? 이건 어느 쪽이든 상관없습니다. 어느 쪽을 선택하든 독자를 충분히 이해시킬 수 있습니다. 예를 들어 중세 세계를 기반으로 한 이야기라면 각각의 논리를 표현하는 데 다음과 같은 주의가 필요합니다.

- **현대 윤리를 이야기의 배경 시대로 가져온다:** 이 경우 현대인의 양심에 따라 행동하면 주위와 마찰이 발생합니다. 주위 사람에게 그 인물은 비상식적인 말을 하는 괴짜에 사람들과 어울리지 못하는 인물로 비칩니다. 오히려 악인 취급을 받을지도 모릅니다. 그렇기 때문에 이 인물이 중세 세계에서 현대 윤리를 따르는 것은 어쩔 수 없는 일이라고 독자에게 납득시켜야 합니다. 예를 들어, 현대인이 시간 여행으로 이곳에 도착했다는 등의 이유가 필요합니다. 합당한 이유가 있어야 그 인물의 고독이 이해됩니다.
- **시대에 맞게 중세 논리를 펼친다:** 이 경우에는 주위와 마찰이 발생하지 않습니다. 다만 시대의 상식이 현대와 너무 동떨어지면 독자들은 시대 자체에 위화감을 느끼게 됩니다. 상식적인 선에서 어딘가 현대와 통하는 부분을 만들어야 할 것입니다.

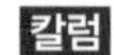

두견새의 캐치프레이즈

전국 시대 무장 오다 노부나가와 도요토미 히데요시, 도쿠가와 이에야스와 두견새에 관한 구절이 있습니다.

두견새가 울지 않으면 죽여라(오다 노부나가)
두견새가 울지 않는다면 울려라(도요토미 히데요시)
두견새가 울지 않으면 울 때까지 기다려라(도쿠가와 이에야스)

이 구절들은 그들의 성격을 나타내는 듯 보입니다. 노부나가는 유능하지만 성질이 급하고, 히데요시는 아이디어맨이며, 이에야스는 인내심이 강한 이미지입니다.

하지만 최근 역사 연구에 따르면 노부나가는 매우 참을성이 있었고, 이에야스는 과격했으며 특히 젊었을 때는 성질이 급하고 질주하는 성격이었다고 합니다. 그러나 역사 연구 결과가 어떻든 이제 우리는 노부나가라고 하면 성질이 급하고 자기 말을 거역하는 자는 바로 죽인다는 이미지를 떠올립니다. 즉, 이 구절은 세 명의 캐치프레이즈로 정착했고, 우리는 그런 이미지로 그들을 바라봅니다. 그런 의미에서 이 구절은 매우 훌륭한 캐치프레이즈입니다. 이 구절만 봐도 우리는 전국 3대 무장의 이미지를 '이런 인물이었겠구나' 하고 상상할 수 있습니다. 참고로 이들은 전국 시대를 다룬 창작 작품에서 최정상의 인기를 자랑하는 캐릭터입니다.

마찬가지로 전국 시대 무장 중에는 '사람은 돌담, 사람은 성'(결국 돌담과 성을 쌓는 것은 사람이라는 의미–옮긴이)이라는 좌우명을 가졌으며 '풍림화산'(병법에서 상황에 따라 군사를 적절히 운용해야 승리할 수 있다는 말–옮긴이)이라고 쓰인 깃발을 든 다케다 신겐이나 '일본 제일의 병사'로 불리는 사나다 노부시게(유키무라) 등 알기 쉬운 캐치프레이즈를 가진 캐릭터가 많으므로 전국 시대 무장을 주인공으로 한 작품이 많이 만들어지는 것도 당연합니다.

주인공에게 이런 캐치프레이즈가 붙는다면 이야기는 반쯤 성공했다고 할 수 있습니다.

이야기의 모티브

부모 자식 관계나 형제 관계에서 오는 어려움, 신이 내리는 벌의 무서움, 전쟁에서의 지략 등 신화와 전승 설화 시대부터 주제의 모티브가 되어온 것이 많습니다. 여기서는 창작에 사용할 수 있는 기본적인 모티브를 소개합니다.

084 알리바바와 40인의 도적

ALI BABA AND THE FORTY THIEVES

◆ 암호는 '열려라, 참깨'

「알리바바와 40인의 도적」은 『아라비안나이트』에 수록된 이야기로 매우 유명하지만, 사실 아라비아의 원전에는 게재되어 있지 않습니다. 프랑스에서 앙투안 갈랑이 번역한 판본에만 존재해서 갈랑이 만들어낸 이야기가 아닐까 의심받기도 했습니다. 그러나 원전을 찾지 못해 의심받던 이야기 몇 편의 원전이 나중에 발견되었고 「알리바바와 40인의 도적」도 원전이 있을 것으로 여겨지게 되었습니다.

알리바바는 성실한 일꾼입니다. 그는 산에서 장작을 모으다가 도적들을 발견합니다. 숨어서 지켜보니 도적이 동굴 입구에서 "열려라, 참깨!"라고 외치자 절벽 바위가 활짝 열립니다. 잠시 후 도적이 안에서 나와 "닫혀라, 참깨!"라고 말하자 바위가 닫힙니다. 그리고 도적들은 사라졌습니다. 도적들이 떠난 뒤 알리바바가 "열려라, 참깨!"라고 외치자 바위가 열립니다. 안에는 도적들의 장물이 잔뜩 쌓여 있었습니다. 알리바바는 장물에서 많은 금화를 챙겼습니다.

알리바바의 형은 동생의 형편이 달라지자 그 비밀을 캐내어 자신도 보물을 얻으려 합니다. 그런데 동굴 안으로 들어가 금화를 훔쳐 달아나려다 주문을 잊어버립니다. 결국 형은 도적에게 들켜 둘로 쪼개져 죽고 맙니다. 알리바바는 형의 시신을 발견하고 봉합한 뒤 묻어줍니다.

도적들은 시신을 꿰맨 재단사를 이용해 알리바바의 집을 알아냅니다. 이때 활약하는 것이 여자 노예 모르기아나입니다. 그녀는 알리바바의 집에 수상한 흰색 도장이 찍혀 있는 것을 발견하고 근처 집에도 같은 무늬를 그립니다. 그러자 도적들은 무엇이 알리바바의 집인지 헷갈려 발길을 돌립니다. 다음에 다른 도적이 붉은색으로 표시하자 똑같이 대처합니다. 이후 도적의 우두머리가 기름 상인인 척하며 기름 항아리 안에 도적들을 숨겨 알리바바의 집을 방문했을 때도 항아리 속 도적들을 알아보고 뜨거운 물을 부어 남김없이 죽여버립니다.

도망친 도적의 우두머리는 다시 알리바바의 손님으로 변장하고, 알리바바를 단도로 찔러 죽일 기회만 노립니다. 모르기아나는 그 얼굴을 보고 도망친 기름 상인임을 간파하고 춤추는 척하며 도적에게 다가가 몰래 들고 있던 단도로 찔러 죽입니다. 알리바바는 손님을 살해한 그녀에게 화를 냈지만 진실을 알고 나서는 고맙다며 모르기아나를 조카(형의 아들)의 아내로 삼습니다.

◈ 지혜와 재치와 암호

모르기아나는 평범한 여자 노예입니다. 검술을 배웠다거나 마법을 사용하는 것도 아닙니다. 오히려 교육도 제대로 받지 못했습니다. 하지만 그녀는 어리석지 않습니다. 지식은 없어도 사고력과 재치는 남달랐습니다.

대중 작품에서 많은 주인공은 싸움에 필요한 힘을 가지고 있습니다. 하지만 그렇기에 그런 힘 없이 활약하는 인물이 고귀한 것입니다. 물론 싸우는 힘과 지혜를 겸비하면 최강이지만, 잘못하면 너무 편리한 캐릭터가 되어버립니다.

덧붙여서 암호는 짧고 외우기 쉬우며 잘 사용되지 않는 말이어야 합니다. 문을 여닫을 때 사용하는 '열려라', '닫혀라'에 아무리 생각해도 이어지지 않는 '참깨'라는 말을 합치는 것만으로도 간단하고 외우기 쉬운 암호가 완성됩니다.

또한 아군끼리 쓰는 암호는 적이 흉내 낼 수 없어야 합니다. '산'에 대해 '강'이라고 대답하는 것은 〈주신구라〉(아코번의 무사 47인이 주군의 원수를 갚은 사건을 주제로 만든 가부키 공연 등을 말한다-옮긴이)로 유명한 아코로시(아코번 아사노 가문의 47인 무사를 말한다-옮긴이)가 기라 요시나카의 저택을 습격할 때 사용한 암호라고 합니다. 이 당시에는 이 암호로도 유효했겠지만 현재는 이 조합이 너무 유명해져버렸습니다.

세키가하라 전투에서 동군은 '산이 산'이라고 말하면 '휘가 휘'라고 대답하는 것이 암호였다고 합니다. 양군 합해서 20만 명에 가까웠고 전투에서 만난 적 없는 아군도 많았으니 암호가 필요했겠지요. 이 정도로 만들면 대답이 순식간에 떠오르지 않기 때문에 암호로 충분합니다.

085 트로이 전쟁

TROJAN WAR

◆ 10년간의 기나긴 전쟁

그리스 영웅들이 모여 트로이와 전쟁을 벌인 트로이 전쟁. 신들조차 그리스 측과 트로이 측으로 나뉘어 각각의 도시를 응원했다고 합니다. 이러한 신화가 전해지지만 트로이 전쟁 자체는 슐리만의 발견을 통해 실제로 존재한 것으로 알려졌습니다.

싸움은 10년 동안 계속되어 양군 영웅들도 차례차례 쓰러집니다. 그리고 마침내 그리스 최대 영웅인 아킬레우스조차 약점인 부위에 화살을 맞아 죽고 맙니다.

여기에 그리스는 그리스에서 가장 지혜로운 오디세우스의 작전을 채택하기로 합니다. 그게 트로이의 목마입니다. 뛰어난 장인이었던 에페이오스는 부대가 들어갈 수 있을 정도로 거대한 목마를 만듭니다. 눈에는 보석을 넣어 장식하고 입에는 통풍구를 만들어 안에 숨은 사람들이 숨을 쉴 수 있도록 했습니다. 이동이 쉽게 다리에는 바퀴를 달았고 옆구리에는 겉으로만 봐서는 눈치채기 어려운 문을 달았습니다. 물론 이러한 작업은 트로이가 알 수 없도록 목마를 벽으로 둘러싼 채 이루어졌습니다.

드디어 오디세우스가 작전을 지시합니다. 목마에 숨은 부대를 제외한 그리스군은 해안에 세워져 있던 임시 거처를 불태우고 배를 타고 트로이 쪽에서 보이지 않는 곳까지 떠납니다. 트로이가 그리스군이 철수했다고 생각하게 하기 위해서입니다. 작전을 설명하는 오디세우스 옆에는 여신 아테나가 있었습니다. 지략을 좋아하는 아테나는 오디세우스를 마음에 들어 했습니다.

목마가 있는 곳에는 일부러 포로가 된 시논이 남았습니다. 그리고 트로이인에게 붙잡혔을 때 "목마는 아테나에게 바치는 물건입니다. 여기에 방치된다면 그리스가 승리할 거예요. 그렇기 때문에 움직이기 어려울 정도로 크게 만들어졌습니다. 하지만 트로이가 아테나 신전에 봉납한다면 승리는 트로이의 것입니다"라고 거짓말합니다.

그 말을 들은 트로이 측은 목마를 도시 안으로 들여 아테나 신전으로 운반합니다. 예언자 카산드라는 목마를 들여놓으면 트로이가 멸망할 것이라고 말하지만 아무도 믿지 않습니다. 트로이인들은 승리를 축하하며 마구 마시고 노래를 부르다가 깊이 잠들어버립니다. 그러자 목마에서 나온 그리스 전사들이 그들을 덮칩니다. 물론 일부는 문을 열러 갔습니다.

1층에서 자던 남성들은 물론 2층의 여성들도 아이를 감싸고 죽어갑니다(당시 남성은 1층, 여성은 2층에서 자는 것이 일반적이었습니다). 물론 노인도 봐주지 않습니다. 그리스군이 없는 문으로 도망친 극소수를 제외하고 모든 사람이 죽임을 당했습니다.

◈ 전쟁의 지략

지략으로 전쟁에서 승리하는 이야기는 중국의 『삼국지연의』를 비롯하여 많이 존재하고 이야기적으로도 쾌감을 안겨줍니다. 단, 이야기에 나오는 지략에는 세 가지 조건이 있습니다.

- **독자가 이해할 수 있는 수준의 지략일 것:** 너무 고도의 지략이라서 독자가 이해하지 못해선 안 됩니다. 적은 함정에 걸리더라도 독자는 쉽게 이해할 수 있어야 합니다.
- **적이 속아 넘어갈 장치:** 트로이 목마에서도 시논이 트로이가 함정에 빠지도록 증언합니다. 특히 목마를 움직이지 못하면 그리스가 승리한다는 주장이 목마 크기가 이상할 정도로 큰 이유를 뒷받침하고 있어 트로이를 속이는 데 성공했습니다.
- **가능하다면 가시화할 수 있는 것:** 책략은 가능하면 눈에 보이는 형태로 표현할 수 있는 것이 좋습니다. 그림이나 도표로 표시할 수 없는 교묘한 책략은 이해하기 어렵습니다.

이처럼 이야기에서는 독자가 알 수 있는 지략이 재미 포인트가 됩니다.

086 이스가리옷 유다

JUDAS ISCARIOT

◆ 최악의 배신자

기독교 문화권에서 가장 큰 배신자는 이스가리옷 유다입니다. "유다!"라는 말이 '배신자'라는 의미의 욕설로 사용될 정도입니다(물론 기독교 문화권에서만 통용되는 욕설입니다).

유다라는 이름이 원래 민족명인 '유대'에서 왔기 때문에 '배신자 = 유다 = 유대인'과 같이 유대인의 이미지를 안 좋게 만들고 있습니다. 사실 '유다'는 유대인 사이에서는 매우 일반적인 이름으로, 성경에도 '유다'라는 인물이 많이 나옵니다.

예수님의 사도 중에도 유다(다대오라는 이름이 더 유명합니다)가 있습니다. 다만 이스가리옷 유다의 악명이 너무 높아 성인 유다의 이름으로 기도하는 것을 사람들이 기피한 나머지 가톨릭에서는 거의 잊혔습니다. 성 유다 다대오가 패배한 자, 절망한 자의 수호 성자가 된 것도 이 때문일지 모릅니다.

또한 성경에는 예수의 형제 유다에 의해 쓰였다는 '유다의 편지'가 정경에 들어 있어 예수가 십자가에 못 박힌 이후에도 유다라는 이름이 반드시 악으로 여겨지지 않았음을 증명하고 있습니다. 이 유다에게는 자손이 있었다고 하니 예수의 형제 유다의 자손은 어쩌면 지금도 살아 있을지 모릅니다.

이스가리옷 유다의 배신에 대해서는 여러 수수께끼가 남아 있습니다. 『요한복음서』 6장 64절에 따르면 예수는 처음부터 누가 자신을 배신할지를 알고 있었습니다. 또한 13장 21~30절에 따르면 최후의 만찬에서 예수는 배신자의 존재를 예고합니다. 그리고 유다에게 자신이 안다는 사실도 가르쳐줍니다. 그럼에도 불구하고 "하려는 것을 지금 당장 하라"라고 말합니다. 이유가 뭘까요? 유다는 마지막에 예수를 배신했지만 그 전까지는 예수의 충실한 제자였습니다. 그러면 왜 배신했을까요?

생각해보면 십자가에 못 박혀 죽는 것은 인류의 죄를 짊어지겠다는 그리스도의 계획대로 일어난 일이었는지도 모릅니다. 그렇다면 유다의 배신은 예수가 유도한 것일까요, 아니면 모든 것을 알고 오명을 뒤집어쓰면서도 예수를 위해 협력한 것일까요.

◆ 수수께끼로 남은 배신

일반적으로 유다는 더러운 배신자일 뿐입니다. 하지만 배신하기까지의 상황을 안다면 그렇게 단순하게 생각하지는 못할 것 같습니다. 예수의 행동, 유다의 행동은 여러 해석이 가능합니다. 그래서 많은 작품에서 다루어지고 유다의 모습 또한 다양하게 그려집니다.

유다의 모습	내용
배신자	돈 때문에 스승을 팔아넘긴 못난이
겁쟁이	유대 교회를 두려워하여 그 압력에 굴복한다
현실주의자	유대 교회 권력과의 균형으로 보아 예수를 이길 가능성이 없다고 냉정하게 계산한다
심리 유도	예수의 언동에 의해 배신하게 된다
세뇌당한 피해자	예수에게 마음을 조종당하고 배신자 역할을 하게 된다
이해를 잘하는 사람	십자가에 못 박히려 하는 예수의 뜻을 알아차리고 배신자 역할을 자청한다
협력자	예수가 협조를 요청했고 그 뜻을 존중하여 협력하기로 한다
계획된 배신	예수의 위험성을 감지하고 죽이려는 계획을 세운다. 그러나 그것마저도 예수의 계획이었다

이처럼 여러 해석이 가능한 것이 유다의 매력입니다. 평범한 배신자로는 등장시킬 수 없는 인간성을 유다라는 캐릭터가 갖추고 있는 것입니다.

배신자를 등장시킬 경우 단순히 비열한 인물보다는 이렇게 다양한 해석의 여지가 있는 인물로 묘사할 때 이야기의 깊이가 생깁니다. 또한 해석은 하나라도 상관없지만, 배신을 하게 된 여러 배경이 있어야 깊이 있는 이야기가 됩니다.

087 탄탈로스의 갈증

TANTALUS'S PUNISHMENT

◆ 신을 등한시하고 벌을 받는다

신을 소홀히 대하면 벌을 받습니다. 하물며 신을 화나게 하면 그 반동은 엄청납니다.

탄탈로스는 인간이지만 신의 사랑을 받고 있었습니다. 신들의 연회에 초대받아 신의 음료 넥타르와 신의 음식 암브로시아마저 주빈과 함께 대접받고 불사의 몸을 얻었습니다. 그러나 탄탈로스는 거만하게도 신을 시험할 생각이었는지, 아니면 그저 신에게 바칠 생각이었는지 아들 펠롭스를 죽이고 그 고기를 식사로 내놓았습니다. 물론 신들은 음식의 정체를 눈치채고 먹지 않았지만 데메테르는 딸 페르세포네가 납치되어 심란한 마음에 무심코 먹어버립니다.

이 일에 대한 벌로 탄탈로스는 타르타로스(그리스 신화의 지옥)로 보내져 과일나무 아래에 있는 늪에 서게 됩니다. 그곳에서는 목이 말라 물을 마시려고 하면 늪의 수위가 내려가 마실 수 없습니다. 손을 뻗어 과일을 따려고 해도 바람이 불고 가지가 위로 올라가 손이 닿지 않습니다. 불사의 몸이 된 탄탈로스는 눈앞에 물이 있지만 갈증을 풀지 못하고 영원히 고통받게 됩니다. 이후 '탄탈로스의 갈증'은 손이 닿을 듯 말 듯 닿지 않는 답답한 고통을 나타내는 말이 되었습니다.

같은 벌을 받은 자로 시시포스(시지포스라고도 합니다)가 있습니다. 그는 제우스에게 납치된 딸을 찾는 강의 신 아소포스에게 그녀의 행방을 알려주었습니다. 게다가 자신의 동생이 왕위에 오른 것에 원한을 품고 조카딸과 관계를 가져 자식을 낳으면 복수할 수 있다는 예언을 따라 동생의 딸과 자식을 만들었습니다.

이러한 죄로 벌을 받게 되었을 때도 하데스를 기만하고 페르세포네를 속여서 처벌을 피합니다. 이 때문에 타르타로스에서 거대한 바위를 산 정상까지 밀어 올리는 고행을 명령받습니다. 바위는 산꼭대기에 놓이면 마음대로 굴러떨어지고, 이 고행은 영원히 끝나지 않습니다. 여기서 '시시포스의 바위'란 헛된 노력을 뜻하게 됩니다.

마찬가지로 헛된 노력을 뜻하는 말로 '사이노카와라'(죽은 아이가 저승에서 부모를 공양하기 위해 돌탑을 만든다는 삼도[三途] 내의 모래강변-옮긴이)가 있습니다. 사이노카와라에서는 부모보다 먼저 죽은 아이(불효의 죄를 범했다고 합니다)가 돌을 쌓습니다. 이 돌탑을 완성하면 부모를 공양할 수 있습니다. 하지만 다 쌓기 전에 반드시 귀신이 나타나 탑을 무너뜨리기 때문에 영원히 완성되지 않습니다.

유대교나 기독교의 신이 내리는 천벌도 엄청납니다. 소돔과 고모라에 대해 하나님은 하늘에서 유황불을 내려 마을 사람과 초목을 모두 멸망시켰습니다. 그리고 신의 명령으로 소돔에서 탈출한 죄 없는 롯 일가조차 뒤를 돌아보면 안 된다는 지시를 어겼다는 이유만으로 롯의 아내는 소금 기둥이 되고 맙니다.

노아의 방주 이야기에서는 노아 가족과 동물들 한 쌍씩을 제외하고 지상의 생물 모두를 홍수로 전멸시킵니다. 바로 세계가 파멸한 것입니다.

신약 성경 『요한계시록』에는 일곱 번째 봉인이 풀리면 일곱 천사가 세상을 망친다고 적혀 있습니다. 오해하는 분들이 많을 듯하여 적어두자면 성경에서 세상을 멸망시키고 인류를 멸종시키는 것은 신의 명령에 따라 천사가 행하는 것입니다(나중에 올바른 사람은 부활시킬 수 있습니다). 사탄인 붉은 용이 등장해 천사와 싸우는 것은 인류가 멸망한(얼마 안 되는 사람은 생존한 것 같지만) 이후의 일입니다.

◈ 신이 내리는 벌의 무서움

신들을 화나게 하면 정말 피도 눈물도 없는 벌이 내려집니다. 그야말로 인간 세계의 그것이 아닙니다. 게다가 신벌은 영원히 지속되는 경우가 많습니다. 영원히 지속되지 않더라도 도시가 전멸한다든가, 세계가 절멸한다든가, 어쨌든 큰 파멸적 사건이 일어납니다. 반대로 그렇게 큰 재액이나 영원한 벌이 아니라면 일부러 신이 나서서 벌을 주는 의미가 없습니다. 별거 아닌 벌이라면 천사나 하급 신(다신교 세계라면)에게 맡기면 됩니다. 그러므로 신벌은 엄청난 잘못이 아니면 사용해서는 안 됩니다. 여러 번 사용된다면 그 이야기는 실패입니다.

088 파우스트의 전설

THE LEGEND OF FAUST

◆ 악마와 계약한 남자

악마의 힘을 빌려 소원을 이루는 이야기는 동서고금에 다수 존재합니다. 그런 이야기를 가장 많이 창작한 사람은 초단편의 명수 호시 신이치가 아닐까요. 그가 쓴 천 편 이상의 초단편 중에는 악마가 등장하는 이야기가 많습니다. 악마와의 계약 이야기는 악마에게 영혼을 바치면 소원을 이뤄준다는 것이 기본 패턴입니다. 여기에 해당하는 고전이 「파우스트 전설」입니다.

이것은 16세기 독일에서 퍼진 전설입니다. 요한 게오르크 파우스트(독일의 점성술사이자 실존 인물)는 연금술사로도 알려졌으며 루터(종교 개혁을 일으킨 사제)는 그가 악마의 힘을 빌렸다고 비난했습니다. 그는 실험 중 폭발 사고를 일으켜 온몸이 다 찢겨 사망했습니다. 이로 인해 악마에게 목숨을 잃었다는 소문이 퍼지면서 전설이 되었습니다.

전설에서 그는 24년간 메피스토펠레스의 힘을 빌리는 대신 영혼을 바치는 계약을 합니다. 그리고 태초의 미녀 트로이의 헬레네를 자신의 애인으로 만듭니다. 24년 후 계약이 끝나자 파우스트는 지옥으로 내려갑니다.

이 전설의 파우스트 이야기도 꽤 깔끔하고 좋지만 괴테는 파우스트를 소재로 전혀 다른 작품을 만들었습니다. 그게 소설 『파우스트』입니다. 평생 학문에만 빠져 살아온 노인 파우스트는 그런 삶에 싫증을 느껴 악마 메피스토펠레스와 계약을 합니다. 살아 있는 동안은 메피스토펠레스가 그 능력으로 온갖 쾌락을 가져다준다는 조건이었습니다. 대신 만족한 뒤에는 파우스트가 메피스토펠레스에게 영혼을 바치기로 합니다. 파우스트가 만족했는지는 그가 "시간아 멈춰라, 정말 아름답다"라는 말을 하는지로 판가름하기로 합니다. 그는 이 말만 하지 않는다면 영원히 메피스토펠레스의 힘을 이용할 수 있다고 생각합니다.

메피스토펠레스의 힘으로 젊음을 얻은 파우스트는 사랑을 즐기려 했고 그레첸을 만나 첫눈에 반합니다. 하지만 그녀에게는 그것이 곧 불행이었습니다. 오빠는 파우스트에게 살해당하고, 어머니는 죽고, 자신은 파우스트의 아이를 임신했지만 (그때 파우스트가 없었기 때문에) 홀로 출산합니다. 아기의 존재에 힘겨워하던 그녀는 아기를 늪에 빠트려 살해합니다. 사형당할 위기에 처한 그녀를 구하기 위해 파우스트가 감옥에 나타나지만, 이미 그녀는 속죄하며 죽음을 바라고 있었습니다.

사랑하는 사람을 잃은 파우스트는 마음을 치유하기 위해 이상적인 나라를 찾아 나섰고 자유의 땅을 만들기에 이릅니다. 그곳은 항상 자유를 원하고 싸워서 그것을 쟁취할 수 있는 사람들이 만드는 나라입니다. 그리고 그런 땅에 살게 되었을 때 파우스트는 "시간아 멈춰라, 정말 아름답다"라고 말합니다.

그러자 메피스토펠레스는 계약이 성사됐다며 파우스트의 영혼을 지옥으로 데려가려고 합니다. 하지만 그때 천사와 그레첸이 나타납니다. 그녀는 파우스트를 위해 성모에게 계속 기도했고 파우스트의 영혼은 구제되어 하늘로 올라갑니다.

◆ 악마에게 비는 소원

악마가 소원을 들어주는 이야기에는 몇 가지 패턴이 있습니다.

소원의 패턴	주된 내용의 예시
헛된 소원	악마가 세 가지 소원을 들어주기로 하는데 소원을 비는 사람이 쓸모없는 소원을 빈다
악마의 해석	악마가 소원을 들어준다. 그러나 악마는 인간이 말한 소원의 말꼬리를 잡고 인간이 불행해지도록 그 소원을 곡해해 이루어준다
현명한 자의 소원	악마가 세 가지 소원을 들어준다. 악마는 가능한 한 인간이 불행해지도록 소원을 곡해하려고 한다. 그러나 인간은 악마의 방해를 물리치고 소원을 잘 사용하여 행복해진다
계약 무효	악마와의 계약으로 영혼을 바쳐야 하지만 인간은 악마와 맺은 계약의 허점을 발견해 영혼을 바치지 않아도 된다
신의 구제	악마와의 계약으로 영혼을 바쳐야 한다. 그러나 신의 구제로 인간은 죽음을 면한다

089 카인과 아벨

CAIN AND ABEL

◆ 인류 최초의 살인

카인과 아벨은 인류 최초의 형제입니다. 에덴동산에서 추방당한 아담과 이브는 가장 먼저 카인을, 그다음으로 아벨을 낳습니다. 어른이 되고 나서 카인은 농사를 짓고, 아벨은 목축 일을 했습니다. 시간이 흘러 카인은 농산물을 주로 바치고, 아벨은 키우는 양의 기름진 첫 새끼(처음 낳은 새끼)를 바쳤습니다. 하나님은 아벨과 그가 바치는 것들은 눈여겨보았지만 카인의 것은 눈여겨보지 않았습니다. 격한 분노에 휩싸여 고개를 숙인 카인에게 하나님은 말했습니다. "왜 화가 났느냐. 왜 고개를 숙이고 있느냐. 만약 네가 잘했다면 왜 고개를 들지 못하느냐. 네 마음이 잘못됐다면 죄가 문 앞에서 기다리며 너를 노릴 것이다. 너는 그것을 지배해야 한다."

그러나 하나님의 말씀은 카인에게 가닿지 않았습니다. 카인은 아벨을 숲으로 유인해 살해합니다. 하나님은 "네 동생 아벨은 어디에 있느냐"라고 묻지만 "모릅니다. 제가 동생을 지키는 사람인가요?"라고 대답합니다. 하나님은 거짓을 고한 카인을 저주하고 땅을 일궈도 결실을 얻지 못하게 합니다. 게다가 땅에서 추방해버립니다. 카인은 자신이 방랑하게 되면 죽임을 당하고 말 것이라고 하나님에게 호소합니다. 그러자 하나님은 카인에게 표식을 남기고는 카인을 죽이는 자는 일곱 배로 복수당할 것이라고 선언합니다. 이렇게 해서 카인은 그 땅을 떠나 놋(정처 없이 떠돈다는 의미) 땅에 살았습니다.

그 후 카인에게도 아내가 생기고 자손이 남습니다. 그 자손인 라멕은 두 아내 아다와 씰라에게 말합니다. "아다와 씰라여, 내 목소리를 들어라. 라멕의 아내들이여, 내 말을 들어라. 나의 상처로 사람을 죽였고 마음이 상하여 청년을 죽였다. 카인을 위한 복수가 일곱 배라면 라멕을 위해서는 일흔일곱 배다." 하지만 이는 라멕의 주장일 뿐으로 자신에게 너무 편리한 해석입니다.

◈ 형제의 충돌과 부모 자식

카인과 아벨 이야기는 하나님과 인간의 이야기지만 기본 구조는 부모에게 사랑받은 자식와 사랑받지 못한 자식의 이야기라고 할 수 있습니다. 하나님이 아버지이고, 카인과 아벨이 자식입니다. 이 이야기는 크게 네 가지로 해석할 수 있습니다.

첫째, 불공평한 아버지에 대한 복수입니다. 둘 다 하나님에게 공물을 바쳤는데 동생 것만 보고 자기 것은 안 본다면 당연히 화가 나겠지요. 성경에도 "화가 나서 고개를 숙였다"라고 나오는데, 보통 굴욕감에 상대방의 얼굴을 보면 소리를 질러버릴 것 같을 때 고개를 숙이곤 합니다. 자신의 아이에게 그런 감정을 느끼게 한 아버지가 복수를 당하는 것은 당연하다는 견해도 있습니다. 물론 복수를 위해 동생을 죽이는 것은 잘못됐지만 아버지에게는 합당한 처벌이 내려져야 합니다.

둘째, 뛰어난 동생에 대한 질투입니다. 형제 중 한 명만 잘할 때 다른 한 명은 질투에 사로잡힙니다. 물론 일반적이라면 잘하지 못하는 쪽도 자신만의 가치를 발견함으로써 잘하는 쪽을 질투하지 않고 침착해집니다. 그러나 그것을 찾지 못했기 때문에 질투심만 남아 그것이 폭발한다는 이야기도 종종 존재합니다.

셋째, 서투른 아버지의 사랑입니다. 아벨을 죽인 아들이지만 그래도 카인이 떠돌며 살면 죽임을 당하고 말 것이라고 호소하자 아버지는 카인에게 표식을 남기고 카인을 해치는 자에게는 일곱 배의 보복이 있을 것이라고 말하며 그를 지킵니다. 그런 의미에서 아버지는 자식을 계속 사랑하고 있었습니다. 그러나 그 사랑이 아이에게는 전해지지 않았고 폭발하게 되었습니다.

넷째, 오해에서 비롯된 이야기입니다. 하나님이 농산물 바치는 것을 눈여겨보지 않은 것은 카인이 싫어서가 아니라 다른 이유가 있다고 보는 경우입니다. 그러나 카인은 하나님이 자신을 싫어한다고 생각하고 보복합니다. 즉 오해에서 비극이 생겨난 이야기라고 볼 수도 있습니다.

이렇게 똑같은 사건도 다른 시각으로 바라봄으로써 전혀 다른 의미를 가진 이야기를 만들 수 있습니다. 유명한 역사적 사건을 바탕으로 여러 소설이 창작되는 것도 이러한 이유 때문입니다.

090 캡틴 키드의 보물

THE TREASURE OF CAPTAIN KID

◆ 시작은 캡틴 키드의 전설

윌리엄 키드는 영국에서 가장 유명한 해적입니다. 키드는 원래 부유한 상인이었습니다. 당시 영국과 프랑스는 전쟁 중이었고 영국은 사략선 허가증(적대국인 프랑스의 선박은 습격하거나 약탈해도 죄가 되지 않는다는 허가증)을 발급하고 있었습니다. 키드도 이 허가증을 받고 사략선 사업에 진출하기로 합니다.

사업을 시작하면서 자본의 80퍼센트는 영국 귀족들이 내고 나머지 20퍼센트를 키드와 친구들이 냈습니다. 그리고 포문 30문의 어드벤처호를 준비해서 바다로 나갑니다. 하지만 허가받은 범위 내에서만 일하다 보니 전혀 벌이가 되지 않았습니다. 결국 영국 선박을 제외하곤 무엇이든 습격하는 해적으로 변합니다. 또한 그는 무어라는 선원과 말다툼을 벌이다 철제 물통으로 머리를 때려 살해했고, 이것을 계기로 해적으로 변했다고도 합니다. 이 살인에 대해서 나중에 그는 유죄 판결을 받습니다.

그 무렵 영국은 해적 피해를 줄이기 위해 정부에 투항한 해적을 사면하는 정책을 펼칩니다. 이로 인해 많은 해적이 폐업했는데 키드는 사면 대상에서 제외되었지만 그 사실을 몰랐습니다. 연줄을 이용하여 번 돈을 넘겨주면 될 것이라고 낙관적으로 생각하며 뉴욕에 당도한 키드는 그대로 체포되어 재판에 회부됩니다.

그는 사략선 벌이가 좋지 않아 부하들이 자신을 선장실에 가두는 등 위험한 상황에 처했고 어쩔 수 없이 해적이 되었다고 항변합니다. 또한 부하는 배에서 선장 명령을 거역하면 항명죄로 즉결 재판으로 사형에 처해지니 상관인 자신이 벌을 내린 것이라고 변명합니다. 결국 어드벤처호 사관들은 대부분 유죄가 됩니다.

키드도 사형이 확정되어 런던 근교에서 교수형에 처해집니다. 다만 사형 집행 직전에 키드는 자신이 보물을 숨기고 있다고 고백하며 그 장소를 설명하려고 했습니다. 그러나 사형 집행인은 키드의 말을 무시하고 처형합니다. 그래서 그의 말이 사실인지 아닌지는 아무도 모른 채 캡틴 키드의 보물을 둘러싼 소문만 남습니다.

그리고 그것을 바탕으로 수많은 창작물이 쏟아졌습니다. 스티븐슨의 『보물섬』은 키드의 보물 지도를 바탕으로 보물을 찾아 항해하는 모험 소설입니다. 에드거 앨런 포의 「황금충」은 수수께끼의 암호를 풀었더니 키드의 보물이 있는 곳이었다는 추리 소설입니다. 또한 실제 장소인 뉴욕의 가디너스섬Gardiners Island이나 캐나다 노바스코샤의 오크섬에 보물이 있다고 하는데 키드의 보물이라고도 합니다. 일본 가고시마현 도카라 열도의 보물섬이나 오키나와현 미야코 열도의 오가미섬 등에 키드가 보물을 숨겼다는 전설도 있습니다.

◈ 보물 찾기

키드 이외에도 다양한 인물이 보물을 남겼다고 전해집니다. 일본에서는 오구리 고즈케노스케의 도쿠가와 매장금(에도 시대 말기에 에도 막부가 대정봉환을 하면서 막부를 다시 일으켜 세우기 위한 군자금을 몰래 매장했다고 한다-옮긴이), 오쿠보 나가야스의 금은보화 등이 유명합니다.

해적 중에서도 검은 수염 티치(에드워드 티치)나 바살러뮤 로버츠 등 사후에 보물에 관한 전설을 남긴 해적이 많습니다. 또한 오스트리아 토플리츠 호수에 가라앉았다는 나치스 보물과 바이칼 호수에 잠들어 있다고 알려진 로마노프 왕조의 유산, 필리핀 산중에 묻혔다는 야마시타 보물(야마시타 도모유키라는 사령관이 2차 세계대전 당시 필리핀에 묻었다고 전해지는 막대한 보물-옮긴이) 등이 있습니다.

이러한 보물 전설이 생겨난 이유는 다음과 같습니다.

- 보물을 남긴 사람이 비명에 죽음을 맞이했다(숨긴 보물을 쓸 틈이 없었다).
- 후계자에 대한 불안으로 보물을 남겨야 했다.
- 위급한 상황에서 한시적이라도 숨겨둬야 했다.

이러한 이유가 여러 개 겹치는 경우도 있습니다. 도쿠가와 매장금은 긴급한 사태로 숨겼지만 오구리 고즈케노스케가 처형되면서 그 위치를 알 수 없게 되었다고 합니다.

091 리어왕과 딸들

THREE DAUGHTERS OF KING LEAR

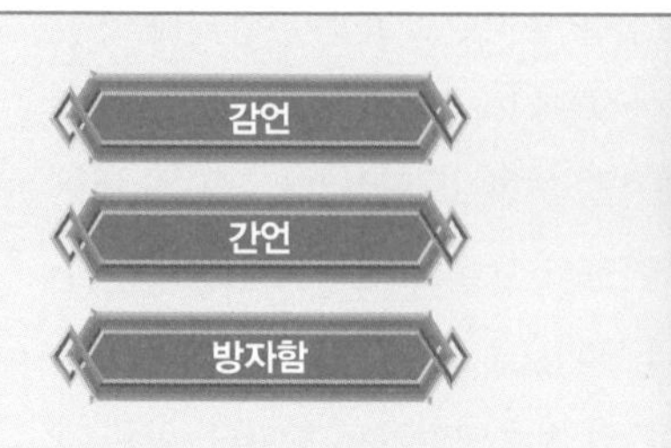

◆ 비극적인 왕이라고 생각했건만

『리어왕』은 셰익스피어의 4대 비극 중 하나로 꼽힙니다. 세 딸을 둔 왕이 속임수에 넘어가 죽임을 당하는 이야기입니다.

리어왕은 왕위에서 물러나 세 딸에게 왕국을 3분의 1씩 물려주자고 생각했고 딸들에게 자신을 얼마나 사랑하는지 말해보라고 합니다.

큰딸 고너릴은 "말로 표현할 수 없을 정도로 아버지를 사랑합니다"로 시작해 유려한 말로 아버지에 대한 사랑을 이야기합니다. 둘째 딸 리건도 "아버지에 대한 제 사랑도 언니와 같다는 것을 알아주세요"로 시작해 아버지에 대한 애정을 표현합니다.

그러나 막내딸 코델리아는 마음으로 사랑하기에 가만히 있으면 된다고 생각하고 "그저 자식의 도리로서 폐하를 사랑할 뿐입니다. 더는 드릴 말씀이 없습니다"라고 시큰둥하게 말했습니다.

이에 리어왕은 격분하여 코델리아와 의절하고 그녀에게 주어야 할 영지도 두 언니에게 나눠 줍니다. 그리고 자신을 위해서는 딸린 기사 100명만 남기고 매월 두 딸의 성에 머물기로 합니다. 충신 켄트 백작이 말려보려고 했으나 리어왕은 그 말을 듣지 않았습니다. 오히려 켄트 백작마저 추방해버립니다.

이렇게 리어왕이 제멋대로 행동할 무렵 두 언니는 대화를 나눕니다. 아버지가 늙어 자기반성이 없어졌고 코델리아에게 일어난 일이 언제 자신들에게 닥칠지 모른다면서 그러니 둘이서 협력해야 한다고 다짐합니다.

리어왕은 고너릴의 성에 머물면서 고너릴의 신하를 자기 마음대로 대했습니다. 결국 고너릴과 다툼이 벌어졌고 그녀가 딸린 기사를 50명으로 줄이자 격분하여 둘째 딸 리건의 성으로 갑니다. 그러자 리건은 50명도 많다면서 25명으로 줄여야 한다고 말합니다. 그 말을 듣고 고너릴이 그나마 낫다고 생각한 리어왕은 돌아가려고 하지만 이제 고너릴은 리어왕에게 붙을 필요가 없어졌습니다. 그녀는 시중은 신하가 들 테니까 그걸로 됐다고 말합니다.

황야로 뛰쳐나온 리어왕은 코델리아와 만나 프랑스 왕의 도움을 받아 두 딸과 전쟁을 벌이지만 패배하고 코델리아는 처형됩니다.

◈ 듣기 좋은 말과 듣기 싫은 말

『리어왕』에서 지독한 사람은 누구일까요? 다음 세 가지 관점으로 살펴볼 수 있습니다.

- **두 딸:** 보통은 아버지에게 달콤한 말을 하고 영지를 받은 후 아버지를 소홀히 대접하는 두 딸이 악입니다. 그리고 이치에 맞는 말을 하고 추방되었음에도 아버지를 도우러 나타난 코델리아가 정의입니다. 그리고 속아 넘어간 왕이 불쌍한 노인이라는 입장입니다.
- **예의 없는 코델리아:** 언니 두 명은 거짓말쟁이가 아니라 단지 예의 바르게 대응했을 뿐입니다. 언니들은 확실히 미사여구를 늘어놓았지만 왕에게 지나치게 예의 바르게 행동하는 것은 왕후 귀족이라면 상식입니다. 반면 아무리 이치에 맞는 말이라 하더라도 왕에 대한 예의를 지키지 않은 코델리아가 잘못됐다는 시각도 있습니다.
- **어리석은 왕 리어:** 왕은 감언에 현혹되지 않고 간언에 귀를 기울일 의무가 있습니다. 그것을 게을리한 리어는 왕이 될 자격이 없기에 비참한 말로를 맞이했습니다. 게다가 딸들도 말한 만큼은 아니지만 보통의 수준으로 왕을 돌보려 했습니다. 그런 의미에서 딸들을 악인이라고는 할 수 없습니다. 그들을 오만한 행위로 화나게 한 것은 리어왕 자신입니다. 그리고 왕이 될 자격이 없는 리어왕을 육친의 정에 휩쓸려 지키려 했던 코델리아는 효녀이지만 패배는 필연적이었습니다.

092 드워프의 반지

THE RING OF DWARVES

◆ 세계를 지배하는 반지를 둘러싼 이야기

리하르트 바그너의 〈니벨룽겐의 반지〉는 연주 시간 15시간에 4일간 상연되는 장대한 오페라입니다. 워낙 길고 거대한 구성이기 때문에 바이로이트 음악제를 제외하고 전편을 다 상연하는 경우는 거의 없습니다. 이 장대한 오페라에 처음부터 끝까지 등장해 모든 것을 망치는 저주받은 물건이 니벨룽겐의 반지입니다.

드워프인 니벨룽족 알베리히는 라인강의 처녀들에게 구혼하지만 웃음거리가 되고 맙니다. 그리고 라인강 바닥에서 사랑을 버린 자만이 손에 넣을 수 있는 황금을 발견합니다. 그 황금으로는 세계를 지배할 힘을 담은 반지를 만들 수 있었습니다. 알베리히는 사랑을 저주하고 황금을 손에 넣어 반지를 만들지만 신들의 왕 보탄에게 잡혀 반지와 황금을 빼앗기고 맙니다. 그것들을 빼앗긴 알베리히는 반지에 죽음의 저주를 걸고 떠납니다.

보탄은 자신의 성을 짓는 대가로 미의 여신 프레이야를 거인 형제에게 넘겨주기로 약속했고, 프레이야 대신 알베리히가 가진 황금을 주려고 했습니다. 하지만 보탄도 반지에 빠져 알베리히에게서 빼앗은 황금은 몰라도 반지는 꺼내놓으려 하지 않습니다.

이때 운명의 여신 에르다가 나타나 보탄에게 반지를 손에서 놓으라고 명령합니다. 마지못해 반지를 놓자 거인 형제가 반지를 두고 다투기 시작했고 형이 죽임을 당합니다. 신들은 이것으로 일이 마무리되었다고 믿습니다. 하지만 아직 끝나지 않았습니다. 신들의 우두머리가 반지를 손에 쥐면서 신들은 천천히 멸망에 다가가고 있었습니다.

보탄은 멸망을 피하기 위해 인간 영웅을 이용하려고 합니다. 인간은 신들로부터 자유롭기 때문입니다. 그러나 그 영웅을 신들이 이용하는 것 자체가 이미 모순된 것임을 깨닫고 계획은 좌절됩니다.

이 계획이 실패한 뒤 영웅의 아들로 태어난 것이 지크프리트입니다. 그는 잠들어 있던 발키리인 브룬힐트에게 키스해서 눈을 뜨게 합니다. 그리고 그녀에게 구애하고 그녀도 그에 응합니다. 하지만 명성을 높이기 위해 브룬힐트를 아내로 삼고 싶어 한 군터(알베리히의 아들 하겐의 이부동생)는 지크프리트에게 망각의 약을 먹이고 나서 여동생 구트루네를 만나게 해 그녀에게 빠져들게 합니다. 그런 다음 지크프리트에게 브룬힐트를 납치해 오라고 합니다.

납치당한 브룬힐트는 분노에 차 지크프리트를 살해할 계획을 세웁니다. 그리고 군터를 시켜 지크프리트를 암살합니다. 그러나 군터도 공모하고 있던 하겐에게 죽임을 당하고 모든 사실을 알게 된 브룬힐트는 불길 속으로 사라집니다. 그 불길은 천상에까지 닿아 신들이 사는 발할라까지 치솟습니다.

◆ 악의의 반지

이 작품에서 니벨룽겐의 반지는 악의의 상징입니다. 확실히 이 반지의 주인은 세계를 지배할 힘을 얻지만, 반지는 저주를 받았기에 주인에게 파멸을 가져옵니다. 반지를 손에 넣으려 했던 지크프리트, 군터, 하겐 등은 모두 죽고 반지는 다시 라인강 바닥 깊숙이 가라앉습니다.

게다가 그때 일어난 불길이 신들이 사는 발할라까지 불타오릅니다. 이것은 보탄이 잠깐이라곤 해도 반지를 손에 쥐었기 때문입니다. 너무 큰 힘은 파멸을 불러옵니다. 하물며 그것이 악의에 물든 것이라면 치명적입니다.

이야기에는 종종 이러한 악의가 담긴 물건이 등장합니다. 게다가 그런 물건에만 절대적인 힘이 담겨 있어 여러 악인을 끌어모읍니다. 엄밀히 말하면 보통 사람조차 마음속 악이 깨어나 나쁜 일에 손을 대서라도 그 물건을 얻고 싶다고 생각하게 됩니다.

악의 사슬을 끊는 수단으로는 죽음 혹은 순수한 선의가 일반적이지만, 추리 소설 등에서는 명탐정의 지성이 되기도 합니다.

093 허풍선이 남작

ADVENTURES OF BARON MÜNCHHAUSEN

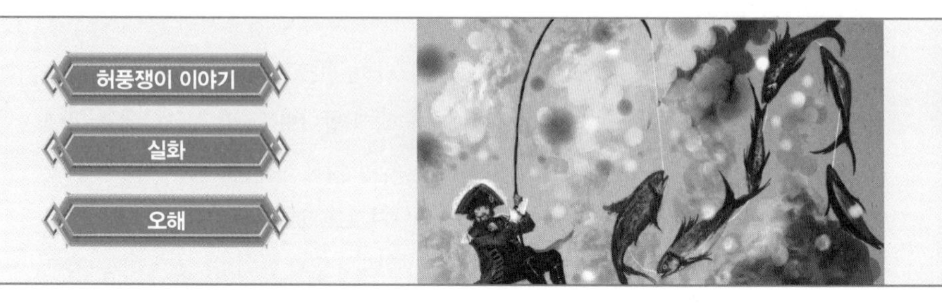

◆ 허풍선이 남작의 모험

18세기 독일에 히에로니무스 카를 프리드리히 프라이헤르 폰 뮌히하우젠 남작이라는 인물이 있었습니다. 그는 성실하고 정직했으며 재밌는 이야기를 잘해서 사람들을 즐겁게 했습니다. 그런데 뮌히하우젠 남작이 아직 살아 있음에도 불구하고 그의 이야기를 누군가가 마음대로 정리해 독일에서 출판했습니다. 그것이 영국에서 번역되어 '뮌헨 남작의 러시아에서의 황당한 여행과 싸움 이야기'라는 제목으로 출판되었습니다. 이 책을 독일에서 허가받지 않고 번역한 것이 현재 남아 있는 『허풍선이 남작의 모험』입니다.

허풍선이 남작은 황당하고 실재하지 않을 법한 이야기만 합니다. 1화부터 말이 되지 않습니다. 겨울에 러시아를 여행하다가 땅에 박힌 말뚝에 말을 묶어놓고 눈이 쌓인 땅에 주저앉아 잠을 청했습니다. 그런데 다음 날 아침 기온이 올라가 자는 사이에 눈이 다 녹아버립니다. 잠에서 깬 남작이 말이 어디 갔나 봤더니 교회 탑 꼭대기에 매달려 있었습니다. 어젯밤 땅에 있던 말뚝은 교회 탑의 끝자락이었던 것입니다. 남작은 총알로 말을 묶은 끈을 끊고 말을 아래로 떨어뜨려 구해냅니다.

어느 날에는 미끄러운 비계를 밧줄에 묶어서 새를 잡으려고 합니다. 새가 비계를 삼켰지만 워낙 미끄러워서 몸을 통해 금방 엉덩이로 나와버립니다. 그러자 엉덩이에서 나온 비계를 다른 새가 삼키는 일이 반복되었고 한 조각의 비계로 수십 마리의 새가 밧줄에 엮입니다. 그리고 그 새가 일제히 날갯짓을 하자 남작은 밧줄에 매달린 채 하늘을 날게 됩니다. 방향키 대신 코트 자락으로 새가 나는 방향을 조정했고, 집 근처에 다다르자 차례차례 새의 목을 비틀어 죽여 무사히 집에 도착했습니다.

바다 모험에서는 한 섬에 도착해 사냥하고 있는데 눈앞에 사자가 나타납니다. 뒤돌아 도망치려는데 뒤에는 거대한 악어가 있었습니다. 놀란 나머지 쓰러졌는데, 뒤에서 달려든 사자가 쓰러진 남작 위를 통과해 그대로 크게 벌어진 악어의 입으로 뛰어들어버렸습니다. 남작은 꼼짝도 못 하게 된 사자의 목을 벤 뒤 악어의 목 안쪽으로 밀어 넣어 악어를 질식시킵니다. 이렇게 순식간에 사자와 악어를 퇴치합니다.

전쟁에서도 활약합니다. 지브롤터 공방전에서 방어 측인 영국군으로 참전한 남작은 적의 배가 36파운드 포를 겨누고 있다는 것을 알게 됩니다. 그래서 급히 48파운드 포를 발사했는데 거의 동시에 발사된 두 포의 총알이 공중에서 충돌했습니다. 튕겨 나온 적의 총알은 적의 포수와 열여섯 명의 목을 날렸고, 배 세 척의 돛대를 때려 부쉈으며, 더 날아가 농가 지붕에 부딪혀 안에서 자고 있던 할머니의 치아를 부러뜨렸습니다. 물론 남작이 쏜 총알도 효과가 뛰어나 적의 포를 파괴하고 배 밑바닥에 큰 구멍을 내었고, 배는 선원 천 명과 함께 침몰합니다.

◆ 거짓말이기 때문에 더욱 마음이 편하고 즐겁다

뮌히하우젠 남작의 이야기는 모두 명백히 허풍이라는 것을 알 수 있습니다. 아무리 생각해도 교회 꼭대기까지 쌓였던 눈이 다음 날 말끔히 녹는 것은 말도 안 되는 일입니다. 그것은 남작이 살아 있었고 신비와 기적을 믿었던 18세기에도 마찬가지입니다. 남작의 말을 그대로 믿은 사람은 거의 없었을 것입니다.

그럼 『허풍선이 남작의 모험』을 읽으면 바보 같아질까요? 오히려 이상하게도 들뜬 기분이 들 수 있습니다. 안심할 수 있으니까요. 남작의 이야기가 허풍이라는 것은 누구나 알 수 있습니다. 이 누구나 아는 바가 중요합니다. 누구나 아는 허풍이라면 더는 거짓말이 아닙니다. 속는 사람이 없기 때문이죠.

현대에는 '소설'이라는, 사실이 아니라고 미리 천명하는 문학 장르가 존재하기 때문에 속아 넘어갈 만큼 사실적으로 꾸며낸 이야기여도 상관없습니다. 그런데도 『우동 한 그릇』 소동처럼 소설인데 실화로 오해해 작가의 생활을 비난하는 본말이 전도된 사건이 여전히 벌어지고 있습니다. 그런 점에서 속는 사람이 없는 남작의 허풍은 모두가 마음 편히 그 황당함을 즐길 수 있습니다.

094 레민카이넨의 맹세

THE OATH OF LEMMINKÄINEN

◆ 쾌남 레민카이넨

레민카이넨은 뢴로트가 핀란드 민간에서 전승되는 이야기를 모아 쓴 『칼레발라』의 등장인물입니다. 그가 활약하는 부분만 시벨리우스가 〈레민카이넨 모음곡〉이라는 네 개의 교향시로 작곡하기도 했습니다.

레민카이넨은 제멋대로인 인물입니다. 씩씩하고 머리도 좋고 항상 여자들에게 둘러싸여 있으며 밤 놀이를 즐겼습니다. 일반적으로 자기가 인기 있다는 것을 알고 자만하는 인물은 미움을 받게 마련입니다. 하지만 레민카이넨은 어떨까요.

사리saari라는 곳에 퀼리키라는 여성이 있었습니다. 사리의 꽃이라고 불리는 우아한 여성으로 아버지의 웅장한 저택에서 성장하고 있었습니다. 그녀에게 청혼하려는 남자가 줄을 섰지만 모두 거절당할 뿐이었습니다.

그 소문을 들은 레민카이넨은 그녀에게 청혼하기로 합니다. 어머니가 말려보았지만 뜻을 굽힐 레민카이넨이 아닙니다. 혈통이 위대하지 않고 집안도 품위가 없지만 자신의 외모로 다 유혹하겠다고 장담합니다.

사리에 도착하자 처음에는 여성들도 레민카이넨을 비웃었습니다. 그러나 하나 둘씩 그에게 빠져 마침내는 대부분의 여성이 그와 관계를 맺었습니다. 하지만 퀼리키만은 레민카이넨에게 휘둘리지 않았습니다. 그래서 그는 말을 타고 여성들 무리에 들어가 퀼리키를 납치해 도망칩니다. 그 당시에는 약탈혼도 허용되었기에 억지스럽기는 하지만 레민카이넨을 무조건 욕할 수는 없었습니다.

퀼리키는 결혼을 승낙하는 대신 싸우러 나가지 않겠다고 맹세하게 합니다. 그러자 레민카이넨은 그녀에게 춤추러 마을에 가지 않겠다고 맹세하게 합니다. 이렇게 해서 두 가지 맹세에 의해 혼인이 성립합니다.

하지만 퀼리키는 약속을 어기고 마을에서 춤을 춥니다. 그 사실을 안 레민카이넨은 그녀를 버리고 포흐욜라에 싸우러 갑니다. 그리고 맹인과 노인을 제외한 모든 남자에게 저주를 걸어버립니다. 그런 다음 포흐욜라의 노파에게 딸 중 가장 키가 큰 딸을 자신에게 보내라고 요구합니다. 노파는 이미 아내가 있지 않느냐며 거절하지만, 그는 퀼리키를 마을에 가둬놨기 때문에 이곳에서 더 좋은 여자를 얻으려는 것이라고 말합니다.

그래서 노파는 히시(사람이 접근할 수 없는 숲, 무서운 장소를 의미한다-옮긴이)의 사슴을 사냥하면 그렇게 하겠다고 조건을 붙입니다. 그는 처음에는 실패하지만 사냥 주문을 외워 사슴을 잡습니다. 그러자 노파는 또 다른 조건을 제시하는데, 힘이 센 거세마에게 재갈을 물리면 딸을 주겠다고 합니다. 그는 말을 칭찬으로 구슬리며 재갈을 물립니다.

세 번째로, 노파는 투오넬라의 검은 강에서 백조를 쏘라고 말합니다. 그곳에는 저주를 받지 않은 장님 노인이 레민카이넨을 기다리고 있었습니다. 노인은 독화살로 레민카이넨을 쐈고 그는 강으로 떨어져 죽습니다.

레민카이넨의 죽음을 알게 된 어머니는 투오넬라로 가서 갈퀴로 강바닥을 쓸어냅니다. 그리고 아들의 신체 조각을 모아 붙이고 혈관의 주문을 외워 살려냅니다. 하지만 그 상태로는 말을 할 수 없었기 때문에 주문을 외워 꿀벌에게 세계 어딘가에 있는 특별한 연고를 찾아오라고 합니다. 그리고 마침내 창조주가 있는 곳에서 발견한 연고를 아들에게 발라주었고 레민카이넨은 완전히 회복합니다.

◈ 서약이 균등하지 않으면 불합리해진다

이 이야기에서는 아내가 약속을 어기자 남편도 약속을 어깁니다. 그럼에도 불합리하게 느껴지는 이유는 마을에서 춤을 추지 않겠다는 약속을 어긴 아내를 버리고 전쟁에 나간다는 보복 사이의 격차 때문입니다. 이 때문에 레민카이넨이 더 나쁘게 보입니다.

하지만 그렇다고 레민카이넨이 미움을 받느냐 하면 그렇지도 않습니다. 그가 바보이기 때문이죠. 이때의 '바보'는 황당한 짓을 한다는 의미로 머리가 좋은 것과 양립합니다. 그 바보 같은 점 때문에 좀 어이없긴 해도 미워할 수 없습니다.

095 빌헬름 텔과 두 개의 활

TWO BOLTS HOLD BY WILLIAM TELL

◆ 스위스의 독립 영웅

빌헬름 텔은 14세기 스위스의 영웅입니다. 빌헬름 텔 전설이 퍼진 것은 15세기입니다. 즉, 빌헬름 텔이 활약한 시대로부터 백 년 정도 지난 뒤입니다. 이 때문에 동시대 문헌이 남아 있지 않고, 텔이 실재했는지는 아직 증명되지 않았습니다. 하지만 스위스인들은 그의 존재를 믿습니다.

빌헬름 텔은 활의 명수로 유명합니다. 빌헬름 텔 삽화에는 궁弓이 그려진 경우가 많은데, 사실 그는 석궁을 사용했습니다. 16세기경 그림이나 현대 스위스에 있는 동상을 봐도 빌헬름 텔은 석궁을 가지고 있습니다. 텔은 강한 남자였고, 등산가이기도 했으며, 숙련된 석궁 명수였습니다.

당시 오스트리아 합스부르크 가문은 스위스 우리uri 지방의 지배권을 강화하려 했습니다. 알트도르프의 새 대관이 된 헤르만 게슬러는 마을 광장에 막대기를 세우고 그 위에 자신의 모자를 건 다음 그 앞을 지나는 사람들에게 모자에 인사하라고 명령했습니다. 1307년 11월 18일 텔은 어린 아들 발터를 데리고 알트도르프로 떠났습니다. 그러나 애국자였던 텔은 모자에 인사하는 것을 거부하고 지나치다가 체포됩니다.

게슬러는 활쏘기로 유명했던 텔에게 관심을 가지는 한편으로 인사를 거부한 그에게 화가 나 잔혹한 벌을 생각해냈습니다. 원래대로라면 텔과 아들은 사형이지만 스스로 생명을 구할 기회를 준 것입니다. 게슬러는 텔에게 아들의 머리 위에 사과를 올려놓고 그것을 한 방에 관통시키라고 말합니다.

텔은 화살 두 개를 들고 자세를 취했고, 한 방에 아들 머리 위의 사과를 관통시켰습니다. 하지만 게슬러는 텔이 화살을 두 개 가지고 있었다는 것을 깨닫고 텔을 풀어주기 전에 그 이유를 묻습니다. 그러자 텔은 만약 첫 번째 화살로 아들을 죽이면 다음 화살로 게슬러를 쏴 죽일 작정이었다고 고백합니다. 그 말을 들은 게슬러는 분노해 텔을 체포합니다.

텔은 배를 타고 게슬러의 성이 있는 퀴스나흐트로 보내지는데, 루체른 호수에서 풍랑이 심해지자 침몰을 두려워한 병사들이 텔을 풀어주고 키를 잡게 합니다. 기회를 틈타 텔은 바위로 뛰어내립니다.

이후 텔은 국토를 횡단해 퀴스나흐트로 가서 게슬러가 돌아오기를 기다렸다가 예고대로 두 번째 화살로 쏴 죽입니다. 이멘제Immensee에서 퀴스나흐트까지 1킬로미터 이상의 초장거리 사격으로 명중시켰다고 합니다. 그리고 이것이 스위스 독립을 향한 한 걸음이 되어 반란에서 독립 전쟁으로 이어졌고 마침내 스위스 독립이 이루어졌다고 합니다.

◈ 정신 집중의 방법

빌헬름 텔은 대관이 그를 괴롭히려는 목적이긴 했으나 목숨을 건질 기회를 얻었습니다. 이것을 거절하면 자신과 아들의 목숨을 지킬 수 없었습니다. 하지만 그렇다 하더라도 아들을 자기 손으로 사살해버릴지도 모른다는 두려움이 컸겠지요.

이런 아슬아슬한 정신 상태가 되었을 때 정신을 가다듬고 집중하는 방법은 사람마다 다릅니다. 텔은 그 두려움을 견디기 위해 만약 아들을 죽이게 된다면 그 원흉인 게슬러를 죽일 준비를 했습니다. 이른바 '유사시에는 적을 잡아 죽이겠다'는 생각입니다.

텔의 이야기는 생명의 교환이라는 무거운 주제를 다루지만, 정신을 가라앉히고 집중하는 방법은 사랑하는 아이를 떠올리거나 끝난 후의 즐거움을 생각하는 등 비교적 약한 것이라도 상관없습니다. 그 인물에게 맞는 방법이라면 그걸로 충분합니다.

또한 정신 집중에 뜻밖의 방법을 사용함으로써 의외의 면모를 보여주기도 합니다. 이 기법은 언뜻 보기에 연약해 보이는 인물의 강한 심지를 보여주는 데 자주 사용됩니다.

096 프랑켄슈타인 괴물의 고독

LONELINESS OF FRANKENSTEIN'S MONSTER

◆ 지적이고 고독한 괴물

프랑켄슈타인 괴물은 메리 셸리의 『프랑켄슈타인, 혹은 현대의 프로메테우스』에 나오는 괴물입니다. 프랑켄슈타인은 괴물을 만든 연구자 이름입니다. 괴물은 이름이 없고 '프랑켄슈타인 괴물' 혹은 그냥 '괴물'로 불립니다. 다만 현재는 이것을 혼동해 괴물 이름이 프랑켄슈타인이라고 생각하는 사람도 많습니다. 이것을 바탕으로 탄생한 후세의 작품에서는 괴물 이름이 없으면 곤란하기 때문에 일부러 오용하기도 합니다. 또한 영화판에서는 괴물이 지능이 없고 튼튼하며 괴력을 이용해 날뛰는 모습으로 나오는데, 원작의 괴물은 제대로 된 지성을 갖추었습니다.

빅터 프랑켄슈타인은 과학자가 되고자 하는 청년이지만 야심에 사로잡혀 무덤에서 시체를 모아 인간을 만듭니다. 하지만 만들어진 것은 너무도 기괴한 괴물이었습니다. 그 추한 모습에 겁먹은 프랑켄슈타인은 괴물을 버리고 도망칩니다.

그러나 괴물에게는 인간을 뛰어넘는 생명력과 지성이 있었습니다. 그래서 방치된 상태에서도 살아남았고, 불행하게도 흉측한 몰골 때문에 아무도 자신을 좋아하지 않는다는 것을 깨닫습니다. 괴물은 스스로를 저주하고 자신을 세상에 나오게 한 프랑켄슈타인을 원망합니다. 그리고 프랑켄슈타인을 찾아내 간청합니다. 자신과 함께 살아줄 파트너를 만들어달라고 말이죠.

하지만 프랑켄슈타인은 괴물을 사납게 꾸짖으며 그의 부탁을 거절합니다. 물론 거기에는 이유가 있었습니다. 괴물에게 파트너가 생겨서 자손이 남거나 한다면 인류에게 재앙을 가져오지 않을까 하는 걱정 때문이었습니다.

하지만 괴물은 프랑켄슈타인이 자신을 배신했다고 생각했습니다. 그리고 그에 대한 복수로 프랑켄슈타인의 가족과 친구를 하나씩 죽여갑니다. 증오에 사로잡힌 프랑켄슈타인은 괴물을 없애기 위해 그의 뒤를 쫓습니다. 쫓고 쫓기던 그들은 북극에까지 이르렀고, 마침내 프랑켄슈타인은 숨을 거둡니다.

증오 상대조차 사라진 괴물은 홀로 북극에서 자취를 감춥니다. 다시는 자신과 같은 괴물이 만들어지지 않도록 단서 하나도 남기지 않기 위해 북극점에서 자신을 불태우려고 합니다.

◈ 여러 모티브의 활용

이 작품의 중심 사상은 크게 세 가지로 볼 수 있습니다.

첫 번째는 고독입니다. 차라리 괴물이 평범한 야수였다면 더욱더 행복했을지도 모릅니다. 지성이 없으면 고독을 알지 못합니다. 그러나 괴물은 불행하게도 고독을 알고 동료를 찾으려는 지성이 있었습니다.

이 세상에 나밖에 없을 때 느끼는 고독은 절대적인 것입니다. 이세계 전이물도 상황은 같습니다. 이세계 전이물에서 주인공이 처음 만난 인물에게 반하거나 의존할 정도의 우정을 느끼는 이유도 세상에 자기 혼자인 것을 견딜 수 없기 때문입니다.

두 번째는 개인과 전체에 관한 문제입니다. 고독한 영혼이 파트너를 원하는 것은 개인으로서 당연한 일입니다. 그러나 프랑켄슈타인이 인류라는 종에게 해를 끼치지 않을까 싶어 괴물의 부탁을 거절하는 것도 인류 전체를 생각했을 때 옳은 일입니다. 개인의 권리와 전체의 이익이 부딪치는 경우는 많습니다. 보통 이야기에서는 개인을 우선시할 때가 많은데 이 작품에서는 괴물이 개인을 대변하고 결국에는 전체를 우선시한다는 점이 특징적입니다.

마지막은 증오에 대한 의존입니다. 인간은 증오하고 복수하려는 상대가 있는 동안에는 살아갈 수 있습니다. 복수를 위해 살아간다고 주장하는 인물 등이 그 전형적인 예입니다. 그러나 그것조차 사라지고 정말로 외톨이가 되었을 때는 그 공허함을 견디지 못하고 자멸합니다.

이처럼 세 가지 모티브를 활용함으로써 이 작품은 명작이 되었습니다. 현대 독자들은 이런 모티브 하나만으로는 스토리가 너무 단순하다고 느낍니다. 세 가지를 잘 조합하기란 좀처럼 어렵지만 적어도 두 가지는 조합해야 현대의 안목 있는 독자에게 받아들여질 것입니다.

097 오디세우스의 방황

THE DIVAGATION OF ODYSSEUS

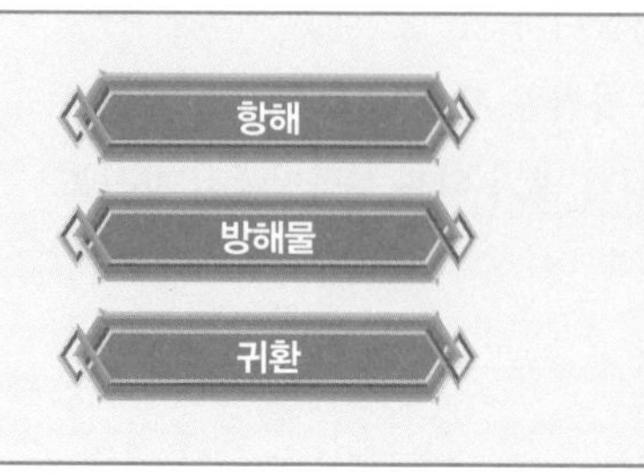

◆ 차례차례 덮쳐오는 여행의 위기

문명이 발달하지 않은 세계에서의 여행은 항상 위험이 도사리고 있습니다. 하물며 그것이 신들이 저주를 내린 것이라면 엄청나게 곤란한 상황에 처하게 됩니다.

오디세우스는 트로이 전쟁에 참전했고 목마를 이용해 병사들을 성벽 안으로 들여보내는 책략으로 그리스의 승리에 기여했습니다. 그러나 해신 포세이돈의 분노를 사 그의 귀국 항해는 엄청난 고난에 빠집니다.

처음에는 외눈박이 거인 폴리페모스에게 잡아먹힐 위기에 처합니다. 이때 오디세우스는 자신의 이름을 우티스('아무도 아니다'라는 뜻)라고 말합니다. 그리고 술을 마시고 잠든 거인의 눈을 불에 달군 곤봉으로 찔러 탈출합니다. 거인은 비명을 질렀고 그 목소리에 다른 거인이 "누가 그랬어?"라고 묻자 "우티스"라고 답합니다. 그 말을 들은 다른 거인은 "아무도 아니라면 어쩔 수 없지"라며 복수를 포기하고 잠잠해집니다. 그러나 이 사건으로 오디세우스는 포세이돈의 분노를 사게 됩니다.

바람의 신 아이올로스의 섬에서는 서풍 이외의 모든 바람이 든 봉투를 받습니다. 그는 순풍을 타고 귀국할 수 있도록 자루 속 바람을 사용해도 된다는 허락을 받습니다. 하지만 선원들은 자루에 돈이 들어 있다고 믿고 오디세우스가 자는 동안 자루를 열어버립니다. 결국 배는 출발 지점 근처까지 바람에 밀려 돌아가고 맙니다.

식인 거인의 섬에 도착했을 때는 거대한 돌에 의해 배들이 다 부서지고 오디세우스의 배만 겨우 살아남습니다.

마녀 키르케의 섬에서는 탐색에 나선 한 무리가 마법에 걸려 돼지로 변합니다. 오디세우스는 헤르메스에게 마법에 저항하는 힘을 지닌 약초를 받아 키르케에게 대항합니다. 그녀는 오디세우스를 해치지 않겠다고 맹세하고 오디세우스 일행과 1년간 같이 삽니다. 대양 끝에 가서는 죽은 사람들도 만납니다. 거기서 사자인 예언자 테이레시아스로부터 헬리오스의 소를 건들지 말라는 충고를 듣습니다. 그 밖에도 수많은 죽은 자와 대화합니다. 그중에는 어머니 안티클레이아나 영웅 헤라클레스, 트로이 전쟁 당시의 동료들도 있었습니다.

세이렌의 섬 근처를 지날 때는 부하들의 귀를 밀랍으로 막아 노랫소리를 듣지 못하게 하고 자신은 몸을 돛대에 묶은 뒤 노랫소리를 들었습니다. 미리 선원들에게 일러두었기 때문에 세이렌의 목소리에 매료되어 "나를 풀어달라"라고 명령했을 때도 선원들이 단단히 묶고 있었기에 목숨을 건졌습니다.

이어서 스킬라와 카리브디스가 기다리는 해협을 지날 때는 전멸할 게 뻔한 카리브디스 대신 선원 여섯 명의 희생으로 그칠 수 있는 스킬라 근처를 지나갑니다. 스킬라는 여섯 개의 늑대 머리로 여섯 명의 선원을 납치했지만 희생은 그것으로 끝났고 해협을 무사히 건널 수 있었습니다.

태양신 헬리오스의 섬에 도착해서 부하들은 헬리오스의 소를 잡아먹었지만 오디세우스는 예언을 믿고 먹지 않았습니다. 그래서 섬에서 출항했을 때 폭풍우를 만나 배가 가라앉았지만 오디세우스만은 살아남습니다.

난파된 오디세우스는 바다 요정 칼립소가 사는 곳에 도착합니다. 칼립소는 그를 사랑했기에 결혼해서 불사신으로 만들고 싶다고까지 생각합니다. 오디세우스는 칼립소와 7년 동안 함께 살았지만 결혼은 하지 않았습니다(고향에 아내가 있어서 결혼하면 중혼이 되기 때문이겠지요). 하지만 역시 고향에 대한 그리움에 뗏목을 타고 그리스의 이타카로 출항합니다. 그의 뗏목은 포세이돈이 일으킨 폭풍으로 전복되지만, 그를 한 섬의 공주가 발견하고 어떻게든 돌아갈 배를 준비해줍니다.

◆ 바다 모험의 기본 패턴

오디세우스의 항해는 그 자체가 워낙 유명해서 여러 번 영화나 소설로 만들어졌습니다. 게다가 해양 모험 판타지의 기본 모티브로서 다소 각색되며 많은 이야기에서 다뤄집니다. 해협 양쪽에 각각 괴물이 산다든가, 배를 움직이는 바람이 담긴 주머니 등을 사용하는 패턴입니다. 각각의 에피소드는 앞으로도 플롯으로 사용될 것이고 새로운 창작에 사용해도 무방합니다.

098 신드바드의 항해

THE VOYAGE OF SINDBAD

◆ 바다에서 모험하지 않는 신드바드

『아라비안나이트』의 신드바드는 오디세우스와 함께 항해 모험담의 주인공입니다. 항해 모험담 중에는 이 이야기들을 모티브로 삼은 것이 많습니다.

단, 신드바드는 항해는 하지만 뱃사람은 아닙니다. 오디세우스가 선장이었던 것과 달리 신드바드는 승객인 상인입니다. 따라서 바다의 위험과 맞서 직접 활약하지는 않습니다. 신드바드의 활약은 무사히 도착하느냐, 난파되어 표착하느냐를 떠나 항구나 섬에 도착하면서 시작됩니다.

신드바드는 총 일곱 번 항해에 나섰습니다. 첫 번째 항해에서는 섬이라고 생각한 곳이 사실은 바다에 떠 있는 커다란 물고기의 등이었습니다. 거기서 불을 피웠더니 열기에 놀란 물고기가 바다로 잠수해버립니다. 그러나 다행히 나무 물통을 타고 바다에서 표류하다가 사람이 사는 땅으로 흘러 들어갑니다.

두 번째 항해에서는 선원들이 그를 무인도에 버리고 가버립니다. 거대한 새 로크의 다리에 자신을 묶어 탈출하지만 새의 행선지는 다이아몬드 계곡이었습니다. 계곡에서 나오려면 거대한 뱀의 보금자리를 지나가야 했습니다. 계곡에서는 사람들이 고기를 떨어뜨려서 다이아몬드를 붙인 다음 그 고기를 새가 물고 날아오를 때 새를 놀라게 해 떨어뜨리는 방법으로 다이아몬드를 손에 넣고 있었습니다. 그래서 신드바드는 다이아몬드를 있는 대로 주머니에 넣고는 떨어져 있던 고기를 자신의 몸에 묶어 탈출했습니다.

세 번째 항해에서는 식인 원숭이 섬과 구렁이 섬에 도착해 허둥지둥 도망칩니다.

네 번째 항해에서는 식인종의 섬에서 도망쳐 제대로 된 마을에 도달해 결혼까지 합니다. 다만 그곳은 부부 중 한쪽이 죽으면 남은 한 명도 생매장하는 마을이었습니다. 생매장된 신드바드는 다른 사람이 생매장될 때 가지고 있던 식량을 빼앗아 살아남았고, 구멍을 통해 빠져나옵니다. 그리고 매장되어 있던 장신구 등을 손에 넣고 바그다드로 돌아갑니다.

다섯 번째 항해에서는 다시 난파되어 도착한 섬에서 한 노인을 목말을 태워줬더니 내리려고 하지 않았고 저항하면 다리로 목을 졸랐습니다. 할 수 없이 노인의 명령에 따라 여기저기 걸어 다니며 마치 놀이기구처럼 혹사당합니다. 신드바드는 노인에게 술을 먹이고 취하게 한 뒤 땅에 떨어뜨리고 도망쳤습니다. 노인은 바다 노인이라는 일종의 도깨비였다고 합니다.

여섯 번째 항해에서 도착한 섬은 보물산이었지만 식량이 없었기에 어떤 의미에선 지옥이었습니다. 신드바드는 동굴 안쪽으로 흐르는 강에 뗏목을 띄워 탈출을 감행합니다. 그때 보물을 챙겨 갈 정도로 신드바드는 빈틈없는 모습을 보입니다.

마지막 항해에서는 난파되어 도착한 섬에서 사람 사는 마을로 향합니다. 그때 백단향으로 뗏목을 만들어서 큰돈을 법니다. 그리고 그 마을에서 아내를 맞이합니다. 그 동네 남자들은 매년 봄이면 날개가 돋아 하늘을 날아다녔는데 사실 그들은 악마였습니다. 그래서 신드바드는 아내를 데리고 바그다드로 돌아옵니다.

이렇게 해서 신드바드는 일곱 번의 항해를 마치고 나서야 바그다드에 정착합니다.

◆ 엉뚱한 이야기를 납득시킨다

항해를 주제로 한 이야기라고 해도 완전히 바다 위에서만 이야기가 진행되는 작품은 사실 적습니다. 오디세우스 이야기도 절반 이상은 육지에서의 모험이고, 신드바드의 모험은 거의 육지에서 진행되며 항해는 그저 계기일 뿐입니다.

『아라비안나이트』는 복선 등이 없는 뜻밖의 전개가 많으며, 그런 의미에서 현대의 이야기 법칙과는 다른 점도 있습니다. 그러나 이야기 속에서 벌어지는 사건의 황당함은 현대 작품은 따라 할 수 없는 재미입니다.

따라서 『아라비안나이트』 그대로는 현대에 통용되지 않지만, 필요한 복선을 마련하거나 갑작스러운 사건이 발생하기 전에 그것을 예상하게 하는 연출을 추가하는 등 수정을 통해 현대에 어울리는 이야기로 만들 수 있습니다. 실제로 할리우드 영화 등에서는 자주 사용되는 기법입니다.

099 판도라의 상자

PANDORA'S BOX

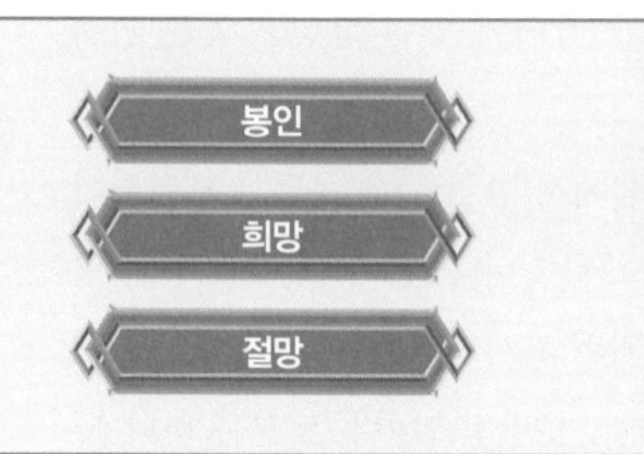

◆ 인류의 재앙, 그대 이름은 여자로다

판도라의 상자는 여러 해석이 가능한 상자입니다. 주신 제우스는 프로메테우스가 인간에게 불을 전하자 격분하여 인간을 괴롭히기 위해 '여자'를 만들었습니다. 그녀의 이름은 판도라입니다. 그리고 그녀에게 상자(판도라의 상자는 르네상스 무렵 라틴어로 번역했을 당시의 오역으로, 원래는 '항아리'였다고 전해집니다)를 들려서 인간에게 보냈고 그녀는 상자를 엽니다. 그러자 상자 안에 있던 모든 것이 튀어나옵니다. 판도라는 황급히 상자 뚜껑을 닫았지만 안에 남은 것은 '엘피스'뿐이었습니다.

이 이야기는 여러 해석이 가능합니다. 먼저 판도라가 상자를 연 이유가 문제입니다. 판도라는 열지 말라는 명령을 받았는데 참지 못하고 열어버렸을까요, 아니면 처음부터 열 예정이었을까요?

다음으로 제우스는 열지 않길 바랐지만 판도라가 마음대로 열었을까요, 아니면 판도라가 호기심을 참지 못할 것을 제우스는 예측했을까요, 그것도 아니면 제우스가 판도라에게 상자를 열라고 명령했을까요?

그리고 상자에서 튀어나온 것이 뭘까요? '재액'이라는 의견이 많은 한편으로 '축복'이라는 설도 있습니다.

게다가 남겨진 엘피스란 무엇일까요? 희망, 징조, 절망 등 다양한 의미를 지닌 단어이기에 그 해석이 갈립니다.

마지막으로 상자에 엘피스가 남겨졌다고 하는데, 이것도 '상자 안에 갇힌 채 엘피스는 세상에 존재하지 않는다'라는 해석과 '튀어나온 것은 인간의 손이 닿지 않는 곳으로 가버렸지만 엘피스만은 인간 손에 남았다'라는 해석 두 가지가 있습니다.

이러한 해석의 차이에 따라 이야기의 의미는 완전히 달라집니다.

◆ 다양한 해석으로 독자를 현혹한다

판도라의 상자는 여러 가지로 해석되는데, 주된 해석은 다음과 같습니다.

해석	해석의 예
바브리우스 우화의 해석	상자에는 다양한 축복이 들어 있었고 이것들이 있는 한 인간은 행복할 수 있었다. 판도라의 행위로 축복은 달아났지만 희망만은 상자 안에 남았다. 언젠가 다른 축복도 돌아올지 모른다는 '희망'으로서
헤시오도스 『일과 날』의 해석	상자 안에는 여러 재액이 들어 있고, 제우스의 명령으로 판도라는 상자를 연다. 그러자 땅과 바다는 갖가지 재액으로 채워졌고 희망은 상자 안에 갇힌 채로 남았다
언젠가 행복이 찾아온다	상자 속 재액은 세상에 퍼졌지만 희망만은 인간 손에 남았다. 인간에게는 언젠가 행복해질 것이라는 희망이 남아 있다
영원한 동경	상자 속 재액은 세상에 퍼졌지만 희망만은 인간 손에 남았다. 희망이 있기에 인간은 존재하지 않는 행복한 미래를 꿈꾸며 괴로움을 견디고 살아야 했다
앞이 보이지 않는 행복	상자 속 재액은 세상에 퍼졌다. 그러나 그 재액의 '징조'는 상자 안에 남아 있을 뿐 세상에는 존재하지 않는다. 그렇기에 불행한 미래가 보이지 않는 인간은 절망하지 않고 살아갈 수 있다

이 외에도 더 많은 해석이 있고 그에 맞춰 다른 이야기를 만들 수 있습니다.

원래 소설 작법에서는 여러 해석이 가능하고 혼동하기 쉬운 표현은 금지됩니다. 하지만 일부러 다르게 해석할 수 있는 표현으로 독자를 현혹하는 수법도 있습니다. 명쾌한 답을 내놓지 않는 리들 스토리riddle story(이야기 형식의 하나로, 작중에 제시된 수수께끼가 해결되지 않은 채 끝난다. 이야기의 결말을 의도적으로 숨겨 독자의 상상에 맡기는 작품을 가리킨다-옮긴이)도 그런 이야기의 일종이라고 할 수 있습니다.

또한 널리 알려진 이야기라도 다르게 해석함으로써 독자에게 신선하게 다가갈 수 있습니다. 소설 배경으로 전국 시대가 자주 등장하는 이유는 A와 B가 싸웠을 때 A와 B의 시선으로 다른 이야기를 쓸 수 있고, 심지어 A가 아닌 A의 부하 시점으로 쓰는 등 묘사 방법이 다양하기 때문입니다.

100 배교자 율리아누스
JULIAN THE APOSTATE

◆ 기독교 특권과 싸운 율리아누스

이야기를 만들다 보면 가끔 악의 종교를 등장시키고 싶어집니다. 그럴 때 편리한 것이 기독교입니다. 중세에서 근세에 걸친 기독교 악행을 나열하는 것만으로도 충분히 무서운 악의 조직이 완성됩니다.

4세기 로마 황제 플라비우스 클라디우스 율리아누스는 마지막 이교도 황제로 알려졌습니다. 물론 이 호칭은 기독교가 마음대로 붙인 것으로 율리아누스는 자신이야말로 로마 본연의 가르침을 지키고 있다고 생각했습니다.

율리아누스는 우선 기독교 내에서 이단으로 간주되는 사람을 사면해줍니다. 또한 기독교 이외의 종교에도 그 제사 의식을 허락합니다. 유대교에는 예루살렘 유대 신전의 재건을 허가했습니다. 이는 모든 가르침을 공평하게 대하는 매우 자비로운 행동입니다. 율리아누스 이전 황제는 기독교 우대 정책을 펼치며 교회 건설이나 교회 경비에 나랏돈을 사용했습니다. 하지만 율리아누스는 그것을 철폐합니다. 현대의 시선으로 보면 율리아누스가 옳고 교회가 잘못된 것처럼 보입니다.

이러한 정책 때문에 기독교는 율리아누스를 배교자(신앙을 버리고 이교로 개종한 자)라고 멸시했습니다. 그러나 애초에 율리아누스는 기독교를 진심으로 믿은 적이 없기에 배교자가 될 수 없습니다. 그를 배교자라고 부르는 것은 로마 제국 전체를 사유물로 취급하던 그리스도 교회의 오만에 불과합니다.

율리아누스는 재위 2년여 만에 전쟁으로 사망했고 그의 정책은 순식간에 잊혔습니다. 만약 그가 오래 재위했다면 기독교는 지금보다 그 규모가 작아졌을지도 모릅니다.

◆ 종교 조직의 악행

그 후 유럽을 석권한 기독교는 정치와 관계를 맺으며 점점 더 성장합니다. 로마 제국을 삼키고 로마 제국 붕괴 후에도 각 왕국에서 권위를 얻은 중세 기독교 교회는 부패한 종교 조직의 좋은 표본입니다.

그들은 면죄부(죄를 지어도 이것을 구입하면 용서받을 수 있다는 부자 우대 물품)로 수단을 가리지 않고 돈을 벌고, 술을 마시고, 첩을 두고, 다수의 조카(성직자는 결혼해서는 안 되므로 애인이 낳은 아이를 이렇게 불렀습니다)를 만들었습니다.

십자군 역시 나쁜 군대의 대표적인 예입니다. 이슬람 도시를 점령할 때뿐만 아니라 이슬람 지역이 아닌 동로마 제국의 수도 콘스탄티노플을 약탈할 때도 정교도이고 가톨릭이 아니니까 상관없다고 했습니다. 적이었던 이슬람 측 살라딘이 도시를 점령한 후 주민들에게 재산을 가지고 퇴거하라고 허락한 것과 큰 차이가 있습니다.

대항해 시대의 토르데시야스 조약도 좋은 예입니다. 이는 당시 세계에 진출했던 스페인과 포르투갈의 '신세계'에 대한 분쟁을 없애기 위해 교황의 중개로 유럽 이외의 세계를 스페인과 포르투갈로 분할한다는 조약입니다. 오래전부터 그곳에 살던 사람들을 무시하고 지구의 작은 한 지방 종교에 불과한 기독교가 전 세계를 마음대로 분할해 스페인과 포르투갈에 나눠 준다는 지독한 조약입니다. 당시 유럽인들은 비기독교인과 유색 인종을 인간으로 여기지도 않았습니다.

마녀사냥도 있습니다. 15~18세기 유럽 사회에는 큰 변화가 닥칩니다. 그에 대한 집단 히스테리의 일종으로 마녀사냥이 행해진 것이 아닐까요. 다만 예전에는 마녀사냥이 기독교가 히스테릭하게 수많은 무고한 사람에게 누명을 씌워 죽인 대학살로 알려졌으나 현대의 연구에 따르면 기독교는 마녀사냥에 별로 관여하지 않았다고 합니다. 그러나 이야기에 형편이 어려운 인물을 마녀로 몰아서 처형하는 악랄한 종교가 등장한다면 얄밉고 좋겠지요.

물론 다른 종교의 역사에도 이런 악행은 존재합니다. 다만 기독교에 얽힌 이야기가 월등히 많이 전해지므로 악의 종교나 조직을 그릴 때 매우 유용합니다.

이름이 없는 이야기와 이름이 명기된 이야기

옛날이야기나 동화는 대부분 '옛날 옛적'이라는 언제인지도 모르는 시기에 만들어졌습니다. 장소도 어딘지 모르고, 등장인물도 '할아버지와 할머니'라든가 '가난한 젊은이'라는 무명의 인물이 대부분입니다. 이것은 '어디에나 있는 것', 즉 자신들이 사는 곳에서도 일어날 수 있는 이야기로 받아들여지기 때문입니다. 옛날이야기는 곧 자신과 가까운 지역 이야기이기도 합니다.

인터넷 커뮤니티 등에서 SS(Short Story나 Side Story의 약자)라고 불리는 이야기가 있습니다. 등장인물의 이름이 없고 '남자'라든가 '언니'라든가 '군인'이라든가 인물이 성별, 가족 관계, 직책 등으로 불립니다. 이러한 이야기도 일부러 모호하게 표현함으로써 이야기의 범용성을 높였다고 할 수 있습니다.

〈스타워즈〉도 등장인물의 이름은 명기되어 있지만 장소와 시간은 "옛날 옛적 머나먼 은하에서Along time ago in a galaxy far, far away"와 같이 일부러 불분명하게 표현합니다. 즉, 옛날이야기로서 이야기되는 것입니다.

반대로 등장인물의 이름이나 시간과 장소가 명기된 작품(이쪽이 훨씬 많습니다)은 그것에 의해 고정화됩니다. 예를 들어 〈반지의 제왕〉의 무대는 '가운데땅'으로, 시기는 '제3기'라고 명기되어 있습니다. 이것은 처음부터 가상 세계의 역사적 사실로 이야기됩니다.

어느 쪽이 좋고 나쁘다고는 말할 수 없습니다. 그저 우화로서 말할지, 역사적 사실로서 말할지 이야기 방식의 차이에 불과합니다. 그리고 말하는 방식이 다르기 때문에 독자가 받는 인상도 다릅니다.

우화는 모호하기 때문에 이야기를 전체적으로 받아들입니다. 예를 들어 모모타로를 '귀신을 퇴치하고 보물을 얻는 이야기'로 이해하는 것과 같습니다. 반면 역사적 사실은 개별 사건의 집합체로 받아들이기 쉽습니다. 〈반지의 제왕〉을 반지 하나를 부수고 악을 쓰러뜨리는 이야기뿐만 아니라 '아라곤이 처음 등장하는 에피소드', '보로미르가 유혹에 굴복할 뻔한 에피소드' 등 개별 사건의 집합체로도 받아들이는 것처럼 말입니다.

단체의 이름

삼현자, 사천왕, 십이 사도 등 여러 명을 한 묶음으로 부르는 호칭에는 여러 가지가 있습니다. 게다가 캐릭터마다 특징이 있어 이것을 참고한다면 단체에 속한 인물을 창작할 때도 알기 쉽게 표현할 수 있습니다.

101 쌍벽과 음양

DOUBLE GEMS AND YIN YANG

◆ 양립하는 둘

두 개 세트는 사물의 기본입니다. 다만 그 둘이 양립하느냐와 대립하느냐로 크게 나눌 수 있습니다.

양립할 경우 흔히 '쌍벽'이라는 말을 씁니다. 많은 사람이 오해하는데 여기서 '벽'은 '건조물'이 아닌 '보석'을 뜻합니다. 즉, 그만큼 뛰어난 두 개의 보석이라는 의미로 중국 역사서 『북사』에 등장합니다.

두 개가 한 조를 이룬 것 중에서는 도교의 음양이 가장 유명합니다. 만물은 음과 양으로 이루어진다는 사상을 음양론이라고 하며 가볍고 맑은 기운을 양, 무겁고 탁하며 어두운 기운을 음이라고 합니다. 서양에서 흔한 선악 이원론과 달리 음양은 대립하지 않습니다. 서로 보완하고 양자가 합쳐져 세계를 구성합니다. 이것을 '음양호근'이라고 합니다. 그래서 양을 선으로 보거나 음을 악으로 보는 관점은 잘못된 것입니다.

두 개가 한 쌍을 이루는 말로는 다음과 같은 것이 있습니다(위아래가 한 쌍입니다).

양	남	빛	명	낮	동動	강柔	동물	여름	불	상	집중	육체	소	플러스	공격
음	녀	어둠	암	밤	정靜	유柔	식물	겨울	물	하	팽창	정신	대	마이너스	방어

인도에는 아트만과 브라만의 이원론이 존재합니다. 아트만은 '정신', 브라만은 '물질'로 분류합니다. 또한 아트만은 '나의 본질로서 개인의식의 근원', 브라만은 '우주를 지배하는 원리'로 보는 견해도 있습니다. 그러나 아트만과 브라만은 하나

라는 사고방식도 있습니다. 이것을 불교에서는 '범아일여梵我一如'라고 해서 '범(브라만)'과 '아(아트만)'는 하나라고 주장합니다.

정신과 육체를 대비하는 심신 이원론도 있습니다. 플라톤은 정신을 프시케, 육체를 소마라고 부르고 프시케는 불멸이라고 했습니다. 게다가 살아 있다는 것은 곧 프시케와 소마가 일체가 되어 있는 것이라고 했습니다.

더 단순하게 2인조 가수는 듀오 혹은 듀엣이라고 합니다. 듀오는 2인조라는 뜻이기 때문에 가수가 아니더라도 2인조라면 뭐든지 듀오입니다. 하지만 듀엣은 이중주를 뜻하기 때문에 음악 이외에는 사용되지 않습니다.

◇ 대립하는 둘

대립하는 두 가지 중에서 가장 유명한 것은 선악 이원론입니다. 사물을 선과 악으로 나누고 그것들을 대립하는 존재로 여깁니다.

이란과 아프가니스탄에서 숭배된 조로아스터교는 대표적인 선악 이원론을 주장하는 종교입니다. 선한 지상신 아후라 마즈다와 악한 대마왕 앙그라 마이뉴(아리만)가 싸워 최종적으로 아후라 마즈다가 승리합니다. 재미있는 점은 이웃 나라 인도와 사이가 안 좋았는지 아리만(아트만을 말합니다)과 같은 인도 신을 악역으로 배치했습니다.

이 '선과 악의 대립→선의 승리'라는 구도는 기독교에도 영향을 미쳤다고 합니다. 기독교는 일신교이지만 실질적으로는 신과 악마가 대립하는 이신교 같은 면을 가지고 신과 악마, 천국과 지옥, 빛과 어둠 등을 대립시킵니다. 신 쪽은 야훼(신 자체), 그리스도(신의 아들), 엘리(히브리어로 신) 등이며, 악마 쪽은 타락 천사 루시퍼(새벽의 명성), 사탄(적), 데빌(악마) 등입니다. 참고로 데몬은 정확하게는 '이교의 신'이지만, 일신교에서 보면 그런 신은 존재하지 않기 때문에 악마가 둔갑한 존재로 여깁니다.

숫자 '1'과 '2'가 가진 의미로서 남성 원리를 '1', 여성 원리를 '2'로 나타내는 경우가 있습니다. 마찬가지로 1은 '신', 2는 '악마'로 대비시키기도 합니다. 에드먼드 스펜서의 『선녀여왕』에서는 처녀 유나Una(진리)와 마녀 두엣사Duessa(이중성)가 대비되어 그려지는데, 유니uni(단일의)와 듀오duo(2개의)라는 말이 이름에 담겨 있습니다.

'2'라는 숫자에는 일구이언, 이면성, 이중인격, 숨겨진 악과 같은 의미도 있습니다.

102 삼총사와 삼현자

THE THREE MUSKETEERS AND THREE WISE MEN

◆ 삼위일체

'3'은 굉장히 안정적인 숫자로, 많은 전설이나 신화에는 세 개로 묶은 무언가가 등장합니다. 또한 많은 분야에서 뛰어난 인물이나 물건 셋을 뽑아 특별히 칭찬합니다. 일본에서는 아마테라스(태양의 신), 쓰쿠요미(달의 신), 스사노오(바다의 신)와 같은 삼귀자(가장 존귀한 세 신)와 천총운검, 팔척경구옥, 팔지경 같은 세 가지 보물 등이 전자에 해당하며 아마노하시다테, 마쓰시마, 이쓰쿠시마와 같은 일본 삼경과 오노도후, 후지와라 스케마사, 후지와라 유키나리가 속한 산세키三跡(일본의 3대 명필-옮긴이) 등이 후자입니다.

'고산케'라는 말은 도쿠가와의 후손 가문으로 도쿠가와를 자칭할 수 있는 오와리 도쿠가와가, 기슈 도쿠가와가, 미토 도쿠가와가를 말합니다. 이 세 가문이 특별취급을 받았던 것과 관련지어 특별히 뛰어난 세 가지를 '○○ 고산케'라고 부릅니다. 같은 의미로 '○○ 산바가라스'라는 말도 있는데, 조금 야성적인 느낌입니다.

영어권에는 이에 상당하는 말로 빅 스리big three가 있습니다. 예를 들어 자동차 분야에서는 GM, 포드, 크라이슬러, 방송사 중에서는 ABC, NBC, CBS가 빅 스리로 불립니다. 이것은 다른 숫자에도 적용되며 빅 세븐, 빅 텐이라는 말도 있습니다.

기독교 문화권에서는 성부, 성자, 성령을 삼위일체라고 합니다. 성부는 신 그 자체, 성자는 그리스도를 말하며, 이 세 가지 위격이 하나의 실체를 이룬다는 설로 정통 기독교의 근본 교리 중 하나입니다.

그리스도가 탄생할 때 나타난 동방의 삼현자(동방박사)는 멜키오르, 발타사르, 카스파르 이렇게 세 명입니다. 신약 성경에는 '점성술사'라고 쓰여 있어 인원도 이름도 확실하지 않았지만, 중세 무렵부터 세 명의 이름도 정해졌습니다.

그리스 신화에서 모이라이라고 불리는 운명의 세 여신은 클로토('실을 잣는다'는 의미), 라케시스('운명의 도안을 그린다'는 의미), 아트로포스('불가피한 것'의 의미)입니다. 반면 북유럽 신화의 운명의 세 자매는 노른으로 불리며 울드(과거), 베르단디(현재), 스쿨드(미래)가 있습니다. 켈트 신화에서 전쟁과 운명의 세 여신 버이브 카하는 모리안(위대한 여왕), 마하(분노), 버이브(새)가 그 축이 됩니다.

그리스 신화에는 그 밖에도 세 여신이 있습니다. 복수의 세 여신 에리니에스는 알렉토(끝없이 분노하는 여자), 메가이라(질투하는 여자), 티시포네(살인을 복수하는 여자)입니다. 예술의 세 여신 무사이는 멜레테(실천), 므네메(기억), 아오이데(노래)입니다. 심지어 괴물 고르곤 세 자매로 스테노(힘), 에우리알레(멀리 날다), 메두사(여왕)가 있으며, 노파 마녀인 그라이아이 세 자매로 엔니오(전투 선호), 펨프레도(심술쟁이), 데니오(두려움)까지 있습니다.

힌두교에는 3대 신으로 브라마(창조), 비슈누(유지), 시바(파괴)가 있고, 성음인 옴aum을 세 개로 나누어 a를 비슈누, u를 시바, m을 브라마라고 합니다.

유대 신비주의에서 생명의 나무는 세 기둥으로 이루어졌다고 하는데, 왼쪽을 준엄한 기둥, 오른쪽을 자비의 기둥, 가운데를 균형의 기둥이라고 합니다.

이야기에도 3인조가 많이 등장합니다. 대표적으로 뒤마의 삼총사가 있습니다. 아토스(이지적), 포르토스(덩치가 크고 힘이 세며 부주의한 점도 많음), 아라미스(예술가)인데, 주인공 다르타냥(열혈 젊은이)을 포함해 사총사로도 부릅니다.

◈ 셋이서 하나를 이루는 말

신화나 이야기가 아니더라도 천지인(하늘, 땅, 사람)처럼 셋이 한 쌍을 이루는 말은 많습니다. 예를 들어, 색의 삼원색인 파랑(정확히는 시안), 빨강(정확히는 마젠타), 노랑과 빛의 삼원색인 빨강, 초록, 파랑이 있습니다. 물질의 삼태는 고체, 액체, 기체입니다(최근에는 플라스마를 더하여 사태로 부르기도 합니다). 또한 국가의 삼권분립은 입법, 행정, 사법을 의미합니다. 나라 이름으로는 『삼국지』의 위, 오, 촉이 유명합니다.

이렇게 셋을 하나로 묶어 나타낸다면 가위바위보처럼 서로가 서로에게 이기고 지는 균형 잡힌 상태를 만들어낼 수 있고, 또 어느 하나에 변화를 주는 것만으로 균형을 무너뜨리고 이야기를 크게 움직일 수 있습니다.

103 사천왕

FOUR HEAVENLY KINGS

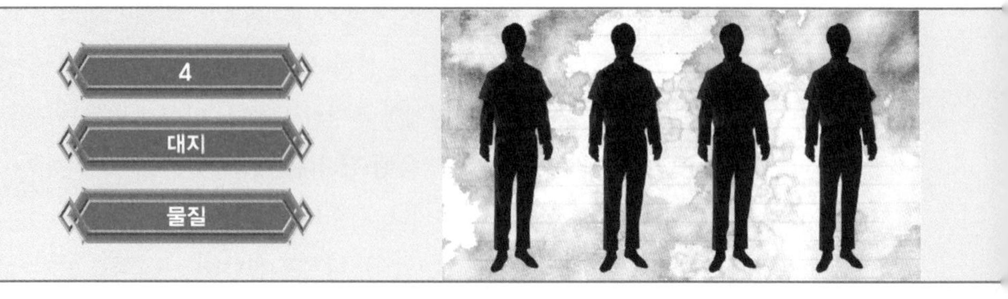

◈ 넷이서 한 조

네 명의 강자가 등장하고 그들을 사천왕이라고 부르는 이야기가 많습니다. 역사적으로도 뛰어난 주군을 따르는 네 명의 부하를 '○○ 사천왕'이라고 부르곤 했습니다. 유명한 예시로 요리미쓰 사천왕(와타나베 쓰나, 사카타노 긴토키, 사다미쓰 우스이, 우라베노 스에타케), 요시쓰네 사천왕(작품마다 다르다), 오다 사천왕(시바타 가쓰이에, 니와 나가히데, 다키가와 가즈마스, 아케치 미쓰히데), 도쿠가와 사천왕(사카이 다다쓰구, 혼다 다다카쓰, 사카키바라 야스마사, 이이 나오마사) 등이 있습니다. 그 밖에도 여러 분야에서 가장 뛰어난 네 명을 '○○ 사천왕'이라고 부르며 공경하는 경우가 많습니다.

본래 사천왕은 불교 용어입니다. 불교에서는 부처에 이르지는 못하지만 다양한 권능을 가진 신들을 '천'(혼동하기 쉽지만 신이나 부처가 사는 세계는 27개 계층으로 나뉘어 있고, 각각의 계층도 '천'이라고 부릅니다. 이 때문에 '○○천'이 어떤 의미인지 주의해야 합니다)이라고 부릅니다. 신들이 사는 육욕천(부처가 사는 세계보다 하위에 있고 여섯 계층으로 구성)의 맨 아래는 사천왕천이라고 불립니다. 그곳에 살면서 동서남북을 지키는 것이 사천왕입니다. 동쪽은 지국천, 서쪽은 광목천, 남쪽은 증장천, 북쪽은 다문천이 지키고 있습니다. 그들은 모두 무신이기 때문에 갑옷을 입고 다양한 무기를 지니고 있습니다. 이들은 한 단계 상위 계층인 도리천에 사는 제석천을 섬기고 팔부귀중을 거느려 불법을 수호합니다.

지국천은 산스크리트어로는 드리타라슈트라라고 합니다. 이름 그대로 국가를 유지하는 신으로 꼽힙니다. 검을 들고 분노한 표정을 짓고 있으며 불법을 따르지 않는 외적과 싸웁니다.

광목천은 산스크리트어로는 비루파크샤라고 합니다. 이름 그대로 특별한 시력을 가진 신입니다. 오른손에 창, 왼손에 추가 달린 밧줄을 들고 적을 포획합니다. 오른손에 붓, 왼손에 두루마리를 든 경우도 있습니다. 이것은 눈으로 본 것을 기록하기 위함이라고 합니다.

증장천은 산스크리트어로는 비루다카라고 합니다. '성장한 자'라는 뜻이지만 '오만해진 자'라는 뜻도 있습니다. 지국천과 마찬가지로 무신이며 창을 든 모습입니다. 다른 한 손에 금강저를 든 경우도 있습니다.

다문천은 산스크리트어로는 바이슈라바나라고 합니다. 이름 그대로 잘 듣는 자입니다. 사천왕의 한 사람으로 등장할 때는 다문천, 독존으로 모셔질 때는 비사문천이라고 부릅니다. 손에는 보물 탑을 들고 있습니다. 무신이자 보물 신이기도 합니다.

이들 사천왕을 이끄는 것은 제석천으로 산스크리트어로는 사크라 데바남 인드라입니다. 일반적으로 금강저를 손에 들고 흰 코끼리를 탄 모습으로 그려집니다.

◈ 동양의 단체

사천왕은 불교에서 온 용어입니다. 따라서 미국이나 유럽에는 원래 사천왕이라는 말이 없습니다. 그래서 유럽풍 세계에 '○○ 사천왕'이라는 이름의 단체를 등장시키면 본래 이미지를 훼손하게 됩니다. 그러나 현재는 사천왕이 불교 용어라는 사실을 아는 사람이 적기 때문에 유럽풍 세계에 사천왕이 등장하기도 합니다.

사천왕은 모두 무신이지만 각각 특징이 있습니다. 지국천은 검, 증장천은 창을 든 전사형이고 광목천은 서류를 든 문관형, 다문천은 마법 도구를 가진 마법사형입니다. 이 때문에 구분이 가능합니다. 이 사천왕들의 원래 캐릭터에 맞는 성격을 갖추어 창작한다면 자연스럽고 좋겠지요.

유럽풍 세계에 네 명으로 구성된 단체를 등장시킨다면 4대四大(땅, 물, 불, 바람) 개념을 사용하는 것이 자연스럽습니다. 땅은 중후한 성격, 물은 잔잔한 성격, 불은 공격적인 성격, 바람은 변덕스러운 성격을 띤다는 것이 기본 구성입니다. 그 밖에 트럼프의 수트(스페이드나 하트) 또는 킹, 퀸, 잭, 에이스도 사용할 수 있습니다.

104 오행과 성흔

FIVE ELEMENTS AND STIGMATA

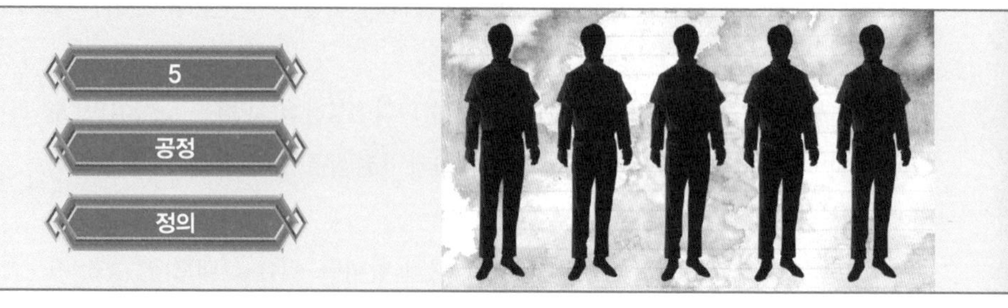

◈ 동양에 많은 다섯 개 조합

다섯 개가 한 조를 이루는 것은 그리 많지 않지만, 이야기에 이용할 만한 것은 몇 가지 있습니다. 다만 동양에서 온 것이 많아 서양풍 작품에는 적합하지 않은 경우도 있습니다.

가장 유명한 것은 중국의 오행입니다. '화·수·목·금·토'로 이루어지며, 다음과 같이 많은 것들이 이 오행과 관련이 있습니다.

오행	화	수	목	금	토
색	빨강	검정	파랑	하양	노랑
방위	남	북	동	서	중앙
계절	여름	겨울	봄	가을	토용
성스러운 짐승	주작	현무	청룡	백호	황제
오장	심장	신장	간	폐	비장
다섯 가지 맛	쓰다	짜다	시다	맵다	달다
다섯 가지 감정	즐거움	슬픔	기쁨	분노	원망

오행에는 상생과 상극이라는 개념이 있습니다. 상생은 한 원소에서 다른 원소가 발생하는 것을 의미합니다. '화생토'는 '화는 토를 생한다'는 의미로 불이 타오르면 재가 남아 흙으로 돌아가는 것을 말합니다. 마찬가지로 '토생금', '금생수', '수생목', '목생화'가 됩니다. 상극은 어떤 원소가 다른 원소에 해를 끼치는 것을 의미합니다. '화극금'은 '화는 금을 극한다'라고 하여 불에 의해 금속이 녹아버리는 것을 나타냅

니다. 마찬가지로 '금극목', '목극토', '토극수', '수극화'가 됩니다. 이 관계를 이용해 캐릭터나 조직 간의 강약이나 협력 관계를 표현할 수 있습니다.

불교에서는 지수화풍공(오륜)으로 만물이 이루어진다고 합니다.

일본에서는 중요한 주식을 '오곡'이라고 합니다. 이는 『일본서기』나 『고사기』에 실려 있을 정도로 오래된 말로 문헌에 따라 내용이 다릅니다. 『일본서기』에서는 '벼, 보리, 조, 피, 콩'을 오곡이라 합니다. 반면 『고사기』에서는 '벼, 보리, 조, 콩, 팥'이 오곡입니다. 에도 초기 책에서는 '벼, 보리, 조, 피, 수수'를 오곡이라고 하는 등 반드시 통일되어 있지는 않습니다. 중국에도 '벼, 찰기장, 메기장, 보리, 콩'을 비롯하여 다양한 오곡이 있습니다.

◈ 서양의 다섯 개 조합

서양에도 다섯 개가 하나를 이루는 조합이 있습니다. 오행 다음으로 유명한 것이 성흔입니다. 예수 그리스도가 십자가에 못 박혔을 때 그는 양 손바닥과 양 발목에 못이 박히고, 창(나중에 롱기누스의 창이 됨)으로 옆구리를 찔립니다(그리스도 십자가 그림에서는 이렇게 그려집니다). 이 양손, 양발과 옆구리 다섯 곳의 상처를 성흔이라고 합니다. 또한 그 부위에 아무 원인 없이 생기는 멍이나 상처도 성흔이라고 합니다. 상처도 없는데 성흔 부위에서 출혈이 발생하는 등 의학적으로 설명할 수 없는 현상도 일어납니다. 최근 연구에서는 십자가에 못 박힐 때 손바닥이 아닌 손목에 못을 박은 것이 아니냐는 설이 나오고 있으며, 그 영향인지 손목에 성흔이 생기는 사람도 늘고 있다고 합니다.

오감이라는 말은 원래 고대 그리스에서 시작된 개념이기 때문에(그래서 오행 표에는 없습니다) 유럽풍 작품에도 사용할 수 있습니다. 시각, 청각, 촉각, 후각, 미각을 나타냅니다.

서양의 클래식에서 오중주를 퀸텟이라고 합니다. 현악 오중주는 반드시 바이올린이 둘로 구성되기 때문에 조직이나 코드 네임으로는 부적합합니다. 금관 오중주의 기본형은 트럼펫×2, 호른, 트롬본, 튜바이지만, 트럼펫 한쪽을 코르넷으로 하는 구성도 있어 이렇게 하면 다섯 악기가 구별됩니다. 피아노 오중주에는 다양한 구성이 있지만 피아노, 오보에, 클라리넷, 파곳, 호른 구성이면 5종의 구별이 가능하고 게다가 비교적 유명한 곡도 있어서 추천합니다.

105 육가선

SIX POETIC GENIUSES

◆ 일본의 여섯 개 조합

일본의 대표적인 6인조 육가선은 『고킨와카슈』 서문에 이름을 올린 가인을 말합니다. 소조 헨조, 아리와라노 나리히라, 훈야노 야스히데, 기센 법사, 오노노 고마치, 오토모노 구로누시 등 여섯 명입니다. 사실 서문은 선자(작품 등을 골라서 뽑는 사람-옮긴이)인 기노 쓰라유키가 썼는데, 『만요슈』의 가키노모토노 히토마로와 야마베노 아카히토를 와카에 가장 뛰어난 사람으로 칭송하고 여섯 명에 관해서는 이 둘에 한참 못 미친다며 상당히 깎아내리고 있습니다. 하지만 다른 가인들은 평가조차 받지 못한다고 하면서 이 여섯 명의 실력을 간접적으로 칭찬하고 있습니다.

다만, 그 평가는 가인으로서의 평가일 텐데, 마치 악의 조직 간부 캐릭터 설정처럼 그 내용이 재밌습니다.

육가선	기노 쓰라유키의 평가
소조 헨조	기술은 있지만 진실함이 없다. 그림 속 여성을 칭찬하는 듯한 노래다
아리와라노 나리히라	의미는 있으나 기술이 서툴다
훈야노 야스히데	표현력은 좋지만 어울리지 않는다. 상인이 폼 잡는 느낌이다
기센 법사	어렴풋하며 처음과 끝도 분명치 않다
오노노 고마치	깊은 정취는 있으나 힘이 부족하다. 고민하는 여성
오토모노 구로누시	인품이 비루하다

참고로 일본에서는 그 후에도 남자 다섯 명과 여자 한 명으로 구성된 6인조를 '○○ 육가선'이라고 불렀습니다.

◆ 중국과 인도의 여섯 개 조합

'6'과 관련된 조합은 중국에도 많습니다. 먼저 중국의 사상가를 나타내는 '육가'가 있습니다. 대략적인 이미지는 다음과 같습니다.

육가	사상 내용
유가	좋은 사람이 주군이 되면 모두가 행복해진다
묵가	공격해서는 안 된다. 방어만 해야 한다
법가	법으로 단단히 묶어두지 않으면 인간은 나쁜 짓을 한다
명가	논리는 중요하다
도가	자연의 길을 따르면 그것만으로 좋다
음양가	자연은 둘의 대립으로 이루어진다. 이것이 균형 있게 섞이는 것이 중요하다

일본 달력에는 육요六曜가 있는데, 6일을 한 주로 여깁니다.

육요	의미
센쇼	오전이 길하다. 무슨 일이든 서두르면 길하다
도모비키	승부를 겨룬다면 무승부가 된다. 흉사가 친구에게도 미치므로 장례식은 피해야 한다
센부	오후가 길하다. 무슨 일이든 천천히 하면 길하다
부쓰메쓰	부처도 망할 정도로 흉한 날이다
다이안	무슨 일이든 잘되는 날이다
샷쿠	정오 무렵에만 길하고, 나머지는 흉한 날이다

육방은 동서남북에 천지를 넣은 입체적인 방향입니다.

불교의 육도도 있습니다. 다음 표에서 위의 세 가지가 비교적 선행이 많은 사람이 가는 삼선취, 아래 세 가지가 악행을 거듭한 인간이 가는 삼악취라고 합니다.

육도	세계의 모습
천상도	부처나 신이 사는 세계
인간도	인간이 사는 세계. 욕심 따위가 만연하다
아수라도	싸움이 끊이지 않는 아수라의 세계
축생도	약육강식 동물의 세계. 본능만으로 살아가기에 부처에게 다가가지 않는다
아귀도	굶주림과 갈증에 시달리는 세계
지옥도	지옥 그 자체

106 세븐 시스터스와 그리스의 7현인

SEVEN SISTERS AND SEVEN SAGES

◆ 현인은 일곱 명 조합이 많다

일곱 개 조합으로는 그리스 7현인이 있습니다. 린도스의 클레오블로스, 아테네 법학자 솔론, 스파르타 민선 장관 킬론, 프리에네 참주 비아스, 밀레토스 철학자 탈레스, 미틸레네 참주 피타코스, 코린토스의 페리안드로스가 여기에 속합니다.

기독교에는 7대 천사라는 개념이 있습니다. 이것은 4대 천사인 가브리엘, 미카엘, 라파엘, 우리엘에 셋을 더하는데 책마다 다릅니다. 외전인 『에녹서』에서는 라구엘, 사리엘, 라미엘, 정교회에서는 세라피엘, 예후디엘, 바라키엘을 넣습니다.

마찬가지로 칠죄종(일곱 가지 죄의 씨앗)이 있습니다. 라틴어로 수페르비아Superbia(교만), 인비디아Invidia(질투), 이라ira(분노), 아케디아Acedia(나태), 아바리티아Avaritia(인색), 굴라Gula(탐욕), 룩수리아Luxuria(음욕)라고 쓰는 것이 멋있을지도 모릅니다.

요한의 『묵시록』에서는 에페소, 스미르나, 베르가모, 티아디라, 사르디스, 필라델피아, 라우디게이아 등 일곱 개 교회에 보내는 편지가 첫머리에 나옵니다.

중국 위나라 말기에 죽림칠현이라고 불리는 현자가 있었습니다. 이름은 완적, 혜강, 산도, 유영, 완함, 향수, 왕융이며, 완적이 리더 격입니다. 이들은 자유분방하며 세상과 거리가 먼 공리공론을 이야기하는 인물로 알려졌습니다. 다만 당시 정치 상황에서는 세상을 비판하면 목숨이 위태로웠기 때문에 공론空論을 구실로 비판할 수밖에 없었던 것이 아니냐는 말도 있습니다.

죽림칠현의 조금 이전 시대에는 건안칠자라고 불리는 문학자가 있었습니다. 그들의 이름은 공융, 진림, 서간, 왕찬, 응창, 유정, 완우입니다. 그들은 오언시와 같은 시문학을 썼고 그 내용은 매우 자유로웠습니다. 그들을 보호한 것이 당시 최대 권력자였던 조조입니다.

일본에서는 칠복신이 유명합니다. 칠복신의 출신은 신도, 불교, 도교, 힌두교로 나뉘며 복의 신으로 일본에서 정리되었습니다.

칠복신	출신과 성격
에비스	신도의 농업 신
다이코쿠텐	힌두교의 시바신과 오쿠니누시노 미코토가 습합되어 합쳐졌다
비샤몬텐	비사문천. 불교의 신 중 한 사람으로 무신
후쿠로쿠주	도교의 남극노인
주로진	남극노인의 또 다른 모습
호테이	실존한 불교 승려
벤자이텐	힌두교 사라스바티 여신

◈ 세븐 시스터스

서양에서는 일곱 개 조합을 세븐 시스터스라고 부르는 경우가 많습니다. 가장 오래된 세븐 시스터스는 그리스 신화의 플레이아데스입니다. 아르테미스의 시중을 드는 그녀들은 플레이아데스 성단의 칠성과 같다고 합니다. 이름은 큰언니부터 차례로 마이아, 엘렉트라, 타이게타, 켈라에노, 알키오네, 아스테로페, 메로페입니다.

그녀들의 영향인지 일곱 개 조합은 브라더스가 아닌 시스터스로 불립니다. 그중 유명한 것이 석유 메이저(거대한 국제 석유 자본으로 채굴부터 수송·정제·판매까지 도맡고 있는 회사)입니다. 1970년대 산유국들이 석유수출국기구OPEC를 만들기 전까지는 세계 유가를 결정하는 막강한 힘을 자랑했습니다. 스탠더드 오일 뉴저지(이후의 엑슨), 로열더치셸(영국과 네덜란드의 합작 회사), 앵글로 페르시아(이후의 브리티시 페트롤리엄), 스탠더드 오일 뉴욕(이후의 모빌), 스탠더드 오일 캘리포니아(이후에 합병해 셰브런), 걸프 오일(이후에 합병해 셰브런), 텍사코(이후에 합병해 셰브런)입니다. 당시 서스펜스물에는 세븐 시스터스의 음모라고 하는 패턴이 많이 사용되었습니다.

또한 미국의 유명 여자 대학교도 세븐 시스터스라고 불렸습니다. 바너드대학교, 브린마대학교, 마운트홀리요크대학교, 래드클리프대학교, 스미스대학교, 바사대학교, 웰즐리대학교가 여기에 속합니다. 다만 현재 래드클리프대학교는 하버드대학교와 합병했고, 바사대학교는 남녀공학으로 전환되었습니다.

107 팔견사와 팔괘

EIGHT SWORD MEN AND EIGHT SYMBOLS

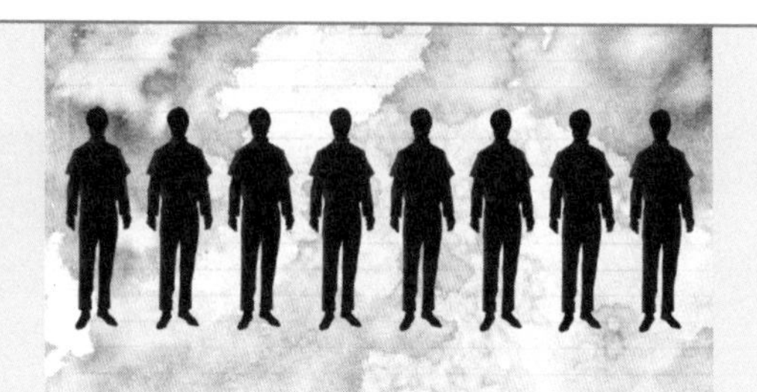

◆ 끝이 없고 길한 숫자 8

'8'과 관련된 것은 동양 쪽이 더 많은 듯합니다. 이는 동양에서 '8'은 끝이 없고 길한 숫자로 여겨지기 때문으로 보입니다.

그래도 가톨릭에는 '진복팔단'이라는 말이 있습니다. 이것은 예수가 산상 설교에서 말한 여덟 명의 행복한 사람을 말합니다.

- 마음이 가난한 사람들은 행복하다. 하늘나라는 그들의 것이다.
- 슬퍼하는 사람들은 행복하다. 그들은 위로받을 것이다.
- 온화한 사람들은 행복하다. 그들은 땅을 이어받을 것이다.
- 옳은 길에 굶주린 사람들은 행복하다. 그들은 영혼이 충만해질 것이다.
- 자비심이 깊은 사람들은 행복하다. 그들은 자비를 받을 것이다.
- 마음이 맑은 사람들은 행복하다. 그들은 신을 뵐 것이다.
- 평화를 실현하는 사람들은 행복하다. 그들은 신의 자식으로 불릴 것이다.
- 옳음 때문에 박해받는 사람들은 행복하다. 하늘나라는 그들의 것이다.

동양에는 여덟 개로 이루어진 것들이 많은데, 우선 도교의 팔덕이 있습니다. 이것은 인(타인에게 너그러움), 의(악을 부끄럽게 여김), 예(예의 바름), 지(학문에 힘씀), 충(정직히 주군을 위해 애씀), 신(거짓말 없이 약속을 지킴), 효(부모를 소중히 여김), 제(우애를 돈독히 함)라는 여덟 가지 덕목을 말합니다.

8덕은 일본에서 교쿠테이 바킨의 『난소사토미핫겐덴』에서 사용됐습니다. 주인공인 팔견사가 가진 보석에는 각기 다른 덕이 적혀 있습니다. 팔견사도 각각 다른 특징을 지녀 다른 캐릭터와 혼동되지 않습니다.

팔견사	덕	인물상
이누즈카 시노	효	주인공. 관례 전까지 여자아이로 길러져 여자 이름이 붙었다
이누카와 소스케	의	이누즈카 시노를 보필하는 역할로, 의형제를 맺었다
이누야마 도세쓰	충	불로 몸을 숨기는 수법을 쓴다. 복수하고 싶어 안달이 나 성급하게 행동한다
이누카이 겐파치	신	어부의 자식으로 사냥 명인. 이누타와 같은 젖을 먹고 자랐다
이누타 고분고	제	거대한 체격을 가졌으며 씨름을 잘한다
이누에 신베	인	최연소 일원으로 이누타의 조카. 아홉 살이지만 신에 의해 크게 자란다
이누사카 게노	지	책사. 변장의 명인이기도 하다. 여성으로 오인할 정도의 미모를 가졌다
이누무라 다이카쿠	예	고금의 서적에 정통한 지식인이다

나쁜 뜻을 지닌 것으로는 팔학八虐이 있습니다. 이것은 일본 율령에서 가장 무거운 죄로 귀족이라도 감형되지 않고 사형을 당하는 죄입니다. 모반謀反(군주를 죽임), 모대역(불경), 모반謀叛(국가에 대한 반역), 악역(존속 살인), 부도(대량 살인 등 극악 범죄), 대불경(신사에 대한 불경), 불효(존속에 대한 범죄 행위), 불의(주군, 스승, 상사 등 윗사람에 대한 살인) 등 여덟 가지 죄입니다. 중국에는 팔괘가 있습니다. 팔괘는 방위를 나타내는데, 여기에는 복희선천팔괘 방위와 문왕후천팔괘 방위, 두 종류가 있습니다. 전자가 자연의 방향이고 후자가 인위의 방향으로 여겨집니다. 인간을 점칠 때는 후자를 사용합니다.

팔괘	역수	괘명	후천	선천	가족	자연	성질 · 상태	신체	동물
☰	1	건	서북	남	아버지	하늘	굳건하다	머리	말
☱	2	태	서	동남	소녀	연못	기쁘다	입	양
☲	3	리	남	동	중녀	불	부착되다	눈	꿩
☳	4	진	동	동북	장남	번개	흔들리다	발	용
☴	5	손	동남	서남	장녀	바람	들어가다	다리	닭
☵	6	감	북	서	중남	물	빠지다	귀	돼지
☶	7	간	동북	서북	소남	산	멈추다	손	개
☷	8	곤	서남	북	어머니	땅	순응하다	배	소

태양계 행성도 현재는 명왕성이 빠졌기 때문에 여덟 개입니다. 내행성부터 차례로 수성, 금성, 지구, 화성, 목성, 토성, 천왕성, 해왕성입니다.

108 9위인과 구요성

NINE WORTHIES AND NAVAGRAHA

◆ 동서고금의 아홉 개 조합

아홉 개 조합은 아무래도 별로 없지만 몇 가지 유명한 것이 있습니다.

중세 유럽에는 전사와 기사의 규범이 되어야 할 9위인이라는 영웅이 있었습니다. 다음 표에는 위에서부터 차례로 이교도 영웅 세 명(기독교 이전 인물이므로 필연적으로 기독교인은 아닙니다), 구약 성경 영웅 세 명(당연히 유대인), 기독교인 영웅 세 명이 나열되어 있습니다.

9위인	활약 내용
헥토르	트로이의 영웅. 트로이 전쟁에서 활약
알렉산더 대왕	마케도니아 왕으로 대제국을 만들었다
율리우스 카이사르	로마 장군. 로마를 제국으로 만들었다
여호수아	『여호수아기』의 주인공. 모세의 뒤를 이어 가나안을 정복
다윗	『사무엘기』에 등장한 유대의 왕
유다 마카베오	『마카베오기』의 주인공. 유대 독립을 위해 싸웠다
아서왕	영국의 전설적인 왕
샤를마뉴	프랑크 왕국의 왕. 로마 황제가 된다
고드프루아 드 부용	제1회 십자군 기사. 예루살렘 초대 성묘 수호자

이에 대응해 여성 영웅도 아홉 명으로 꼽힙니다. 루크레티아Lucretia, 베투리아Veturia, 버지니아Virginia, 에스테르Esther, 유딧Judith, 야엘Jael, 성녀 헬레나Helena, 스웨덴 성녀 브리젯Bridget, 헝가리 성녀 엘리자베스Elizabeth입니다. 다만 문헌

에 따라 다를 수 있습니다.

중국에서는 학문 유파로 구류九流가 유명합니다. 육가(105 「육가선」)에 종횡가(외교 정책을 진언하다), 잡가(제자백가의 이야기를 정리해 좋은 것을 다룬다), 농가(농업 정책과 근로에 의한 평등)를 더해 구류라고 합니다.

인도의 점성술에는 구요성(나바그라하)이라는 아홉 개 행성과 그것을 신격화한 신이 있습니다. 라후Rahu와 케투Ketu는 달의 교점에 있는 별이며 눈에 보이지 않습니다. 교점이란 황도(태양의 궤도에 보이는 선)와 백도(달의 궤도)의 교점으로 승교점(달이 황도 북쪽으로 이동하는 점)에 있는 것이 라후, 강교점에 있는 것이 케투입니다. 둘 다 일식이나 월식을 일으키는 불길한 징조의 별입니다. 일본에서는 구요성을 불교의 부처와 연결해 구요 만다라를 만들고 기도했습니다. 이 때문에 각각에 부처가 대응하고 있습니다.

구요성	대응하는 별	구요 만다라
수리아	태양	천수관음
찬드라	달	세지보살
망갈라	화성	허공장보살
부다	수성	미륵보살
브리하스파티	목성	약사여래
슈크라	금성	아미타여래
샤니	토성	성관음
라후	라후성	부동명왕
케투	계도성	석가여래

일본에서는 진언종 등에서 사용되는 '임병투자개진열재전臨兵闘者皆陣列在前'이라는 아홉 글자가 가장 유명한데, 진陣은 '陳', 열列은 '烈'이나 '裂'로 쓰여 있기도 합니다. 이것들은 모두 잘못 쓴 것이 아니라 종파나 유파에 의한 차이로 보입니다. 천태종에서는 임병투자개진열전행臨兵闘子皆陣列前行을 사용합니다.

신화에는 아홉 개 조합이 적지만 엔네아드(이집트 신화의 주요한 아홉 신들)가 있습니다. 아툼(창조신), 슈(대기의 신), 테프누트(습기의 여신), 게브(대지의 신), 누트(천공의 여신), 오시리스(생산의 신), 이시스(마법의 여신), 세트(사막과 전쟁의 신) 네프티스(밤의 여신) 등으로 이루어져 있습니다.

109 십계와 십지파와 사나다 10용사

TEN COMMANDMENTS AND TEN LOST TRIBES AND TEN BRAVES IN SANADA CLAN

◆ 끊기 좋은 숫자 10

열 개가 한 조를 이루는 것 중 세계적으로 가장 유명한 것은 십계명이겠지요.

1. 하나님 이외에 다른 신을 섬기지 말라.
2. 우상을 만들지 말라.
3. 신의 이름을 함부로 부르지 말라.
4. 안식일을 지켜라.
5. 부모를 공경하라.
6. 살인하지 말라.
7. 간음하지 말라.
8. 도둑질하지 말라.
9. 거짓말하지 말라.
10. 이웃의 아내와 재물을 탐하지 말라.

다만 가톨릭에서는 2번 내용이 빠지는 대신 10번 내용이 '이웃의 아내를 탐하지 말라'와 '이웃의 재산을 탐하지 말라'로 쪼개져 들어갑니다.

마찬가지로 유대·기독교계에는 유대의 '잃어버린 10지파'라는 것이 존재합니다. 유대는 원래 12지파와 레비족이라는 사제 계급으로 이루어져 있었는데 현재는 유다족과 베냐민 2지파와 레비족만 남았습니다. 사라진 이들의 행방에 관해서는 여러 가지 설이 전해집니다. 중앙아시아나 아프리카로 이주했다는 설이 비교적 유력한데, 일본으로 이주하여 일본인과 유대인은 조상이 같다는 터무니없는 이야기도 있습니다.

동아시아에는 '십철'이라는 말이 있습니다. 이것은 열 명의 뛰어난 제자를 의미합니다. 공문십철(공자의 제자), 리큐십철(센 리큐의 제자), 쇼몬십철(마쓰오 바쇼의 제자), 모쿠몬십철(기노시타 준안의 제자) 등이 있습니다. 리큐십철은 다음 표에서 위의 일곱 명만 리큐칠철로 부르기도 합니다.

공문십철	리큐십철	쇼몬십철	모쿠몬십철
안회	가모 우지사토	다카라이 기카쿠	아라이 하쿠세키
민자건	호소카와 다다오키	핫토리 란세쓰	무로 규소
염백우	후루타 시게나리	모리카와 교로쿠	아메노모리 호슈
중궁	시바야마 무네쓰나	무카이 교라이	기온 난카이
재아	세타 마사타다	가가미 시코	사카키바라 고슈
자공	다카야마 우콘	나이토 조소	난부 난잔
염유	마키무라 도시사다	다치바나 호쿠시	마쓰우라 가쇼
자로	오다 나가마스	스기야마 산푸	미야케 간란
자유	아라키 무라시게	시다 야바	핫토리 간사이
자하	센 도안	오치 에쓰진	야나가와 소슈

중국에서는 철학자의 유파에서 주요한 것을 '십가'라고 합니다. 이는 구류(108 「9위인과 구요성」)에 소설가(고사를 기록해 남겨둠)를 더한 것입니다.

또 중국에는 해를 구분하는 단위로 십간이 있습니다. 십간은 갑, 을, 병, 정, 무, 기, 경, 신, 임, 계로 10년에 한 번씩 돌아옵니다. 이것을 십이지와 곱해서 간지로 이용하는데, 간지는 60년에 한 번씩 돌아옵니다.

불교에서는 육도(105 「육가선」)에 깨달음을 얻은 세계로 사성을 더해 십계라고 부릅니다. 사성은 성문계(불교를 배운다), 연각계(부처의 깨우침으로 가는 길을 깨닫는다), 보살계(부처의 심부름꾼으로 보살에 이른다), 불계(완벽하게 깨달음을 얻는다)입니다.

일본에서 유명한 사나다 10용사는 사루토비 사스케(쾌활한 둔갑술 명인), 유리 가마노스케(사슬낫의 명수), 기리가쿠레 사이조(안개처럼 모습을 감추는 데 능하고 냉혹한 닌자), 미요시 세이카이 뉴도(힘센 승병), 미요시 이사 뉴도(세이카이의 동생), 아나야마 고스케(사나다 유키무라를 지키기 위해 그의 모습으로 가장한 무사), 운노 로쿠로(두뇌파로 자존감이 높다), 네즈 진파치(본디 해적), 모치즈키 로쿠로(폭탄 만들기), 가케이 주조(총의 명인) 등 열 명입니다.

110 십이 사도와 12신

TWELVE APOSTLES AND TWELVE GODS

◆ 1년 12개월부터

세상에는 열한 개가 한 조를 이루는 것은 적고 열두 개가 한 조를 이루는 것은 많습니다. 이는 12가 여러 약수를 가지고 있고 정리하기 쉬운 숫자이기 때문입니다. 가장 유명한 것은 12성좌와 12궁인데, 별점으로 우리에게 친숙하니 다른 것을 소개하겠습니다.

먼저 일본식 월명입니다. 음력 월명이기 때문에 현재의 달과는 1~2개월 차이가 납니다.

월	일본식 이름	의미
1	무쓰키睦月	정월에 한 가족이 모여 화목하게 지내는(사이좋게 지내는) 달
2	기사라기如月	아직 추워서 옷을 껴입는 달
3	야요이弥生	식물이 점점 무성해지는 달
4	우즈키卯月	병꽃나무에 꽃이 피는 달
5	사쓰키皐月	볏모를 심는 달
6	미나즈키水無月	물의 달로, 논에 물을 끌어오는 달
7	후미즈키文月	벼 이삭이 익는 달
8	하즈키葉月	나뭇잎이 떨어지는 달
9	나가즈키長月	밤이 길어지는 달
10	간나즈키神無月	전국의 신들이 이즈모에 모이기 때문에 신이 사라지는 달. 이즈모 지방만은 '가미아리즈키神有月(신이 있는 달이라는 의미-옮긴이)'라고 쓴다
11	시모쓰키霜月	서리가 내리는 달
12	시와스師走	연말이라 선생님도 뛰어다닐 정도로 바쁜 달

기독교에는 예수의 십이 사도가 있습니다. 베드로, 요한, 안드레아, 필립보, 바르톨로메오, 마태오, 토마스, 소야고보, 다대오, 시몬, 대야고보, 유다입니다. 다만 유다가 배신하면서 그를 대신해 마티아가 들어갔습니다.

그리스에는 올림포스 12신이 있습니다. 남녀가 평등하게 각 여섯 명씩 들어갑니다.

그리스 이름	로마 이름	영어 이름	해설
제우스	유피테르	주피터	주신. 창공과 천둥의 신
헤라	유노	주노	제우스의 아내. 결혼의 여신
아테나	미네르바	미네르바	학문과 전쟁의 여신
아폴론	아폴로	아폴로	예술 · 의학 · 예언 · 빛의 신
아프로디테	베누스	비너스	사랑과 미의 여신
아레스	마르스	마르스	전쟁의 신
아르테미스	디아나	다이아나	수렵의 여신
데메테르	케레스	세레스	농경의 여신
헤파이스토스	불카누스	불칸	화산과 대장간의 신
헤르메스	메르쿠리우스	머큐리	전령과 상업과 도둑의 신
포세이돈	넵투누스	넵튠	바다와 말의 신
헤스티아	베스타	베스타	아궁이와 가정의 여신

불교에는 십이천과 십이신장이 있습니다. 십이천은 천부에 속한 열두 천인을 말합니다. 제석천, 화천, 염마천, 나찰천, 수천, 풍천, 비사문천, 이사나천, 범천, 지천, 일천, 월천입니다. 십이신장은 약사여래를 수호하는 신으로 궁비라, 벌절라, 미기라, 안저라, 알니라, 산저라, 인달라, 파이라, 마호라, 진달라, 초두라, 비갈라입니다.

많이 닮아서 혼동되는 것으로 아베노 세이메이의 십이천장이 있습니다. 이는 음양사에게 힘을 실어주는 귀신으로 등사(불꽃에 둘러싸인 날개 돋친 뱀), 주작(고귀한 붉은 새), 육합(모습 불명, 조화를 관장함), 구진(황금 뱀), 청룡(녹색 용), 귀인(주신으로 귀족의 모습), 천후(항해를 지키는 여신), 태음(노파), 현무(꼬리가 뱀 형상인 거북), 태상(문관의 모습), 백호(하얀 호랑이), 천공(모습 불명, 모래 폭풍 등을 관장함)입니다. 아베노 세이메이는 이것들을 시키가미(음양사가 부리는 귀신-옮긴이)로 사용했다고 전해집니다.

간지의 십이지는 자(쥐), 축(소), 인(호랑이), 묘(토끼), 진(용), 사(뱀), 오(말), 미(양), 신(원숭이), 유(닭), 술(개), 해(돼지)로 각각 동물에 대응하고 있습니다.

참고 문헌

『게르마니아 아그리콜라』, 푸블리우스 코르넬리우스 타키투스 지음, 구니하라 기치노스케 옮김, 지쿠마쇼보

『게르만, 켈트 신화』, E. 토넬라 · G. 로트 · F. 길란 지음, 시미즈 시게루 옮김, 미스즈쇼보

『격추왕 열전—대공의 에이스들의 생애』, 스즈키 고로 지음, 고진샤

『광란의 오를란도(상 · 하)』, 루도비코 아리오스토 지음, 와키 이사오 옮김, 나고야대학교출판회

『괴도 뤼팽 전집』, 모리스 르블랑 지음, 미나미 요이치로 옮김, 포플라샤

『괴도 신사 아르센 뤼팽』, 모리스 르블랑 지음, 히라오카 아쓰시 옮김, 도쿄소겐샤

『그리스 로마 신화』, 토머스 불핀치 지음, 오쿠보 히로시 옮김, 가도카와쇼텐

『그리스 로마 신화 사전』, 고즈 하루시게 지음, 이와나미쇼텐

『그리스 로마 신화 사전』, 마이클 그랜트 · 존 헤이즐 지음, 니시다 미노루 외 옮김, 다이슈칸쇼텐

『그리스도의 승리—로마인의 이야기XⅣ』, 시오노 나나미 지음, 신초샤

『그리스 신화』, 아폴로도로스 지음, 고즈 하루시게 옮김, 이와나미쇼텐

『그리스 신화—신 · 영웅록』, 구사노 다쿠미 지음, 신키겐샤

『니벨룽겐의 노래(전편 · 후편)』, 사가라 모리오 옮김, 이와나미쇼텐

『동방견문록 1 · 2』, 마르코 폴로 지음, 오타기 마쓰오 옮김, 헤이본샤

『드라큘라』, 브램 스토커 지음, 히라이 데이이치 옮김, 도쿄소겐샤

『로미오와 줄리엣』, 셰익스피어 지음, 오야마 도시코 옮김, 오분샤

『롤랑의 노래』, 아리나가 히로토 옮김, 이와나미쇼텐

『리어왕』, 셰익스피어 지음, 노지마 히데카쓰 옮김, 이와나미쇼텐

『마비노기온—중세 웨일스 판타지 이야기집』, 나카무라 세쓰코 지음, JULA출판국

『명탐정 독본 1~5』, 퍼시피카

『모비딕(상·중·하)』, 허먼 멜빌 지음, 야기 도시오 옮김, 이와나미쇼텐

『방황하는 유대인—아하스베루스(총서·유니버시타스 834)』, 에드거 키네 지음, 도다 요시노부 옮김, 호세이대학출판국

『배교자 율리아누스(상·중·하)』, 쓰지 구니오 지음, 주오코론신샤

『배교자 율리아누스』, G. W. 보우르속 지음, 닛타 이치로 옮김, 시사쿠샤

『법의 서』, 알레이스터 크롤리 지음, 시마 히로유키·우에마쓰 야스오 옮김, 국서간행회

『베어울프』, 오시타리 긴시로 옮김, 이와나미쇼텐

『살로메』, 오스카 와일드 지음, 후쿠다 쓰네아리 옮김, 이와나미쇼텐

『새로운 삶』, 단테 알리기에리 지음, 나카야마 마사키 옮김, 라쿠요토

『샤를마뉴 전설—중세의 기사 로맨스』, 토머스 불핀치 지음, 이치바 야스오 옮김, 고단샤

『성경 백과전서』, 존 보우커 지음, 아라이 사사구·이케다 유타카·이타니 요시오 옮김, 산세이도

『성경 신공동역』, 일본성경협회

『성서 사전』, 일본기독교단출판부

『시라노 드 베르주라크』, 에드몽 로스탕 지음, 다쓰노 유타카·스즈키 신타로 옮김, 이와나미쇼텐

『신곡』, 단테 알리기에리 지음, 히라카와 스케히로 옮김, 가와데쇼보신샤

『신공동역 성서 사전』, 그리스도신문사

『신역 돈키호테(전편·후편)』, 미겔 데 세르반테스 사아베드라 지음, 우시지마 노부아키 옮김, 이와나미쇼텐

『신정판 코난 전집』, 로버트 E. 하워드 지음, 우노 도시야스·나카무라 도오루 옮김, 도쿄소겐샤

『아르고나우티카—아르고호 이야기』, 아폴로니오스 로디오스 지음, 오카 미치오 옮김, 고단샤

『아서 왕의 죽음—중세 문학집 I』, 토머스 맬러리 · 윌리엄 캑스턴 지음, 구리야가와 후미오 · 구리야가와 게이코 옮김, 지쿠마쇼보

『아서왕』, 사토 도시유키 · F.E.A.R. 지음, 신키겐샤

『에다(Edda)—고대 북유럽 가요집』, 다니구치 유키오 지음, 신초샤

『오디세이아(상 · 하)』, 호메로스 지음, 마쓰다이라 지아키 옮김, 이와나미쇼텐

『오컬티즘 사전』, 안드레 나타프 지음, 다카하시 마코토 · 구와코 도시오 · 스즈키 게이지 · 하야시 요시오 옮김, 산코샤

『우게쓰 이야기』, 우에다 아키나리 지음, 가도카와쇼텐

『유럽 문예 등장인물 사전』, 클로드 아지자 · 클로드 올리비에리 · 로버트 스크트릭 지음, 나카무라 에이코 옮김, 다이슈칸쇼텐

『유인원 타잔』, 에드거 라이스 버로스 지음, 다카하시 유타카 옮김, 하야카와쇼보

『일과 날』, 헤시오도스 지음, 마쓰다이라 지아키 옮김, 이와나미쇼텐

『중세 기사 이야기』, 토머스 불핀치 지음, 노가미 야에코 옮김, 이와나미쇼텐

『지킬 박사와 하이드 씨』, 로버트 루이스 스티븐슨 지음, 가이호 마사오 옮김, 이와나미쇼텐

『천일야화 이야기—버튼판』, 오바 마사후미 옮김, 가와데쇼보신샤

『철완 괴츠 행적기—어느 도적 기사의 회상록』, 괴츠 폰 베를리힝겐 지음, 후지카와 요시로 옮김, 하쿠슈이샤

『칼레발라(상 · 하)』, 엘리아스 뢴로트 지음, 고이즈미 다모쓰 옮김, 이와나미쇼텐

『켈트 신화—여신과 영웅과 요정과』, 이무라 기미에 지음, 지쿠마쇼보

『코란(상 · 중 · 하)』, 이즈쓰 도시히코 옮김, 이와나미쇼텐

『쾌걸 조로』, 존스턴 매컬리 지음, 히로세 요시히로 옮김, 가도카와쇼텐

『타잔의 귀환』, 에드거 라이스 버로스 지음, 다카하시 유타카 옮김, 하야카와쇼보

『트로이 전기』, 퀸투스 지음, 마쓰다 오사무 옮김, 고단샤

『트로이 전쟁 전사』, 마쓰다 오사무 지음, 고단샤

『프랑켄슈타인』, 메리 셸리 지음, 모리시타 유미코 옮김, 도쿄소겐샤

『해적 열전(상·하)』, 찰스 존슨 지음, 아사히나 이치로 옮김, 주오코론신샤

『햄릿』, 셰익스피어 지음, 노지마 히데카쓰 옮김, 이와나미쇼텐

『허공의 신들』, 다케베 노부아키와 괴병대 지음, 신키겐샤

『허풍선이 남작의 모험』, 고트프리트 뷔르거 지음, 아라이 히로시 옮김, 이와나미쇼텐

『헬레네의 납치·트로이 함락』, 콜토스·트리피오도로스 지음, 마쓰다 오사무 옮김, 고단샤

『황금 전설 1~5』, 야코부스 데 보라기네 지음, 마에다 게이사쿠·야마구치 유타카 옮김, 진분쇼인

찾아보기

ㅅ

ㅇ

ㅈ

판타지 스토리텔링 사전

2023년 6월 30일 1판 1쇄 발행
2024년 1월 10일 1판 2쇄 발행

지은이 야마키타 아쓰시
옮긴이 유태선
펴낸이 한기호
책임편집 유태선
편집 도은숙, 정안나
디자인 늦봄
일러스트 이케다 마사테루
마케팅 윤수연
경영지원 국순근
펴낸곳 요다
출판등록 2017년 9월 5일 제2017-000238호
주소 04029 서울시 마포구 동교로12안길 14, 2층(서교동, 삼성빌딩 A)
전화 02-336-5675 팩스 02-337-5347
이메일 kpm@kpm21.co.kr
홈페이지 www.kpm21.co.kr

ISBN 979-11-90749-59-6 03800

- 요다는 한국출판마케팅연구소의 임프린트입니다.
- 책값은 뒤표지에 있습니다.
- 잘못된 책은 구입처에서 교환해드립니다.